九歌
109年
小說選

主編
張亦絢

小說

得獎感言

邱常婷〈斑雀雨〉

我的母親嘗試製作養液好長一段時間。養液不是農藥，而是一種液態肥料，以有糖發酵的方式培養出對環境有益的菌種，這些菌進入土地，能夠形成完整的生態系，那樣一來不用農藥或除草劑，也可以讓害蟲減少。

初次從母親口中聽聞，我的腦海立時浮現了常理下肉眼無法看見的東西，那同時也是小說能以文字照見的細微之物，世界上存在著只有小說才能表達的景象，我這麼相信。

與此同時，開始出版作品的這些年裡，我意識到類型與純文學的分界愈發模糊，〈斑雀雨〉便如此乘載著兩者彷彿對立的元素，奇幻與現實展開爭鬥，而當不同的主題、知識系統互相競爭，最後真正取得勝利的是理解了終極知識：「死亡」的人。

創作觀乃至於小說本身，之於我向來是很個人的事，我就只是好喜歡寫小說，因此不敢想像會有很多讀者，這次能夠獲選，完全是意想不到的，像被從深海中打撈上來，對此，我非常非常感謝。

目錄

《九歌109年小說選》編序

這是因為我們還能夠假設

——張亦絢

在擂臺上使出一記漂亮的左勾拳，這值得喝采；但左勾拳要是用在街上或其他地方，就叫「人身傷害」。如果不意圖傷害，也非愛好拳擊，目標是讓人們透過實際體驗，思索暴力、身體界線或其他尚無以名之的內容，那麼，我們可以選擇不使用擂臺，但在同時，卻也不可能透過隨機打人，就達成目標——必須加入更多具備溝通可能性的元素，這就是創作。任何表現，如同「出拳」，根據它結合的手法與環境，是藝術還是侵犯，並不是誰說了都算，必需分析與檢驗。

這個開場白，針對的是楊双子《臺灣漫遊錄》四月出版時的風波事件。我認為，在第一時間裡，感到受騙或不受尊重的讀者完全有理。出版社只追加了說明與修正，並未真正致歉，恐怕也過於簡慢，輕忽了這可能對全體小說讀寫造成的傷害。然而，若把此事件等同於《灣生回家》的造假，其實也有不妥。一部將精神深深植基於平等問題的小說，未能在「側文本」（註❶）中，共享同樣的品質，反映的是「包裝」的退化而非活化。遊戲、文本滲透側文本或倒轉翻譯的位階——這些都兼有創造性與批判性，但除了意念，「側文本」並沒有動用足夠的技術輔助語言，完成邀請與暗示，可謂「弄巧成拙」。在第一個層次上，我將之歸因於實驗性出版的經驗不足，使得「小說文本與側文本的特殊連動」沒在成書階段完備。因為失落若干環節，導致「作戲」的戲感扁平——開玩笑一旦不夠「玩笑氣」，戲耍也會被感覺成搶劫。問題並不在不該戲耍，而在戲耍（策略）得不夠（完整）。

在另一個延伸與聯想的層次，小說讀寫向「確有其事」傾斜的現象，我稱它為「拉真實為小說背書」危機。我並不滿意「小說即以謊言說出真話」這類動人修辭，它不夠準確。「虛構與非虛構」的糾纏也沒比較好——很多人想到「虛構／小說」，仍把它等同於「不實」。我們一方面知道要求小說「吐實」很怪，另方面，讀者或創作者，卻似乎覺得不強調「小說的存真」，將無法取得適切的話語權。作家書寫並非「絕無虛言」的小說，卻對不能代理真實一事懷有被放逐感，在這當中，存在著根本的矛盾。

我們似乎沒有順利地繼承那個福樓拜寫《包法利夫人》，尤瑟娜直搗十八個世紀前羅馬皇帝人生的小說遺產。這個症候或許並不完全來自文學的內部。挾帶新傳播技術的社會，以真人實事號召保證「可看性」，帶來了像「真人秀」這類形式，即便「假新聞」的泛濫，也與「沒有判斷力地嗜食真事」這種消費養成有關——貌似對真實興趣無比高漲的同時，一部分的文化，已進入「窮得只剩下真」的象徵能力弱化狀態。也許我們處於比任何時候都該認真看待小說藝術的年代，不單單只因為作品的文學成就，而在於小說究其本質，並不馴服於「實事標本」的極權，並且在它的最佳狀態裡，提供了足以對抗「偽真實」不自由綑綁的路徑。這個小說力量，我建議以「假設能動」名之。小說固然可與「史實能力」競逐，但此競逐並非它的必然與義務。「假設能動」的最大化，已被許多理論家闡釋過，通常以「不可能的文學」稱之。「不可能」的另一面，就是「最大的可能」。而「可能」，就是「假設能力」。

《臺灣漫遊錄》在側文本上的失誤，根源於意欲將「假設能動」擴展至側文本，或說使用側文本以對照文本的「假設能動」時，沒有注意到側文本區有其一向預設功能，在擴展時，光是創意並不夠，必須調動更多技巧與預設功能周旋。曾有某地景藝術因位置與材料，導致駕駛眼花而車禍頻傳，藝術原不必負責交通安全，然而，作品一旦選擇著地於街道，當考慮用路者的文化（並非只能放棄），才算完整。儘管對側文本爭議感到遺憾，《臺灣漫遊錄》的書寫成績，仍令人難以忽略。

過去因為戒嚴體制，不只文學，包括學術研究，「時期」選擇都並不真正自由。迴避「敏感時間段」，可說是臺灣「悲傷的特色」。自《花開時節》，楊双子就展現了她「重訪日治時間」的獨特能耐。當時，林芙美子與北川兼子等女作家來臺演講旅遊，對稍涉文化史的讀者來說，並不陌生。「你仔」（小說寫作「哩呀」）也是彼時激起關心的「歧視乎？非歧視乎？」事件。〈冬瓜茶〉中，百合情是雙重的，除了雙女主的作者與譯者，又加入兩個女學生。但「同（志）性傾慕」並非楊双子唯一關心。小說如漫畫《美食偵探王》般，設有「貪吃」與「好（女）色」的循環。而「殖民是什麼？」及對其「愛與傷」的探討，是在「變奏」之外，還能層層遞增的表現景深。

同樣以「時間旅行」展開，尚有賴香吟的〈清治先生：一九五八　病情〉（〈清治先生系列作首篇）與李昂的〈密室殺人：大祭拜〉。處理的仍是「臺灣時間體」問題。戒嚴體制確立，勢必招募僱用維持其運作的人員。進入體制，也會在第一時間裡，顯得「再自然不過」——賴香吟的筆調溫和，留下的想像空間卻不只大且冷冽。在這個書寫中，寫「另眼看待」蘇清治易，寫「順理成章」的蘇清治就難——小說選擇了後者。寫人物但非以人物為中心，人物乃是令讀者得以循跡而上，遇見結構的線索繩頭。賴香吟的時間機器始於戰後，終於美麗島事件。至於李昂，則會從四面八方，包圍以「美麗島事件」為原點的時間體。

從〈密室殺人：大祭拜〉來看，成就非凡的小說家似乎打算將自己若干作品重新定位並

「回收再利用」，這是大膽的「破壞性創造」。但重頭戲更在長篇小說《密室殺人》。是否可將整部《密室殺人》視為「反小說」？作品似又較此定義複雜。小說最厲害的是，儘管使用理性的語言（即便「神神鬼鬼」之時），李昂拼貼出的圖示，俱是令人心驚的無意識風暴。比如述及親異議分子的女作家，拒絕藏匿逃亡的男政治犯——理性來看，作家被監控，拒絕很實際，應該沒有良知困擾。然而，那是多麼暴力的場景！彼此「並無殺意」的男女「互為死神」。體制性的殺戮沒有人臉（把行刑者的臉安上，也不是殺戮真正的臉），凶手無影無蹤又如影隨形。這種經驗不會改變人的性別，但足以「剝奪人對自我的所有預設」：女作家被迫進入「準虐待狂」位置，「被迫」是「受虐」，但「角色」又是「準虐待」。這是閹割的極致。在「關於閹割的大迷宮」中，戒嚴暴力與從性別而來的「典型與非典型的閹割慾望」交錯，呈現了令人震驚的激進觸角。

「一九九七年／或是九九七一年／與我／何干呢」，在〈礫石〉這首詩中，西西已然傳遞「認同石頭時間」的訊息，透過她對「更長時間」的情有獨鍾，來發揮她的「意在言外」。〈石頭述異〉中，遊記宛如兩隻腳的舞步，一隻在「可見可走的物理界」，一隻在「可思可記的想像界」。西西善於掌握形式的宗師風範由來已久，但這篇技巧的簡潔洗練，還是令我驚異如遭電擊。文學當出世或入世？兩者經常各執一詞。〈石頭述異〉卻達到令「出世入世」交鋒生輝的境界。自發的記憶與思索是澆不熄的。這篇「退萬步言」的小說，不能不說，也是給人們「行萬里路」的糧草。

「長時小說」傳統上被想像成「歷史的」，但小說能夠處理的，更加遼闊。以上我選了四篇向度殊異的，以俾交相觀摩。

回應時事或當下性的小說經常處境尷尬，因為它偶爾會「到不了明天」。然而，劉芷妤的〈追女仔〉跨過了這種難度，繪出宛如「一圖斃命」，既有代表性又有延展性的「那些年，我們一起看的新聞」。時事有感，感超時事。劉芷妤是會「作梗」的小說家，但並不「為梗而梗」。「梗」在她筆下的意義似正轉變：使梗如鯁，如鯁有喉。〈追女仔〉是第一篇，我一讀就決定必須選入年度的作品。而想必會令人聯想到《無人知曉的夏日清晨》的〈鬼〉，也是「小鬼小說」——被棄孩童世界的小說。不同於若干評者，我認為，本篇非但前半部可圈可點，後半更是深刻沉穩。因為只有小孩才會以離奇（但主觀上合理）的方式尋求出路，也只有經歷同樣浩劫者如文中三兄妹，會如昆蟲的「共心現象」般，擁有外人不知的共同語言。作者陳靜排除掉如貧窮的因子，更凸顯出社會化匱缺傷害的「不可逆」。

〈反光〉選自陳育萱的小說集《南方從來不下雪》，選入的原因不單單只因「高樓清潔工」是所有行業中，「最不願從事的高危職業第一名」——我想特別指出該篇收束上的啟發。小說以描寫公文型態收尾，公文的具體性與施作性，指涉的是事件與社會體系的關係。如果可以簽報救助的文件，是否也該有「避免清潔不友善之建物」的文件（難道「清潔／勞動不友善」的反省還未進入建築思想中？）？——〈反光〉給出了一個不將社會性書寫，封閉於悲嘆或憐憫主義的可能性。林新惠的《瑕疵人型》已受多項獎項肯定，〈Hotel California〉如同小說集中的多篇，不視傷害在秩序後，是能揭開「秩序即傷害」之作。

鄭守志的〈永夜〉驚悚，裴在美的〈命運之神〉平淡——無論驚悚或平淡，如果技巧充份，都是利器。自〈耶穌喜愛的小孩〉始，裴在美就是「性傷害」的先驅作者。〈命運之神〉令讀者不費吹灰之力地齊平於主角視角，為「如何避免剝削當事人」，立下標竿性的範例。形於無形的技巧，跨國婚姻與A片等元素，自待剖析，在此只先予簡單然鄭重的致敬。〈永夜〉同樣不易一筆帶過，但技巧上仍有小處可斟酌。不過，我在最後一刻，仍被本作的深刻與勇於開創打動。暴力開始處，即是語言終結時。本作是否援引《房思琪的初戀樂園》作為觸發，仍有模糊空間，畢竟，若只聚焦該事件，不至於將自殺方式弄錯。也因此，我傾向理解作者書寫的是更普遍的現象：每回「性暴力的揭發」，因社會未表足夠接納，既引發倖存眾焦慮，周遭偶對倖存者「倒打一耙」，也成倖存眾夢魘。——集中營倖存者的見證，也出現過類似效應。「不說是苦」，「說也苦」，就可能將倖存者從絕境逼向「最壞」：透過反轉角色，演示性暴力。專業者只要看到兒童對布偶做出某些行為，即能警覺性侵。但若布偶是真人，則成「受暴變加暴」的悲劇。即使是「最壞」，也去想像、去釐清，是令小說做布偶，也是〈永夜〉的文學承擔。

除了以上六篇，對「如何思考傷害」作出貢獻的作品，還有以不同筆法切入「日常」的各篇：林楷倫有望自成一家，或振起「漁界文學之文藝復興」。我在他的多篇傑作中抉擇，最後覺得馬祖與產銷兩元素，真的太少出現在文學之中了，我因此選了〈北疆沒有大紅色的魚〉。林銘亮的〈遠行者：五個聽來的故事〉，在並非對苦澀與恐怖一無所知的詼諧中，令小確幸與大荒謬並進。高于婷的〈六角恐龍〉，出色地寫出那些被當成不出色者的孩子（們），如何維護自我脆弱的感情。另外，將日復一日造成的麻木、緊繃與內縮凋敝描寫入微的，是沈信宏以教員一日為摹本的〈定期保養〉。〈三溫暖〉則是一篇非常疼惜人的小說：簡媜筆下的女性身體相遇，仍有靦腆，但絕不虛浮，平實之中，也非不見曲折。在疫情籠罩的一年，照顧者的身體因被特殊化而受到側目。若干歧視浮出，照顧者的壓力，更以超乎尋常的強度成為「日常」。小說場景是在疫情之前，但在疫情中閱讀，喚起的省思，並不因此更少。

何玟珒以不太正經腔調起始的〈那一天我們跟在雞屁股後面尋路〉，令人不無驚豔的，其實交融了哀歌。小說對照了不同起源的「變性」，他人祈願的與自我渴望的。臺灣民俗性別觀的入鏡，也令思考細緻。配置不同風格語言時，對火候與過渡的掌握，也有近乎直覺的準確與自由。在書寫姿態上，熊一蘋的〈銀河飛梭〉，又更絕對與孤注一擲。強壯的虛無？冷漠的溫暖？小說人物無視大多數的法則，也可說有打破禁忌的品格。身體或時間都是身外物，但又非有惡意的殘酷。比如只是為了讓對方開心，也可以「吃對方割下自己的肉花」。一般視為重心的事物，主角只是行禮如儀，遇到任何事，既不憂鬱，也不「不憂鬱」——這是少數會讓我覺得「極端有趣」的小說。作品非常美的部分，在於能將這種罕見色澤維持一致，且不淪為噱頭或誘餌式的事物。王定國的〈噎告〉也頗奇異——儘管他的人物初看好似與熊一蘋的大大相反，是被一切常識與義務緊緊裹住「正常過頭」的人——但裹粉不久就會掉落。無懼地迎向漫畫式的誇張與傳神，〈噎告〉是少數大膽利用戲劇性推動情節的「驚愕交響曲」。有點像「鴨兔錯視圖」，每個情節都提供了雙重意象。就以「怪嫖記」而言，一邊是「妓院解決一切」的古老幻想憧憬，一邊是「牛郎織女完全行不通」。此作不單手法有意思，透過手法呈現的嚴肅主題，也極為豐富。

在寺尾哲也的〈現在是彼一日〉中，三個在美國參加遊行的臺灣男子，其中一個突然「脫序」，不但被制服還送了醫，什麼話都還沒說。其中一人評論同伴的「行為」謂「這不合理啊」。因「有諸事不明」，小說彷彿影像粒子仍在亂竄的畫面。我對這篇小說極高評價的原因如下：〈現在是彼一日〉完全可以讀作「對318的真正回返」——而回返318，意謂的並不是回到「318佔領立法院」，而是必須回返在「318與323」之間的「無以名狀」。323的佔領行政院非常慘烈，也有人可以說是「這不合理啊」——但不合理不等於沒有正當性或理性，「不合理」也意謂著「超出計算、預期與控制」——反抗與控制的關係是什麼？我們應該成為「可預測的」到什麼地步？這些詰問針對的，其實並不僅限於一場社會運動。

在當代，多重認同（族群、階級、性別等都包含在內）是一存在，但經常被簡化的處境。如果一個人的家庭或生命歷程，令其在同一項目上，擁有一個以上高低強弱不同的認同可能時，身分政治並非一般想像的，是個加減乘除即可運作的大熔爐。若干平衡，較易取得，有些傷痕，不該遺忘。邱常婷的〈斑雀雨〉中，反覆出現的「母親允諾變鳥」一節，意涵繁生。母親想要給予女兒文化的吸引力與光榮感（這裡透過的是原住民族的故事），恰恰暴露了所處的下風位置。這正是弱勢者的兩難。女兒執著的「人不可能變成鳥」，除了最表面的知識體系對抗（所謂科學對抗神話），也暗示了兩件事，「人變鳥」可能是放棄（人的）現實原則的逃逸既定（社會）遊戲規則，「人變鳥」同時也是強勢擘畫弱勢要有可供滿足投射想像的「類別化特色」。而無論逃逸或臣服優勢者想像，都不足以拆解殖民性的陷阱。把高難度的思辨完全轉換成緻密清澈的小說語言，〈斑雀雨〉因此獲選為年度小說的得獎作，希望給予不盲目樂觀、戮力深化批判性的創作者，最大的感謝與祝福。

註❶：側文本（paratext），指正文以外同時出現在出版品上的書介、作者簡介、序文等。

2021.02.01

斑雀雨——邱常婷

在與父親死去同樣的地方，一隻山羌的屍體倒臥在雨中，彼時雨水匯集地面，如小溪般奔流，肉眼無法看見之處，電光如葉脈般淌過濕潤的土地，電子密切交集，微生物輕聲咬嚙，微量元素彼此交換，較弱者或單原體被擠開、吸收，形成新的物質，成為植物與土地的養分，遠方傳來轟轟雷聲，氮肥淤積在葉面上，又隨著雨水降落地面。那是一隻年幼的山羌，我和母親都不曉得牠為什麼會在那裡。

「把牠埋起來吧。」母親說。

我們穿上螢黃塑膠雨衣，拿起鏟子在雨中一言不發地挖洞，鏟子時而碰撞，發出沉重的聲響，最終僅僅掘出一個狹窄的凹陷，對於山羌來說仍然過於寬敞。母親到倉庫中取來培養土，細細鋪在死去山羌的身上，直到凹陷填平。

「要壓一些石頭上去，否則野狗會把屍體重新挖出來。」我說。

可母親低語：「這樣就好。」

1

冬天，春天，夏天，倒地鈴日漸生長。焚風吹過山坡，將水霧吹開，陽光照耀在裸露的後頸上，熱得發癢。我用香蕉刀一點一點切開雜草的根，把上方的莖葉扔進竹簍裡，根深入泥土，需要讓香蕉刀再切一圈，連著大塊泥土挖起雜草根部，抖落充滿營養與微生物的泥土，剩餘的根再丟到竹簍中準備扔棄。

我與母親的工作時間總是錯開，她習慣在天光未亮的清晨開始工作，直到中午用餐後午睡至下午三點，而我經常睡到起霧的時刻，那是這兒的山獨有的時刻，日頭從天心西斜，霧如同受到召喚般鬼魂地徐徐從遠方山稜線往下爬行，不久便會沁入空氣，帶來潮濕與涼意。

「梅雨季快到了。」母親有時重複，藉此呢喃著種菜的時機、種子發芽的可能，那使我想像她的生活完全是與四季密合的。

可她說話時總不看我，像與過去別無二致般，她荒涼的日子與自言自語。

其實我知道原因，我在她的眼中看見祕密，她以為我不可能懂嗎？我是她最聰明的女兒。她的目光彷彿在說：不，妳不能懂。隨即一聲不響地移開。

死去山羌被埋葬於農園一角，有時為了工作，不經意踏上那片新土，雨鞋底端傳來異常的鬆軟觸感，總使我驚慌地跳向一旁。母親說：不要在上面安放大石頭。原因是不想讓重物壓住山羌本該自由的魂魄。

小時候母親曾對我說過一個故事，小男孩由於母親經常工作，疏忽了他，他於是變成鳥，披散在肩膀兩側的長頭髮變幻為翅膀，但即使成為了鳥，男孩依然想念母親，因此不斷呼喊著：「伊娜——伊娜——」

我已許久沒有呼喊母親「伊娜」了。

記得母親說完故事時，我詢問她：「妳也可以變成鳥嗎？」

因為母親曾是部落裡的女巫，我期待她能夠變成鳥。抑或是，期待她也能如故事中的男孩一樣，變成鳥……其實就意味著消失不見，這是多麼方便，我看見父親在廚房的身影，他也側頭專心地聽。於是母親說：可以。

有好長一段時間，我都在期待母親變成鳥，母親會成為什麼樣的鳥呢？也許會是八哥，因為她喜歡學人說話，父親教我英文單字的時候，她會咬著舌頭一個字一個字艱難地發音；也或許是夜鷺，她在夜晚尖叫，以為沒有人聽見，隔天形色如常地替我做早餐；更可能是烏頭翁，因為她的頭髮就像烏頭翁一樣，又短又黑，雜亂地豎起。但不論如何，理所當然的，母親始終沒有變成鳥。

年幼的我曾因此恨她。想她是如此急切地渴望得到我的注意，為此不惜撒謊。

我在半年前從英國回到臺灣，帶著未完成學業的恥辱。由於無法面對人群，以及都市令我呼吸困難的空氣，我回到東部小鎮母親位於山坡上的屋舍，這片農地原是父親與母親共同買下，準備退休後能有事做。父親驟然離世，母親一個人需豢養整片山坡上的農園，種植的作物有酪梨、桑葚、檸檬和香蕉，她戲稱自己的農園是百果園，除了那些，她還種了芋頭、番茄、玉米等各種蔬菜。

一個人種這麼多的作物有什麼意義呢？初開始幫忙時，我曾心懷疑問，母親堅持獨自照料農園，也是為了懷想父親吧。母親或許曾經後悔過，但我不敢探問。

工寮的走道上，有一巨大的塑膠桶，裡頭是她用苦茶粕與芝麻粕製作成的微生物液態肥料，又稱發酵液肥，裡頭豢養著無數對植物有益的菌種，我問起菌種類型，她說了兩個，共榮菌和固氮菌，到產銷班上課上了那麼久，她只記得這兩種。

只見母親用長木棍攪拌桶內深色、惡臭的液體。她攪拌液體，就像攪拌一整個難以辨明的宇宙，彷彿她依然是她族裔的女巫，開始用我不理解的方式為我降下保護。她在我被農舍裡的壁蝨咬得全身紅腫時，給我一些白色的粉末，告訴我那是矽藻土，撒在床邊，不要接觸皮膚，那些粉末的結晶邊緣十分銳利，可以割傷害蟲，讓牠們緩慢死亡。

我仔細凝視白色粉末，暗想這麼細小的土如何才能傷害肉眼可見的昆蟲？可過了幾日，壁蝨確實消失無蹤。我想像細小的蟲被切割成碎片，我無法看見的，母親以奇異的方式預知。

液態肥料呈現濃稠的深褐色，沾染在手上，有一種濕漉漉小狗的氣味。

母親每週會挑選一天，將三個量杯的液態肥料倒進噴霧桶，混入十六公升的水，接著走過農園裡每一處，讓霧狀水氣充盈整座農園，母親說，這麼做是為了建立微生物完整的生態系，從而抵禦害蟲。說得煞有其事一般，我剛聽聞時不免嗤笑，只因從小我與父親便默契地認為，母親不可能懂得這些。

自從我回到這裡，母親便將噴灑液態肥料的工作交付給我，並告訴我祕訣，在有風的時候噴灑，可以在最少的步數裡讓霧氣飄散到最遠的地方，同時，晴天噴灑液態肥料和陰天永不會相同。起初仰望母親在山坡上揹著沉重的噴霧桶，手執金屬噴頭，行走之處迤邐一片短暫彩虹，我想母親確實、毫無疑問的，曾經是女巫。一如過去我曾回部落參加五年祭的過往，祭儀前女巫需對整座村莊進行遮護，形同看不見的力量悄然覆蓋住眾人的家屋，而母親噴灑的水霧亦形成某種看不見的力量，遮護著整座農園。

2

格拉斯哥大學的雷克爾動物學博物館地下室養著一群斑雀，出生便是為了實驗，一生中從未見過天空。

我很好奇，假如有一天這些斑雀看見天空，會發生什麼事？

人類研究世界森羅萬象的起因，或許都是緣於這份好奇。

我在英國就讀野生動物研究所時，主要研究環境豐富化對動物的智力影響，最終目的是為了改善豢養中動物的生活環境，讓牠們普遍接受更多的刺激，以避免出現神經病與智力低下。不過動物非人，所以我們通常不用「智力」指稱，而是「認知能力」。

這段時間我參與過很多實驗，包含無腦貓的研究，我們將實驗組貓部分大腦移除，與對照組正常貓分送給愛貓人士飼養，幾個月後回訪調查，結果證實飼養無腦貓的家庭並不認為這些貓與正常的貓有何不同，至多就是這些貓似乎不太能回應飼主的呼喚，也不太知道飼主是在呼喚自己。

無腦貓的研究有很多，最著名的大概是曾有科學家將貓大部分的大腦移除，只留下腦幹，讓這隻貓在跑步機上走動，牠仍能保有基本的動作與行為。

人類認為自己是所有的生物中智慧最高的靈長類，理所當然會對其他物種施予古怪的實驗，所有的實驗無論起因或結果，其背後所要證實的永遠只有人類較其他物種高等的猜測。

舉例來說，曾有實驗讓貓吃死去的貓屍，研究者聲稱是為了研究寄生蟲，但真正的原因從未被揭露，賜予同類屍肉並在更高處冷眼旁觀一切，不就是為了測試動物辨認同族的能力？倘若動物並未發現，就更能凸顯牠們的野蠻與人類的高尚罷。

我選擇研究野生動物的原因，按照父親對外人炫耀式的說法，我是「從小就喜歡動物的孩子」，然而我很清楚，自己實際上只是為了更加了解人類與動物的不同，賭氣般的為了向母親證明她的錯誤。因為從小到大，即便母親從未變成一隻鳥，但每當我質疑她，或者以科學性的詞語嘗試說服，她都不斷堅持她能夠變成一隻鳥。那時的我還沒有認知到，母親與我還有父親的知識體系如此不同，若她相信的單純事物、曾為女巫的對另一個世界的理解，都不足以為外人知悉，那麼無論我再怎樣嘗試從真實中取證，也無法讓母親信服。

幾次實驗之後，我的指導教授讓我選擇畢業論文的主題，不知怎地，我想到自己在前往英國前查找到的資料：動物學博物館地下室飼養著一群斑雀……我於是選了鳥類認知能力的研究，隔天便如願以償跟隨學姊走入博物館地下室，在那之前，我曾想像其中景況，直到親眼所見，我幾乎無法發出聲音。

無數的籠子或大或小，堆疊於室，我感到沉默，接著是吵雜，那是巨大而喧囂的吶喊，籠中斑雀閃爍螢亮的眼睛，發出細微尖銳的叫喊，牠們在叫喊什麼呢？牠們的吶喊如此卑微，又如此淒厲，像螞蟻般細細爬上我的背脊。我聽見學姊喊我的聲音，我回過頭去，聽她講解地下室的使用規則。

這些斑雀完整的中文名稱是斑胸草雀（zebra finch），牠們擁有鮮紅的喙、臉頰上的橘色塊，翅膀下方和尾部有圓點及黑白斑紋，因此得名。

為了記錄實驗結果，我連續幾個月睡在實驗室裡。

前兩個月做實驗，將斑雀分為兩組，一組可以輕易取食大麥，一組則增加取食困難度，將大麥放在盒子內，棲木也放置在較高的地方，後面的時程，我會測量兩組斑雀的飛行、認知等各項能力，以證明取食困難度較高的斑雀，在認知能力與健康上都比另一組要好。

這項研究就跟英國學者的大多數研究一樣，十分古怪而枯燥，我每天必須在固定的時間精準記錄斑雀的各項數值，久而久之，我感到無聊，同實驗室中的學姊是愛爾蘭人，她有一頭柔軟的紅髮，或許是察覺到我的力不從心，她嘗試跟我聊天：「妳覺得人跟動物的區別是什麼？」

「同樣都是生命，區別並沒有那麼大。」我嘗試回應。

這很弔詭，因我在動物學的研究上能夠走這麼遠，自始至終都是由於母親曾說過的謊言，如今面對他人的疑問，我反而表示不同生命間的區別並沒有那麼大。或許父親的話對我產生了影響，我從小就喜歡動物，這個謊言不像母親曾說的那樣荒唐，這個謊言幾乎可以實現。

「我想妳是真的很喜歡動物吧？」學姊不在意地道：「如果是這樣的話，妳得小心一點，妳是新生，做的實驗還不夠多，研究人員與實驗動物的關係當然是很親密的，但當妳能夠掌控所有變因，而這些妳以為能夠思考、富有智慧的動物，在妳的手下漸漸變得呆板、缺乏人性，妳會非常失望，妳會更殘酷地對待牠們。」

「我不會的。」我說。

儘管如此，學姊的話語仍盤旋不去，或許我著迷於這種親密。但怎麼可能關係愈親近，對待對方就愈殘酷呢？

下一個月，我在機械性地將斑雀抓進實驗籠中時，由於過度疲憊弄斷了牠的翅膀，但斑雀並沒有掙扎或尖叫，相反地，牠用那雙棕色的小眼睛平靜地凝視我，就像毫無感覺一樣。

柏拉圖曾經在《理想國》寫道：有一群囚犯被禁錮於地穴當中，他們無法看見其他囚犯，也無法轉身，終其一生都只能凝視眼前的牆面。在他們身後，有燃燒火炬投來的光亮，以至於在牆面形成影子，這些跳躍的光影成為囚犯們唯一能夠看見的事物。而這時若有另一些人高舉各種器物、假人等實驗器材經過，囚犯們會看見倒映的假人與器物投影，並將人們的說話聲當成影子的說話聲，於是囚犯便將自己看見的影子視為真實之物。

出於不明原因，我將地下室裡的斑雀想像成地穴裡的囚犯，地下室內的白熾燈管對斑雀來說便是太陽，而帶有汙跡的天花板則為天空……這樣不對，從未見過天空與太陽的鳥會本能地知曉天空與太陽的存在嗎？究竟太陽與天空的概念深植在牠們的基因裡？抑或牠們必須親身接受陽光的輕撫，讓雙翼投入穹蒼，才能以感官理解兩者的存有？

我心中產生了一個困惑，對於世間萬物的研究便依此生出。

3

母親從午睡中醒來後，我會與她換手，走進陰涼的屋內休息，而母親繼續農務，將臨的黃昏似乎也把霧氣帶走，餘下的時間裡滿山遍野如夢的橘黃光芒。我與母親默契地將時段切分，盡量避開彼此，而我卻經常打開手機，連接到屋外的監視器畫面，悄然觀測母親。

山上的生活不如人們想像的輕鬆，總是會有莫名其妙的人事物出現干擾農作，在這小小的農園裡，光是電線就被偷了好幾次，我們為此請警察前來設置巡邏箱，並裝上隱藏式攝影機，攝影機與我的手機連結，讓我能在任何地方看見山上的情況。

我卻養成即便只是在農園旁的屋子裡，也把手機開著監視外頭的習慣。當我打開手機，屏幕顯示外頭陽光燦爛，母親小小的身影或彎腰、或蹲下地忙碌著。

自從父親死去，我回來，我們之間共同的記憶裡經常橫亙著父親的亡影，不曉得母親是否憎恨他，我的印象中，父親曾經半認真地問我：「妳相信看不見的東西嗎？」

什麼是看不見的東西呢？我問。是鬼魂、是神靈，是來自母親那邊的巫術嗎？

「不。」父親說：「不要相信那種怪力亂神，我是說知識。」

接著他用他僅知的英語單字考我：「蘋果是什麼？」是耶波！我答。「不對，是欸波！那小鳥呢？」是博……我遲疑。「是bird！」他道。我們嘻嘻哈哈地說話，直到母親買菜回來，她只是問了一句：「你們在笑什麼？」那聲音帶有渴望、羨慕以及當時的我難以明白的東西。

可父親立即收斂笑容，冷漠地喃喃：「反正妳也不懂。」

父親是讀過書的人，曾經在附近小學當老師，他生前始終都不明白，自己怎麼會與母親結婚。他對我說：「妳曬這麼黑，像番仔一樣。」

像妳媽媽一樣。

不要像她一樣。

我看向母親，她矮小粗壯的身軀、黝黑的皮膚與短硬的頭髮，無論哪一部分都不像能夠幻變成鳥類翅膀的樣子。

母親卻不是軟弱的女人，父親的語氣與眼神使她急於競爭我的注視，她開始會在父親前往小學工作時，偷偷將在同一所小學上課的我接走，不向老師請假也不說任何理由，那通常會是一個特別的日子，而我總有一種準備與她亡命天涯的感覺。

母親的故鄉位於山間，貨車在產業道路上行駛一個鐘頭後進入一片山谷，低矮的圍牆邊停放車輛，下車後走路進入部落。母親幾次帶我回去，我才漸漸明白母親曾為女巫的過往。

她是家中獨女，很早就被祖靈選中，曾有師傅教導她吟唱儀式的經文，並告訴她他們的祖先便是與女神相遇，才習得處理族人生老病死的所有儀式，女神與祖先甚至誕下後代。直到後來，女神必須回到靈界，但每隔一段時間，祖先會燃燒小米桿，讓煙氣形成女神通往人界的道路，雙方再次重逢。

母親通過儀式正式成為女巫，她擁有一顆小小的黑珠子，某天憑空出現在她身邊，她告訴我那是神靈給予的證明。

母親一直做為女巫，直到天主教在部落設立教堂，人們再也不需要她為止，不，實際上我不能確知母親不再做女巫的時間點，偶爾詢問，她的答覆也全然不同，當她憎恨父親時，她說是父親害的。她心情平靜時，則說是神父收走她的巫師箱燒掉，從此不做女巫。但有時她也說是為了我，為了讓我不再被同學嘲笑，有時依然是為了我，她直到現在還是女巫，有一天將變成鳥，讓我高興。我自己倒是能夠指出母親生命的轉捩點，令她脫離女巫身分成為凡人的關鍵，那是她離開部落，到市區工作後，經由朋友介紹遇見了父親。

母親形容當時的父親就像極瘦、剛從冬末醒轉的山羌，如此突兀地看見人類……看見母親，本想轉身逃跑，可母親有女巫的力量，那甚至是獵人的力量，於是父親呆站著，任由母親走向他，撫摸他的臉。父親成為我們家族神話裡的祖先，而母親是女神，女神離開靈界來到人界，成為凡人女子，與父親誕下後代。

母親對我真誠，可年幼的我意識到，母親的女巫只是管理生死儀式的贗品，不符合我的想像，母親的女巫無法將人變成鳥……幾次以後，我厭煩在上課期間與母親的逃亡，更對同學們投來的視線感到羞愧，我終於拒絕和母親回部落參與儀式的邀請。

我佯裝認真上課，母親站在窗外，黑得發紅的圓臉困窘地對我笑，夏日的熱潮使她汗流浹背，她等了許久，等我改變心意，但我不曾回頭。

或許是從那時候開始，她決心尋求知識。

她的字彙從我聽不懂的古老族語轉變為發音標準的「電子」、「液態肥料」、「自營性微生物」、「碳源」、「菌根菌」、「原核生物」、「耐久體」、「物質循環」、「木質素」……農園中的事物從未知難解變為可被分析，她說葉子枯黑的原因是東北季風讓海水的鈉離子、鹽分吹入園中，導致植物葉片的邊緣燒焦；她說某些水果外皮顏色那麼深是因為農人添加了太多的錳，那是一種催化酵素；她說父親之所以死亡，是因為颱風強降雨造成土壤鬆動，父親摔倒時頭部撞擊到硬物。

在我看來，母親宛如成為了另一種形式的女巫。

我回臺灣前，她獨自處理父親的喪事，我偶爾會想她從那時就開始上課、學習連我也不懂的專有名詞嗎？父親活著時是否也曾訝異過，自己從未正眼看待的妻子突然開始理解複雜的知識，那使他痛苦嗎？他的自尊心毀壞了嗎？以至於他做了那樣的事……做為父親的女兒，當我回來，為了對抗我，母親開始展現知識，像是由我取代父親展開的一場競賽，我們心照不宣，這場賽事的徵兆從我年幼時便已顯現。

4

我在完成斑雀實驗前一週接到母親的電話，為了寫論文，我沒日沒夜地記錄數值，幾乎遺忘了日期與時間，以至於手機沒電了好一陣子，母親聯絡不上我，不知用了什麼方法，她的越洋電話直接打到我就讀的研究所辦公室，聽說她一句完整的英文也講不出來，只是不斷大叫我的英文名字，助教花了好長一段時間才理解她的意思。我被催著從實驗室一路趕去，接到電話的瞬間，我聽見母親說：「他外遇了。」

僅僅是這樣一句，我突然感到疏離，像旁觀者般聽自己對母親說：沒事的，別難過，我很快就要畢業了，再回去陪妳。

但母親卻說：「我不難過。」

她不難過，她的聲音裡有一種決絕，來自父親對她的蔑視，來自我對她的蔑視，來自她無法變成鳥的悲哀。

掛上電話以後，我突然發現，自己對於父親的行為並不意外。

斑雀的實驗仍在進行，我開始每天早上打網路電話給母親，探詢她與父親的狀況，她總是說「很好」、「沒什麼不好」、「我們在協議離婚」、「我之前上的農業課程很好玩」、「一切都很好」、「我們今天學到怎麼養微生物」，有時她像即將崩潰，語調在句子的最後傾頹。有時她故作歡快，如過去般裝瘋賣傻地說，等離婚了她就能變成鳥，她會在我面前變成鳥的，畢竟這是從很久以前就答應過我的。

可是人不會變成鳥。我告訴她。

而她在視訊中對我眨眼：「我會變成鳥，一定會。」

最後一次和指導教授會面結束，我收到母親的訊息：妳爸死了。

從那之後，有好長一段時間我無法打通母親的電話。到底是為什麼？怎麼死的？怎麼會死呢？他還那麼年輕，他考校長考了十年，聽說最近終於考上了，若能離開母親，他不是還有大好的人生嗎？我替父親惋惜，是的，我始終站在父親那邊，從好多年以前開始，大抵是母親站在教室外等我放棄學校課程那刻，我遂意識到我永遠不會將她視為與己同等，她黑得發紅的臉展開蒙昧的笑容，對我來說過於直接、過於單純，無論是我或父親，都無法配得上那樣一張臉。

我恨父親對母親的背叛，一如恨我自己，我的遠離也是一種背叛，而做為共犯，陪我練習英文單字，教我寫書法，買百科全書給我的父親，他纖細、文質彬彬的模樣，偽善醜惡得更加接近常人的模樣，我再也無法看見了。

如是這般，我該如何繼續我的研究？

幼時我曾希望母親可以真的變成一隻鳥，如此一來我就再也不會因為有這樣的母親，感到羞愧。

父親死後，我依然希望母親變成鳥。唯有變成鳥，她才得以成為我專注的對象，我與她將擁有親密無間，研究者與實驗動物的關係。

5

梅雨季來臨前的某天，母親告訴我，我們的噴藥車被偷了。

噴藥車是父親留下的，要價二十多萬，母親的農園起伏崎嶇，不適合使用，噴藥車也就放在倉庫裡，日漸滋長灰塵。我陪母親下山報警，連著上次電線被偷這已是第七次，值勤員警替母親做筆錄，同時答應會更為頻繁地去附近巡邏。

趁著母親還在做筆錄，另一名我不認識的警察遞給我一杯水，領我到沙發處休息，他嘗試與我聊天，可我低著頭，無言以對。

他提到父親，他詢問我是否知道父親的死因。

父親死在颱風的大雨裡，摔倒時撞擊到頭部，他孤零零地倒在泥地上，遠方有雷聲隆隆，暗示著雨，彼時他或許急喘著氣，瞪大雙眼凝視陰空，胸膛劇烈起伏，四肢顫抖，尤其是雙腿，無力地踢蹬而無法真正起身，他等待著，希望有人能發現他，可是始終沒有人來，他等待的事物於是漸漸成為了死亡。直到他心臟停止，微生物與昆蟲齊聲歌唱，細菌開始分解，更多生物加入吞噬，此時過去所有以肉眼無法看見的，父親均看見，他肉身的皮膚碎片，他的最後一滴汗水與淚水，他的血，沉入土地，隨雨水遠行，他加入盛宴，他成為無限的有限，他是唯一，他無以計數，他剝落，分離，幻變，最終成為自然本身。

母親告訴我，她是如此想像父親的死。

儘管我知道，經過檢驗，父親的死因是長期肺部浸潤導致呼吸衰竭，他的肺因不明原因感染，讓他發燒咳嗽、無法呼吸，最終頹然倒地，頭部也沒有遭受撞擊，他是在雲霧飄盪的山坡地上因窒息而死的，幾乎就像在霧中溺斃。

我詢問母親多次，試圖比對我收集到的訊息，但母親堅持說法，不願改變。

我也只能吐出自己僅知的事實。

那日離開警局，母親帶我去便利商店吃了蛋捲冰淇淋。平日我們除非購買日常用品，否則很少下山，吃完冰母親不知怎地心情極佳，又買了十幾種微波食品，說要比較看看哪種最好吃，到了後來，我倆嘴裡塞滿肉醬義大利麵、咖哩飯、排骨飯，我們的眼睛裡溢滿祕密，我們的胃也鼓脹祕密。我們笑得好開心。

我不曾告訴母親，但我想她早已知曉，我剛回來時便偷偷把她的發酵液肥送往試驗所進行檢驗，其中含有一種桿狀菌，那種桿菌很特殊，極有求生慾，它們附著在某處，一旦接觸到碳源就會吸附住並開始寄生。根據網路查詢到的資料：自然界中最大的碳源就是人體。

我曾經是父親的共犯，如今也是母親的共犯。

此刻透過手機屏幕上的監視器畫面，我看見母親小心翼翼從埋葬有山羌的土塊邊走過，她花費心血製作的發酵液肥仍在塑膠桶內旋轉，需要定時人工攪拌，裡面有些什麼樣的菌呢？我問過母親，每一次，她都只說得出兩種，她似乎喜歡我問她，每當我問，她便紅著臉急切地向我解釋，可只有這一整桶她所養殖的，由微生物組合而成的神祕液體，她結結巴巴、難以說清，到了後來只願意說明自己完全按照農委會的規定，做的是有糖發酵。

我想告訴她，不要驚慌，不要害怕，我不是父親，我永遠不會背叛妳。

隨著夕陽西斜，監視器畫面也轉為陰暗，母親的身影僅剩細微的輪廓，給予我難言的顫慄。

夜晚已然到來，空氣中充斥燒焦的氣味，隱忍的潮濕燠熱，梅雨季即將到來，黑暗裡傳出猴子的叫聲，山上總是發生奇怪的事，長得像蜂鳥的蛾類、突然出現在天空中的異物，仔細一瞧又什麼都沒有。有時彷彿有人說著我名字中的一個字，語調毫無起伏、沒有感情，我從不敢回頭。樹葉草叢間經常有不明生物飛竄而過，風吹草動又暗示了非人的存在。

如此不安中我照例與母親並肩入睡，母親通常比我早進入睡眠，我聽著母親沉重的呼吸聲，外頭如此寂靜，以至於最微小的騷動我都能聽見。起先是細微的腳步聲，隨後是輕短的喀嚓聲，那聲音像極了我們用來擺放農具的倉庫鎖被打開時的聲響，我想叫醒母親，可是當我看見母親單純無傷的睡臉，我忽然什麼也說不出口。

不知為何，母親靜止的模樣使我想到斑雀，那即便被折斷翅膀也依然靜靜凝視我的斑雀。屋外手電筒的燈光小心翼翼地閃過，光芒中搖晃的影子投在牆面上，我閉起眼睛，想像自己是洞穴裡的囚徒，面前的影子是我唯一的信仰。

我很快睡著，做了一個夢。

夢裡母親穿著她族中女巫的傳統服飾，身揹美麗的巫師箱，她背對著我，吟唱我聽不懂的語言，身體輕輕晃動，於是山間起霧，遠方閃電劃破天空，隨之降下大雨。

我聽見她說：我會變成鳥，為了妳。

雨聲從夢境來到現實，當我甦醒時，窗外灑滿雨後陽光，母親不在身邊，我打開手機，查看監視器畫面。良久，我起身想打開門，卻在握住門把時停止，我想……我但願自己的餘生都能留在這裡，透過手機，我會成為母親永恆的觀測者，這是無比親近，又極其遙遠的距離。

後來我總是憶起母親那晚的睡臉。

斑雀一樣的臉，單純無傷……也或許不是，或許只是我的想像而已，記憶總是會騙人，對照結局，母親的睡臉應該是不安分、殘酷的，帶著一絲雀躍，永不悔罪，彷彿她根本沒有入睡。

警察來過，問了我幾個問題，我記不得了，他們問的問題讓我感覺無用，比起我問自己的……我自問，後不後悔？我會後悔做為實驗者，卻沒有注意到那微小的變因嗎？如果我注意到了，母親是否便不會走入雨中？

人們持續詢問我，到底看見了什麼。

當然，我肯定看見了，畢竟雖然昨晚下雨，但母親與竊賊扭打得如此激烈，我總會聽到一點聲響吧？

既然聽見了，總會醒來吧？

既然醒來了，一開始也不會直接打開門，因為妳是小心謹慎的研究者，妳肯定是先打開手機，透過監視器觀看吧？

妳看見了，但當作是夢境的一部分嗎？妳是不是，終究背叛了她？

所以沒有，我沒有看見。

我沒有看見母親悄悄推開門，步入雨中，而一名陌生男人正從倉庫內走出來，手裡拿著貴重器械，他們凝視對方一會，隨即走向彼此，他們伸出的雙臂有那麼一瞬間，宛如即將相擁。

我沒有看見過程中男人打翻了母親飼養微生物的塑膠桶，不知怎地，那些液體一旦碰觸地面立刻蒸發般地幻變為霧氣，這是多麼不可思議的畫面，理當不可能屬於現實，那是母親的巫術。

我不能看見男人手執金屬器械，重擊母親的頭，一下，兩下，三下，直到母親向後方癱倒，滿是微生物的雲霧像有思想一般輕輕飄過母親身邊，雲霧巨大、鬼魅似地托起母親的身軀，那一瞬間，帶有翅膀的某種東西從母親身上離開，走入霧，霧和那鳥類形體般的黑影纏繞在一起，像是彼此依偎，又像是彼此對抗，從男人身旁經過，這黑色的水霧所到之處，沒有生靈能夠存活，男人掙扎著呼吸卻逐漸臉色發黑，他抓住自己的喉嚨，眼球突出。霧最終逐漸飄上天空，留下母親的身體、男人的身體，可這樣依然不夠，母親即將再度成為女巫，她變成鳥、變成霧、變成雨，她成巫之時，帶有微生物與魂魄的雲霧飄散到空氣裡，製造出針尖般的雨絲，物體撞擊地面的聲音傳來，發出比雨聲更為沉重的聲響，是我不知道名字的飛禽和昆蟲因那雨而落地死亡的聲音。

這一切，我該如何能夠看見？

他們調出監視器畫面，也是一片昏暗，由於山上沒有路燈的關係，畫面並不清楚，只能依稀看見母親是被男人擊打頭部身亡。

他們問我：「她嘴巴好像張開好幾次，妳知道她在說什麼嗎？」

我回答：母親叫我不要出去。

他們處理完現場，即將離開前告訴我，很奇怪，竊賊的死跟我父親的死，看起來一模一樣。

我知道不僅如此。

那人的肺部還會擁有和父親死時一樣的桿狀菌。

菌類擁有和人類相似的特性，一旦附著在衣服上被人體碰觸到，菌就會渴望繁殖，像人類一樣，渴望繁殖，然後便寄生在人體，導致肺部感染，產生像是肺炎的症狀，甚至造成窒息。

母親究竟是不是蓄意的，我不知道，她失去女巫的身分以後，只是一名普通女子，是她製造了這種菌嗎？我後來得知，桿菌只能藉由被禁止的無糖發酵法才能造出。她站在教室外困窘而迷惑的臉彷彿就在眼前，我想像她將祕密深藏，深遠到連她自己也無從辨明，我多麼想對她說，她已擁有知識，她已超越我與父親……可是又如何呢？尋獲知識的代價那樣沉重，好比那些地穴中的囚犯，他們一旦離開壁面上的光影，來到地面，將全然被真物淹沒，死於陽光。

我想起自己離開英國前，做了與課業無關的最後一個實驗，我偷偷從地下室帶出一隻斑雀到外頭看天空。

我將斑雀倒放在鋪墊外套的掌心，形成微微的凹陷，斑雀倒入凹陷後會成為半催眠式的昏睡狀態，我用這種方式持續帶幾隻斑雀到外頭，並在回實驗室後給這些出去過的斑雀做記號，這個實驗的最終目標，是讓所有地下室內的斑雀都能至少看過一次天空。

隔天，那幾隻做上記號的斑雀全數死亡。

牠們死於撞擊，由於知曉了天空的存在，牠們的翅膀無意識地拍動，一遍又一遍試圖帶牠們飛上高空，可籠中鳥的天空只有冰冷堅硬的鐵桿，牠們在一次次的撞擊中咳血而亡。

我再也無法忍受，趁著沒有人的時候，我把盡可能多的斑雀藏在外套內，拉上拉鍊，緩緩從地下室走向戶外，隨後拉開拉鍊。

起先，斑雀們跌跌撞撞飛向天際，逐漸地，牠們開始墜落，下起了斑雀雨。

——原載二〇二〇年十二月十四日《自由時報》副刊

本文獲二〇二〇年第十六屆林榮三文學獎短篇小說三獎

東華大學華文所創作組碩士畢業，後任職友善書業合作社，目前就讀臺東大學兒童文學研究所博士班。曾獲聯合文學小說新人獎首獎、教育部文藝創作獎、金車奇幻小說獎、林榮三文學獎等。並獲文化部藝術新秀補助、青年創作補助。出版有小說《怪物之鄉》、《天鵝死去的日子》、《夢之國度碧西兒》、《魔神仔樂園》。並以中篇小說集《新神》獲二〇一九年Openbook好書獎。

現在是彼一日——寺尾哲也

你有感覺了嗎，明亨說。我覺得腳趾頭有點癢癢的，趾甲裡面好像有蟲在爬，老皮說，這是不是副作用？我們趕忙用手機查維基百科，發現並沒有寫。老皮扭了扭腳趾，他在床上還穿著襪子，好像還沒適應加州的天氣。不是應該看到什麼七彩泡泡嗎，他說。我們都笑了。

——你以為是小學生的金剛鉛筆盒噢，還可以折射出不同圖形咧。

老皮沒有露出不好意思的表情，大概是太習慣了。他說小時候發高燒，燒到四十一度，把頭腦燒壞了，在那之前他可是很聰明的。他表情游移，越說越慢。我猜這個說法是他媽灌輸他的，而他本人也沒有很相信。

不過我們還是連忙說，沒有沒有，你現在也很聰明啊。

明亨把一撮草倒進碎煙器，轉了幾下。他拿出一張新的濾網，折成扇形，重新套在玻璃壺的壺嘴上。這個玻璃壺的造型十分奇特，豎琴般的長開口微微傾斜，尾端放大，像一隻凝固的袖子。他先前解釋說這個叫bong。老皮立刻開始查單字，但沒查到。明亨說，別煩了。他打開金屬盒蓋，把草末倒進濾網裡，點著了以後，我們輪流拿著壺從另一端吸氣。一吸氣，壺裡的水就咕嚕咕嚕地滾出許多泡泡。

你們有聞過臭鼬的屁嗎，老皮說，和這個味道好像。我們愣了一下。我當然沒聞過臭鼬的屁，我連臭鼬都沒有看過。我說我覺得這味道比較像過期的健素糖，糖衣全部因為年久而脫落的那種。老皮說他小時候超愛吃健素糖。明亨說那不是豬飼料嗎，而且會得癌症。老皮就沒有說話。我們又吸了幾輪，我開始覺得頭有點暈，而且有點熱。明亨站了起來，開了窗戶。老皮說開窗戶不好吧。明亨說擔心什麼，加州早就合法了。

老皮第一次來加州。他是我們大學同學，現在在伊利諾讀博士，讀了十年，中間技術性休學過兩次。老皮說，他這次來灣區，除了參加遊行，主要就是前女友來舊金山玩，要當她的司機兼地陪。前女友英文不好，託他打去預定餐廳——市區那幾家熱門下午茶都不能網路訂位。反正這邊的景點分散，不開車不方便，乾脆一不做二不休，順便載她幾天。老皮說著就笑了起來。我說你們是不是快要復合了。老皮說，沒有啦。

明亨看了老皮一眼，說慶祝老皮的前——女友蒞臨灣區，今天的份全算他的。

老皮說謝謝。

再過幾個小時，我們就要去遊行了。老皮說，現在我們三個都吸了，等一下誰開車。我們沉默了一陣，一次吞口水的時間後，明亨說他可以開。老皮說真的嗎，連喝酒都不能開車了。明亨說這個本來就比酒跟香菸還要輕微，不然怎麼會合法，大不了大家一起撞死，還可以領一筆保險金。我知道明亨在說什麼。我和他在同一間公司。公司有幫我們投保高額壽險，賠年薪的十倍，是員工福利的一部分。

我們拿出紙筆，開始認真算起如果真的撞死了，父母可以領多少錢。我和明亨工作了好些年，已經和那些週末華人超市裡全身上下公司防風夾克、公司T恤、公司夾腳拖、公司太陽眼鏡、識別證永遠不會從牛仔褲上拔下來的年輕男孩不一樣了。說白一點，我們已經過了可以心安理得地炫耀公司和收入的年紀，很久沒有講起這類話題了。這次機會難得，因此特別來勁。明亨算起了他歷年年終分到的股票，分四年發，他說不確定保險金的算法是否包含這部分。

「如果包含了，那就是一筆死得很值得的數字。」他說。

老皮沒有辦法加入我們，他看起了電視。他一直轉臺。健身中心回數券，菸害防治，早餐玉米穀片，壯陽藥，超音波水療按摩衛浴組。不知道為什麼，每一臺剛好都是廣告。

突然，明亨說他有感覺了。

怎麼怎麼。我們問他。

他說，肚子有點痛。

明亨去上廁所的期間，我和老皮把濾網上的灰燼倒掉，清空了碎煙器。老皮先用手指摳著金屬齒夾，再對著摳不到的隙縫吹氣，把殘渣一點不剩地清出來。我們沒有人講話。窗外車流聲像暴雨一樣連綿不絕。這間旅館旁邊就是高速公路交流道，距離近到可以直接從窗戶跳到路肩。我把窗戶關了，坐回床上，和老皮並肩。這房裡沒有其他可以坐的地方。老皮把電視的音量調大，靠了過來。我感受到他身體的熱度，頓時又覺得該把窗戶打開。

他轉頭，小聲地對我說，其實要來舊金山旅遊的不是他前女友，是他前女友的父母。所以那些下午茶餐廳是她父母要訂的？他說對。我說恭喜恭喜，進展得那麼快，是不是準備要結婚了。他搖搖頭，說這一切非常複雜，但總之不是我想像的那個樣子，百分之百不是。我的笑容瞬間凝結在臉上，像一層油。老皮說，沒有關係，不要在意，你就當作不知道這件事吧。

他轉頭回去看電視，又說，不要讓明亨知道。

我說好。

我不知道老皮去當前女友父母的司機兼地陪卻沒有要復合是什麼樣的狀況，這已經遠遠超過我對人情世故的理解。老皮繼續看電視。他轉到了一個地方性的新聞臺，專門播一些貓咪卡在樹枝上、小孩騎腳踏車摔進水溝之類的瑣事。「等一下我們的遊行，估計這邊也會報吧？」他說。我說應該是吧。他在床上盤起腿來，左腳摩擦右腳，右腳摩擦左腳。一陣子之後，他頭又靠了過來，突然跟我說，其實要來的也不是前女友的父母，而是——

「你們電視幹麼開這麼大聲？」

明亨打開廁所的門。

老皮的頭轉了回來。明亨自顧自地拿起遙控器，按了幾下，音量降了下來。

「關掉吧。」我說。明亨關了電視。我們頓時無事可做。廁所抽風扇運轉的聲音呼呼地響著。明亨搖了一下玻璃壺，現在水面呈現一種混濁的綠色，細碎的氣泡一群群堆疊在壺壁，隨著水波晃來晃去。

明亨掏了掏背包，說他今天帶的份已經全部燒完了。

我見氣氛有點乾，就開始講起早上我和明亨在公司搶洗衣機的事：我們今早特地挑了一棟位置邊陲的辦公室，原以為洗衣間較少人用，沒想到還是客滿。但每一臺裝的量都不多，地毯、絲襪、氈毛踏腳墊、防風夾克、小孩鞋子、絨毛布偶等等，看得出來是同一個家庭用的。「那些美國人真的是很賤。」我說。整間只剩角落一臺貼著故障便利貼的機器是空的。明亨竟然毫不猶豫地走過去，撕了故障貼條，把衣服都倒進去，還叫我一起。我想說他是不是瘋了。結果他說，那張故障貼條是他昨晚貼的，為的就是防範今天這種狀況。我們就這樣喜孜孜地按開了洗衣機，一路上都得意的要命，只不過為了洗一個衣服，你不覺得很好笑嗎哈哈哈哈哈。

老皮沒有笑。

他說你們公司福利真好。

「等你畢業找我內推，推薦獎金我們五五分。」明亨說。

老皮說他現在沒在想那麼遠的事情。他現在掛念的只有遊行。

這次遊行是先在杭亭頓公園集合，經過炮臺街、黏土街後，沿著遮打大道往西到市政府前廣場。

結果我們仍是坐明亨開的車，老皮也沒有抱怨。在車上老皮反覆播著這次的主題曲，他用的是MV完整版。

全面占領主席臺！

全面占領主席臺！

開頭大概有三十秒的喊聲。接下來都是臺語了，我聽不懂，只聽出副歌第一句是「天色漸漸光」。老皮隨著音樂哼了一陣，說他差點刷卡買機票，去立法院。明亨說別了吧，你老闆不是都要沒funding了。老皮頓了一下，說你們這些既得利益者，噢不，是我們這些既得利益者，難道都不該做點什麼嗎。

明亨說我們現在就正要去遊行了啊！

因為事先申請了路權，遊行沿線都有警察開道，所有路面都是淨空的。老皮披著一面等身大的國旗，非常顯眼。前導車帶大家呼口號。「Taiwan Democracy。」「Protect Democracy。」或許是考慮到大家英文程度參差不齊，口號非常的短，也沒有講到這次遊行真正的關鍵字。我猜路過的人大概都不知道我們在抗議什麼。

老皮說，這樣是不是沒什麼意義。

「不會啊。」明亨說。「主要是要走給國內看的啊。今天先全球大串聯，幾個小時後，凱達格蘭大道上還有一發大的。」

「那我們這邊豈不是跟扮家家酒一樣？」

排熱白煙從地孔逆風升起。路障另一端，兩個白人警察正隔著煙霧瞪著我們。

「……你吸太多了。」明亨說。「第一次不該吸那麼多的。」

老皮出了很多汗，國旗沿著他的領口濕了一圈。他的臉頰很紅，好像我們剛剛爭辯得很激烈似的。靜脈末梢的血絲像細小的孢子一樣在他皮膚底下綻開。不知道是不是過敏，他的脖子也出了疹子。我們默默地順著人潮往前走，沒有再說過話。一個講廣東話的大媽逆著隊伍發送傳單。那是一份印製粗糙，十分簡略的傳單。唔該，唔該。老皮沒有理她，從旁邊繞過去。走到遊行的終點，人群圍著幾臺宣傳車，音響開始播起了這次遊行的主題曲。主辦單位發送了標有拼音的歌詞。明亨和我共看一張。前奏結束，人聲響起。我們轉頭找老皮，想問他要不要一起看。

老皮不見了。

老皮正在爬宣傳車。

他不知何時擠到那麼前面去。他右腳踩上後照鏡的坎，左腳懸在空中亂踢，兩手攀著宣傳車車頂的圍欄鐵條。他兩腳都是光著，不知為何脫了鞋襪。他身上披著的國旗也歪了，繫帶從右肩脫落，一路滑到腰部。車頂的人蹲下來對他喊了一些話，我們在後面隔太遠，聽不到。人群合唱的聲音太大了，又有音響伴奏。車頂的人開始試圖掰開老皮的手指，另一個人用旗幟的底座推他的頭，老皮力氣大，竟絲毫不受影響。

天色漸漸光……。

天色漸漸光……。

「難道是藥效發作了。糟糕。」明亨對我說。我們死命往前擠。明亨說，之所以用bong來吸，就是要透過水氣稀釋，讓藥效來得緩，才不會造成太激烈的反應，沒想到老皮竟然會變成這個樣子。這不合理啊。這不合理啊。明亨反覆一直說。我們撞開一個又一個擋路的人，朝宣傳車鑽去。老皮已經爬上車頂了，他從背包裡面拿出一樣東西。那是一個金屬瓶，大概有一隻手臂那麼長，瓶身是亮面的，在太陽下非常刺眼。金屬瓶上端有一個噴嘴和氣閥。車頂的人看到，都倒抽一口氣。

那是胡椒噴霧器。

在這個國家，持有槍枝是合法的，持有胡椒噴霧器不是。

天色漸漸光……。

天色漸漸光……。

車頂上的人有些急著要逃，摔了下來。胡椒噴霧器是鎮暴警察用來對付社運群眾的常見武器，一般是受到管制的。有一個穿黃背心的糾察隊員從背後抱住老皮，老皮猛烈掙扎，兩人的四肢扭在一起。我看到老皮的嘴巴像金魚一樣一開一闔。主題曲正唱到副歌處，慷慨激昂。我和明亨離宣傳車還有十公尺的距離，現在人潮已經變成是要逃離車子的方向了。我們的前進加倍受阻。一名警察沿著車頭引擎蓋爬上宣傳車，他奪下老皮手上的噴霧器，用嘴扯開安全插銷，金屬環啪地一聲飛到人群裡面。

他按下了噴槍扳機。他對著老皮的臉噴。

人群瞬間靜了三秒，才開始發出尖叫。

更多的警察擠了上去，把老皮壓倒在地。老皮叫得很大聲，比剛剛還要大聲。我們終於能聽到他的聲音。現在音響沒有在放了。警察叫我們退後。我和明亨也被攔住，無法再靠近了。旁邊有人叫了救護車。救護車等了很久都沒有來，最後老皮是被警車送去醫院。

我和明亨沿著遊行的原路走回停車場。舞臺鋼架、探照燈、電纜線和擴音器一落落散在地上，工作人員正捲起帆布海報，上面有每個來遊行的人的簽名，說是要用特急件寄回臺北，可以趕上明天總統府前的大集結。灰白色仿大理石地板到處都是交疊的腳印。遠方夕陽正慢慢落下，還剩指印似的一小點餘光。視線所及的地平線一片紅紅黃黃，彷彿正參差不齊地燃燒一樣。

「這不合理啊。」明亨說。「這一點也不合理啊。」

我們開車到醫院，在老皮病房門外遇到警察，正是車頂上噴老皮那個。他近看非常年輕，年紀大概比我們還小吧。他一下說要做完筆錄才能見面，一下又說要請示上級，我覺得他自己也搞不清楚規定。講到一半，他甚至露出一點不好意思的表情。我從沒看過警察露出那種表情。我們在等待時瞄了醫院走廊上的電視，正好是下午在旅館看的那個地方新聞臺。我們的遊行果然有報，夾在生了四胞胎的袋鼠和百貨公司母親節特惠活動之間。老皮在宣傳車上被噴臉的畫面占了整整十秒。後來進去病房後，我們跟老皮說了，他好像很高興的樣子。

我們通知了老皮在臺灣的父母，為了不讓老人家擔心，我們只說他被警察打，沒有提到胡椒噴霧的事。老皮的母親說，嗯，所以人有怎麼樣嗎。我覺得她好像太不擔心了一點。坐在病房躺椅上陪老皮時，明亨突然說不知道被胡椒噴霧噴死保險會不會賠。我們立刻打開筆電，連上公司內部的員工福利網站查詢。查了半天仍無法確定。

明亨說，算了吧。

過了一會，老皮開始咿咿唔唔地叫了起來，先是悶悶的幾聲，後來激烈到門外大概都聽得到。我們圍到床前，等著他告訴我們發生什麼事，但他似乎是沒有講話的餘力了。我按了緊急通知鈴。醫生進來之後，只說是止痛藥退了，得要再打新的。每兩個小時要打一次，叫我們不要緊張。換過新的藥後，老皮很快就睡著了。他頭微微側偏，靠著自己的胳膊，均勻地打起呼來。他睡得很舒服的樣子。

醫生再次和我們強調，不要緊張，沒什麼好擔心的，一切都在掌控之中。

我問明亨說，要不要跟醫生講老皮早上有抽麻的事。明亨說應該不用吧，反正大麻本來就是止痛藥啊。

我們站在病床側面盯著老皮的睡臉一段時間。他沒有要醒來的跡象，睡得十分深沉。隔天我們到的時候，仍是一模一樣的睡姿。明亨說早知道這樣，就不要來了。我們待了二十分鐘，快要走時卻有一對老夫婦進來探視。老夫婦穿著完全不合時宜的羽絨外套，大紅色大橘色，進到室內也沒打算脫掉。他們說自己是阿秀的父母。「阿秀是誰？」明亨說。「應該是老皮前女友吧。」我在他耳邊說。老人家非常沉默，窸窸窣窣地摸來摸去，從床頭到床尾。先是用棉花棒沾水潤了老皮的嘴唇，又用梳子梳他的頭髮，好像老皮是植物人一樣。我跟他們說老皮應該只是睡著而已。他們似乎沒有聽到。老婦人突然轉頭說謝謝你們來，你們一定是很好的朋友。我們連忙說應該的應該的。

我和明亨站在房間一角，根本無事可做。離開醫院時，才想起昨天早上洗的衣服根本忘在那棟辦公樓。到了洗衣間，我們的衣物果然已被人拿出，滿坑滿谷地散落在桌子、椅子，以及地板上。旁邊貼了一張字條，大意是說，洗烘衣機用完了請盡速取出，不要占用一整天，有點公德心好嗎。明亨揉了紙條，扔到旁邊的垃圾桶。「白痴。」他低聲說。我們兩個一週份的衣服到處交纏在一起，襪子和襪子，褲管和褲管，分不清誰的是誰的。黑暗之中，數十臺金屬機殼發出連綿不絕的震動：脫水、烘乾、除臭、去汙；各種大小尺寸，各種長短形狀的衣物在透明玻璃罩子裡隆隆地不停翻滾，連地板牆壁彷彿都要跟著共振起來。明亨一面收衣服一面又多罵了幾句。他到底說了什麼，我已經聽不清了。

——原載二〇二〇年七月《幼獅文藝》第七九九期

昭和六十三年生，臺大資工系畢，Google工程師。在舊金山灣區和臺北討過幾年生活。想像朋友寫作會一員。曾獲林榮三小說二獎。

銀河飛梭——熊一蘋

璽方想要留在教室吃晚飯，所以我去買了便當。

「很慢欸。」回到教室時，璽方這樣對我說，「等一下自習室沒位子了。」

「沒位子就回家啊。」我說。

於是我們吃飯時一句話都沒說。璽方一下子就吃完了，但也沒有離開，只是心浮氣躁地玩著手機。

「出什麼彗星活動……廢物卡池……」

我滑著螢幕，趴在桌上慢慢吃我的便當。YouTuber在講解關於彗星的小知識，動畫導演要發表彗星主題的新作，麵包店狂推紫色的彗星麵包，市長在替天文館宣傳一些不可能實現的規畫。全都是無法和璽方聊的話題。

七個月後，哈雷彗星就要來了。所有人的心都被彗星綁架了，包括璽方。

有什麼東西被撒在我剩下的便當飯上。我放下手機。璽方站在桌子前挑眉看我，右手咔咔咔把美工刀片收回去。

「幹麼？」

「幫妳換個口味。」璽方說，舉起的左手上有一道缺口。

「很噁欸。」我望向他撒在便當上的肉屑。

璽方有點錯愕。「妳不是說模考完的特別好吃嗎？」

「不知道怎麼跟你解釋。」我闔上便當蓋，故意把橡皮筋弄出啪啪的聲音。事情是這樣的。璽方他不太會流血，所以把割腕當成一種類似轉筆的技巧在玩，可以用美工刀刨出類似柴魚片的肉花，然後我有時候會吃那些東西，因為他會開心。

但璽方有時候還是很會流血，像是他在體育課用臉接下籃板球那時，雖然一臉死白地流著鼻血，表情卻很平淡。後來璽方告訴我，他只是突然有點沮喪，很快就重新振作了。

「我不是不會流血，只是有些血管不見了，但我還活著，表示那些血管還是有在好好運作，它們一定是被偷走了，被外星人偷的。我是人類在銀河系的代表。」

璽方這麼說著的那時，兩邊鼻孔還塞著面紙，臉卻紅得一塌糊塗。

「嗯，外星人。」我點頭，望著璽方的眼睛。班上的其他人隨著上課鈴走進地科教室，實行籃板球計畫那些人也進來了，目光一束接一束打在我們身上，我望著璽方的表情變得愈來愈明亮清晰。

然後我們就變成現在這樣。

有天璽方割腕割過了頭，鮮紅的血汩汩地從手腕裡流出。我拿起運動外套用力按住傷口，璽方卻只是望著手腕發愣。

「這些血，是先流過宇宙的某個地方，才從這裡冒出來的欸。」璽方用一種帶有感動的語氣說。我很生氣。為了自己的血在宇宙某處流過而感動，我覺得這種想法非常噁心。血不乖乖在自己身體裡流，是還打算幹麼？我當時真的怕他死掉，只有我擔心這件事。

扣掉偶爾出現的自大言論，璽方是個格局很小的人。也不是說我喜歡這樣的人，只是經常和他待在一起那時，我覺得比較好。即將到來的彗星稍微改變了我們相處的氣氛，但不至於太糟。

模考結束那天，在回家的路上，璽方勾起我的手。

「妳不要生氣了嘛。」他說。

三句話以前他還在怪我凶什麼凶。

「沒考好嗎？」

「不至於。」

「妳沒考好啊。」

我低下頭。璽方的手在我頭上輕拍幾下。

「抱歉啊，我最近也滿心浮氣躁的。」璽方說。

「那就不要再管那個彗星了啦……」我說。

所有人的心都被彗星綁架了，除了我。我的心永遠是我自己的，不管是外星人或彗星都拿不走。

「可是我想到就很煩啊。明明人類在銀河系的代表就在這裡，大家就只會注意那個彗星。」

璽方握得我的手有點痛。我把他甩開，握住他兩根手指，拉著他往我家走去。

客廳裡擺了十二桌麻將，看起來和分組上課時的教室有點像，七、八個人抬起頭和我說歡迎回來，和我有血緣關係的那個坐在深處一聲沒吭。

我把璽方和我關進我的房間。和客廳相比，這裡小得像女廁的單間。大呼小叫的聲音和菸味不停地滲進來。我脫下外套，而璽方拿出了手機。

四十分鐘後，璽方說，妳有沒有充電器？

「你回去充吧。」我說。

璽方說他都送我回來了，我也應該要陪他走一段，軟硬兼施地拚命哀求。陪他走到門口以後，他卻突然說到這裡就行了，我連外套都沒穿，到外頭小心著涼。我這才意識到，他只是不敢一個人走過那個客廳而已，嘴角忍不住往上揚。

璽方看到我的表情，露出了靦腆的微笑，說改天我們可以去個有情調一點的地方。

我聽見一個清脆的聲響。我以為我打了他一巴掌，但我沒有出手。璽方揮揮手，往前走了幾步，突然停了下來，抬頭愣愣地望著夜空。

「今天月亮好亮，欸，妳來看。」

璽方向我招手。難道這個人沒有其他轉移話題的招數了嗎？

「咦，不對，月亮不是在那邊嗎？有兩個月亮？」

我順著璽方的手指望向那邊，再望向另一邊，感到非常困惑。

「這次是真的？」我脫口而出。

那個清脆的聲響，好像是爆炸聲的樣子。在遙遠的銀河系之外，有顆恆星爆炸了，好像是在處女座附近。爆炸的恆星釋放出強烈的光，在幾百萬年後來到了地球，讓夜晚變得比過去更加明亮。根據新聞說的，這樣的夜晚將持續一年半左右，很遺憾地，完全蓋過了哈雷彗星的觀測期。

YouTuber忙著製作新影片，動畫電影因為宣傳文案大改被笑了一段時間，彗星麵包在這之前就過氣了，天文館沒有足以讓大量一般民眾看到彗星的方案而備受攻擊，市長因為連帶扯出的採購弊案從新聞上消失了。

璽方非常非常地興奮，認為這是宇宙人為了他的特殊身分做出來的宣示，拿了一本筆記本寫下引爆恆星的完整計畫，要求我一定要找時間讀完，也更加熱衷於精進他的割腕技術。

某個放學後的晚餐時間，璽方大呼小叫地捏起一片肉片給我看。

「妳看，這個空洞就是原本血管的位置，第一次切出這麼完整的！」

「你不要再玩那個魔術了。」我說。

畢竟我本來就不是喜歡他還是什麼的。大考開始前，我們分開念書，我念得很專心，有段時間不太記得其他事。某天系上教授請大家吃日本料理，我夾起一片蓮藕，這才突然想到，和璽方已經很久沒有見面了。

哈雷彗星走了，那顆恆星也徹底死透了，過度的光照對生態系留下了一些搞不太懂的傷害。我已經不是高中生了，那種超出本科系領域的事，我看了也搞不懂記不得。

大學也畢業以後，因為沒什麼事好做，我去考了捷運司機。最後考上也沒什麼特別的原因，只是我身體各方面都還滿健康的。捷運不能說停就停，這份工作需要穩定。

列車大部分時間都是自動駕駛，我的工作只是一份保險，在每次發車前打手勢確認沒有異常，該開的開了、該關的有關，然後不斷重複同樣的事。瑣碎、平凡，但也沒有省略的餘地。

下車確認車門時，偶爾會有孩子盯著我看，他們的爸媽發現了，會笑笑地叫他們跟司機姊姊打招呼。我也會笑著向他們點頭，說我是司機哥哥。

如果他們叫我司機哥哥，我就會說是司機姊姊。這個把戲騙不了熟人，但陌生人都很重視我說的話，我喜歡看他們慌慌張張的樣子，才一直保持主管看不慣的中性打扮。

在同學會上，老朋友知道我的工作後都很驚訝。聽我描述工作情況後，他們都收起崇拜的表情，問我不會覺得無聊嗎。

不會無聊，我很從容。在臺北地下穿梭的無數人之中，我是最能掌握一切的那個。幾分鐘後我會在哪裡、做什麼，都寫在我的任務卡上。分鐘和分鐘不斷堆疊下去，我就能知道未來，其他人只能望著窗外的一片黑暗，等待我在他們的目的地打開車門。

捷運司機放不到國定假，同事們都習慣排假出國，在外國的假期內好好享受。我也去了很多地方，通常是一個人。後來旅伴漸漸增加，我去了些沒想過自己會去的地方，和朋友、和家人、和情人。每當我看著陌生的風景，感受著世界的多采多姿，我都隱隱約約地感到優越，因為我還沒看到任何一件事物，比不會流血的高中男生更有趣。

我不斷想起牙齒上的觸感，剪斷有彈性的肉片後互相摩擦的搔癢。是有厚度的呀，當時怎麼會覺得像糯米紙一下就融化了？

約會時看的電影說，每個人的一生都是為了與某件事物相遇。如果是這樣，那我的一生早就已經完成了，在八年前。十五年前。二十一年前。

一直叫我把頭髮留長的主管因為醜聞離職了，但孩子們也不再叫我司機哥哥，和我對上眼時，大家都毫不猶豫地叫我司機阿姨。微笑著回應幾次以後，我久違地進了理髮廳。

「妳頭髮留長了。」理髮師有點驚訝。

「是啊。」我說。那陣子我忙著處理情人和他老婆的事，沒空在意頭髮。

「跟之前一樣嗎？」

「我想稍微留長一點。」我打了個呵欠，說最近耳朵吹到風就很不舒服。

某天我想幫自己弄個早餐，卻把蛋摔破在冰箱門上。因為不斷重複同樣的動作，我的右手已經不太能使力。醫生把我的手臂扭過來扭過去，看起來有點生氣。我說左手也能完成工作，痛也只是痛而已，就一直沒有特別在意。

醫生替我的手拍了幾張照片，好確定裡頭出問題的是什麼地方。X光拍骨頭、磁核共振儀拍韌帶，超音波還能看關節的動作。聽檢查結果時我一直分心注意那些照片。手臂裡，看不見的東西，全都看得到了。

「如果要看血管的話，要用什麼拍？」我突然開口，結果被醫生罵了。好像是血管的照片拍起來沒那麼輕鬆。

我持續做了一陣子的治療，注意保養左手，但也沒有停止工作。年輕的小主管在我的下班時間來到廠房，閒聊一陣後，他對我說了一些相當尊敬之類的話。我想這是升遷的預告，所以我告訴他，一個人待在駕駛室時，我覺得很好。

我在我的身體裡看見愈來愈多的東西，腎裡有幾粒結石，大腸有塊息肉，牙根底下也有一片發炎。退休的同事去上中醫課，纏著我問了半小時生活狀況，最後說我身體裡的氣鬱結在肝臟，有道看不見的火正往上燒，還不知道從哪抄了張蓮子心茶的食譜硬塞給我。

某次在端點折返時，我突然覺得列車變長了，大概多了一節車廂的長度。打卡下班前我一直有點惶惶然，一直到和警衛打招呼告別時，我告訴他，我準備要退休了。

公司頒給我一張獎狀，市長也來和我合照，說我是敬業的資深女駕駛。幾家媒體向我提出採訪邀請，我想這是工作的善後，就盡量和他們見面，回答問題、回想事情，一直到我住院為止。

許多很久不見的人都來探望我。他們在報導上看到我，問到了聯絡方式，就一個個跑來探病，連璽方也來了。我告訴他，原來當個了不起的人是這麼回事，其實也不算太糟。但他好像沒聽懂我的意思，說了些和別人大同小異的話就回去了。

醫師跟著看護員進來巡房，一一檢查我身邊的儀器，沒有看向我的臉就說：「今天比較有精神喔。」

「我再躺一下就要出去了。我還要活到九十三歲。」

醫師轉過頭，似乎沒想到我會回應。看護員反應快了一點，問說：「九十三歲有什麼事嗎？」

「我要去看彗星。」我說。「上次就很想看了，結果沒有看到。」

——原載二〇二〇年二月二日《自由時報》副刊

本名熊信淵，臺灣大學臺灣文學研究所碩士，現在姑且是一邊寫作一邊想我到底要幹麼。曾獲林榮三文學獎、聯合報文學獎等，非虛構作品《我們的搖滾樂》曾獲二〇二〇臺灣文學金典獎入圍。

那一天我們跟在雞屁股後面尋路——何玟珒

臺南的柏油路熱氣蒸騰，經過日光曝曬過後的街景在視野裡晃動。小臻騎著摩托車在路上亂晃，安全帽悶著頭髮，熱風夾帶海的鹹味吹過我們的皮膚。我一手摟著小臻的腰，另一手緊抓皮包，那裡面放著一個紅包袋。

為了尋找合適的地點，我和小臻在附近繞了好幾圈卻一直沒找到心儀的地方，小臻不斷碎碎念，我發著呆，時不時以「嗯、啊、哦」附和，那些被風吹糊的音節其實並沒有進到我的耳朵裡。我一直在想咩咩。

突然一個急煞。我的腦袋撞上她的安全帽。幹你娘。小臻罵出聲。

「怎麼了？」

「幹，有雞啦！」小臻朝機車龍頭前面抬了抬下巴。

我推了推被撞歪的眼鏡，看前方一隻白雞小跑步橫越馬路，那隻雞撲打翅膀，似飛不飛地快速交換踩在柏油路上的雞腳，直到抵達路旁的草叢才終於停下。牠像喘了口氣似地，伸著腦袋左右徘徊了一下，最後站定直直盯著我們。

「臺南有這麼鄉下嗎？雞都可以隨便在馬路上跑的哦？」小臻打量了下那隻體態肥美的白雞，「欸妳敢不敢抓？帶回去加菜。」

「那是『白鳳』，神明開光的時候用過的，不能抓。」

「妳怎麼知道？」

「以前跟咩咩看過阿公做開光儀式，用的就是這種雞。」

和家中信仰天主教的小臻不同，我和咩咩自幼生長於法師世家，長期浸淫在廟宇祭儀文化裡面，跟著祖父輩走遍臺南大大小小的廟宇，大人辦法事，我們小孩就在廟埕或廟裡玩耍，從小見多了這些科儀，有些儀式就算不清楚細節，也懂得大概流程。咩咩知道的事情應該比我更詳細，畢竟家裡有意讓咩咩成為接班人。

神明開光點眼需要取雞冠血，將雞血混著硃砂以筆點在神像的眼耳口鼻上，再以八卦鏡折射陽光在神像上，整套儀式完成，神像才算是有了靈，能入廟被人祭拜，為信徒排憂解難。

咩咩曾經親身參與過開光儀式，負責抓住那隻將被割開雞冠的白鳳雞，咩咩當時很不情願，我還記得那時的場景：金身面上包裹紅布，被遙遙迎進廟壇前，綁上紅頭巾的父親在壇前念咒搖鈴吹龍角，而後一手捉起雞，在神像面前比劃：祖師為我敕靈雞本師為我敕靈雞你未敕是凡間雞敕了化成開光雞點天天清點地地靈點人人興旺點神神復興點了凶神惡鬼慢走不停留……

那隻雞雙腳被繩子繫起，翅膀被父親牢牢抓住，被迫伸長脖子如一只澆花器，那隻白雞轉著眼，啼都不啼一聲。父親拿起劍，把雞交給咩咩，咩咩一邊控制臉部表情一邊接過雞，他手上的白雞垂著腦袋，並不掙扎，直到父親以劍刃劃開雞冠，牠才淒厲地啼叫起來，撲動翅膀欲掙脫肉身的痛與桎梏，咩咩險些沒抓住掙扎的白鳳雞，父親眼明手快地制住牠的脖頸，雞血入碟，父親以眼神示意咩咩把雞帶走，儀式結束後咩咩邊哭邊把白鳳雞腳上的繩子解開。走吧、走吧，不痛了，你自由了，他說。

「啊那這些被割過的雞怎麼辦？」

「神明用過的雞不能養、不能吃，只能放生。讓牠們自己去流浪。」

然後有些雞流浪、流浪著就不見了。我在心底暗暗補充，就像咩咩一樣。

那隻白雞歪了歪頭，看了我們一會兒，隨後對我們失去興趣，扭過肥胖的身軀，顛著屁股走了。

小臻說難得遇到白鳳神雞，看牠很有靈性的樣子，我們要不要跟上去看牠會給我們什麼指示？我說好。

她放慢機車速度，我和小臻兩人一車緩緩地跟在白雞屁股後面走。認真想來這畫面其實滿荒謬的，但我現在沒心情笑，害我無法揚起嘴角的罪魁禍首現在就在我的皮包裡。

「楊振剛真的很麻煩欸！連死了都這麼麻煩，虧妳能忍受他這麼久。」

「咩咩是我……我是他姐，如果連我都不幫他，他要怎麼辦？」

楊振綱就是咩咩，原本是我弟後來變成我妹的那個人，有些時候我很難對旁人或長輩解釋這其中的曲折，我自己一開始也無法習慣本來一直叫弟弟的人變成妹妹，於是我折衷改口叫他「咩咩」，或者是拉長音調的「咩——」，除了我每次叫他的時候聽起來都像學羊叫以外，我們對這個名字都沒有什麼不滿。

「喔幹！對啦是咩咩。我每次都忘記。」小臻咋了下舌，「就連這點也很麻煩。」

「習慣就好了。」

很多事情都是習慣就好了，然而家中除了我以外，其他的人都無法習慣咩咩的改變，咩咩由男化女代表的是，家裡沒有男丁可以傳宗接代，祖傳的法師事業亦無以為繼，但有件事情他們都忘記了

（或者是刻意不提起），獨獨我記得清晰——關於咩咩本來應該是女生這件事。

我參與了咩咩一部分的歷史，他的史前史與我的童年疊合，同樣起始於中國城地下街的喧鬧繁華。彼時中國城尚未沒落，青年男女在此地吃食、購物、戀愛，音響喇叭播放最新的流行曲；店家櫥窗展示時尚潮流趨勢；牆面上貼著臺港日歐美明星的海報……商場裡混雜著各式氣味，食物、汗水與香氛雜揉成一條恆河水，人身往復如舟，行進間沾染滿身俗世塵味，地下街裡人潮來往，母親緊牽著我的手，繞過滿街商客拐進一家命理館。

那家命理館燃著味道詭異的熏香，面對走道的櫥窗貼滿命理師的個人宣傳海報，「算命改名，掌握未來」。一組沙發、一個書櫃和一張書桌占滿狹小的店面，那命理師是名肥胖的中年男子，髮線極高露出大半光亮的額頭，他堆起了笑容招呼我們：「歡迎歡迎，要問什麼？」

「我想問我這一胎是男是女，之前有給人看過……」母親順了順我的頭髮，遞出寫了生辰八字的紙條，「他說我這女兒會招弟弟，是不是真的？」

男人看了眼母親猶算平坦的小腹，說：「哦……我看看……沒有餒。妳這個命盤……命理裡面齁，說妳注定會生兩個女兒欸，啊男生……男生要再看看啦……好像有又好像沒有。」

「所以到底是有還是沒有？」

「很難說欸……妳這個、這個很奇怪，我第一次看到餒！」

「嗄？那要怎麼辦？我夫家想要有人能繼承家業，最好是能生個兒子。」

「怎麼辦喔？那妳要不要去求夫人媽做『換斗』儀式？把女孩子換成男孩子，我有認識的紅頭仔，他齁，法力高強……」

「不用了。」母親打斷他，收回那張生辰紙，「我公公就是做法事的。」

我坐在搖搖車裡舔著雞蛋冰，看母親拿著手機與另一端的友人聊天。我公公就是做法事的。她說，我只是害怕，要是我換斗了，生出來的還是女孩子怎麼辦？

母親回家之後詢問祖父和父親的意見，那天晚上空氣濕熱，小飛蚊在家門口迎燈而聚，祖父坐在昏黃燈光裡，一邊揮扇驅趕蚊蟲，一邊說：「好啊！若是夫人媽同意，咱著來做換斗儀，恁佮物件攢予好。」

在正式進行儀式之前，父親先帶著全家人到臨水夫人廟，問夫人媽願不願意幫我們這個忙，父親為代表在夫人媽面前擲筊，他在夫人媽壇前跪了許久，連擲好幾個笑筊，父親額上冒汗，母親牽著我的手越來越用力，最後父親說：「夫人媽，這胎若是生查埔囝，伊以後著乎祢差用。」此話方落，筊杯落下一正一反，夫人媽勉強同意。父親說母親腹中的孩子很得神明的緣。

母親讓我把事前準備好的蓮蕉花放在一旁，祖父綁上頭巾、穿起道袍，念了一長串令人頭昏腦脹的咒，我那時年幼，看著祖父在十二婆姐面前亂舞忍不住發笑。廟方人員搬來長凳，在長凳下點起七星燈，那些蠟燭讓我想起前陣子過生日時母親為我買的蛋糕。

百花橋三上三下，母親將我抱上覆蓋著黑布的長凳，父母跟在我身後踏上長凳，我們三人與母親腹中的胎兒從此岸渡至彼岸，婆姐笑看。母親的子宮是一座花叢，白花為男，紅花為女，母親要從血池中摘去紅花，留下不被經血沾染的白花，月經在子宮裡面都是豔紅繁花。

儀式結束後，母親將施過法的蓮蕉花帶回去悉心照顧，幾個月後咩咩以男兒身出生，成為我弟弟。

他要先成為我弟弟，然後才能成為我妹妹。這個過程像一個漫長的毛細現象實驗，像我現在正在使用的衛生棉條，經血慢慢浸染棉條，除非到了不得不更換棉條時要把塞進去的東西再次拿出來，不然不會有人知道白色什麼時候會全都變成紅色。

我記得咩咩在讀國中的時候，表現出來的樣子都與普通的男孩無異：喜歡看《海賊王》、《火影忍者》、《獵人》和ＮＢＡ籃球賽；喜歡寬鬆連帽Ｔ、運動褲和球鞋；喜歡班上成績最好的女生……許久之後我才明白他的喜好並不具有劃分性別的意義，他所愛過的一切事物，我身為女生也同樣喜歡過，我不能以此為證據指認咩咩到國中為止都還是個「男生」，或許他打從一開始就是喜歡那些東西的女生。

然而，我能夠指認出那個瞬間，那個咩咩在我眼前莫名陌生的瞬間：那是我剛從大學畢業，正準備考研究所的時候，母親在我備考期間奇蹟似的懷上了第三胎，那時母親已是高齡產婦，胎兒狀況不穩，醫生囑咐母親在日常生活中要多注意，為了照顧母親，那段時間我每個週末都回家。饒是如此，在懷孕第十七週的時候，母親還是沒能保住腹中的胎兒，某日深夜時分，我聽見母親的哭喊，嚇得趕緊從床上起身跑到浴室查看狀況。母親癱坐在地上，浴室磁磚上有鮮血流淌，面對滿地血汙，我和母親都慌得臉色蒼白，她不停哭著喊痛。

然後咩咩來了，那是一個非常奇異、我難以形容的瞬間，周遭空氣似乎都凝滯了，母親的哭喊聲也停了下來。當時還是國中小屁孩的咩咩，看上去卻是莊嚴慈悲，自他口中吐出的字句悲憫，那是一道非常女性化的嗓音，絕非當時變聲期的咩咩能發出的聲音。這個囡仔佮妳無緣，妳莫執訣。他說。

他蹲下身輕撫母親發汗濕黏的頭髮，輕聲安慰，母親流著淚暈了過去，咩咩為母親清理下身血塊，在無數血塊中有一個娃娃似的東西，那東西蜷縮成一團落在地上，咩咩用浴巾將它包裹起來抱在懷裡，像慈愛的母神那般。我打電話叫救護車，醫護人員衝進浴室把母親抬上擔架送醫，我和咩咩也一起去了醫院，忙完入院手續後在醫院過了一夜。

一覺醒來之後，咩咩對昨夜的事情毫無印象，確認母親安全無虞後就踩著拖鞋回家補眠了，而那天母親甦醒，說的第一句話是：「我昨天好像看到了夫人媽。」

我想起小學時那位三腳貓命理師的話，那一長串關於母親介於有和沒有之間的生男預言，咩咩用浴巾包裹的胎兒後來交給了院方，我無從確認我是失去了一個弟弟還是妹妹。

日後我想要找那個命理師卻都找不到了，昔日他店鋪所在的中國城地下街已被爆破拆除，成了親水公園，過去藏在建物底下的暗面都被翻出來曝曬在太陽下。親水公園剛落成的時候我去過一次，那公園中央是一條人造大河，連接環河街與康樂街，水深及膝，兩岸與河中鋪上白石如沙洲，植栽散布其中，我對植物沒有研究，實在分不出那些植物究竟是真的還是人造的。

我在孩子們的嘻笑聲中從這岸渡水至彼岸，河道中保存部分中國城的殘跡梁柱，像是在提醒未曾經歷過中國城時代的臺南人這裡曾有座商場和地下街，無數青年男女在影廳、冰宮、小吃街、唱片行、遊樂廳中恣意揮霍過青春，大把時間像廟中籤紙任人抽取。我行過那些斷垣殘跡，認不出我過去曾逛過的街。

咩咩出生的時間晚，他沒有經歷過中國城最輝煌繁華的年代，他出生之後沒過幾年光陰，中國城便成為大人口中「平時沒事不要去」的地方，但他的青春期中仍有一條地下街陪著他成長，那是臺南火車站附近位於鉅星大樓底下的南方地下街。

彼時我們一起在那棟大樓裡補習，我打算考公職，他則準備考大學，大樓的電梯只有兩座，每到國高中放學時間，前去補習等電梯的學生隊伍總是排得老長，隊伍的最外緣險險踩在人行道與馬路的交界上，學子身後即是車水馬龍。

尋常學生搭電梯都是往上，很少有人會按下B1的樓層鍵，我很懷疑除了我跟咩咩以外，是否還有人知道那棟大樓底下有條地下街。那條街連結民族路與中山路，比起幼時曾去過的中國城，那條地下街相較起來非常短，店面也不多，許多空間都是冷冷清清地閒置著。在咩咩的女性意識逐漸崛起，開始想換穿女裝之時，我和他相中那裡人煙稀少，且有洗手間，遂時常趁著補習空檔溜到地下街的女廁裡，咩咩換裝，而我負責把風。

我依舊記得咩咩第一次穿女裝的情況：我們躡手躡腳地溜進女廁，他躲進廁所隔間，而我則在外面洗手臺等他，並防備著如有人進來上廁所，就要暗示咩咩先待在隔間裡等著不要出來。他的首次女裝是一套白底的碎花襯衫和黑色長褲，配色有些老氣，感覺很像婆婆媽媽在菜市場會買的衣服，我猜想他是因為便宜才買的。

鏡中的楊振綱看起來非常滑稽，他的壯碩身材收在明顯過小的衣服裡，腰線拉高至他的肋骨下方，碎花圖案變形成草履蟲，褲子的腰扣扣不上。坦白說楊振綱並不是那種普世審美下會適合穿女裝的男生。小臻給我看過FB、Dcard、PTT上的女裝版和女裝社團，社群網站上的男孩們穿起女裝雌雄莫辨，大眼膚白長髮身材姣好，對著鏡頭擺出各種撩人或賣萌的姿勢。

當小臻知道楊振綱也穿女裝時，她問我穿起女裝的楊振綱是不是和他們屬於同一個類型？我說不是。纖細美麗的女裝男子們受萬人追捧，敢於在社群網站上大秀自己的自信與美麗，而楊振綱距離他們太遙遠，穿上女裝的他更像是反串的諧星。

高中的、第一次穿女裝的楊振綱站在女廁洗手臺前盯著鏡中的自己許久，女廁的燈光慘白慘白地打在他臉上，他問我：「姐仔，我是毋是誠歹看？」

「袂啦！你只是無化妝爾爾，化妝了後著會變足媠啊！」

那個當下，我很想哭。日後每次想起這件事情，想起他曾哭喪著臉問我那句「姐仔，我是毋是誠歹看？」，我都會鼻酸。即便之後他去做了變性手術，擁有一具比較適合穿女裝和化妝的身體，我還是會不斷回想起他在地下街廁所的那一日。

千禧年後的我們各自經歷人生的重大決定，我考上公務員出了社會、結婚、離婚然後交了一個比我小的女朋友；他則考上成大都計、當兵、念研究所以及決定動變性手術。我們都讓父母承受不小的衝擊，因為家中事業無人繼承的緣故，母親哭了許久，父親好幾年都不願意和我們說話，最令我訝異的是祖父的反應。隨在個去。他說。我不確定他是放棄還是看開了。

咩咩是在看完中國城拆除前的樣子才決定變性的，他的畢業論文是關於中國城的都更改造，我陪他去幫忙拍照。面臨拆除的商場和地下街顯得破敗寂寥，與我印象中的熱鬧景象相差甚遠，唯一能和我的童年記憶相互疊合的只剩中國牌坊似的正門，歇山式的金色屋頂落寞，沿著牆壁懸掛的抗議布條垂頭喪氣地隨風鼓起又落下。

咩咩拿著相機跨過障礙物進到建築內部，相機鏡頭逐一框起舊時代的存有：泛黃的明星海報、生塵的桌椅與櫃檯、破損的燈箱以及緊緊拉下噴著「已點交」油漆的鐵門。時光停滯在無人在乎的瞬間，昔日用來營生的物什都被棄置在漫長的年歲裡長出灰塵，我們在地面上、地面下各繞了一圈，幾隻流浪貓狗趴在地上懶懶地看我們走過。

雖然蕭索，但整個中國城也沒有到可被稱之為「死城」的地步，部分商家仍然開著如服飾攤、卡拉ＯＫ，點播機傳出的臺語歌曲流淌在街上，幾名中老年人坐在塑膠凳或躺椅上隨著音樂哼唱。行經一處女裝店時，一名中年婦女叫住了他：「少年仔，足久無看著你啊餒！啊另外一个少年仔咧？」

「伊無閒啦！」

「啊這个敢是你女朋友？」

「毋是，這我阿姐。」

我在那一天知道他的第一套女裝是在中國城買的。我們閒晃著搭電梯上樓，到幾年前正式關閉的中國城大戲院，大門深鎖，幾張舊電影海報猶黏在牆上沒有撕下。

咩咩在電影院前的階梯上對我坦承，他高中讀男校的時候曾交過一個男朋友，他們在無人的二輪片影廳裡有了第一次性經驗，他弄髒制服，在只有女裝店開著的地下街裡買下那套衣服，他沒敢換上襯衫，只換了褲子。

「難怪你要買黑褲。敢會疼？」

「夭壽疼。」他承認，「那種時候特別想變成女生。」

「幹。女生也會痛的好嗎？」我翻了個白眼，「要做手術嗎？想好了？你有錢嗎？」

「有。存了一筆。」

「想好了就去吧。我罩你。」

經過一系列的心理評估，在中國城爆破拆除的那一年，楊振綱拆掉了他身上的男性性徵。如割開白鳳雞雞冠那般，醫生切割他的陰莖組織，塑成一個人工陰道。身為唯一支持他變性的家屬，我透過網路上的模擬影片理解即將發生在咩咩身上的事情，手術的費用高昂且術後仍需服藥、打針，以改變激素分泌。當年母親將咩咩由女化男只需一道儀式，而他要從男生變回女生卻需要走上那麼長的一段路。

手術完成後我去醫院探望咩咩，他見我來了便脫下內褲，掀開被子一角問我：「姐仔，婧無？」

「靠北喔！褲子穿好啦！」

「姐仔，幫我看一下嘛！」他用撒嬌的語氣求我，「除了妳，我找誰幫我看啦！」

我翻了個白眼，莫可奈何地低頭幫她看她的新器官，仔細觀察後對他說：「做得很好啦！跟我的差不多。」

「真的喔？」

「騙你幹麼？」

經過我再三保證，咩咩這才放心地笑了出來。

咩咩用他新的身體活了許多年，直到癌症找上他，說來諷刺，他變成女生之後，連罹患的癌症都特別「女性化」，咩咩得的是乳癌，發現時已經是癌末了。小臻說他很衰，我也這麼覺得，而咩咩本人倒是很看得開。

啊不然能怎麼辦？他說，遇上就遇上了啊！

確實是不能怎麼樣，性別借助現代科技仍有轉換的可能，但生死不是，命中注定的死局無可逆反，死結解不開。

咩咩說他最大的遺憾就是沒能穿上婚紗結婚。「女人一生一次的婚禮欸！穿上婚紗是所有女生的夢想啊！是女人的浪漫啊！」咩咩是這麼說的，身為女人且結婚又離婚，並打算之後跟小臻結婚的我表示無法理解他的浪漫。

「不然你火化的時候就穿婚紗好了，都是白的。我可以幫你做一件。」小臻提議，「反正葬禮也是一生一次。」

「幹！」咩咩正要丟出病床的枕頭，想了想之後又收回了手，「欸，妳說的好像也有道理。」在一旁的我忽然有些慶幸家裡人基本上都與我們斷絕關係了，不然咩咩的葬禮肯定不能以這麼瘋狂的方式舉行。

「但是你沒有結婚對象。」我提醒他。

「喔，對欸。」他滿不在乎地聳聳肩，「那等我死後，妳們在幫我冥一個。不然我死後沒人拜我。」

咩咩交代後事的態度像是在安排婚禮大小事宜，小臻負責婚紗的製作，我從旁幫忙。隨著化療療程逐漸拉長，咩咩的頭髮掉了許多，身材也逐漸消瘦，以前不管怎麼嘗試都穿不下的衣服，現在穿著都嫌大。

小臻改了好幾次婚紗的尺寸，每一次試裝都在威脅他不要再瘦下去了，再瘦下去她就不幫他做衣服了。咩咩只是一邊笑，一邊道歉，求她再幫忙改一次尺寸。這是最後一次了。他說。

真正的最後一次來臨時，咩咩闔眼躺在棺木裡，臉上帶著禮儀師為他化的精緻妝容，安穩地沉睡著如處於母親的子宮中。我剪下他的頭髮和指甲，小臻為他別上安全別針，好讓衣料合身不會滑落——縱然棺木一蓋上我們也無從確認他的衣著如何。

「要送火化了喔？你們確定要這樣齁？」

殯葬業者顯然是第一次處理穿婚紗的屍體，再三向我們確認，我們不斷地回答：是。對。我們確定。就是這樣。

他被送進烈火之中，終成骨灰一罈，再也看不出男女之分。我和小臻先將它放進靈骨塔，接著還在今天要幫他找冥婚對象。在今天之前，我一度猶豫要幫他找新郎還是新娘，咩咩生前是雙性戀，有過男朋友也交過女朋友，每次戀情都意外短暫。

最終是小臻覺得：「楊振綱現在是女生，應該是要找夫家才對吧？」於是我們帶著裝有紙錢、現金以及他的頭髮和指甲的紅包袋上路，騎著機車到處尋找合適的地點，路途中遇上一隻白鳳雞，現在正期待神明雞能給我們一點指示。

那隻雞走過待開發的土地、走過大馬路、走過運河旁的人行道、走過幾座橋，最終某一處停了下來，他撲打翅膀飛上紅棕色的欄杆（我第一次見過有雞可以飛那麼高的），居高臨下地看著柏油路上的我們，接著轉了個方向，對著我們噘起屁股，拉了坨屎。雞屎落在運河旁的人行道上，對面隔著一條馬路就是親水公園末端。

「媽媽妳看！爸爸前面有雞雞耶！」

一個小女孩天真無邪地指著欄杆上的白鳳雞大喊著，而女孩的雙親表情尷尬，牽著女孩走遠。

「欸，神明用過的雞指示了，看來就是這裡了。」小臻熄火路邊停車，指著那坨雞屎說，「去放紅包啦！快點。」

「這地點不好吧？親水公園附近都是小孩跟家長，不然就是情侶在約會，一般來說，怎麼看都不是適合找結婚對象的地方啊！」

「不是啊！啊妳家楊振綱是一般的結婚對象膩？」小臻瞪著眼反駁，「不是說好跟著雞走？神明冥冥之中有注定啦！就是這邊了，趕快放啦齁！妳看，雞在看我們了啦！」

白鳳雞不知何時又轉了回來，偏著小腦袋瓜看我們，似乎不明白我們這兩個愚蠢的人類怎麼還不把事情辦一辦。

「好啦！」

我妥協，從機車後座上下來，將紅包袋放在人行道上，與雞屎保持了一點距離，附近風大，我正想著要不要找塊石頭把它壓住，一陣風好巧不巧颳過，將紅包袋吹進了運河中。

目睹這一幕的小臻和我同時罵了一聲「Shit」，衝到欄杆旁看那一抹紅逐漸沉沒在金光閃閃的水面上。白鳳雞鄙夷地發出「咯咯」聲。

「幹。怎麼辦？」我問小臻。

「沒怎麼辦啊！不然妳要下去撈喔？」小臻攤手擺爛，試著安慰我，「這就說明楊振綱沒有結婚的緣分吧？啊不然就是他想開了，覺得不結婚也很好。嗯，妳就這樣想好了。」

在我看著水面發愁時，白鳳雞跳下欄杆，踏上人行道慢悠悠地搖著屁股走了，向著夕陽緩緩消失在遠方。

本文獲二〇二〇年第十屆臺南文學獎短篇小說優等

一九九八年出生於臺中，目前就讀於成功大學臺灣文學系雙主修歷史，努力讓自己能如期畢業。想像朋友寫作會成員。曾得過鳳凰樹文學獎、臺南文學獎、教育部文藝創作獎等，在文學獎比賽和CWT同人場焦慮地玩耍、寫字中。

噎告——王定國

1

五年前，我最幸福的時光。

那時我已在一家大型事務所擔任要職，很多漂亮的規畫案都有我的手筆，有些臨時被退回的棘手案也會找我救援，只要又有個念頭對我發出忽閃忽滅的靈光，我一關起門來就廝殺到天亮，那種深受器重而自甘獻身用命的信念，只有創作者能懂，他應該和我一樣，熱愛一支筆在他紙上畫出來的神奇，如同畫出自己的生命。

有時當我受邀分享個人的創作理念，最後我都會對著臺下那些發亮的眼睛說，作為一個設計人，不論來自什麼環境，你一定要拋開太過熟悉的記憶，然後給自己設定一個達不到的境界，這將有助於光榮地走在這條路上，總有一天，你的某一條線自然會去和它連結……

也就是那年四月，我懷著美麗又自信的憧憬，帶著妻子女兒搬進了親水園道上的社區大樓。那真是開家富人的領域，起床就看得到晨曦在山邊露臉，黃昏時的窗景盡是綿延的河灣落日，若不想打開窗戶，光坐在沙發上也能體驗這人生初次的幸福感，它拍著快樂翅膀，就像一隻鳥正從遠空飛來。

簡單家具歸位後，你真該瞧瞧我那可愛女兒雀躍的模樣，很難想像吧，她剛來到青春叛逆的小年紀，一看到木地板還是忍不住躺下來翻滾，接著兩手抱胸裝世故，走來走去對著眼前所見嘖嘖稱奇。

妻那時的表情則一貫較為冷靜，看來百感交集，畢竟當初她是排除萬難嫁給我，因此常有一股憂心，總是要我慢慢來，千萬不要為了替她爭面子，把自己的步調走亂了。

然而那時的我，坦白說，我急切想要的剛好和她相反，她有時間等待，而我並沒有等待的時間。窮人家的出身，好不容易有個像樣的小屋簷，難免就有一種辛酸的慶幸，儘管房子還背負著貸款壓力，但我既然已能預見自己的遠景，我不認為錢能折損我的志氣，與此相反，我們以後的日子會更好，所有的努力不就是為了以後更好的日子。

使我錯愕又無奈的，是這第二天的新家，突然來了一個不速之客。

而偏偏他就是我所說的，我一直想要拋開的記憶。

這天下午，妻為了新家博好采，決定正式啟用那像條船的中島廚房，臨時跑到黃昏市場買了菜，回來後就開始洗濯備料，我則翹著二郎腿翻閱著星期天的報紙，一邊聽著那刀鋒起落間輕快俐落的節奏，尤其當她細細切著蔥絲有如急弦快板那樣美妙地傳來，我不得不相信人生的一場盛宴就要在眼前開動了。

我們沒有通知任何人，一家三口五道菜，還準備了一瓶紅酒。這時突然門鈴響，妻以為管理員上門來遞件，特別拎了兩個橘子去應門。沒想到，這個意外的人就這麼進來了，多年不見，不如不見的我父親。

我不知道他從哪裡來，鄉下的家只有嚴重痛風的母親，而他到處去遊蕩，搭錯車下錯站，久久一趟摸回鄉下，吃完飯又飄游到另一條路上。他戴著過大的棒球帽，壓得很深，想摘下來，猶豫著，頭髮大概稀稀落落快掉光了。

門還沒關上，我也沒有叫他，是他自告奮勇，像在人群中踮起腳尖伸著臉，親熱地叫著站在旁邊的妻的名字，她趕緊趨前把他迎到餐桌上。這雷電般的交會就這麼落幕了，然而卻也是剛開始的命運，我的命運。

紅酒還沒打開，幸好他也只喝啤酒，以他平常的量，冰箱那僅有的一瓶只能澆他乾燥的喉嚨。妻剛拿上來，杯中還沒倒酒，他已把話謙卑地說在前頭，「我喝兩口就好，你媽走不動，應該早點回去看她，也不能耽誤到你們。」

妻連說不會，忙著為他備碗，他沒推辭，帽下瞧我一眼，轉頭對她說：「聽到你們搬新家，原來這麼氣派，妳知道我是怎樣的高興嗎，嘴巴一整天闔不起來，就好像是我自己的成就啦。他小時候跟我吃了不少苦，妳都聽他說過了吧，真悽慘，只能怪我沒出息，還把他寄養在他外公家。」

女兒只在鄉下見過他一次，印象停在賭輸回來拍桌要錢那窘態，她冷冷嚼著飯，鼓著白白的臉頰，搬家那股喜悅早已急凍下來。「妳都沒叫我阿公喲，我就還記得妳叫小靜。小靜啊，妳爸爸被那些表兄弟壓在地上打，大概就是妳現在的年紀，妳看他現在多麼厲害，這樣我就放心了。」

說完才轉過來對著我的側臉，沒有再移開，連聲音也輕落下來：

唉，這要怎麼說，說不完啊。有一次你媽回娘家繳會錢，看到你就哭了，說有帶你上街去吃麵，還給你買了一大串香蕉，結果你怕帶回去被充公，躲到快散場的電影院，趁燈光還沒亮，狂吃了好幾條，難怪卡到氣管引起肺炎……你看這件事我也知道。

對你一直很關心啦，還有什麼我不知道的。自言自語著。

你被打破頭，我還跑到教室用紅色粉筆把那些人寫在黑板，你可能忘了。

你姊姊的死，日本腦炎造成的，我也有趕回來，哭得很傷心。

被我修理只有那一次，叫你去外公家拿地瓜，回來臭罵我一頓。

你跟著我搬家十幾次，也不是我願意，實在沒必要恨到現在……

一家人靜下來，母女兩人愣愣然，我也沒回應，他自己喝了起來。

喝兩口就好，整瓶都喝光了，空酒瓶被他倒立在杯口上滴答作樣。

我拿起車鑰匙衝出門，買了啤酒一整箱，覺得應該讓他早點醉，到時還來得及把他送去車站。酒買回來時，三個人還在原位上，原來他還沒說完，而坐在他對面的妻已滿臉淚光。

她為什麼哭，我大略能體會，從來沒有聽過的我，竟然是經由別人轉述而來的，難怪眼淚就這樣為我流下來了。一個女人聽著你的往事會掉眼淚，不見得那些往事多悲傷，而是因為太愛你，那些悲傷才會成為她的悲傷，否則連我都想要忘掉的往事，根本不值得她這樣傷心。

從頭到尾我沒說半句話，飯菜都涼了。妻開始勸菜，舉起筷子都夾到他碗裡，他這才打住話匣子，捧著碗扒了兩口，隨著臉頰的嚼動，眼角兩邊竟然泛起了水光。妻看了我一眼，暗示我說些話。該說的以前我都說過了。以前我也不曾像現在此刻這樣不叫他，是他聽不見，只要他在的地方都是聽不見的，那種煙霧瀰漫的場子裡人聲嘩嘩，等他瞇完牌底的數字，才轉過頭來瞪著我，根本不問我要做什麼，而我只是來通知他，媽媽已被送進了開刀房。

酒開到第三瓶，還沒喝完，突然說他有點痛，就是沒說哪裡痛，只拿起蓋子把那剩下的半瓶蓋起來。我鬆了一口氣，以為他真的要走了，馬上想到抽屜裡還有三萬多塊，打算到了門口就讓媳婦塞給他。沒想到他說的痛大概是鞋子痛，這時我聽見的是他爽快地說：「我看就在這裡住一晚好了。」

女兒扔下筷子跑掉了。準備分送給鄰居的一鍋湯圓，煮得一顆顆溫潤飽滿，此刻紅的白的已凝成一團泥。瓶子裡的花都謝了。誇張一點說，窗外的天空本來滿滿的月光，一下子都暗了。

整晚我沒睡好，出到昏暗的客廳時，還沒發現有人坐在那裡，直到沙發上的扶手彎挺起一截人影，已來不及走避，他坐在那影子裡睜開了眼睛，兩個人就在這三更半夜裡對上了。看得出他是在等我，帽子還沒摘掉，這時馬上打直了坐姿對著我：「坦白說啦，今天我是為一件事來的，你聽聽看。」

接著一開口就是二十多年前，依稀印象中的那個兩歲小嬰孩。

「你還記不記得我們那時叫他阿多？」

他這麼一問倒是把我催醒了。我當然還記得，印象悲哀又深刻，那嬰孩從他媽媽的房間爬到外面時，還是我先發現的，全身髒兮兮，就算有人看到也不敢去接近。天井四處蠕動著蛆蟲，有的爬在廚房牆壁下，有的直接躺在芭樂樹的涼蔭下休息，而他就爬在那些黃黃白白的蛆身上，任誰看到都會噁心。那是住在鎮上的我們又一次的搬家，房租超乎想像的便宜，原來不僅環境衛生髒又臭，母親還發現天井後面大有文章，那邊是用木頭搭建起來的三間小板屋，房東分租給外地來的女人，小嬰孩就住在其中的一間，阿雪的房間。

「你知道阿多現在幾歲了？」他說。

這是什麼圈套，一下子又把時間拉近到眼前，肯定有蹊蹺的。我嘀咕著想，那時我讀小學，大九歲，想也知道這個嬰孩現在就快三十了。他說有事專程來，難道就為了這個阿多——這不就證實了當時的傳聞，說他和阿雪早在別地方生下小孩，然後利用障眼法，先把阿雪弄到板屋來，再假心假意帶著母親來看房子，蒙在鼓裡的母親就因為便宜而把前面的主屋租下來。

如果傳聞確實就是這樣的不堪，還有什麼臉提起那個嬰孩。

我那可憐的媽媽，那時每逢假日還派我爬到芭樂樹上，要我居高臨下盯著後院查看有沒有父親的身影。那年所有漂亮的芭樂都被我吃光了，我跨著樹幹一邊吃，一邊看著板屋的動靜，尤其那最年輕的阿雪的房間，她的窗戶雖然高高扁扁只能看到天空，但那是她躺在床上的角度，在我的芭樂樹這邊，我看到的是她沒穿衣服的肩膀，兩側頭髮掩著只剩一半的臉頰，很像躲在烏雲裡的白月光。

芭樂樹上還看得到靠近主屋這邊的公廁，滿地的蛆蟲就是從茅坑裡爬出來的，板屋女人帶著男客走過來如廁時都要踮腳尖，不幸踩到就會響起啵啵啵的爆漿聲，然後傳來一連串的破口罵，一路幹幹幹到他們的房間。

「你對阿多還有什麼印象，如果現在碰到他，一定認不出來。」

「有什麼事你就直說好了。」

嘴角微動卻又噤下來，我不知道他在顧慮什麼，若我不想聽，大可藉著朦朧睡意溜進房，但事實上，我想聽他親口說說究竟，母親的孤獨歲月就是從那時開始的，這傢伙把她的一生毀掉了。那個天剛亮的早晨，阿雪被人發現陳屍在房間裡，有人看見凶手罩著黑色雨衣從巷口逃了出去，雖然後來證實了那人並不是他，而小嬰孩也被阿雪的姊姊帶走了，但為什麼他也從此離開家，把我們像舊家具丟在那裡，茫茫然面對著每天上門問東問西的員警。

但他還是沒說，似乎只專注著自己的話題。既然只問我以前的印象，當然沒什麼好印象，我們甚至發現那嬰孩雖然很想說話，卻就是說不出來，只能從他明顯吃力的喉嚨，不斷咕嚕著急切想要傳達的聲音，以致那聲音就像快速運轉的滾輪，一直阿多阿多阿多那樣局促地重複著。

「我怕他會想不開。」

嗯。我說。

「有時我覺得，他很像你。」他說。

這時他終於摘下了帽子，戴一整天的帽子摘掉後露出來的原形，多麼像他離開我們時的樣子。本來我以為只要把我們拋棄，以後他應該就是個幸福的人，怎麼知道眼前的他還是他，潦倒又卑微，不就是白混了大半生，還把我們拉下去陪葬了。

「阿多一直換工作，沒有人願意栽培他，反而都想把他踢走。看他這麼辛苦，每次我就想到你。不過我早就認清事實，這輩子不可能會來打擾你，你有那麼好的前途，我來做什麼呢？但是天無絕人之路啊，你知道阿多念的是土木科系嗎，而你是那麼有名的建築師，只要在報紙上看到你的名字，我就很痛苦，當初實在不應該當你的爸爸，對你是侮辱……」

「不要再說了。我考建築師落榜三次，你搞錯了。」

「給阿多試試，你還沒看過他畫的圖，真的很厲害。」

「你老實一點，至少對我媽老實一點，他就是你的小孩？」

「不知道爸爸是誰的小孩。」

「你只要說是——或不是。」

「就算是別人的，你看到也會不忍心。我只能說這個孩子太悲慘了，根本不應該活在這個世界上。不知道你有沒有丟錢給乞丐的經驗，這樣好不好，我就拜託你把他當作乞丐好嗎？」

這一瞬間他竟然哭了起來，哭得開始顫抖著，一直壓著聲音哭，臉垂在胸口，兩邊膝蓋夾緊，整個身軀縮成了貓形，嗚咽得不像一個男人的聲音。

「我沒看過你這樣，也不相信你這麼偉大，除非阿多就是你的。」

他這個樣子已沒辦法回答。

「到底是不是？」我說：「如果不是，我還考慮什麼？」

這時他終於勇敢地抬起頭，淚眼模糊，模糊又堅定地說：是。

我約他來到了事務所，見了面嚇我一跳，並沒那麼糟，反而好看得很，只是有點肥，彌勒佛那樣的笑臉。我帶他見過了建築師老闆，也和二十來個同事打過照面，一直都在笑著，笑得那麼澎湃，鼻頭都被他笑紅了。最後我帶他來到窗邊的房間，竟然還在笑著，好像已收不起來。本來我想提醒他，好了，可以了，這裡又沒有外人……可是當他坐上我指給他的椅子，摸一下他的桌面、打開抽屜弄弄那些鉛筆道具，甚至低下頭撿起腳邊的橡皮擦，啊，那流洩在嘴角邊的笑意竟然還像攀藤那樣，正沿著他肥白的臉頰爬上眼睛，最後不得已才從那眼尾飄了出去。

相處兩天後，我才知道，原來那樣的笑臉是他的歉意。

他無法準確地咬字。

每說一句話，或只是一個字，我除了要認真聽，還得想想大概的意思才能回答而且……而且如果我寫日記，恐怕也沒辦法依照他的發音完整呈現在文字裡。

像ㄉ或ㄊ這種起頭音，由於牽涉到舌頭的運轉，聽起來混淆不清。

他說小學六年每天都在忍受別人的嘲笑，直到上了國中，總算讓他學會了克服嘲笑的本領。他開始加入同學們的嘲笑，讓他們相信這個被嘲笑者和他們一樣開心，必要時還做出各種詼諧的動作來取悅他們，久而久之那些嘲笑聲才不再那麼高亢，甚至有時當他們聽到別班同學的嘲笑還會生起氣來。

他說著這些的時候，那舌根與喉嚨之間一直滾動著莫名的氣息，我想那是因為舌頭趕不上主人的意願，才使得那些說不出來的字眼充滿了爭先恐後的熱情。這樣的情景剛開始很讓我困擾，如果我在他說話時看著他，他的臉馬上就會漲紅；但如果刻意不看他，我又擔心他會以為我是不是已經開始厭倦了。

當然，如果當作好玩，我在妻女面前拿他暢談一番，應該也是很有趣的話題。但我還是忍住了。他那樣的笑，以及那更爆笑的口語，使我不禁又想起他爬在滿地蛆蟲裡的身影，如果我在家裡只是隨便說說而已，說得不太得體，不夠嚴謹，或只在有意無意間流露一種廉價的同情，那麼我其實是在關懷他呢，或者也和別人一樣正在對他嘲笑著？

臨時添購的製圖桌就擺在我的對角處，要跟他說話就得轉頭看他，只見那雙眼睛專注得圓滾滾，一直緊挨著他筆下的圖形，然後大概是在追求那再也不能失去的準確，上下唇一起嘟尖起來，準直地跟著筆芯走在他的線條裡。

「聽說這幾年你住過好幾個家？」

嗯，他的喉嚨說。他本來住在阿姨們輪流提供的房子裡，有一天突然有個人跑來學校認他，說不忍心讓他繼續流浪，以後賺到錢一定要好好栽培他。因此他就跟著這個新爸爸回去了，到了新家才知道，原來他們家缺男丁，上面三個都是姊姊。老大是英文績優班的高材生，因此每晚奉她爸之命教他半個小時的發音。

「看著我的舌頭，th……，」

「絲。」

「不只是看，還要仔細聽，th……，」

「匙。」

大阿姊把課本摔到桌上，起身到房間裡摸來了一根菸，點燃並深吸了一口，滿嘴煙霧噴在他臉上，然後再吸一口，指指自己的嘴唇。於是當她又輕輕發出像生氣的眼鏡蛇那樣的嘶嘶聲，她的舌尖只有緩緩捲出的一縷煙，不再是剛才瀰漫一片的那些亂煙。

「照我的方法練習一百次。」

阿多這時就更阿多了，他吞乾了口水，想像那縷煙就在自己的舌尖。

「駛。」阿多說。

「駛什麼啦，駛你娘好嗎。」大阿姊說。

幾天後，一張海報貼上他的床頭，雪白八開紙，黑色麥克筆拱出一個大圖案，乍看就像一隻空洞的眼睛倒豎起來瞪著他。

就在繪圖紙上，阿多在我眼前大筆一揮，那圖案馬上現出了原形。

θ

橢圓形裡的小橫槓，無疑就是走投無路的舌頭，走不出茫然的暗路，就像吊在空中對著白的窗口。他說他知道那是三個姊姊聯手，直接從kk音標摹畫下來的傑作，他不敢把海報撕下來，但也不想再忍受，因此就在那睡不著的深夜展開了他對舌頭的復仇。

他跪在床頭，兩手緊抓著上鋪的橫桿，像準備吊單槓的起手式，接著伸出舌頭，把全身力氣昇華到上下兩床牙尖，默默數到三，然後一聲令下，舌頭前半段霎時噴出血注，只差底部的舌繫帶還沒截斷，頗像垂吊在肉攤上還滴著殘血的豬肝。

隔壁房聽到他的哭嚎衝進來，從樓梯爬上來的驚叫聲把他送進了醫院。

出院後他下樓吃飯，小湯匙舀起的蒸蛋直接送進嘴裡，然後藉著吞嚥的牽引讓它緩緩滑入食道。桌上不用咀嚼的食物只剩豆腐，他就用湯匙先在碗底壓碎，然後像吃豆花那樣讓它們暫時依偎在牙床兩邊，直到稍稍感到滿足才整口吞下去。

阿多說到這裡，好像擔心我不相信他的勇氣，突然伸出舌頭要我看他手術後的傷痕，我的眼睛只能停在他的舌尖，再進去一點就趕緊閉上了。

「那幾天我特別不想死，因為他們對我很客氣，也很安靜。」

「所以你就住在那裡，一直到念大學？」

「沒有啊，第二年我就離開了。」

「為什麼，那時你才十幾歲……」

他說有一天，新爸爸帶他去看電影，路上一直勉勵他：別讓人看笑話，別說我都沒有教你……，快到電影院門口時，新爸爸瞄到冰果店的騎樓柱上剛好有個廣告，馬上心血來潮，指著那上面的字，要他看著他的嘴型：

「團……體。」

「ㄉㄨㄤˊ……」

「沒有這個字。說對了帶你進去吃冰。」

「ㄉㄨㄤˊ……ㄔㄧˊ，」

「聽不懂？我就說沒有這個字。」

「ㄉㄨㄤㄢㄎ……」

阿多說，新爸爸聽完就不看電影了，直接衝出騎樓往回走，他趕緊從後面追上去告訴他，不同校的一個模範生也像他這樣，結果並沒有影響到功課，還常常拿到全班最高分，而且他們家也很窮。

「從那天開始，他只要聽到我在說話，馬上走開。」

「照理說，他應該早就知道……」

「我本來沒有這麼慘，舌頭受傷後才變這樣，所以一直不敢開口，沒想到看電影那天還是被他發現了。我每次去複診，醫生就說同樣的話來刺激我：你當時決定咬下去都沒想到舌頭是要用來吃飯嗎？哼，他懂什麼，舌頭只用來吃飯就好了，啊啊啊啊啊……」

我一下子聽不懂他啊這幾聲是什麼含意，也許太過激動而想要發洩高亢的聲音，所有聲音卻都卡在一起，連脖子也被聲音滲透而暴紅，紅上了下巴和臉頰，只剩眼睛還沒遭殃，於是他趕緊閉上眼睛，彷彿唯有這樣才能把失控的機關鎖緊。

事務所一時大塞車，沒有人手幫忙跑執照，怨言就出來了。竊竊私語的對象紛紛指向他，有的說那張製圖桌放在我的房間裡就是不像話，有的開始打聽還要忍受他的試用期多久，也有人認為應該派他去跑跑建管單位，就算有損顏面，待不下去自然就會走人。

我開始注意他進出茶水間的身影，一樣笑著出去，一樣笑著回來，但那張臉每次都在變形，短短幾趟步，人間冷暖就在幾個轉身之間嘗到了。但他畫得更勤快，那盞製圖燈每天開到最晚，就像他說的，畢業後只做過漫畫助理、夜間巡邏、各種行業的臨時工，第一次來到嚮往中的事務所，一定要好好保住……

第三個月，保不住了，我已不得不預備回報他的試用成績。若以他的細筆，他畫的梁柱門窗都極精緻，甚至不太需要的美都被他畫出來了。專注度一百分，組織力卻是零，畢竟牽涉到經驗，忘了這是施工圖，軸線落差離譜，索引符號顛三倒四，該有的說明文字根本都來不及。這些圖樣雖然只用來試他身手，部門不可能拿去照用，但大家都是明眼人，要是再幫他護航，引起的反彈恐怕還是傷到他自己。

於是那最後幾天，我不再和他討論圖面，反而輕鬆導入他的私人感情，結果這也造成困擾，他想了又想，問我算不算——說有個女生總算答應和他約會了，只要他願意再等五十年……

不問還好，聽了更難過而已。其實他的外型沒什麼好挑剔，頂多胖了點，比起富家子弟那種狂妄揮霍的肉慾，他這一點點贅肉塞他們骯髒的牙縫剛好而已。事實上他來報到剛滿一個月時，就有個建案女主管帶著一行人來看圖，喝茶喝到一半竟然恍神了，兩眼水汪汪看著前方，而那正好就是阿多走出來簽領薪水的瞬間，若不是他好巧不巧開口說了什麼話，那女的回家後恐怕會是一夜難眠。

大舌頭就只是小小贅肉的一種，沒犯什麼錯，乖乖躺在嘴裡，不像蜥蜴動不動就伸出來嚇人。大舌頭如果長在惡人嘴裡，眾人看到的還是他的惡，那舌頭反使人平添幾許虛假的同情；但大舌頭要是長在好人相貌的嘴裡，馬上豬羊變色，人家偏要挑剔這看不見的小東西，反讓優秀品貌淪為這小缺陷的犧牲品，甚至從此被打入地獄。

試用期最後兩天，我開始掙扎不如請個假避開他，然而一轉念，想起小時候還曾抱過他呢——在這即將消逝的片刻，如果同事間有人對他釋出善意，那該多好，就算只是個虛假的懷抱，也能減輕他又被拋棄的傷痛吧，不然以後還有哪裡是他盼望得到的地方。

但這談何容易。平常我們事務所還有個傳統迎新會，他一來就沒有了，何況現在是要離開，更不可能還有所謂惜別宴可言。在這最不野蠻的人文之地，其實沒有人是不野蠻的，何況只是外面飄來的浮萍，曬曬陽光後該死還是會死，畢竟這就是人世的常情。只是我還沒有勇氣開口通知他，光看那幾支筆握在手上，準備畫一輩子似地，到時他怎麼受得住，誰能和他一起面對這個結局，看來也只有帶他進來的我了。

於是我悄悄來到了一間小旅館，樓下餐廳還在午休，這家餐廳經常是我受命請託交際的場所，餐廳經理已在電話中把樓層主任介紹給我，只要直接上到七樓，跟櫃檯說個暗號，對方自然就會知道我的來意。

結果那主任和我一照面，馬上把我當成了嫖客，自然堆起了赤裸裸的笑容。我跟他說不是我要的，幫一個朋友先來看看而已，何況還不見得一看就對上眼。

那你就來對了，他說。

「有夠巧，」他壓低了聲音：「經理才說你有交代不要太職業化，就真的來了這個，最多二十來歲，等一下你看她穿什麼球鞋就知道啦，昨天剛來住了一晚，房錢就繳不出來了，被我留在員工休息室猛打電話求救。別說我騙你，真的，現在很多年輕女孩都是先離家再想辦法……」

他帶我進去那個休息室，叮嚀我不能出聲嚇到她。休息室裡只有貼著牆面的毛巾櫃，剩下就是單人座的沙發椅，那女生拿著手機靠在椅背上，看到門被推開馬上偏過臉去遮掩，但那匆匆一閃躲的神色還是讓我瞧見了，臉上乾乾淨淨沒有一點脂粉味，恐怕就是阿多會喜歡得說不出話來的典型。

我吩咐他替我留住她，打回事務所的電話卻找不到人。

我只好再跑一趟，把我精心安排的這一段告訴他。起初他相當詫異，但一聽到我稍加慫恿的精采處，那雙眼已開始泛光，不僅不再推辭，反而露出被我寵壞了的、臉紅心跳卻又急切想要的歡欣。

半小時後，我終於把他送進了一個視野極佳的房間。

這件事的對與錯，不論對與錯，如今卻還在讓我承受著傷痛。

人生這條路上，每個人其實就是自己的畫線人，你可以畫一條禁止線，也可以多畫一條跨越線，以後遇到人生的難題，兩條線之間的徬徨就能有所依循。我的人生準則曾經也是這樣畫出來的，卻就因為遇上了這樣悲哀的靈魂，才使我突然地異想天開吧，就把即使被禁止也要跨越過去的兩條線畫在一起了。

我只是沒想到，畫完了這條線，竟然也是我在事務所的最後一天。

2

面對那天早晨的醜聞，妻是這樣度過的：她在友人頻頻來電關心的鈴聲中，雙手捧著臉，想哭卻又極力把自己壓制，偶爾只是無聲地甩甩頭，或者來回踱步在客廳和廚房之間，而最後當她冷靜下來，終於還是提起了她的菜籃子，把門輕輕關上就出去了。

而我沒有去上班，只打開她剛看過的報紙，小小的地方新聞版依然那麼驚悚：建築師嫖妓，受傷女報警。除了嫖妓與報警，其他六字全都鬼扯，還把我的名字硬生生寫在報導裡。看完後我只做一件事，我草草披上夾克，沿著平常她的路徑跑向不遠處的傳統市場，一路想著怎麼辦，越想越覺得那胡謅的報導已經把我毀掉了。

那天早晨的市場盡是嗡嗡人聲，水濕的通道使我以為雨正在下著，左轉右轉每個攤位都看不到她的身影，使我不禁懷疑她就是要讓我找不到的吧，一切真的是糟透了，我一直走到接近崩潰，靠在轉角處的雞攤上差點哭了起來。

十幾個小時前，我還坐在旅館樓下喝著悠哉的咖啡，想著生澀的阿多和那女生最好多聊幾句，除了寬衣解帶還有多餘的時間調情。畢竟那是阿多第一次接觸女體，他的愉悅是那麼重要，這才是對他最有益的同情，等他終於不再為自己的缺陷感到羞愧，以後面對這人世還有什麼畏首畏尾的顧忌？

而在這杯咖啡裡，我也同時想起我父親，這三個月裡我沒有和他聯絡，因為不覺得應該對這傢伙負責，我只把阿多看成獨立的個體，畢竟那太過陰暗的生命使我想到我自己，才會這麼心甘情願帶他來到這條路上。

然而就在這時，一部警車突然開到門口，兩名員警下車後直接走進旅館，他們翻翻櫃檯上的登記簿就上樓了。餐廳經理這時也提早趕到，他把我拉到一旁：「你這個朋友真是……無緣無故和小姐扭打起來，人家現在堅持要提告。」

過了不久，兩名男女一起跟著員警下樓，女的頭上蓋著外套，身上並沒有傷，倒是阿多看起來是要送去拘留所。上車前他匆匆看我一眼，沒有表情，都不吭聲，當然也都不笑了。

妻是在今年三月搬出去的，那麼安靜的春天。

經過四年後她才突然離開，可見並非那件事造成的影響。然而那終究是個陰影，是一個女人對信任的懷疑，她還能承受那麼久的煎熬已非常不容易，若不是她天生太軟弱，那就是她太堅強了。

離開事務所後，我們賣掉了那間視野開闊的樓房，搬到以前嫌它太過簡陋的小房子，外面的馬路已經拓寬了，一棟棟新大樓塞滿了新街道，小房子這巷底好比就是突然患了眼疾，像一隻快要閉起來的小眼睛。

搬家那天她倒是很平靜，還不忘跟鄰居們一個個微笑道別，那副神情就好像搬了家要去移民。尤其那最後幾天，每個早晨她依然提著籃子去市場，回到家先搾幾杯柳丁，等我打包裝箱告一段落，和我一起坐在紙箱上解渴休息，然後默默看著窗外飛過的雲彩。那是我最心痛的一天，很想和她說說話，可就是一個字都說不出來。

經過幾次的奔波與等待，我總算謀得兩個不掛名的顧問職，車馬費少許，幫忙看看圖，在別人的會議中出點主意；若有什麼急案需要臨時調控預算，我就把一大捆的圖本帶回家，錢較多，關起門來做到天亮。

男人快到中年才離職，除非為了跳槽博高薪，否則難免就是天涯了斷，遲早都要面臨不知如何是好的孤寂。夜裡輾轉翻身多少次，就是不敢看到那雙還沒闔起來的眼睛，有時半夜醒來，走過亮著燈的女兒的房間，躡著惶恐的腳尖，生怕這丟臉爸爸不小心又把她吵醒了。

事實上那段日子，我還在等著阿多，想像他看到了那則報導，就算不覺得對我虧欠，起碼應該出面幫我釋疑，只要他能證實那天是他單獨一人嫖妓，外界對我的汙衊終將會改變，從此讓我脫離深淵。

但我一直沒有他的消息，而電話那端的父親也無能回應，只能一再重複著他的歉意。是的，如果他沒有來找我，或者我一開始就對他狠到底，完全不為所動，讓他在那天夜裡哭到死，為自己的罪孽承受一輩子的活刑——那麼，現在此刻我依然保有一個幸福家庭，還在擔任要職，還在對著那些和我一樣的創作者分享著美好的心靈……

五年來，我只等到了這位杏小姐。

就在幾天前，一個自稱明杏或銀杏的女生……或女士的來電，我說不認識就把電話掛斷了。不久她卻又打來第二通，我只好多說了兩句，妳真的打錯了，請妳……半夜鈴聲就像憂鬱又來襲，尖銳得使我一陣陣心悸，而幸好她不罷休，當我最後一次拿起話筒，終於聽見她鼓起此生最大能量的嗓門把我叫醒了——

「難道你不認識阿多嗎？」

我把話筒抵住耳膜，趕緊讓她知道我在聽。

「我就知道是你沒錯，他以前的記事本只有你這個朋友。」

我冒冷汗，直覺不妙。陌生人一開口就提起的名字，不會有好事。

「你應該過來看看，他這樣下去會把我嚇死，啊，你可能聽不懂，那我一下子更難說清楚了，反正，反正我想離開他啦。去年我好不容易躲到這裡，總算放心不會再被他找到，沒想到幾天前他又出現了。怎麼辦，趁現在還沒被他發現，我給你地址好嗎，拜託你趕快來把他帶走好嗎？」

「妳慢慢說。」

「兩個月前，這裡突然開了一間水果店，招牌就叫阿杏火龍果，我探頭一看差點昏倒，坐在櫃檯裡的人竟然就是他。我的家鄉在埔里，埔里種了很多火龍果，所以他就專賣火龍果，誰不知道這又是苦肉計，以為我不忍心就會跑出來見他。」

「阿多是很好的人，有時候應該想想他的優點。」

「是沒錯啦，他就是對我太好，我才越來越怕。你知道嗎，最近他神經失常了，這要怎麼說？前幾天我走到街上，突然聽見後面有人在噎噎啊啊的，這聲音是那麼熟悉，我以為又被他發現追過來了，結果卻不是，是他一看到車子開過來，就發出了那種怪聲。而且很奇怪，明明那部車子已經開走了，他還在看前看後，好像害怕下一部車也會朝他衝過來。我越想越覺得不對勁，就躲在原地看他到底是要怎樣，才發現他只是要過馬路而已，卻又不敢走，就一直站在那裡。」

「沒關係，我來瞭解看看，妳給我他的手機號碼。」

「咦？」嚇了一跳的沉默，愣住了好幾秒。

「我親自打電話問他，總要先知道他是怎麼了。」我說。

「我覺得你這樣是在開我玩笑，啞巴怎麼會有手機號碼？」

「誰啞巴？」

「又來了，」她哼了一聲，「你真的不知道這個人是啞巴嗎？」

我說我當然不知道，還舉了幾個例子證明我所認識的阿多。說完，她馬上接著反駁，說她從認識他第一天開始，這幾年來從沒聽他說過半句話。

雞同鴨講的半夜，雙方越扯越遠，使我不禁懷疑會不會是電話打錯了。我只好這麼說了：「也許我們說的不是同一個人，妳說的是男朋友，我說的是以前的同事，很可能是誤會一場，不然就是妳也在開我玩笑，我所認識的阿多也不可能會去賣水果……」

「你帶他去開房間，難道也是誤會一場？」

換我驚詫下來。好歹這幾年什麼滋味都嘗遍了，還讓一個陌生女人在這裡說三道四，這又算哪一味？不過，聽起來倒是真的了，我只好洩氣地回應她：「嗯，妳這麼說又好像沒錯，可見你們的感情非常好，連這種事他也說了。」

「啞巴能說什麼，為什麼你還是不相信？」

「既然這樣，那又是誰告訴妳的？」

「你們開房間，房間裡面的人是誰難道你不知道？」

我說如果知道，早就找她來問清楚，為什麼她把事情搞成那樣。

「不就是我嗎？」她說。

就在我準備出門時，女兒回來了。

大約半個月才看得到的人影，回到家卻也不是為了誰，只挑她幾件換季衣物，東西拿了就走，有時帶上房門還刻意用點力，那種突然砰一聲的愕然總在離去後卡在我的腦海。

倒是她這回不太一樣，取了冰箱飲料後，斜靠在沙發上對著陽臺，除了那瓶飲料拿在手上，另一隻手翻著她那本書，沒幾下又放一旁，看樣子是要跟我說話，不願意先開口罷了。

不說話已經很久了。

但我急著要出門，就為了電話中的杏小姐。等我把背包提上肩，這才聽見一絲若有若無的短音，很像邊叫邊飛走的鳥語，或許又只是我的幻覺，根本沒有叫爸爸，教我怎麼回答。

「爸——」

竟然又來一聲。這次拉長音。

以前我最疼她了。一路陪她長大就像護著花，別人光一張嘴說趁年輕再生個兒子吧，幸好都沒有盲從，疼一個就那麼傷神，再來一個豈不更折騰。十八年後看著她要去住校，我早就翻來覆去好幾回的鼻酸，有一次還是高速公路上，車後座塞滿她的家當，擋風玻璃外盡是那所大學迫在眼前的幻覺，總覺得好像就要把她丟在沒人愛的世界了。

我回頭問她什麼事，瘦一些了，還是又在咬嘴唇。

妻離開後她就這模樣，說她不懂事，又好像很懂，敵意才會那麼深。

我等著聽她說什麼。若是要錢都寫簡訊，就怕不要錢，手機都不回。

「我跟你說，這幾天你不要亂跑，說不定媽就要回來了。」

「妳怎麼知道？」

「你以為沒有人關心她了嗎？」

說著拿起那本書，從中拉出一封信，「你想知道的，都寫在裡面了。不過你也不要太得意，剛才說的不是馬上，你可以想清楚再回答。」

說完沒有遞過來，而是對著我的眼睛擱上茶几，拾起袋子就出去了。

我不認為她在開玩笑，真的就是一封信，而且不就在這眼前了嗎？

然而在這時候寫什麼信。回來談離婚，自然先來一封離婚信，女人總有她傷心的千言萬語，連分手也要再說一遍莫名其妙的感情，就怕女兒也跟著她同仇敵愾，媽媽念一句，女兒寫一句，當然就順便學壞了。

我把信丟進背包裡。這畢竟不是隨便看看就好的信，反而如果在路上慢慢猜，還能猜出一些名堂，哪怕信裡她已宣判。用猜的至少可以慢慢死，說不定還可以自我啟發一些活下去的哲理，就像我們搭火車進隧道，眼前雖然一片漆黑，總也知道盡頭就有陽光，而陽光就在隧道的盡頭，看不見陽光並不表示永遠沒有陽光，只因為我們還沒忍耐到那個盡頭不是嗎？

一直以來我都不曾對她表白，早知道會來這封信，也許更早以前我就應該說說自己的處境。事實上那些難堪的傳聞幾乎聽不見了，上個月就有個財團派人來徵詢，問我要不要去主持他們旗下的設計部門，只要我答應下來，很可能就是讓我重新揚眉吐氣的時機。

但我多麼想要告訴她，那個機會後來被我推掉了。也只有經歷那樣掙扎又毅然放棄的時刻，我才明白自從她不在，所有的喜悅、嚮往和盼望也都跟著不在了，男人的名譽原來都是女人給的吧，從外面找到的都只是陽光下的霧影罷了。

第一次買房子，掩不住慌亂的那個下午，緊捏著銅板猛找電話亭，只想最快讓她知道，捨不得把那股喜悅浪費在別人耳裡。第一次設計案被獎賞，抱著獎盃回家時藏在背後，仔細算準了被她擁抱的瞬間，嘩一聲炫耀在她面前。第一次吃到會餐中的高檔料理，中途悄悄離席，打電話告訴她那美味、那心疼的獨享以及多麼想要和她一起品嘗的心意。第一次急著撲滅自己的謊言，把那開始不久的戀情草草了斷，沿著晚歸的小路快步跑回家，看到的是守在燈下的她的淚水……

既然先來了這封信，還想對她表白什麼當然是太遲了。

杏小姐給我的地址就是她說的水果店。我說到了那裡就會跟她聯絡，必要時再見面商量。她卻問我還要商量什麼？電話那頭防禦著，看來只要我把人帶走罷了。

我不曾來過這個小市鎮，據說這幾年光靠整個機場的周邊計畫就已蓬勃成形，果然一進入鎮區就有新式建築到處林立。她要我先到客運站，往右走到第一條橫街，老遠就看得到一整間紅豔豔的火龍果，那就是阿多的水果店。

但我還是找了很久，午後的水果店並沒有開門，沿路卻又停滿車子，斜對面還有個黃昏市場，因此兩旁都開滿了賣店，看來租金絕不便宜，卻在這熱烘烘的時段關著門，不可思議，難道杏小姐說對了，開這家店就為了等她上門？

來都來了，我只好站在鐵門外等他什麼時候營業，也不時望著街邊四處的動靜，流動貨車、轎車來來去去，並沒發現有人一看到車子就拚命閃躲的情景。一個多小時後，我找了一家冷飲店稍作休息，回來時店門上也只有白漆暗了一層而已，隔壁美妝店小姐剛好走出來倒垃圾，一聽到我要找店老闆，馬上回答說：「他沒開店很正常啊，這幾天都這樣，啞巴應該就在裡面，很少出門，大概不想看到人。」

原以為杏小姐說的是氣話，女店員也這麼說就越離譜了，好好的阿多怎麼會變成啞巴？情急之下我開始猛敲門，一大片鐵皮被我敲得波波浪浪，裡面根本沒回應，一停手鐵門又再死靜下來。我沒注意敲了多久，路過的人一個個轉頭看著，連最尾端的店家都跑出來看，整條街被我敲碎了。

後來我只好又走出騎樓，抬手掩著偏西的陽光望向二樓，陽臺空無一物，牆面的磁磚掉了幾塊，窗玻璃一片背光的暗影，若還能證實上面確實有人住，只有垂在玻璃下的那一大片窗簾。

我是在兩個小時前趕到的，這段時間已夠讓我反悔。但又想到，如果就這樣轉身離開，可想而知這個人將會在我的世界裡徹底消失，那麼，我所僥倖以為他能為我洗刷罪名的期待，將也從此成為泡影了。

樓上樓下的死寂、背包裡的這封信、想要放棄又不甘放棄的心情。

黃昏將近時，我累到不得不就著一塊路緣石坐下來，然而就在這瞬間，一個小小的動靜出現了，那面窗簾正在移動，而窗簾後面很像有個被禁閉的小孩躲在那裡。窗簾只被拉開臉孔大小的縫隙，馬上又停住，因此我相當篤定就是他，是他發現到我才停下來的，否則早就毫不猶豫拉開或再關上了。

我繼續坐著，一動不動望著那簾縫，就讓他躲在窗後一直看著我。

他會下來的，我想，人世這麼荒涼，還有誰願意這樣等著他。

從防火巷溜出來的阿多，臉已曬黑，眼睛卻更亮了。上身一件灰呢外套，過長的格子襯衫穿出袖口，被他反摺在外，顯得外套變短了。他弓著上身迎接我，隨時掩著臉，看得出一身充滿恐懼，領著我來到防火巷的後門，沒有爬上二樓，而是直接鑽進店後面的小隔間。

三夾板隔起來的暗室，借不到前廳紅豔豔的水果光，只用一管垂吊的小白燈照在床上。雖說是床，只像個難以翻身的小睡榻，左邊靠牆則有一堆高過床頭的白色物體，滿室的臭味就從那上面飄了出來，細看才發覺那是數不盡的香菸頭，一蒂又一蒂疊成了山丘。

我指著像一座小山的菸頭看著他。

從不抽菸的他，此刻真像個啞巴，兩手一攤，聳聳肩，苦苦笑著。

如果每晚貼著牆躺在這榻上，抽完菸隨手一丟，菸蒂剛好落在左手邊這山頭。就算他是尾隨杏小姐來到小鎮，據她所說還不到一年，那麼這座小山無疑就是自我毀滅的證據，所有的毒氣已被他狂吞到肺裡。

他默默拿來一把塑膠椅，自己靠坐在床緣，無聲一直持續，兩個人好像坐在亭子裡等火車，沒有火車也沒有鐵軌，只有鐵軌那遠方無窮盡的寂靜。他真的已經不說話了。從他溜出防火巷對我招著手，一直到現在，我連他的呼吸都聽不見，緊閉著一條線的嘴唇，恐怕連空氣也被他謝絕了的那種死樣子。

就算不說話，逢人故意扮成啞巴，對我來說也太見外了。

趁他替我端來了一杯水，我想既然他不聾也不啞，那就聽聽我的自言自語吧。我說阿多，暫時不想說話也好，男人有時真的是說不出話來的，活著總是會面臨很多難題，其實有很長一段時間我也不想說話，卻也沒有人問我為什麼不說，可見每個人的生命中或多或少都有不想說話的時候。

但是阿多，一直不說話並不能解決問題，打電話給我的杏小姐都告訴我了，她說從來沒有聽到你說過半句話，這就太離譜了，你這麼做不是更吃虧嗎？愛會使人傷痛沒錯，但對你來說反而是沒有阻礙的，愛這個字沒有困擾的捲舌問題，甚至根本用不到你的舌頭，因為愛就只是愛——這樣的發音而已嘛，以前的人發明了這麼簡單的發音，不就是為了讓每個人都有機會說出來嗎？

阿多，一個女人願意跟著你，卻又不能從你身上聽到這最簡單的字，那你是要把愛藏到哪裡？其實我也很想求證一件事，你不想答覆也沒關係。我只想知道，為什麼阿杏就是旅館房間裡的那個女生，你願意說說這是什麼道理嗎？你可能不知道這幾年我是怎麼過的，我的人生幾乎就被那件事毀掉了，所以我就更想不通，為什麼你反而把她當成一輩子的感情在追求？

阿多，本來我是不想來的，可是後來又想，如果我不來，大概就沒有人像我們這樣還能坐在這裡了。你不覺得緣分就是這麼奇妙嗎？幾百年後的人如果要做田野調查，說不定就會寫到這一段，說鎮上住著一個啞巴，好友來看他也變成啞巴，啞巴文化從此在小鎮流行，鎮上的人一傳十傳百全都變成了啞巴。考古學者用很精細的工具撬開一排排的牙床，發現每個腔口都完好如初，就只剩下那個賣水果的牙齒一直撬不開，連牙醫公會的人也被請來參一腳，埋著頭探究牙床的每個縫隙就是不得要領，最後狠狠幹了一聲，拋開他的鉗子下結論說：這啞巴根本就是冒牌的，當初他故意咬那麼緊，就只是不想說話而已，大家都被他騙了。

阿多本來危坐聆聽，一時被我逗笑了，眼皮臉肉都在抖，但就是還不開口，只從他過度謹慎的喉嚨發出哦哦哦哦、哦哦哦哦哦……一陣陣樂壞了的啞嗝聲。

我只好接著說，後來那研究考古的不死心，開始調查這傢伙的牙齒為什麼偏偏打不開，經過好幾次召集而來的專業會勘後，才把這個問題推向更深奧的醫學領域，一致認為當時他是被自己的神經鎖死的，就像我們開車時方向盤突然鎖死一樣，車子雖然還能開，但已失去方向，這個人活著的時候就因為失去了方向，才會沒頭沒腦怪罪到自己的嘴巴，有一天當他終於想要說說話，連他自己也打不開了。

這時的阿多就不笑了。也只有趁這機會我才能轉入正題，開始把杏小姐在街上看到的，一字不漏地說出來。躲車子的恐懼，過馬路的恐懼，包括連他自己的店鋪都不敢打開的恐懼，這究竟是為什麼？原本我還寄望他能出面證實那件醜聞的真相，此刻反讓我陷入更深的自責，如果當年我不那麼感情用事，不那麼倒楣，不那麼軟弱就答應父親的哀求，所有的事當然就不會發生了。

他還是不吭一聲，我只好站了起來。好吧，你一定要這樣，那我就要回去了。阿多，其實我過得不好，你知道我有個寶貝女兒嗎，我來這裡之前她突然給了我一封信，到現在還沒打開呢。你猜她會寫什麼？下午我在路上都猜過了，如果這封信是她寫的，那就是直接把我痛罵一頓吧。所以我當然希望這是她媽媽寫的信，那就不一樣了，她雖然可能會把這幾年的辛酸全都寫出來，不過最後她還是會說：我早就原諒你了，你本來就是一個非常值得原諒的人啊……

阿多你說呢，我雖然過得不好，但總還有一些寄望。你應該也一樣，就算你覺得一無所有，但其實那位杏小姐並沒有完全離開你，她只是擔心這份愛情不能維持多久吧，否則一個女人愛你，她就會一直愛你，不然何必打電話找我，直接又去報警不就好了嗎？

他看到我要走了，總算有了動作，眼球轉幾下，兩道眉毛跳著往上揚，這幾乎就是他已習慣了的啞巴訊號，只見他匆匆跑到前廳，從竹簍裡摸來了一塊白板——原來不只對杏小姐，他對客人都用這塊板子寫他的價錢。

他緊咬著那甘願啞巴的嘴唇，開始寫了起來：

——杏，同鄉人，送貨司機，平常替我載水果，變好朋友。

——我，拜託他把我撞死。條件，店給他，一年預付租金都給他。

——樓上櫃子十五萬現金，給他。還有，借給他的錢不用還。

——已拿走備份一ㄠ匙。有寫切結書，兩個禮拜前生效。

——我現在反悔，不想死，想通知他取消，故意不讓我找到。

一直寫，一直擦掉，白板上的疾筆一直哆哆哆發出點擊聲。

我真被他嚇到了，插嘴讓他稍停，問他為什麼想要被撞死？

——找不到杏，想死，把以前保險單的受益人變更，用杏的名字。

——以後她可以領到很多錢。勉強和我在一起，很可憐。

「那為什麼現在又不想死？」我說。

——前幾天，我已找到她，在街上。

「哦，所以你又充滿希望？那也沒必要看到車子就躲起來。」

——切結有約定，用他的貨車會被懷疑，用其他車子可以。

「把他的電話給我，我來找他談，這本來就是違法的。」

——他缺錢，怕我收回，都不接電話，隨時會開車來。

「阿杏知道這件事嗎？」

他猛搖頭，擱下那支筆，上樓取來他說的那張切結書。切結底下都已簽了字，雙方各在名下捺了指紋，那麼鮮紅的、觸目驚心的泥跡。

一個看到車子就躲起來，一個躲起來要撞死他，這不就是無時無刻正在進行的追殺？我被這要命的玩笑惹火了，語無倫次對他罵了起來，一邊走到前廳看著那些火龍果，一顆顆好比就是殺紅眼的證據，不知為什麼，心裡一陣陣酸疼起來。

天色已全黑，他還在寫，有些我還沒看清楚就被他擦掉了。做個啞巴也許就是這樣的吧，想寫的遠遠超過想說的，想擦掉的遠遠超過擦不掉的，杏小姐也許就是永遠擦不掉，才把他困在這盞昏燈下，不斷寫著說不出來的悲哀。

「有時我覺得，他很像你。」我突然想起父親這句話。那天晚上忘了問他到底是哪裡像，此刻看著這孤單的背影，我仍然不明白相像的地方，外表不像，處境也不像，除非父親說的是那種看不見的內心，或者是命運，在這荒謬的暗室裡……

我摸著漆黑的防火巷走上剛來時的大街，抬頭望向陽臺的窗口，只見那緊閉的窗簾此刻又挪開了一小縫，並且悄悄滲出了剛剛亮燈的微光。我想那又是他，是他在送行吧，那躲起來的身影依然看著我，只是沒有朝我揮揮手罷了。

3

離開小鎮時，我還是給了杏小姐電話，至少先讓她安心，並且說明我不至於像她所忌諱的，強要把她牽扯進來，她聽完後情緒緩和了許多。

但我說，有件事還是非讓妳知道不可，當面談談實在有必要，而我是真心想要幫助你們。她聽後並不反對，只對見面地點還有顧慮，於是我告訴她如果不想在小鎮上露臉，換個地方說不定還能紓解緊張心情。她當下同意後，我便直接和她約定了時間。

第二天，我照約定來到了空間明亮的庭園咖啡館，從大玻璃看出去一覽無遺，不至於讓她擔心有人尾隨或藏匿，而且這裡可談事也可享用簡便餐點，很方便她從外地來還要再趕回去。我替她設想如此周到，是因為阿多在那黃昏的白板上寫下來的最後一句話，使我覺得如果草草丟下這對怨偶，這輩子我將不會安心。

就在等著杏小姐的時候，臨時又想到應該給女兒打個電話。沒想到她很爽快就接聽了。我問她關於媽媽回來的事，如果時間已可以確定，我會準時在家裡等她。另外，我也順便聊起他們學校的事，聽說來了幾個新教授，以前教過我的某某和某某已經退休了嗎？但顯然她都不想聽，只針對我前面的話題回答。

「沒想到你會那麼急。」她說。

「這是當然的，我怕趕不回來，那就誤會了。」

「哼，昨天晚上你就沒有接電話，在忙什麼？」

「我想她應該不會這麼快回來，就去看了一個朋友。」

「聽你的口氣，就知道根本沒看信。」語氣倏地冷下來了。

「是誰寫的信，到底寫了什麼，不如先唸一段給我聽。」

「爸，你是從什麼時候嚇破膽的？」

「如果是什麼好消息，妳早就直接告訴我了。」

「別神經啦，有些事隨便說說就太廉價了。」

我想和她多聊聊，可惜不得不掛斷，杏小姐好像進來了。

她獨自一人，進門來悄悄張望著，若把她當年的歲數加上五，大約就是眼前這模樣，穿一件像外套又像洋裝的短大衣，臉上仍有那副依稀的美，只可惜多了幾分太早的滄桑，不快樂集中在眉頭，看得出阿多帶給她的憂愁。

我不便主動去認她，這會讓她覺得尷尬，畢竟初見面時她曾閃躲，嚇得驚恐小鳥那般，如果此刻直接叫出她的名字，不就擺明我還記著當時偷窺到的印象，何況在那種地方。

沒想到她一看到我就走過來了，幾乎不假思索，來到眼前微微行禮還自報姓名，叫林杏媚，電話中我就是聽錯了。我站起來迎她入座，寒暄兩句後，就在她翻著目錄點單間，我突然又想起員工休息室那一幕，覺得應該反過來說我當時是被她偷窺才對，因為她雖然閃躲卻也從指縫裡看人，因此我那急公好義的猥褻之色就被她記住了，不然在這八成滿的咖啡館，怎麼可能一眼就把我認出來。

當然我這種直覺大都來自凡事多慮的潔癖，養成這種性情活該一輩子愁苦，做什麼事都瞻前顧後，到頭來反而把事情弄得更糟。妻的離去就是鮮明的例子，當時我是應該把她強留下來，還是抱著傷痛讓她一個人自由？沒想到經過反覆思考後，最終的選擇卻還是最差的結果。

「謝謝。」她對著剛送來的柳橙汁說。

「杏小姐，」

「杏媚。」

「杏媚小姐，謝謝妳專程過來，就像我說的，阿多的事就是我的事，昨天我在他的店裡待了很久，什麼都弄清楚了，妳有什麼不了解的甚至還可以問我。首先我應該讓妳知道，有人正在追殺他，所以他非跑不可，並不像妳說的神經失常……不過，現在釐清了就好，我同意讓他暫時躲起來，先避開。」

「啊，為什麼，是誰要殺他？」

「我會慢慢讓妳知道，暫時不會有危險的。」

「真的很擔心他出事。」

「我倒是需要請妳幫個忙，有個載水果的司機住在埔里，等一下我會把姓名地址交給妳，先打聽看看，我再想辦法找到他。」

「你那麼好心超過我的想像。」

「妳也一樣超過我的想像，」我看著她說：「妳都已經相信他是啞巴，還願意和他在一起，這就很不容易。」

「阿多這個人很單純，一直想要表現對我好，就這樣而已。你剛才說的『和他在一起』，不知道這是什麼意思，我只承認他真的對我很好，就是好到快要讓我受不了的那種好。」
「哦，他那麼真誠對待妳，我當然以為你們曾經住在一起。」
沒想到這好像捅到她的痛處，竟然就把話匣子打開了。
「大哥，我如果找得到對的人早就嫁了，幹麼冒他這種險。要是你有個妹妹，你叫她找個啞巴看看，就像每天二十四小時對著一盤壞掉的唱機，受得了嗎？本來我還好心請他教我手語，結果他竟然也不會，那不就是連唱針都拔掉了。」
本來端莊坐著，這時別開臉吸著果汁，一股敵意吸得兩頰鼓起。
「杏媚小姐，這要我怎麼否認，妳還是一口咬定他是啞巴。這樣好了，為了弄清楚他為什麼變成啞巴，妳就乾脆把那天發生的事情說出來吧，接下來我們要討論什麼才會準確一點。」
「這不是我的隱私嗎？」
「當然是隱私，不過那天妳也公開報警了。」
她放下那杯柳橙汁，臉孔轉回來，兩眼好似對我展開資格審查。旅館那種事撩人又傷人，讓她先在自己的迴路上猶豫幾下也是應該的，我願意給她時間，換我開始吃沙拉，埋著頭不看她。房間裡的事，要她無緣無故說給第三人聽，想也知道遠比自爆家醜還難。我知道她還在看著我，只好留著嘴唇上緣沾到的醬汁故意不擦掉，讓她知道這人吃得多認真，也許才不會一直對我戒備著。
「好啦，」果然願意開口了，「我一走進去，心裡當然就七上八下，哪個男人不是那種惡狼。不過他竟然沒有看我，只看他的電視，兩手貼在膝蓋，只用屁股稍微靠著床，眼看就要滑下來了，不知道這算哪一招？我就只好站在門口等他，但他還是對著電視傻笑，螢幕根本就沒有打開。我說先生，是你叫的嗎？還是不回答，我就是欠人房錢才需要那麼賤，他幹麼還在裝。我只好走過去推推他的肩膀，這時他才轉過來，真是天曉得，不知道我是哪裡怎樣了，突然死死盯著我看，那張臉突然紅得很不像話，就像憋氣很久那麼紅。」

說得好極了，我對著沙拉頻頻點頭。

「他就這樣盯著我，我再問了一次如果是你叫的那就開始囉。都已經這麼說了，還是不回答，看那發愣的樣子就好像碰到女鬼，還好我沒有脫掉衣服，不然被一個男人這樣盯著不如去死。結果你知道嗎，突然開始噎噎啊啊起來，他媽的，啊抱歉……我怎麼聽得懂他是要怎樣？我看這樣耗下去不是辦法，就想到反正自己都來到這裡了，幫他解扣子也沒什麼吃虧的，同時我也乾脆把自己的裙子脫掉，看他會不會正常一點。結果還是沒用，繼續愣在那裡，連襪子都是後來我幫他拉下來的，就好像在幫小兒痲痺的孩子脫衣服準備洗澡。

「房錢真不好賺，多累你知道嗎？」終於又吸了一口柳橙。

我已把沙拉吃完了，只好開始喝湯，既然喝湯就不能再埋著頭，只好邊喝湯、轉轉頭，漫不經心看著四周，就怕她對上我的眼睛反而說不下去。

「衣服幫他脫掉後，不知道他又在幹麼，兩隻腳輪流踩著腳趾頭，好像彼此在幫忙他遮羞。怎麼辦，我只好去放音樂了，然後爬上床躲到棉被裡，這時他才遮遮掩掩摸上來。哼，從此變了一個人，就除了嘴巴不說話，全身肌肉都在說話，男人大概都這樣，什麼矜持、羞恥啦全都很假，簡直把我身上當泳池，游到最後游不動了也不說一聲，趴著偷偷換氣呢，接著又好幾回不罷休，我當然就發飆了。」

我不動聲色拿起紙巾擦掉了沙拉，順便就掩在嘴唇上。

「最讓我火大就是做完後，我急著要穿衣服，竟然不讓我穿，把我地上那幾件撈起來藏到背後，指著要我站在他面前，然後一次拿一件出來要替我穿。你說說看，我也只是想把房錢賺回來，說難聽是個妓女也不能這樣對我吧？就算脫衣服是他的權力，把衣服穿回來是我的尊嚴好不好？真是變態，我讓一個嫖客替我穿上衣服走出去，這算什麼，回去以後不就還是個妓女嗎？我說我不喜歡這樣，還聽不懂，當然我就大小聲罵起來了，沒想到他還堅持到底，都已經說要報警了，還拿著我的內衣捧在手上。」

她拿起杯子往背墊靠，認真吸了幾口，看來說了這些真的累壞了。

幸好她是這麼坦誠，這一番話總算替我解了謎，我想，阿多就是從看見她的那一瞬間才決定不說話的，可惜她並不知道自己是那麼重要。輪到我來說了，我先讓她知道，那天下午我把阿多送進房間時，他還跟我說了一聲謝謝。

「那聲謝謝就是從一個啞巴嘴裡說出來的。」我說。

我接著告訴她，從那聲謝謝說完已過了五年，簡直就像一種悲哀的紀念，他並不是感謝我帶他去那裡，而是在那事務所的三個月，沒有人像我那樣傾聽，有關他長期以來受到的嘲笑、冷落、凌遲，一連串的孤單歷程……

我邊說邊觀察她的表情，沒什麼表情，也許有點錯愕，但就只是聳聳肩而已。畢竟她不是我，自然聽不懂我所感受到的悲哀。我只好又回到讓她記憶深刻的房間，「妳聽聽看，這是我的推測：他就在看到妳的剎那間，好像觸了電，因為從來沒有機會愛過一個人，也不知道究竟可以愛什麼人，這時他怎麼辦，想到一開口會被妳瞧不起，只好就像咬斷舌頭那樣，乾脆把自己變成不折不扣的啞巴，就算還是會被妳瞧不起，也就這麼一下而已，至少這個時代沒有人會去嘲笑啞巴了。」

當然我也補充說，杏媚小姐，說不定這也是阿多狡猾的地方，決定當啞巴總是要有代價的，他就是打定主意要從此跟著妳，否則有什麼必要賭上這種命運。」

「你把這件事說得太神奇了。」

「當然神奇，妳報了警，兩個人不歡而散，他怎麼還能找到妳？」

「警察打電話來說他還在拘留所，找不到誰來保他，問我還要不要提告？我想了想覺得自己也太衝動，碰到我算他夠倒楣，所以就決定不提告了，沒想到心太軟，還跑去保他出來，就這樣被他纏住了。」

好，聽到這裡，我覺得可以了，總算說出了那張保單的事。

「他找不到妳，一直想死，就把受益人改成妳的名字。」

她只聽到一半，似乎已不忍再聽，搖起頭來，不敢相信，難以置信，滿臉錯落著迷惘又心痛的神情，終於慢慢闔起眼睛，安靜得就像把自己闔在那雙眼裡。然後，當她聽到追殺事件就是因她而起，那緊閉的眼皮雖然還在強忍著，只在那條線上顫跳了幾下，但也就那幾下而已，沒多久就含著淚水把眼睛睜開了。

還有一件事，我並沒有說出來。

就在阿多越寫越快時，那些凌亂的字體是這麼告訴我的：他跟在她後面走了三條街，還躲在一家速食店的騎樓柱下等了半小時，就在她從店裡走出來的剎那間，他突然發現了她臉上那麼自在的微笑，而那是很久以來他不曾看到的笑容。因此，一直到看著她爬上公寓，他不再像以前那樣攔住她，而只是目送著她的背影，然後自己一個人默默走回來。

我問他為什麼，一直逃命不就因為已經找到她？

白板上的阿多說：為她活著也好，不然她會很傷心。

我要是重述一遍他這最後的決定，對他們兩人來說都太殘忍了。

其實我忍著不說的還有阿多的童年。如果過度描述那滿地的蛆蟲，那裸露著肩膀的阿雪的房間，還有從那房間裡爬出來的嬰孩，我怕杏媚小姐會把自己投射在阿雪身上，這將使她生出多少錯愕聯想，我真不敢想像。事實上，一個沒人要的孩子再怎麼爬，也不太可能從地獄爬到天堂，那要經歷多少的煎熬、沮喪、以及無人能懂的悲哀，才爬得到這世上稍微像樣一點的地方。

我把杏媚小姐送到客運車站後，由於還是記掛著昨晚漏接的女兒來電，趕緊又掉頭往回走。平常她連手機都不回，突然打了家裡的電話，這就不尋常，不得不懷疑那是身為女兒的直覺或暗示，她媽媽就要在今天晚上回來了。

這麼一想，忽然就有些驚慌，我毫無準備，那封信還在身上。忙著阿多的事，一時以為自己就沒事了。事實上心裡的痛無處不在，而這次顯然又空手回來，五年來每天就是這樣的空手回來，妻要是真的已經回來坐在客廳，眼前她所看到的我，一樣還是那麼失神落寞的我吧？

不遠處就是巷子裡的家，我突然開始感到害怕，這害怕更使我覺得自己非常非常悲哀，畢竟一直以來我是那麼愛她。我趕緊讓車速慢下來，慢慢停在路燈下。路燈偏黃，車內燈是那麼黯淡，但我想，我還是應該改變主意才對，在這最後的一刻實在有必要先把信看完，說不定是我猜錯了啊，人的一生總有幾封猜不透的信吧，我只好帶著猜不透的僥倖把信打開了。

爸，你過得很苦，媽都知道。兩個月前她就想回家，只是覺得還不好看，何況還沒做完最後一次化療。過年前醫生就宣布乳癌，堅持不讓你知道，說要和你吃完年夜飯，才肯搬出去治療。她很勇敢，她說軟弱的女人身上的愛最強，平常沒為你做什麼，這次總算可以為你養她自己的病。我不太懂，這算什麼，害怕沒人愛才那麼勇敢吧，難道愛你就要這樣嗎？

反正這是你們大人的事，說簡單一點，下禮拜要不要我帶你去接她回來？

不會很遠，開車不到兩分鐘，她朋友的空房子，就在每天望得到我們家巷子的公寓樓上。超好笑，以為這樣就不會失去你……

扶著方向盤，一陣陣心痛使我顫抖。

離開事務所的日子，也曾好幾次掉入這樣的懸崖，只要有人在旁，根本沒辦法面對這種措手不及的悲傷，偶爾就當人面前啜泣起來。後來我總算學會最簡單的應對之道，譬如坐在漆黑的電影院裡，突然想哭，這時就只要把嘴張開，暗暗吐氣，先讓蠢蠢欲動的酸楚分次流散，這樣就能避免太過集中的潰堤，雖然一樣是哭，卻不會發出聲音，只在心裡而已。

不過這次顯然不同，是悲傷混合著甜甜的不捨與欣慰，就像寒冬暖流，這時就不須要再張開嘴巴了，其實有些悲傷是沒必要浪費掉的，反而應該讓它醞釀到飽滿，然後在非哭不可的瞬間一次爆發，這樣的哭聲就不會太過軟弱，我覺得這才是以後的生命最渴望的力量。

——原載二〇二〇年九月《印刻文學生活誌》第二〇五期

彰化鹿港人。文學起步甚早，轉換跑道後封筆多年，短期任職法院，長期投身建築，二〇一三年重返文壇。

著有小說《那麼熱，那麼冷》、《誰在暗中眨眼睛》、《敵人的櫻花》、《戴美樂小姐的婚禮》、《昨日雨水》、《神來的時候》和散文集《探路》，連獲時報開卷十大好書、《亞洲週刊》華文十大好書、臺北國際書展大獎、九歌年度小說獎、臺中文學貢獻獎。

二〇一五年獲頒第二屆聯合報文學大獎。

追女仔

劉芷妤

「哎呀——把拔你怎麼這樣講啦，我怎麼會騙你？我是真的沒有人追啦！」

「妳這麼漂亮，怎麼可能沒人追？一定是騙我的，像妳這種漂亮女生是不是都這樣把男生騙得團團轉啊？我是老實人，妳可不要騙我呀。」

燦亮的笑聲從門口傳來，引得辦公區裡的兩位老師同時抬起頭望向聲音來源，隔著一群尖叫奔跑的小惡魔、扔得此起彼落的玩具，門口的調笑聲竟然還是那麼，呃，具有穿透力。

「你很壞耶！我才不是你說的那種女生，你不要亂說，不然害我沒人要，那誰要負責？」

「我啊我啊，妳不嫌棄的話就我負責啊，而且妳怎麼可能沒人要啦，又在騙人了——」

「我才沒有！哎喲我不跟你說了啦！你都這樣——」

話說到這兒，聽起來理當是要結束了，但並沒有。對話繼續進入了下一輪「妳一定很多人追」「才沒有」「妳們漂亮女生都騙男生說沒人追」的循環裡，沒有更新任何情報，也沒有任何進展——好吧，也許這樣就算是個進展了？新梅略略一偏視線，迎向巧芳老師投來的目光，兩人交換了一個帶著笑的白眼與聳肩。

白眼還沒翻回來，聳起的肩還沒來得及落下，一個小女孩猛地撲進新梅懷裡。「小梅老師——」

原本追著她跑的小男孩在兩步外停了下來，滿頭滴汗，手撐著膝蓋喘著氣，笑說：「妳不要什麼都去告老師啦！上次還跟妳媽告狀！」

「我才沒有！」小女孩抬起頭來看著新梅，可憐兮兮地。「老師，他一直弄我啦——」

「你不要弄人家啦！不然等一下她媽媽來我就跟她說喔，她媽媽會叫警察抓你去關喔！」

「沒有用啦！我跟媽媽說過了，媽媽說他只是喜歡我才會一直弄我，不要理他就好了！」

小女孩髮際滴著汗，臉上紅撲撲的，可愛得連新梅都想弄她一下。

「對啊我是喜歡妳才弄妳的，別人我才不要弄——」小男孩還在一旁撐著膝蓋喘氣，聽到這裡講話更大聲了。「而且我以後也要當警察，那我就不用怕她媽媽了！」

「那你也要好好跟人家講話，人家才會喜歡你啊，哪有人這樣的。」新梅摸摸她的頭髮。「妳要喝點水嗎？老師幫妳擦個汗好不好？不要玩過頭了，這樣流汗吹冷氣會感冒的。」

小女孩點頭的動作還沒做完，兩步外的小男孩冷不防撲過來抱住她。「抓到了！」

小女孩尖叫起來，想要掙脫又掙脫不開，新梅伸手勸阻，兩個孩子卻像是都沒聽見似地自顧自扭打，一頭是女孩好不容易找到空隙，千方百計要跑，一頭是男孩沒抓穩人，於是扯住衣服不放，最後竟然把上衣都給扯下來，一個尖叫著一個大笑著，往另一個教學區跑過去。

「欸欸你們在幹什麼……」新梅大嘆一聲，跳起來追上去，跟著兩個孩子消失在轉角處。辦公區剩下巧芳一位老師，依照經驗，這時孩子們如果發現新梅不在位置上，很可能過來偷偷拿走她桌上的電視遙控器，趁機開卡通頻道，她眼神掃了一圈，果然發現幾個孩子在另一頭正擠眉弄眼打算過來「劫機」，恰好從門邊走回來的伊玲則一屁股坐在新梅桌邊，擋住了孩子們的頑皮妄想，對著巧芳，將她們倆剛才沒翻完的白眼全翻了回來——看來，是學生爸爸總算願意帶著小孩回家，結束這一回合的「社交活動」了。

「我的天啊，提醒我以後絕對不要結婚，要是我老公以後跟佩佩把拔一樣見人就勾搭，我不剁了他才有鬼。」伊玲對著巧芳眨眨眼，接好的睫毛搭配放大片，是雙tinder上誰都要往上滑的明媚大眼。「一輩子讓人家追不到吃不到，多好！」

「也只有妳這種條件能一輩子讓人家追。」巧芳噗一聲笑出來。「那個佩佩把拔真的超扯，佩佩馬麻難道都沒發現她老公最近很勤勞接送小孩嗎？」

「佩佩馬麻家裡還有一個小的兩個老的要顧，忙都忙死了，哪有空想那麼多？搞不好還覺得老公終於願意幫忙分擔家事呢……哎真是太可憐了。」

「那妳怎麼還跟人家把拔打情罵俏？我以為妳也有點意思。」

「拜託好不好，我只是想說不要打壞跟家長的關係，順著他的話講而已，他那種人也只敢這樣撩一下自爽，沒膽真的做什麼啦，人家家庭裡的事要他們自己解決，不用我在那邊當正義使者吧。而且tinder上那麼多小鮮肉帥大叔，要什麼有什麼，那種麻煩的有婦之夫喔？我一看到就往左滑了啦，再等五百光年吧他！」

巧芳考慮了一下，決定此時此刻沒有必要提醒伊玲光年是距離的單位，不是時間。

「還好我有tinder，人生裡有tinder，誰還需要老公？」伊玲一邊滿面春風拿出手機，一邊笑著對另一個來接孩子的家長遠遠揮手，愉快地點開應用程式。「對了我待會有約要先走，今天這個可是極品，我釣了他快兩個禮拜耶，終於等到他來約我了！」

「我還以為妳都是主動出擊的耶，妳也會等人家來約啊？」

「策略！策略妳懂不懂——」伊玲作勢推推鼻梁上不存在的鏡架，然後被自己逗得笑出來。「有的男人啊，相信女追男隔層紗，有的男人呢，熱愛掌握主動權的感覺，我這是因材施教，因人……咦，那句成語怎麼講來著……喂！誰偷摸我屁股?!」

伊玲從新梅桌邊跳起來，孩子們搶了她臂邊的遙控器，嘻嘻哈哈地跑遠了去，按開電視，掛在教學區上方的螢幕亮了，開啟的是老師們中午吃飯時看的新聞頻道。

「快把電視遙控器還我，不然老師要叫警察來抓你喔！我要打電話了喔！」伊玲連忙追上，她雖然縱橫tinder，但無論主動與否，還不曾追誰追得這麼累過。正值家長們來接送孩子的時間，可千萬不能讓他們發現孩子在安親班裡看電視，事情要是傳開了，那比起和家長打情罵俏，可是更罪加一等的。

「趕快轉到寶可夢那一臺！」遙控器在到處奔竄的孩子手中傳來傳去，其中一個正要轉臺，看著電視卻像被施了咒一般定住了。新聞臺正在播放緊張刺激堪比好萊塢動作片的警匪追逐，好看的程度甚至贏過了寶可夢，讓孩子們都看得嘴巴開開，忘了轉臺。

「快還給老師，不然等一下我就叫我當警察的男朋友來抓你們，老師的男朋友很凶喔……」伊玲一邊往拿著遙控器的孩子走去，一邊也忍不住跟著大家的目光轉頭望向電視上的新聞畫面。

俯拍畫面中，約莫五、六個警察模樣的人，在細弄窄街裡追捕兩個女孩，追逐無聲，卻讓教學區裡一個個大人小孩都緊揪著心，難以呼吸。主播的聲音說，這是稍早某媒體記者利用空拍機捕捉到的畫面，他們記錄了兩個因為大規模武力驅散而離開遊行人群的女孩，被穩占人數與武力優勢的警察追逼進了死巷，最終竟強脫了她們衣服，逼使她們蜷縮起來，被自己的羞恥心困住，再也無法逃往他處的過程。

螢幕裡，衝鋒車開過來，兩個赤裸的女孩被押上車，而此時空拍機裡爆出記者再也忍不住的怒吼：「阿妹，你叫咩名呀？望過嚟呀！」

女孩們抱著胸捲著背，淚漣漣地抬起頭，空拍機的鏡頭正迅速而猛烈地拉近、拉近，然後砰地一聲，畫面結束。

整個教學區裡，包括剛走進來的家長，都凝結一般，看著螢幕轉到主播臺，主播用顫抖的聲音說，空拍機被射擊下來，很抱歉來不及拍清楚女孩的面孔。

伊玲終於回過神，大步上前拿回了遙控器，關掉電視，笑著數落了拿著遙控器的孩子幾句，企圖不著痕跡地讓剛走進來的家長知道，電視是孩子惡作劇時打開的。

「你們這樣追來追去很危險，再不乖啊，我就叫……我就……」

一片還沒有人來得及反應過來的寂靜中，哭聲由遠而近，新梅拉著兩個滿臉通紅的孩子走回來，一個孩子哭著一個孩子鬧著，而新梅滿臉惶惑，不知道該不該說出自己剛才發現的，女孩身上奇怪的傷痕。

而其他原本還愣著的孩子們，聽見哭聲，也就一個一個，傳染病似地，嚎啕起來。

——原載二〇二〇年九月《幼獅文藝》第八〇一期

東華大學創英所第四屆畢業，中年已婚婦女一枚，認為過好人生比寫好小說重要，所以在寫作和睡飽之間通常選擇睡飽，除非已經答應誰要交稿。曾出版《迷時回：無糖城市迷路指南》與《女神自助餐》等書，不過至今還沒有學會如何評價自己的作品。

鬼——陳靜

「因為凡有的，還要加給他，叫他有餘；沒有的，連他所有的也要奪過來。」

——馬太福音13：12

十六歲的時候阿何離開少年觀護所，那天土城的天空像平常一樣泛著死氣的白。他離開前必須在幾份文件上簽字，林——（艱難地思索）建（停筆休息）——何，這對阿何來說並不簡單。事情是這樣的，在觀護所裡有志工老師教他寫字，但他寫得不好，王老師也是一邊教一邊搖頭，直說：「可憐哪，錯過啦……」至於錯過什麼，阿何沒有問他。阿何很氣老師覺得他笨，他進看護所以前，會讀故事書也會寫字，只是寫的方式和老師教得不一樣。王老師喜歡從左邊寫到右邊、從上面寫到下面，但是有些字——比如說國家的「國」——要先在外面圍四堵牆，再寫裡面，又有些字——像回家的「回」——卻要在中間寫一個嘴巴，再縫上外面的嘴。一遇到老師上課，原本會寫的字都忘了，讀得懂的句子也都不懂了。就算阿何真的笨，一定也是老師害的。王老師把阿何變笨，才不用繼續以寡敵眾，面對大教室裡少年五十噴張的暴戾之氣，得以進行枯燥但和平的一對一課業輔導。從注音符號開始，每個星期一到五的九點到十二點，塗塗寫寫、畫重點、圈圈改改，目標要在兩年內，將國小一年級到國中三年級的內容教個明明白白。讀來讀去，國語課本、數學課本、自然課本、社會課本，走走停停他們還在國小五年級。

「國小五年級，是給十一歲的人讀的，你知道嗎？」過了兩年，王老師的頭禿了，眼鏡在癟縮了的臉上顯得越來越大。他看阿何的表情像是兩年多前，阿何看媽咪留下來的提款卡餘額一樣。老師把阿何念過的課本疊起來給他看，至少也有到阿何的膝蓋那麼高。雖然老師教這麼多，阿何印象最深的東西，卻是課本裡沒有寫的。阿何從王老師那裡學到自己的名字。名字是媽咪在兩年前取的，卻是王老師教的。他剛進觀護所的時候，每次聽到特別大聲的「林建何」，都在暗想誰要倒大楣，被罰關禁閉。進觀護所以前，每個人都叫他阿何，進來以後他也要大家這樣稱呼他。他的耳朵很奇怪，只有叫他阿何，他才聽得到。叫林建何，叫特別大聲、特別多次，他才聽得到，即使這樣，他也老是不知道人家在叫他。最開始，典獄長很生氣，特別叫阿何進辦公室訓話，可是怎麼都說不通。阿何的名字是阿何，有人叫陳子翔，有人叫黃俊元，而他叫阿何。阿何沒有「姓名」，他知道有些人的名字三個字——像媽咪，因為她是大人——還有人的名字四個字，聽起來很響亮，而且很難記，但阿何沒有那種東西，他就是沒有。典獄長說：「是的，以前你媽媽沒有幫你報戶口，所以沒有登記你的名字。但是每個人都有姓名，現在你叫林建何，所以當老師和教官叫你『林建何』，你要立刻回應。」

阿何感到不解。如果每個人都有姓名，而他叫「林建何」，那「阿何」是假的嗎？弟弟「軒軒」和妹妹「小如」也是假的嗎？他趕緊閉上眼睛，讓腦海中浮現軒軒和小如的臉，軒軒杏仁般的眼睛，和小如突出的虎牙，當然，是小如停止呼吸之前——或是小如爛掉以前——的臉，不然太痛苦了，太痛苦了……他們的臉那麼清晰，讓他再次確信，「軒軒」和「小如」是真的孩子，是存在的孩子，不是假的。他睜開雙眼，發現睫毛被淚水黏住，典獄長的臉孔模模糊糊。原本坐在電腦前的大人都站起來，圍在他和典獄長身邊，很快速地小聲說話。從那之後，只要有不懂的事情，典獄長都叫他去問王老師。原來姓名裡的「林」，是根據爸爸或媽媽的「姓」而成為他的「姓」，「建何」是他的名，也有人的名是一個字比如「何」。但姓名是阿何的媽咪取的，阿何不能決定，否則他會叫自己「林阿何」。阿何從來沒看過自己的爸爸，只看過軒軒的爸爸和小如的爸爸，他不知道他們姓什麼。但是他知道媽咪叫「黃淑美」，所以「林」一定就是爸爸的姓了。媽咪在懇親時間來看他的時候，他把學到關於姓名的知識和她分享，她一直叫他小聲一點，不要讓隔壁的人聽見。之後媽咪告訴他，「林」不是他爸爸的姓，而是媽咪的丈夫的姓，他叫「林啟昌」，雖然他不是阿何的親生爸爸，但他願意成為阿何法律上的爸爸，所以阿何才姓「林」。不知道什麼原因，之後媽咪就很少來看他了。兩年內總共有三次。他想念媽咪，但不是像十二歲那時候，想念到胸口快要裂開的想。十二歲那時候，媽咪離開他和軒軒還有小如，就沒有回來了。從那以後他就很少想念誰，即使小如發出臭味，身體脹成原本的兩倍大，到後來永遠見不到小如，他也不曾像十二歲的時候想念媽咪那樣想念小如。

一筆一畫簽完名字，阿何問辦公室的阿姨可不可以留下觀護所的制服。阿姨正色說：「在裡面的衣服不要帶走，連進來的時候穿的那套也不行。爸媽來接你之後，趕快去把身上的衣服換下來，買一套新的。不這樣做的話，會帶來壞運氣。」雖然阿何並不完全明白阿姨的話，但是他保持沉默，因為她大概會說：「就是這樣。」離開觀護所，王老師就不能再回答他無止盡的問題了。王老師常常開玩笑，說阿何就像聚寶盆，教他越多知識，就湧出越多問題。儘管如此王老師還是會耐心回答阿何。像漁夫慢慢往石磨裡倒鹽巴，忍受不斷不斷湧出的鹽巴，最後那鹽巴的重量拖著船和漁夫和石墨沉入了海底。在悄然無聲的深海，石墨依舊耐心地製造鹽巴，就像阿何製造更多疑問一樣。這就是為什麼海水是鹹的。阿何不會想念任何人，但是在離開的時候，他想到王老師，想到自己其實很喜歡這位王老師。阿何想要留下制服，因為他喜歡穿著制服的感覺。在進觀護所以前，和軒軒、小如一起住在永和的時候，只要看到公寓樓下放學回家的學生，他們都很羨慕。阿何曾經很想要上學，穿著制服，和那些成群結隊的學生一樣。

觀護所的門口正對著綠色鐵皮屋和稀疏的綠林，在綠林的後面，白色的雲和白色的天空延伸到看不見的地方。一條柏油路繞過樹林，通往遠方天空和地面交界之處。怪異的是，儘管在如此蒼白死氣的一天，當路口駛出一輛寶藍色的汽車，那弧形的車頂反射的陽光依然刺目不已，讓阿何的雙眼疼痛泛淚。他眨了眨眼，下一秒他看見自己的臉，清楚地映照在寶藍色汽車的車窗上。狹長的眼睛，薄薄的嘴唇，鷹鉤的鼻。王老師說過，薄唇之人情也薄，要他日後務必穩重待人，視之珍重。忽然，他的臉從額頭開始緩慢但俐落地消失，一條橫線依序切過他的雙眼、鼻頭、人中，取而代之的是另一張臉的上半部徐徐浮現。媽咪的臉。杏眼、濃眉、梔子花白的短額。阿何的身體最深處總是微微地翻滾著，而媽咪的臉有令那翻滾平靜下來的力量。無論什麼都不會改變這點——不能改變。

開車的人是林啟昌，他和阿何打招呼的時候從來不看他的眼睛。阿何第一次見到林啟昌，是警察來永和的隔天，他和媽咪一起出現在警察局。那時阿何十四歲，距離媽咪離開他和軒軒還有小如已經兩年。林啟昌和媽咪，媽咪和林啟昌，他們形影不離。媽咪離開他們的時候，把提款卡交給阿何，吩咐他每個月的十七號轉帳繳房租。「也許媽咪會來接你們的，阿何。我遇到一個這麼好的男人，他也許就是我命中注定的那個男人。也許到時候我的寶貝們都可以住在大房子裡，每人一個房間。想想看！每人一個房間……」媽咪大概忘了告訴啟昌，她和三個不同的男人，生了三個孩子。到兩年後她想起這件事的時候，寶貝只剩下兩個了。

阿何進到車裡，才發現軒軒也在車上。他一見阿何進來，臉就轉向另一邊去，阿何便只看見那咖啡牛奶色的、肥潤的脖子。軒軒從前在永和，也是那樣背對著阿何，靠在陽臺的窗邊看著樓下的孩子互相追逐。當時八、九歲的軒軒，蒼白的、彷彿可以一手折斷的頸子背對著他，在黃昏時陰暗的套房內微微發光。他偶爾會回頭朝阿何吐舌頭、扮鬼臉，或模仿他豎耳聽見的孩童的玩笑話。

「一、二、三……木頭人！」他很愛這樣喊，也很愛木頭人。阿何會溫和地叫他放低音量，以免被住在同一戶的房客聽見。這一戶公寓有六間房出租，阿何一家住的是唯一的套房，另外五間雅房共用兩間浴室和廚房。媽咪告訴房東她只有一個兒子，就是阿何，所以軒軒和小如平常都過著深居簡出的生活，不能隨意離開套房。因為房東不會願意把五坪的小套房租給帶著三個孩子的單親媽媽——至少，媽咪是這麼告訴他們三個。年紀最大的阿何可以出門採買水、衛生紙、泡麵、洗髮精等生活用品，也可以到樓下的空地和別的孩子一起玩，但是上學時間（早上八點到下午四點）要和弟弟妹妹一起待在套房裡，不能出門。如果被大人問起在哪裡上學，就說「永和國中」。提款卡的密碼是29971866。繳房租的帳戶寫在書桌的紙片上。媽咪早上搭公車到臺北市的生活百貨店上班，有時晚上和朋友出去喝酒或跳舞，到很晚才回家。有時一整晚，或一星期不回家——有時，兩年都沒有回家。直到阿何把小如裝進藍色垃圾袋，帶到巷尾的小公園埋起來，被警察發現之後，媽媽才帶著啟昌回來。

因為阿何擁有外出的特權，知道的就比軒軒和小如多。他像傳達神諭一般，莊重地告訴軒軒和小如神聖的遊戲規則。

「『紅綠燈』要有一個鬼，『木頭人』不需要鬼。」

年紀最小的小如立刻說：「鬼好可怕，不要鬼！」軒軒卻興奮地大喊：「鬼！鬼！鬼！」

軒軒的嗓門很大，為了使他安靜下來，阿何只好接著講解有鬼的「紅綠燈」遊戲規則。首先猜拳決定誰當鬼，起初大家都是「綠燈」，可以自由的跑動，喊「紅燈」後蹲下的人不能再移動，鬼也不能抓他，只能抓「綠燈」的人。但是當場內只剩下一個「綠燈」的人，他便不能喊「紅燈」，只能一直逃跑。被抓到的人就變成鬼，要去抓下一個「綠燈」的人。另外，若「綠燈」的人拍「紅燈」的人一下，「紅燈」就會恢復「綠燈」，並且可以繼續在場內奔跑移動（但也同時再次暴露於鬼的魔爪之下）。

弟弟妹妹聽得非常高興，可是他們居住的套房著實過於狹窄，沒有加速奔跑、驟然停下或左右敏捷閃躲的餘裕。於是三人合力研發改良版的遊戲，並笨拙地透過一次次試驗使規則更加完備。然而，參與過正統遊戲的阿何，很快就對仿冒版的遊戲失去興趣，百無聊賴地在一旁看著。他們住的套房和本地每一棟公寓一樣，深埋在彎曲的巷弄之中。套房裡有一張四人一起睡的大床、兩張桌子、兩張椅子和一張每個縫隙都塞滿灰塵的巨大沙發，房門入口處還有一座晾衣架。在重重疊疊障礙之中穿梭、閃躲、互相捕捉、拍打、扭擰、飛撲的遊戲，即使摔倒也不能夠哭泣吵鬧，重複著鬼抓交替，轉生為人，後又淪為鬼道的循環。儘管如此，弟妹的臉上卻閃爍著和外頭玩耍的孩子別無二致的光輝，彷彿他們兩人進行的才是真正的遊戲——彷彿他們兩人就是真正的孩子。但是阿何心裡知道，軒軒和小如都是假的孩子，玩著假的遊戲，說著假的語言，住在假的套房裡，但他們卻以為自己是真的——只有知道遊戲規則的孩子，才是真的孩子——阿何既可憐他們，同時也感到異常的憤怒。他們難道不明白套房多麼狹窄嗎？

「吵死了！」他打了軒軒——還是小如？——一巴掌。以那蒼白發光的脖子為支點，軒軒（或是小如）小巧的頭顱晃到另一邊，瘦弱身軀跌落在地。

「輪我當鬼嗎，哥哥？」軒軒搖頭晃腦地站起來，仰頭問阿何。殷紅的血從鼻孔汩汩流出，淌洩而過白如紙的下巴，滴進領子裡。他杏仁的眼睛睜得太大，就像真的鬼那樣。

距離觀護所大約四十分鐘車程的林啟昌的家，座落在大片公園般的綠地上，寬闊的馬路、高挑氣派的建築、反射灼人光線的汽車，沒有一片景色和永和相同。他們駛過的大馬路，人行道上幾乎沒有老人，即使是年紀大了些的人，看上去就像是染了白頭髮的年輕人一樣，直挺的背脊，時髦的服飾，俐落從容的步伐。林啟昌的家有地下室的公共車庫，還有直達家門的豪華電梯，地板澄亮就像百貨公司。而那家裡之寬敞，在裡面你追我逐也不成問題，可以在裡面玩起正統的紅綠燈遊戲——甚至是以空間而言最奢侈的捉迷藏。

「以後這裡就是你的家了，建何。」媽咪以甜美的聲音說。當她說「建何」，那語氣像是她已經獨自練習過許多次，建——何，建——何……「我帶你去看建軒的房間，當然，你也會有自己的房間。」

這時候，阿何才發現原來軒軒已經快要和自己一樣高了。從前瘦弱的軒軒高度幾乎只到他的腰部而已。軒軒的四肢也變得比較粗壯，雖然這麼說，但也不過是和從前比較而已。若和觀護所的少年相比，充其量只是標準身材。啟昌進到一間房裡，把門關上，就沒有再出現。於是阿何跟著媽咪和軒軒往走廊的深處走去，盡頭的右手邊就是軒軒的房間。媽咪和阿何進去的時候，軒軒顯得很防備的樣子，雙手抱胸靠在門板上。但是阿何的注意力很快就被那房間吸引了。軒軒一個人住的房間，比他們從前在永和住的套房還大，靠牆擺著一張雙人床，床上有三個大小不同的枕頭，還有一襲兩人蓋的藍色條紋棉被。面對床有一扇巨大的窗戶，窗邊有一個深藍色的、看起來相當潔淨的沙發，沙發上散落著幾件T恤和毯子，而在沙發左邊的矮桌上，擺著一臺長方形的機器，從那秀色可餐的按鈕可知，應該是一臺最新型的任天堂電玩……有好幾秒的時間，阿何僅僅是敬畏地欣賞著眼前的一切。

「是不是很棒？建何喜歡的話，也可以帶你去買一樣的。」媽咪以一種罕見的羞怯姿態，輕手輕腳走進軒軒的房間，指尖假意地拍拍藍色的棉被套，事實上根本沒碰到。「四、五年前，在永和的時候，我們竟然四個人睡在一樣大的床上。哪、阿何（她不慎脫口而出，便將錯就錯），懷念和媽咪、軒軒（再次口誤）還有小——（可怕的沉默，小如永遠不會有新名字）——你妹妹擠在一起睡覺的日子嗎？以前這樣，兄弟倆感情真好哪……」她的聲音消失在顫抖裡。

「我完全不想念。才不是因為感情好，是因為四個人只有一張床睡，才不得不睡在一起！」軒軒不耐煩地打斷媽咪。「不要再跟我說什麼有沙發可以睡，那張沙發爛得跟屎一樣，躺上去不到一秒就全身發癢、狂打噴嚏，每個人都是，尤其是小如，有一次她不過在那張爛沙發上坐了十分鐘不到，整條舌頭都腫起來，差點窒息死——」他突然不再說話了。三人陷入黏稠的沉默之中，無法動彈。這是見面後阿何頭一次聽他說話。阿何發現，原先在那臉龐上清晰可見的軒軒的影子，在他開口的那一刻就像紙張那樣皺皺、進而撕裂了，軒軒那已然曬黑的臉上有阿何未曾在弟妹臉上見過的神情——那些擁有一切的孩子，有籃球、排球、羽球拍、棒球手套，有跳繩、有爸爸、屬於自己的房間、屬於自己的書房，有回家功課可以寫、有考試要準備、有制服穿。有許多朋友在生日的時候一起慶祝的孩子，當他們得不到想要的某樣東西時，在自認的權益受損時，會在公眾場合，不顧一切地對父母露出這樣的表情，以這樣的口吻說話。那樣國王般的憤懣、理所應當的委屈、那貪婪的不滿。想必，在阿何進觀護所的兩年間，軒軒已經獲得了一個外頭的孩子該擁有的全部技能，以及大部分該擁有的物什。而那大概是阿何無論如何不能學會的。

媽咪領著阿何到走廊盡頭的房間。他們一踏出軒軒的房門口，房門就被從裡面緊緊地關上了。盡頭的房間比軒軒的房間稍微小一點，放了一張單人床，還有一張白底花卉圖騰的三人座大沙發，沙發前面有一臺大電視。房間的採光十分充足，明亮而舒服，這比阿何這輩子住過的任何地方都豪華。

「床單都已經洗好了，雖然不是全新的，但是很乾淨。不是不想幫你買，而是不知道你喜歡什麼款式。你放心，過幾天我就帶你去挑新的。還有衣服也是，看看你，身上的衣服都太小了，過兩年了，長高了⋯⋯哎喲，這樣不行，這樣我忍不住要哭啦⋯⋯」媽咪一邊說一邊朝他靠過來，好像想要給他一個擁抱，但中途卻停住了。阿何不介意媽咪抱不抱他，說實話他心裡也有點抗拒她的靠近。但是他很高興終於能跟她獨處，就像媽咪離開永和以前，她偶爾會和他說她在外頭遇到的人和事，都是些沒什麼意義的、東拉西扯無聊的話，但是那讓他感覺自己跟媽咪是對等的，像大人和大人之間的談話。

「哪，妳找到心目中的好男人了嗎？」阿何問。

媽咪梔子花白的臉露出戒備的神色，這讓阿何覺得很疑惑。她慢慢地說：「啟昌——你的啟昌叔叔是很不錯的人⋯⋯對，他是很不錯的人。你為什麼要這樣問我？好奇怪。」

「那就好，我很為妳高興，媽咪。」

「林建何！」她皺起眉頭，視線在阿何的臉上逡巡著，像在仔細尋找爬到他臉上的螞蟻。「你是什麼意思啊？我聽不懂。」

「我就是這個意思，我很為妳高興。妳走之前不是說，他就是妳命中注定的男人嗎？妳還說，我們會一人住一間房，那時候，妳說的時候，我們都不相信，一直笑一直笑，沒想到我們真的住進超大的房子裡！媽咪，這不是和妳當初說的一模一樣嗎？難道妳不高興嗎？」

黃淑美的杏仁眼裡閃逝而過恐懼、不安、驚駭和罪惡感，百感交集的情緒萬花筒不斷變換著圖案。她的罪愆無所遁形，大兒子卻視若無睹。她曾搜索枯腸，設想逃避譴責的手段，然而當預期中的譴責不見蹤影，她卻更加焦慮。阿何那真摯而從容的口氣，與她對孩子們的訣別時的種種允諾如出一轍。在公車站牌前對兒子說：媽咪要走了喲，也許會回來的吧，也許——然而五歲的小女兒卻被當時十四歲的大兒子，失手推倒在地，腦出血死了。當時十歲的軒軒做口供，說的大概是他們在玩紅綠燈，輪到哥哥做鬼，追得孩子們滿屋跑，小女兒撞到桌角大哭不止，為了不被鄰居發現哭聲，阿何用枕頭摀住她口鼻，待她安靜卻已沒有呼吸。法醫解剖的結果顯示，口鼻部的確有壓迫跡象，但致死原因是腦部挫傷。大概，在因為枕頭而窒息以前，就已經由於腦出血壓迫腦幹去世了。小女兒死去後，不知所措的兄弟倆和她的屍身同居了一個星期，最後因受不了屍臭而把遺體丟棄了，就在平時垃圾車停靠的公園的角落。屍臭味和屍體引起鄰居關切、報警，十四歲的大兒子被逮捕歸案。阿何犯了過失殺人和屍體遺棄罪，雖是重罪，但考量他因沒有戶口不曾上學，且父母管教不當，對一般善良風俗理解不全，只判了兩年。而淑美被判刑三年，緩刑四年。

她是罪人，他也是罪人。但是阿何對他們的罪愆視若無睹。

過了幾天，軒軒要去上學，阿何也想去看看軒軒上的學校。只在觀護所受過兩年教育的阿何，目前還沒辦法回到國民學校的制度裡，林啟昌為他聘請了好幾位國中老師擔任家教，一天八小時上課、學習，晚上和軒軒一起做作業。阿何學習很勤奮，進步得很快，但是不久他就發現，這些國中老師和王老師不一樣，沒有無窮的耐心，而且他們只教課本上寫的知識，從來不回答和課本無關的問題。看到軒軒每天穿著白色襯衫、黑色褲子的制服去上學，阿何都很羨慕，他希望自己可以趕上其他十六歲少年的腳步，進到高中裡就讀。當他把自己的期望告訴老師，他們都露出不以為然的表情，但是嘴巴閉得緊緊的，也不多說什麼。阿何發現自己開始一點一點地、越來越想念禿頭的王老師。阿何特地和老師請假，就為了和軒軒一起走路去他的學校。林啟昌很不高興，但是媽咪很希望兄弟倆多花時間相處，所以很爽快地答應了。軒軒不是很樂意，但是並沒有反對的意思。

他們走出一樓的大廳，先向右轉，走一條又直又寬的馬路。這是阿何從觀護所出來後，他們第一次獨處，阿何有很多話想對軒軒說，但是軒軒走得很快、很敏捷，讓阿何差點跟不上。終於抓到可以和他並肩而行的時機，阿何跟他說：「所以，你現在的新名字是林建軒囉？」

軒軒直視著前方，頭也不回地說：「我本來就叫林建軒。」

「才怪，你以前叫軒軒，大家都叫你軒軒，笨蛋，你忘啦？」

「『軒軒』不是名字，『軒軒』是綽號，這和名字不一樣。『林建軒』才是我的名字。拜託你別那麼笨好不好？連這個都不知道。」

事實上，阿何現在已經知道大家出生都有名字，他不會問觀護所的室友「以前的名字」、「現在的名字」，但他以為軒軒可以理解他的話，想把滿腹的困惑對軒軒一吐為快。沒想到軒軒比室友對阿何更不客氣。阿何的室友似乎都對他的狀況略知一二，常常指點他生活常識，還教他打手槍、看色情雜誌，跟他說什麼電動好玩，哪個節目好看，從沒有人直接當著阿何的面說「連這個都不會」。阿何只好悻悻地不再繼續這個話題。好在他對軒軒的問題不止於此，他們還有好多話可以聊。

「那，建軒——你為什麼對媽咪這麼壞？你不是最喜歡媽咪嗎？」在媽咪離開的兩年間，只有小如會哭著想找媽咪，但是軒軒卻比誰都更常說「希望媽咪回家」這樣的話。但是現在軒軒幾乎不和媽咪說話，不論是吃飯的時候、打電動的時候、做功課的時候，都不會找媽咪，功課有不會的地方，反而會去林啟昌的書房待著，問很多問題。媽咪做飯的時候常常對著在客廳玩電腦的軒軒說：「今天煮了建軒最愛吃的。」之類的話，但是軒軒不會回應，如果媽咪說太多次，他就會躲進自己的房間裡。另外，只要發現媽咪打掃過他的房間，軒軒就會大發脾氣，大吵大鬧說襪子不見了、漫畫書不見了、鉛筆盒不見了，林啟昌見狀，就會趕緊上前安撫軒軒，拍他的頭，答應給他買全新的襪子、全新的漫畫書、全新的鉛筆盒，他才會安靜下來。有時候，阿何還會聽見軒軒私底下叫啟昌「爸爸」。

「媽——咪？」軒軒終於願意停下腳步，轉過頭來面對阿何。他的臉龐扭曲，似笑非笑，好像快哭了，又好像很生氣。「林建何你怎麼那麼蠢！你不是整天在上課嗎？社會課本有教，除非有別的大人照顧，不能把六歲以下的兒童單獨留在家，否則就是違法！要罰錢，罰一萬塊！你知道嗎？她，那個人，一直都違法，到後來她遺棄我們，犯的是遺棄罪！社會老師有沒有教你，什麼是人權，什麼是兒童福利法？」

「大概是有教吧，我記不大清楚了。」阿何平靜地回答。

「這甚至和課本沒有關係！她做的是天大的壞事，是該天誅地滅的事！你不明白嗎？你不恨她嗎？你不像我一樣恨她嗎？」軒軒說到激動之處，身體整個朝向阿何，一些飛沫濺在他的臉上。

此時軒軒憤恨難平的神情，和阿何從前看弟妹在小套房裡玩劣質版紅綠燈鬼抓人時，一模一樣。那是看假孩子的表情。阿何認識到，軒軒已經從假的孩子，蛻變成為真實的孩子了，而阿何自己，雖然在觀護所中受了兩年教育，卻什麼都沒學會，他沒有學會如何恨，沒有學會背叛，沒有學會生而為人的權利和義務，儘管王老師解釋每件事給他聽，還引用了紀伯倫的詩篇《先知》中的〈孩子〉：「你好比一把弓，孩子是從你身上射出的生命之箭。／弓箭手看見無窮路徑上的箭靶，／於是祂大力拉彎你這把弓，希望祂的箭能射得又快又遠。」他都讀過，卻沒有讀進心裡去。就像他寫字始終不習慣按照所謂「筆順」。不懂遊戲規則的孩子，是假的孩子。至於不懂社會規則的人，不是真正的人，而是鬼了。軒軒成長為真正的孩子，大概也終有一天會成為真正的人，而阿何始終是假的——就像小如，因為小如死了，再也沒有機會學習規則，所以她也是假的。

阿何好像終於明白，王老師老是說阿何「錯過」，究竟是錯過什麼了。他錯過練習寫好字的機會，也錯過成為真正孩子的機會。

軒軒逐漸冷靜下來，他喘了口氣，整理好凌亂的五官，冷冷地對阿何說：「林建何，我警告你喔，過了個路口你就不要和我說話，也不要走在我旁邊，我不想讓別人覺得你是我哥。」

「我本來就是你哥啊！」阿何終於受不了軒軒目中無人的口氣，一把抓住軒軒肩膀。「以前的事你都忘了嗎？你難道不記得以前你那麼喜歡和我一起玩，我講規則給你們聽，你們玩得好開心……」

「我記得！」軒軒甩開阿何的手。阿何驚訝地發現軒軒的力氣和他一樣大。「你一直毆打我和小如，命令我們一直玩、一直玩，你要我們照你說的那套規則玩，照外面的規則玩，如果我們不照你的規矩，自己改編規則，你就很生氣，一直打，打到小如一直哭……」

「我沒有！你亂講！事情才不是這樣！」

「就是這樣！你把小如害死！你打死小如！」

「不對，是你把小如悶死的……」阿何指著軒軒的鼻子說。

「那是因為哥，你故意要別人聽見我和小如哭，所以你才一直打我們，你想要別人聽見，警察就會來，你就可以離開永和了。我拿枕頭，只是想要蓋著哭聲，我想要她安靜，我們三個人才能一直在一起，在永和等媽咪回來……」軒軒淒楚地說。「哥，是你不要我們，你想要離開，你想要我們哭，才不小心把小如打死的……」

「我不是故意的，我很抱歉，我很抱歉……我希望我們都可以去上學，像外面那些小孩一樣，雖然會分開，會見不到媽咪，但那也沒關係，我希望離開那裡，永遠離開那裡。」阿何顫抖著，淚流滿面。「我希望我們都離開那裡，可以去外面，可以去上學，可以玩遊戲，玩真正的遊戲。」

「你幹了很壞的事，但最壞的人是她——以前我怪你，我恨你害死小如，可是後來我才漸漸發現，害死小如的不是你，是她！是那個女人，那個該死的『媽咪』……她做的事情，是根本上嚴重錯誤的事，是違反這個社會所有規則的事情……她做的是罪該萬死的事情。有一天，我告訴你，阿何，我告訴你，有一天我要殺了她。」軒軒擦乾眼淚，用手背抹抹鼻子，背過了身體，面對往學校的方向，邁開步伐之前，他說：「林建何，我警告你，不要和我說話，不要走在我旁邊……」然後他往前一直走。

阿何站在原地看著軒軒的背影，他原本想去看軒軒的學校，現在他不想了，他只想一直看著軒軒走遠的背影，直到那背影消失在蒼白死氣的天空和地平線交接之處。

本文獲二〇二〇年第二十二屆臺大文學獎小說首獎

醫學系五年級，正在雙主修中文，堅定的狗派。夢想是結婚和當小說家。

反光——陳育萱

1

「我的家只有我跟爸爸，爸爸在工地工作……非常辛苦。所以，我每天一回家就開始幫忙做家事。」

一位轉學生的自我介紹，暫止在五年一班的教室裡。

他的名字是李佑安，瘦削而有著一對大耳朵，明顯的暴牙無比古怪。這是他第三次轉學，在級任老師邀請下，他不得不帶出家庭狀況。李佑安說起話來咬字清晰，或可說太過於清晰，所以製造出的每個訊息都被臺下二十幾對眼睛穿透了。臺下同學們看起來專心直視前方，但僅僅是把他當作一個必須面對的方向，而後努力凝結出聆聽的姿態。直到劉怡君老師拍起手來，用她纖細的嗓音打破臺下的沉默，好，讓我們一起歡迎佑安，這一刻同學勉強伸出手來拍了幾下，隨之，整個班級瞬間進入鼓掌力拚，到最後甚至帶著喧騰歡呼而使得劉怡君老師微笑起來。

這是間位在市中心的小學，李佑安從一進教室起，便能感覺同班同學年紀比他小的事實。他小心翼翼握好書包背帶，坐進一體成形的桌椅，窗戶看起來像是剛裝上沒多久的，純白窗框加上閃亮的窗面，操場上的舉動一目瞭然。他左右晃動，椅子穩穩地文風不動。從今以後，這陌生的新教室就有他的位子了。他覺得有點安心，這麼新的窗子讓窗外的世界離得好近，他沒事就能偷看一下，或者決定哪一節下課要衝出去玩。

可是，前提是有人想跟他一起才行。

2

新校園四周是依圍牆而植的樹，不鏽鋼製立牌上標示樹的科名、學名、原產地、分布、特性。猜謎般，李佑安低頭瞄準沒見過的樹名，再循著根部往上看，可能會印證一株眼熟的樹，或是從未見過的驚喜。

李佑安更小的時候住屏東高樹鄉下，通過家門前的圍籬，就能撞見聳然山巒以異常鄰近的姿態守護著大片作物，夏天鳳梨，冬天蜜棗，還有一部分的檸檬田。他特別喜歡騎著那臺調整坐墊後勉強搆到腳的單車，奮力踩踏後，滑進其他鄉間小路。時不時村裡阿伯駕著粗勇的農用車迎面而來，遠遠地，他搖手打招呼，再轉到其他巷子裡去。

騎單車也能確認正在山腳移動著，渺小但卻又似被允許無止盡向前的快感。風打在臉上，青草氣息不停竄進鼻腔，有時也會不小心聞到養豬養雞戶的臭味而犯險仰面騎車。當他這麼做，全幅藍天就無拘無界為他展開，讓他著迷到忘了要躲一下穿透藍天的日頭，所以被阿嬤發現時，早就紅腫曬傷，不免痛上好幾天。

記得他跟鄰居哥哥比賽誰能直視太陽最久。

「猴死囡仔，你著較撙節咧，莫傷超過！」阿嬤的口氣一點都不凶。李佑安知道被罵之後依然能繼續飽餐與玩鬧。阿公阿嬤除了偶爾要他幫忙田裡的活兒，其他時間李佑安只負責爬樹納涼看風景。

當然不會錯過的是不遠處的粼粼小溪，溪旁緩坡可供他夏天游泳，及膝水流緩緩流過時，微妙的波動感會推走黏膩與煩躁，慢慢溶解於水中那般，起身時，他會感覺內心好乾淨。赤腳上岸，踏在大石頭上，盯著水波折射出的細碎光線，直到腳底風乾，才又一路踩著拖鞋回家。

自由自在地跟水與樹玩耍的時光，李佑安沒想過之後再也不被允許。

所以，當他開始單獨與爸爸住在租來的地下室，心情格外悶悶不樂。

滿布大型廢棄床墊、缺腳椅，各色塑膠袋一包一包堆放的地下室，走道空間跟雜物爭道，依稀看得出殘破而被拆除到一半的商場痕跡，在這情況下，房東又隔出蜂巢般狹小的住處空間。第一次到來的李佑安捏著鼻子也摀住嘴巴，他深怕任何陳年潮濕下滴的水，不小心就進了他的嘴。

住在這，還有隔音極差的缺點，他經常聽見隔壁的八點檔，或不同語言忿忿交叉對罵。他不覺得這裡是家，更正確來說，他一心渴望搬回鄉下。可是，他不敢提。他不敢的事可多了，他不敢說自己想養貓，不敢討誰來實現自己的生日願望。

某日，他在撿來的電視上看到四隻可愛動物從動物園漂流到馬達加斯加島的卡通時，他改變心意，許願總有一天要去這麼特別的小島！李佑安曾把它當作生日第三個願望，不能對著蠟燭說出口的那個。

只是，第一個和第二個願望爸爸也沒時間氣力聽，高空作業下了工的爸爸倒頭就睡。

拿不準爸爸回家時間，李佑安多半只得把微波過的便當再收進冰箱裡，「爸，便當我放冰箱，記得吃。」他拍了拍倒在沙發上爸爸那觸感過硬而隆起的背，鼾聲連連的爸爸那陣子老是說需要加班，因此他獨自吃便當的機會越來越多。門外塑膠袋是專門放清洗過的便當盒，他通常還會累積其他瓶瓶罐罐，交給附近一個做回收的阿婆，請她幫忙換錢。

「囡仔栽，阿婆遮爾仔艱苦，敢好勢叫阿婆給你錢？」第一次阿婆拿藤條想教訓他。隔沒幾天，拐著腳的阿婆在路上看到他，把他叫過去，給他幾枚銅板。

「謝謝阿婆。」李佑安高高興興地把一、二塊錢投進家中的小豬撲滿。存錢是為了將來，他始終記得媽媽的話。

至於上學應該也是為了未來吧？未來什麼樣，他不知道。現在和過去的學校，他都是自己去。每換一間新學校，他會用最快的方式摸熟路線，能正確找路，準時上下學就算達成任務。做好這個，去哪對他來說都一樣。

3

那天體育課，起鬨聲如野生動物般破出樹叢，朝他狂馳而來。

「來，請大家自己分好組，今天要打躲避球。」身形壯碩，小腿發達的體育老師如此宣布。歡呼聲如流彈，隨即讓難得空蕩的綠色塑膠球場變得熾熱刺激。少數幾個女生願意玩，舉手想站外圍，不過多數都選擇退到操場角落，她們知道老師會容許。

李佑安有點為難，因為他不想玩躲避球，班上卻沒借用其他球類。他的體育褲宛如套住空蕩蕩的鉛筆，時不時在強勁的風中飄揚。他有點怕未來的身高會與爸爸一樣，只勉強到一六八公分。

「很遜欸，你是跳不起來喔！」結束這場躲避球賽的下課時間，同隊在操場堵他。剛才那局，對手看準他跳不高，所以球一拿在手上，就朝腳猛K。他舉高雙手，滑稽地想接住，卻又屢屢被砸。

「我看他是舉不起來吧！不、舉、啦！」康樂股長提高聲調。哈哈哈哈哈，一群人放聲嘻笑，日光陣陣浮盪，集中李佑安身上，使他胸口極其灼熱，連帶他的脖子、臉頰與眼睛也如此熱得不安，有如運動服燒出一個大洞，而且他想不出反駁的話。

「嗯，不要這樣說話。」李佑安注意到這聲音是班長，他前進的雙腳舉在半空，停頓了一下——「小心他跟妖婆告狀，到時候還要被叫去訓話！」班長的發音字正腔圓，她老提起自己國語競賽得名是因為在北京跨國公司上班的媽媽訓練的。

汗水從髮際一路溜到他的眼睛，他的記憶馬上回到幾天前，突然舉手發言的班長打斷了正向大家解釋減法的老師，「老師，您可以讓李佑安坐在最後面嗎？他坐在這麼前排，擋住後面所有人的視線，我們上課根本就看不到黑板。而且，您看他也為了避免影響我們，還刻意駝背，這樣對他的身高跟學習也不好。」雖然只有一秒，但李佑安留意到突如其來的舉手發言讓老師不耐煩。他想反駁自己沒有駝背，也沒有遮到誰。可是他連反駁都還沒，放肆非常的笑聲已讓整間教室微微發出嗡嗡聲。嗡嗡聲跟鄉下的蜜蜂們完全不一樣，不停歇的聲浪微震著皮膚，極緩速地扯動，讓他不自覺起了雞皮疙瘩。他握緊拳頭，感覺全身骨頭振動。接在班長後起頭笑鬧的人是班上的風雲人物，黝黑高壯的排球校隊一員，粗如樹幹的身體伸出雙掌，使勁拍手，一個，兩個，三個……成陣而富有節拍的共振，把人鎖在不可逃離的幻境中。李佑安一開始想摀住耳朵破口大罵，就像過去在其他學校所做的一樣，但通常這麼做的後果——那些人的爸媽馬上會聞風趕到，強抑邃暗怒眼，表現訓練有素的演技——「我們家弟弟這麼有禮貌，當了好幾次班長，老師，妳不是知道的嗎？」「怎麼可能是我的孩子？她對同學一直很好，還常常邀請同學來我們家。我三天兩頭就要訂pizza，買飲料來招待。」那眼神溜轉的方式，讓他聯想自己的喉嚨被這些大人擠進一顆龍眼籽，使他胸口脹悶，差點窒息。不願意把任何屬於自己的東西交給別人，就算是這種喉嚨緊緊的感覺也不肯，這是李佑安的怪癖。於是，他鬆開想朝班長揮拳的手，盯著球鞋邊的雜草，特意沉浸觀察著不知名字的綠意精靈。

此際，上課鐘聲驀然響起。班長不再管他，轉身大喊：「回教室了啦！等一下是社會課，今天負責還球的是誰？」

李佑安鬆了口氣，只見同學們四下奔馳，他沒有移動，反倒原地蹲了下來。他的身體罩住雜草，陽光則在後背赤焰。發呆的時間裡，他注意到一株指甲般大小的花有別於其他綠色植物，在風中微微擺盪。為什麼會出現這朵花呢？李佑安靠手指發問，沒有得到答案。凝視著淡紫色花瓣，伸手去碰了碰，感覺指尖傳遞了奇異的柔軟。這一刻，喧噪的笑聲不知為什麼遠了一些，隔在記憶之外，或者包裹在指甲之內。

李佑安再抬起頭，發現整座操場彷彿瞬間收去所有聲音，被綁緊在一個無形的布袋中，而他是那尾漏網之魚。

上課多久了？

經常一上課就出來巡堂的主任不在，屈身修剪樹籬的工友伯伯也沒現身。他掃視著，訝異如此寧靜的時光，這讓他想起爸爸曾帶他去看的大海。只要夏天去海邊，空氣中就洋溢著烏雲散去的清爽感，亮晃晃的日頭把一切照得無所遁形，他一眨眼，發現籃架、單槓、鞦韆，甚至老是掀起一角的沙坑起跑點也都呈現著不太一樣的光澤，彷彿一摸就蘸上油彩。他伸出食指，隔空撫著這個月以來每日見過，卻一點也不熟悉的景色，想像它們如同小時候媽媽特地買給他的那盒樂高玩具，被他鎮日捏在手裡任意搬動組裝，他就是這個小小世界的創造者。還有，就算是亂組合的畸形房子也會被媽媽稱讚，想到這裡，李佑安愉悅地笑了。

後來，搬了太多次家，這盒玩具就消失在某趟旅程中。那時，他著急大哭，正逢晚餐時間卻什麼也不肯吃。他哭得凶了，忙卸行李的阿爸撥開頂到天花板的紙箱，大吼：「只會哭！再哭你就給我滾。」李佑安噤聲，趁阿爸忙著拆箱擦拭桌椅時，滑出鐵門。下了樓，陣陣聾耳的噪音隨滿載砂石的卡車，震得他腳掌麻麻的。他邊走邊覺得雙眼刺痛，知道那些被他拆掉過，重新組合的公園、泳池跟哥吉拉都不會再回來了。在這條路上，怎麼可能找到那盒玩具？他心知肚明，卻只想發脾氣。

總是笑嘻嘻的媽媽很少對他生氣，她唯一一次發怒是因為他說了謊。除此，他知道媽媽會一直牽起嘴角，幫他紮好衣服，用輕柔的口氣對他說：去上學吧！

好想再聽一次，李佑安這麼想著，往前不停邁步，直到自己可以走近抱住剛來這間學校就喜歡的鳳凰樹。

腦中淌過一川水流，他吸了吸鼻子，阻塞的鼻腔讓他難以動腦思考。

這麼多年以來，他反覆夢見自己拋下阿公阿嬤往前猛衝的那幕，醫院自動門打開，床上是媽媽，好幾位護士醫生圍繞著她。他向前狂奔，沒注意到一旁還有護士，撞個正著，他的鼻子痛得不得了。

李佑安抓緊床沿，他最愛的媽媽臉色比牆壁還要白，眉間的皺紋很深，他握住媽媽的手，輕輕搖晃。一會兒，他又把手放到媽媽的額頭，反覆地摸著。

媽媽沒有任何反應。

爸爸才準備摟住他時，他回頭奔向醫院門口。阿公阿嬤愣住，出聲叫他，而他仍舊不管他們，拚了命地向前。

他不相信他不能跑得比上一次更快。

一次又一次，李佑安向醫院自動門跑去，直到最後一次回到終點時，媽媽已經不在了。

4

「你去哪？這麼晚回來！」一回到家，李佑安意外爸爸坐在客廳，手中拿著蠻牛和維士比。

面對爸爸拋出的問句，他直起背脊，「我跟同學去爬樹，下午本來要去河邊玩的。」一開始見到表情黯淡的爸爸，直覺會挨罵，這不是他第一次這麼做了。

「下次再這樣，你就給我到屋子外面罰站一小時。」

爸爸警告他下次罰站，李佑安不敢問能站在哪？這個家位在市中心卻租金便宜，由於離工作地點近，爸爸願意忍受住在髒亂且沒有衛浴設備的地下室。這兒空間小到不可能罰站，日常使用的盥洗設備還得到一樓那違法加蓋的浴室。除此，上樓前需要花點時間把每日增生的雜物堆挪開，實在有點麻煩。

住在這個地方久了，李佑安不再這麼排斥，只是，同學都說他身上有股味道。有嗎？李佑安仔細聞過很多次。

他只是偶爾在運動服還沒乾又沒辦法的情況下，把它穿到學校去。

「老師，你有沒有聞到什麼怪味道？」

李佑安知道在說他，可是他覺得自己不過是沒那麼香而已，阿公阿嬤下田之後，也是這樣啊。多半時候，老師們會假裝沒聽見同學的問題，只除了一次，一位對氣味敏感的老師命令他站到教室外上課。

不過，能站在外面對他來說是幸運的，他不用無時不刻被盯著，反而能夠東張西望，偷看別班在幹麼。他自由慣了，爸媽從小是不太管他的。唔，與其說不太管他，不如說是很少見面。爸媽為了攢錢選擇去城市工作，媽媽在工廠當作業員，爸爸在高空當洗窗工人。他被放在阿公阿嬤家，漸漸地跟鄰居玩在一起，自由自在說臺語、不穿鞋，有時李佑安會錯覺自己原來就出生在充滿果樹的地方。

唯獨一次，爸爸媽媽特地來接他，替他帶好新水壺和帽子，說要出遠門玩。

那天一家人搭火車，轉客運，一路抵達最南端的沙灘跟海。

李佑安首次踩在海水中，海的顏色帶給他深刻的神祕感，而近岸的浪花是成千上萬熱情的小狗，從遠處狂哼而來，心中浮現的莫名快意比看見阿嬤家旁的小溪來得更讓人興奮。當這念頭才浮現，就被潑了海水。李佑安感覺背部驟涼，原來是爸爸。他彎下腰來反擊，臉卻吃了另一個方向的水。媽媽撩高裙子，繼續潑濕他的臉。

「不公平啦，一比二耶！」他抱怨著，朝著媽媽潑去。

「小子，你敢在太歲頭上動土？」爸爸使出絕技，讓他咯咯笑出來，因為連續高速的潑水好像一股巨浪，讓他一瞬間站不穩，跌到沙地裡。

哇哈哈哈哈。

哈哈哈哈哈哈。

毫無拘束的笑聲真的是爸爸迴盪出來的嗎？李佑安很驚訝。

那天，爸媽一人一邊牽著他的手，說吃什麼都可以。

「那，我要吃王子麵！」此話一出，讓媽媽笑出聲，「還有漢堡跟薯條喔！」

咬下熱燙燙的麥克雞塊，再舀一口聖代，他吃得滿嘴都是，甜鹹味道同時炸開，他記得自己笑得很滿足，因為吃完之後，爸媽又讓他待在遊戲室跟其他小他好幾歲的小朋友玩耍，那是他第一次嘗到麥當勞的滋味。

彩色的球無邊無際，他一跳進去，就感覺做夢般的氣味籠罩他。他爬上滑梯溜下，咻地衝進球池，惹來其他小朋友抗議，他卻益發覺得有趣。下一回，他加入了歡呼聲，發出誇張的吶喊。

好了好了，這位弟弟，你要不要先讓其他小朋友玩？

當滑梯幾乎變成李佑安獨占的堡壘時，一位穿著制服的阿姨拉住他。他撇撇嘴，覺得掃興，主動離開了遊戲室。外頭等著他的爸媽沒講什麼，只是說該回家了。

回程路上，他跟爸媽一樣準備搭公車。不過，這趟公車卻等得特別久，久到他都睡著了，爸爸的大手才又搖醒他，帶著迷迷糊糊的他到車上繼續睡。睡夢中，他走到一片浮著金光的大海，自然而然地，躺下就浮起，在平靜無比的海面上，他故意忽略海鷗低處徘徊的叫聲。

那次出遊不應該那麼貪睡，李佑安有點後悔，至少再跟媽媽多聊聊天的。

現在，李佑安把書包放在客廳椅腳，打開塑膠袋，將魷魚羹倒在保麗龍碗中。二手電視上播映新聞，共有三起車禍，一件殺人命案，一群人的抗議遊行，還有其他明星的八卦緋聞。當新聞畫面拍到酒駕者被員警盤查仍歪歪斜斜地站著，李佑安偷偷看了爸爸一眼，那緊繃的臉部肌肉很明顯。

如果要問他，李佑安打從心底痛恨酒駕。他不知道喝酒的感覺，可是一旦想到那個違規酒駕的害死媽媽，他便質疑起這些人憑什麼活在世界上？他的心情，永遠不可能被酒駕肇事的人了解。這一點，讓他不論是不是刻意想起，都存在錐刺的胸悶疼痛。

媽媽躺在急診室的那一天，當他反覆來回崩潰奔跑時，定住不動的爸爸忽然衝出去。李佑安停住，他隔著人牆聽到沉而悶的聲音，之中間或傳來——打人了！打人了的驚呼聲。李佑安推開人群，只看到爸爸那如失速汽車高速驟然的拳，被別人從後方攔截下來。

另一幕是親戚朋友都來看媽媽的那天，親戚握住爸爸的手，或者抱著爸爸掉眼淚。突然，像是一則特別節目，兩個老人陪著一個穿著短褲的年輕人突然出現了。爸爸還沒說任何話，四周忽然閃起閃光燈，此起彼落的強光下，年輕人鞠躬得更深，神情痛苦扭曲。李佑安鼻涕眼淚直流，他知道那人是騙子，眼神看起來完全沒有生命。

撞死媽媽的人離開，前來弔唁的大人們離開，李佑安感覺自己的生命被偷走好多東西。他看著爸爸慢慢地，一張一張數著白包內的奠儀，按照鈔票大小放好。不知為什麼，李佑安曉得那都是隨便黏到他們身上的膠帶，根本沒有人看到破洞在哪裡。

後來，爸爸被年輕人的爸媽一狀告上法院，理由是在醫院裡揮拳傷害。透過律師周旋了很久，對方才同意和解。

經過這些事，他覺得自己跟爸爸住比較好，起碼他知道自己可以替工作到很晚的爸爸做做家事。

好幾次，他在夜裡驚醒，發現床的另一邊沒有爸爸。他走近房門，拉開一條縫——桌上站了幾支啤酒，鋁罐玻璃罐。李佑安沒有走出去，只是一直看著爸爸喝到酒罐全空才頹倒下來。在眼皮縫隙緊閉前，李佑安的腦袋轉啊轉的。爸爸怎麼跟那個喝酒撞死媽媽的人一樣，跟這些瓶瓶罐罐糾纏不休，喝著同樣會造成悲傷的酒……他有點擔心爸爸。擔心的事還沒完整想透，他就見到爸爸呈大字形癱回床邊，毫無防備地展開。

5

來，各位小朋友注意聽老師這邊，今日發下上個禮拜寫的作文，老師要特別朗誦一位同學的作品，他寫得非常好。

正把頭伸出窗外鋪掛著的李佑安，視線朝向無窮的那點放射、收斂回去，他沒留意到老師竟在國語課堂朗誦起自己的作文。事實上劉老師帶著奇異的抑揚頓挫，流暢地吐露每個字，正讓原先轉頭聊天的人，一一停下。

我的爸爸在城市最高處工作，他得整天站在吊籠裡，被繩子高高懸在半空中，進行他的工程作業。為了安全，他得戴好安全帽跟確保防護繩，並且每天檢查。

他經常說，自己的工作會跟雲很接近。我猜，從他站立的角度往下看，每個人都像是一個小小的標點符號，看不出喜怒哀樂。

休息時間，他一邊吃飯糰一邊眺望遠方的景色。天氣好的時候，他會看到海。如果能夠欣賞到美景，這是他最大的快樂。

我曾經問過爸爸，為什麼他願意當高牆清洗工人？

他說，因為這份工作讓沒什麼學歷的他可以重新開始。（老師頓了一頓）至於工作的困難，我爸爸說每個人都會遇到，像是常常遇到狂風亂吹，眼睛要忍耐陽光照在玻璃上的反光，還有誤觸電線或是高處墜落的危險，這些都是爸爸工作的一部分。於是，他準備了墨鏡跟口罩，長袖衣褲跟一顆謹慎的心。

雖然，我還是很希望有一天能回到鄉下住，可是正因為爸爸是一位勇氣十足的鬥士（老師提高了「鬥士」二字的音量），他沒有放棄，所以也讓我漸漸習慣在都市的新生活。

希望有一天他能帶我搭上吊籠，我也想在半空中俯瞰這座港都城市！

劉老師念到一半，他才回神意識到那是自己昨天趴在地下室餐桌完成的作業。這麼一來，同學驚訝以及一點讚許的目光露珠般滾落到胸膛裡，他感覺身體成為一個容器，不停收下同學投映出來的晶亮。那日穿著紅色洋裝的劉怡君老師若無其事地把作文本闔上，建議李佑安有時間多去圖書館借書。繼而，便冷不防地要大家為這篇文章鼓掌。下課時，坐在他前方的女生轉過頭來，問起他平常都看什麼書。

他答不出來，因為他不是愛看書的那種人，這次只是剛好題目是「我的家人」。

「欸，那下次有什麼好看的，記得借我看喔。」

「喔好。」

好白癡的回答喔，家裡根本沒有半本書啊！

這日走在回家路上，李佑安腳步隨之輕快了一點。這算他在這間學校的第一個朋友嗎？他記得那女生綁著雙馬尾，身材嬌小，在班上是不算起眼，但也有好朋友的那種人。

那自己呢？他是哪一種人？

他想到自己的名字跟那篇作文被老師牢牢地黏起來，其他人的表情好像是第一次聽到這個名字一樣，好好笑！

李佑安忍不住撿起樹枝，朝空氣刷了幾下，很用力很用力的那種。

6

自從劉老師五年級時在全班面前朗誦了他的作文，李佑安就真的開始到圖書館借起書來。看的書多了，他的成績不再吊車尾。現在，他跟同學的關係比較平靜，即使生日時沒有受到邀請，但他起碼知道誰住在哪裡，誰的家裡有什麼游泳池啦，健身房這類的。他心中咋舌，心想自己只要附近能夠有個公園讓他爬到樹上休息，這樣就差不多可以了。

出乎所料，六年級開始，收入穩定些的爸爸帶著他搬離地下室，改租起地面上相對明亮的一般公寓。

公寓屋齡高，可至少日光照得進來，李佑安跟爸爸簡單打掃一輪，有了乾淨的地板，他便在未拆箱子旁沉沉睡去。搬家後，讓他開始期待甦醒。

老師曾說，光線是人類能夠以眼睛辨識萬物形狀色彩的關鍵。他總想著，不管忘了或忘不了的夢，總要有明天全新的光線，替自己剝除黑夜。因此鬧鐘響起後，他還會待在床上讓光影輕輕動作，再揉揉雙眼，任由光線替自己清除藏在眼瞼內，前夜遺留的夢。

不知道爸爸都怎麼對待自己的夢？

他知道這陣子爸爸負責清理的大樓離家很近，就是這一帶成林拔高的新建案，廣告曝光得很凶，除了斗大看板和布幕，上學途中也都會看到舉牌，上頭寫著幾房幾廳九百九十萬起，二千萬起不等。超過千元對李佑安來說就算天價，萬元、百萬元、千萬元這樣的數字只出現在數學課本，不屬於他的生活。

倒是爸爸時常對他說，總有一天要買下屬於自己的公寓。

李佑安看著爸爸翻閱房屋仲介塞在每戶住宅信箱的廣告，試著比較最合理的價格，但他曉得，這一切都跟卡通《馬達加斯加》沒什麼兩樣，只有在說的時候跟看的時間裡會感到快樂。

「阿爸，你想欲買厝喔，那阮會當揀一間靠海矣嗎？」李佑安問。

「海喔？你真愛去海邊迌迌唷，會使，阿爸買予你。」他抬頭看著爸爸，「那……我擱袂『私人沙灘』。」

「放心，這擺阿爸包穩你佮意，佇新厝了後，你會當隨時佇彼爿海邊做『日光浴』。」

父子倆呵呵而笑，每次如果像這樣聊開了，他們可以一整晚繼續發夢。

李佑安喜歡現在爸爸稍微恢復的鑠鑠光度。這次，換他來給爸爸生日禮物。

五年級靠著給阿婆瓶罐回收，整整一年都存下零錢。殺了小豬以後，數數竟有兩百多元。他想替爸爸換一副墨鏡。雖然會是一副不太值錢的墨鏡，但至少是新的，還是能遮住從大樓玻璃反射出來的光吧？

光能夠讓人看見，可是光也有機會讓人失明。

這也是老師告訴他的事。

7

夜裡，李佑安做了一個夢，跟平常都不一樣的夢。

夢中的他，臉上戴著閃電圖騰的面罩，胸口安裝了各種武器的按鈕，雙腳也暗藏機關，身後披掛一件很酷的紅色披風。

最重要的是，他站在整個城市最巍峨的高塔。這種時刻，他不需任何防護與動力，在車水馬龍的龐大車流量行進的當下，右腳一跨，整個人放心垂直墜下——蝙蝠俠、閃電俠、驚奇四超人、蜘蛛人，所有漫威英雄都比不上自己的速度。眼看就要撞上疾駛而來的大貨車了！此時，他按下身上按鈕，霎時，一股風穩住他，他毫無阻礙地來到了地面。

落地的震動讓附近車輛偏移了角度，紛紛交錯煞止。他則仰望上方，準備解救那位驚恐萬狀的少女。沒錯，她被城市最惡名昭彰的黑幫綁架了，而他就是最後的王牌。

正當他充滿信心與力量地往上直衝，將雙臂攤開來要承接少女時，沒想到窗口伸出一隻手，推離少女。他轉身俯衝得更低，並且，彈射出一個大網。就在千鈞一髮的生死交關時刻，網子沉重了起來。

他用最慢的速度，輕輕地將少女帶向地面，並親眼確認她安然無恙。

謝謝你。

少女的唇像櫻花瓣柔軟，握住他的手細緻滑潤。此時，歡呼聲四起。然而，一道尖叫突至，令他重新警覺起來。回頭一看，原來是正在高空作業的清理工人面臨繩纜斷裂的生命危險，傾斜的吊籠在陣風中搖擺不定，而他們顯然沒有任何防護。

於是，他使用腳底噴射氣體功能，直達二三十層左右的大樓玻璃帷幕外，伸出掛勾，將兩位中年大叔和自己牢牢繫住。在降落過程中，他極盡可能平衡自己，避免傾斜而錯失安穩降落的機會。

這項複雜任務完成的當刻，高樓上的吊籠應聲落地。

總算成功解除危機的他再次招手，向四周瘋狂叫好的市民點頭致意。他揮手的幅度越大，越是聽見貫耳的掌聲，他是新一代城市英雄。

重新戴上墨鏡，保護自己能在刺眼的車燈霓虹燈強射下高速移動，咻一聲，他朝著某棟嶄新光亮的大樓飛升而去。

佇立於城市最高處，玻璃帷幕中的自己高大自信，身材不再瘦得可怕，而是高大得讓人信賴。

就在此時，他聽到了大片玻璃碎裂的聲音，驚醒過來。

8

最近的夢是脆弱的，李佑安一離開眠床，整個腦海就慢慢被掏去那些關於夢境的細節，又流到另一個地方去了，而且夢的形狀越來越奇怪，讓他心生不安。

以前跟阿公阿嬤住，無夢好眠。

唯一會做惡夢的時機是高燒。

每當發燒，阿嬤就會用她長年務農的粗糙雙手放上一袋冰塊，撫摸額頭看看退燒沒：「緊睏喔，

緊睏喔，睏飽才有精神。」

他還在床上休息等燒退，阿公阿嬤老早出門下田去了。一人待在房間裡，他的病牽引著夢，持續地不停地繁衍孳生，一顆一顆冒出的水珠，越來越多，多到入侵現實，降下大雨，把阿公阿嬤都趕回家了。

當家中瓦斯開關聲響起，李佑安便會循著又香又溫暖的氣息起身：「呷啥好料？」「恁來看就知。」那愉快的邀請聲音慈祥親切，讓他忍不住下了床，想一探究竟。鍋子一掀開，竄出的蒸騰白煙冒啊冒的，彷彿永無休止。他根本看不見鍋子裡煮了些什麼，「遮是啥？攏總看莫。」「有啊，你做代誌就愛較頂真，擱再影一時仔。」

聽取建議，他整張臉埋入煙霧之中，感受煙氣在裊繞的時間裡產生了空隙。鎖定了幾秒的空隙，強烈的好奇心促使他探測空隙後的情況。然而令他失望非常的是努力徒勞無功，他只能看到煙霧。香氣仍讓他口腔內的口水隨進食欲望而分泌，腦中散布著所有可能想得到的食物，它的光澤、形狀、擺盤，還有散溢至空氣中的強烈氣味，驅走了無色無味而持續帶給他無窮的渴望。

哪可能吃到好料？李佑安苦惱著，甚至有點生氣。

才這麼想，一道急促尖銳的門鈴響了起來。他不耐地回應，好啦！只是他的反應沒有讓門外按鈴者停下，反倒更加猛烈地往深處擾動。

起身前一剎，他忽然醒悟到，是夢……

快速地四下辨識聲音來源，那是個陌生的電話號碼，接起，他聽到劉怡君老師的聲音，有一瞬間他以為是自己忘了去上學。但是，老師帶來的消息遠比他想像得更加震撼，他昏沉的腦子被金屬棒毫不客氣地敲擊，因為痛極而醒。

9

入座後，計程車司機便頻頻透過後照鏡瞄向李佑安。從司機角度看來，難免心生懷疑，這個年幼的孩子究竟為什麼一個人來搭計程車？時間點未免也太晚了。他說要去醫院，卻沒帶包包，該不會要坐霸王車吧？他一連問幾個問題，都聽不到孩子確切的回答。他忍不住想再試，可是又察覺這孩子的臉色灰敗得可怕，且有點失神。他的嘴唇不只蒼白，還不知為什麼一直蠕動著。

抵達醫院時，那孩子砰地開門，差點撞翻一旁的輪椅病患。

司機大喊，喂！喂！小朋友，你不能這樣就跑走啦！

背影消逝得如此迅猛，司機只好悻悻然離開。

另外一頭，握著手機橫衝直撞的李佑安，螢幕上有十多通未接來電。都怪自己午睡太沉，以致錯過了電話。問了服務櫃檯，他奔進電梯裡。電梯之中有病人渾身不動地躺在病床上，一旁的護士幫忙拿著點滴，李佑安瞥見插滿管線的陌生人，那對眼睛模糊混濁，膚色沉黃，他撇開眼神，不想跟人對視，於是轉而低頭盯著過大的夾腳拖，這雙沾滿灰塵的拖鞋與醫院格格不入。

他應該要用這雙鞋子走去便利商店，幫不時需要他跑腿買痠痛貼布、維士比、金牌啤酒還有口香糖的阿爸的忙。

差不多快被他超越身高可是體型相較起來壯碩兩倍的阿爸。

有時候很凶但大多時間還會開玩笑的阿爸。

這一刻，李佑安忽然想按下別的樓層鍵，不想急著尋找阿爸。如果到了237號房，搞不好什麼也看不到。

他的知覺被和緩地截斷了。

電梯門開，電梯裡的其他人看著他，等著他走出去。

他與他們對視了半秒，李佑安還是選擇衝出去。

等等——再等我一下——

10

燋鑠且刺眼的光源讓人幾乎睜不開眼。放棄抵抗，閉上眼睛的時光裡，他感覺空氣中瀰漫著雨的氣味。

為您播報最新即時氣象，目前本地雖然沒有受颱風直撲影響，可是特別提醒您，外圍環流影響的關係，將造成各地有明顯較大的雨勢，特別是山區、海邊……

——撲通，墜入水面的聲響劃開氣象播報的聲音。

一隻手按了off，喋喋不休的下一則消息徹底消失。

世界是軟凍，在之中意識彷若蒙上一層怪異薄膜，進入極度張弛的收放運動，凡不安的、焦慮的，將持續撥動到其他方位。

想欲繼續無？

閣較深入矣？

手向下比劃，眼睛半睜，光線猶如斑紋，在水中綴飾著不同彩度和寬度。渾身能感受到的冰涼，漸漸讓胸口產生寒意，就那麼一刻，雙腳向下踢出，整個人便浮上了水面。

哈呼哈呼——，喘息聲從口中與肺部大力呼出。

這過我會使禁氣五分鐘矣！

阮以前做兵攏是十分鐘起跳。

阿爸滾耍笑。

袂信得，就來輸贏啊！

較停仔，袂當勉強啦，阿爸先來休睏。

一名少年扶著跛腳男子從海中往沙灘上走。身在幾乎無法直視的光線中，穿著泳褲的他們低著頭，一步一步緩緩地走著，乳白色的沙灘留下一個個略深的印記。

當他們走到遮蔭處時，風忽然猛烈吹來，於是，飯糰旁邊的草帽掀起，飛落沙地。遲疑片刻，那頂帽子又被風帶往更遠的地方。少年似乎想起身追逐，男子不知道跟他說了什麼，少年便開始拔腿狂奔。男子待在原地，若有所思。

瘦削非常的少年，遠看著就只有修長無比的四肢正在移動，宛如被上了發條，能夠一直奔跑到沙灘的盡頭。這是少年心中近乎歡樂的願望，而且他果真順利地抓到帽沿，找回了自己的帽子。

少年徒步輕鬆地回到男子身邊，坐下。抓起飯糰，一起對著大海慢慢吃著。

與岸交接處，浪花激動地洶湧而至，遠方的訊息似乎到了這個定點就喧騰起來，規律地前撲與後退，每一個瞬間都是形成潮音的元素。

幾乎不存在颱風的預感。

正值七月的陽光照耀在海面，由紺青推移到靛青，在每一秒的擾動下，反射出劇烈而深邃的靛藍。

11

簽　呈

主旨：本校○年○班李○安，符合本校急難救助金辦法，級任老師為其委託申請人，代為申請之。

擬辦：

一、事件原因：

李○安爸爸為高牆清洗工，日前因頂樓安全繩索鬆脫，故清洗到接近地面的樓層時，吊籠崩落，造成意外。

經醫院診斷，該生爸爸雙腿均有粉碎性骨折，左右側骨盆嚴重挫傷，經緊急搶救治療，目前已由加護病房轉至一般病房觀察。

工程單位雖替該生爸爸保險，然理賠額度不高，且依工傷造成的住院費用及短時間內無法繼續進行工作等條件，由級任老師劉怡君代為申請校內急難救助金。

二、檢附○年○班李○安資料如下：

（一）申請表
（二）戶口名簿影本
（三）在學證明
（四）診斷證明書與醫療收據
（五）李〇安與爸爸二人所得及財產清單正本共二張

三、祈請　鈞長核可。

紅色公文卷宗被打開後，有一雙手慎重地捺入印泥，在簽呈上蓋了一顆飽紅的章。

本文收錄於二〇二〇年一月出版《南方從來不下雪》（逗點文創結社）

彰化人，東華大學創英所畢業，曾於南方蟄居七年，創辦「鼓在文學的風上」偏鄉閱讀服務計畫。返鄉後，合作地方誌《炯話郎》，共同策展卦山力藝術祭。曾獲時報文學獎、林榮三文學獎、文化部藝術新秀等獎與美國佛蒙特藝術中心駐村作家。著有短篇小說集《南方從來不下雪》、長篇小說《不測之人》，散文集《佛蒙特沒有咖哩》。書評專欄刊載於《週刊編集》，其餘作品見《印刻文學生活誌》、《聯合文學》、《幼獅文藝》、《獨立評論@天下》與各副刊。

Hotel California——林新惠

「Hey, Isa」

「Hey.」

「我想聽*Hotel California*。」

車內響起前奏。

自動駕駛的車子載著我，行於大廈夾迫的馬路。馬路與其說是人類的開闢，不如說是這些高聳大樓仁慈的側身。像眾神腳下同情地挪出可供人車如螻蟻通行的隙縫。

而我在車內平躺，透過天窗，仰望不見眾神隱翳雲端的面龐。

我是整座城唯一的螻蟻。衢道空無人車。唯一的聲音來自老鷹合唱團主唱Don Henley，讓一切靜閉更加靜閉。古老而砂質的聲嗓，彷彿從黑暗無盡的公路深處飄來大麻的氣味。

我早已習慣沒有人的城市。儘管我不真的明白為什麼。也許大家都關在自己的房間用ＶＲ，也許這座城就是某個他人的ＶＲ。分不清真實和虛擬早已是常態。喔不，應該說，現實和虛擬的辯證是過氣的哲學命題。就像幾個世紀以前還在思考數位和類比一樣。一定是老鷹合唱團的音樂讓我忽然變得這麼懷舊。我搞不好是一組記憶串流，那根本和現實虛擬這種二元思考無關，早就沒有區別的必要了。

那麼必要的是什麼？

綁在右手腕的健康偵測器，感測到我的腦內含氧量降低，以及長時間縮在車內的肌肉緊繃，於是傳送身體疲憊需要休息的資訊給車子。「My head grew heavy and my sight grew dim. I had to stop for the night」，在Don Henley的歌聲中，車子轉彎，停在一間飯店前，再自動熄火。Don Henley還沒唱完下一節歌詞便消失。在我的身體素質回到可以行車的標準前，也就是通過健康偵測器的標準之前，以安全為由而受制於健康偵測器的自動駕駛車子是不會再發動的。

這世界就是這樣。我只有下車走進飯店一途。

飯店招牌用老派的ＬＥＤ燈寫著「Hotel California」。

這是什麼惡趣味？我不禁轉頭，向我的右後方仰角瞧瞧。如果我是「模擬市民」之類的遊戲角色，現在在螢幕外操控這一切的玩家應該從那個視角俯瞰我，等著我走進飯店吧。如果等一下還真的在門口出現一個手持蠟燭的女人，還在這個擺明沒有教堂的城市響起一聲鐘，我會絕對肯定自己是被某個老鷹合唱團的鐵粉工程師寫下來的程式碼。那麼這座城市就會是他的程式。

沒有女人也沒有鐘聲。就像我往右後方的高空望去，也找不到那雙在螢幕外凝視我的眼睛。只有被參差高樓切成不規則狀的，積體電路般的天空。看不見盡頭的天空彷彿深淵，而深淵並未回望我。

我走進飯店，在鏡面構成的大廳裡，無數個我回望我自己。鏡面空白處不斷生成程式碼，我看不懂，但可以猜測是身體所有組成成分的編碼：骨質密度、肌肉纖維數量、神經傳導速度、細胞代謝頻率、基因資訊。

所有關於我的一切，都是數字。

另外可以懂得的是，我看起來是個生物學上的雄性人類。不過，也許我的瞳孔裡有ＡＲ水晶體，讓我將自己看成一個生物學雄性人類。唉，我又掉入虛擬和真實的思考陷阱裡了。重點不是我是不是一個「實存」的生物學雄性人類。重點是我「看起來」是。這樣就夠了。所有的看起來都是再現，「實存」是個不存在的問題。

程式碼不斷生成。一場漫長的機械獨白。

無法數字化的時間過後，我的面前出現和我等身的我自己。彷彿3D投影的維特魯維人——不過我不叫Vitruvian Man，鏡面資訊標示我為Homo sapiens 11235813。我的身體基本單位是肋骨。身高、體重、手指長度、所有器官尺寸、眼睛到嘴巴的距離、指尖到心臟的距離，所有關於我的一切，都可以換算成肋骨長度的倍數。在3D投影的我自己面前，我任意點按身體的兩點，系統就會告訴我這是幾倍肋骨長。

這是屬於我的Le proporzioni del corpo umano secondo Vitruvio——在鏡子裡獨白許久的程式，應該叫做達文西吧。為什麼我老是聯想到這些古老又無聊的事情。

一定是被老鷹合唱團洗腦了。在鏡廳終於打開通道，而我走上前時，忽然整個空間都飄降他們合唱的副歌：

Welcome to the Hotel California
Such a lovely place
Such a lovely face
Plenty of room at the Hotel California

被健康偵測器斷定為疲累的編號11235813的Homo sapiens終於可以入住Hotel California了。謝謝老鷹合唱團鐵粉工程師。在房間門掃描辨識我的臉部，即將打開之前，我又向我的右後方一瞥——這次沒有蒼茫，只有長長的乾淨明亮的通道，兩列一望無盡的房間。

*

「Hey, Isa.」

「Hey.」

「我想離開這裡。」

「你在哪裡。」

「Hotel California。」

「*Hotel California*，是生物學人類紀元一九七七年二月，由五位生物學雄性人類組成的流行音樂團體Eagles所發行的專輯同名單曲。（如須了解「專輯」、「單曲」、「流行音樂」等詞義，請叫喚「投影其他選項」，再點選所需單詞。）五位雄性人類分別名為……」

「謝謝你Isa。」

房間停止言語。為什麼當虛擬和真實早已成為過氣的哲學問題時，AI仍然是個善於答非所問的程式呢？

我沒來由地稱呼每一個我使用的AI為Isa，甚至想不起曾經這樣設定這些AI。應該是我被設定要這麼稱呼了。

一如此刻我被設定要起床。更精準地說，是健康偵測器判斷身體已經完成睡眠週期，傳送訊號給房間系統。床的溫度下降，我必須起身離開。

從床邊到廁所的距離，五步半。馬桶感應到我，啟動脫臭和自動清潔，排尿，馬桶回報健康偵測手環：分量與酸鹼值沒有異常。自動沖水，自動蓋上馬桶蓋。刷牙，電動牙刷回報健康偵測手環：口腔沒有異常。刮鬍刀片回報：細胞生長速度沒有異常。淋浴間開啟，自動設定時間十五分鐘。

起床、更衣、如廁、盥洗、淋浴、擦乾。踏出廁所的那一步，門口的觸控面板亮綠燈。那代表今天一如往常消耗三十分鐘，沒有異常。

第一餐在我離開廁所時已經連同托盤放在門口平臺。進食半小時。將空的餐盤放回平臺。門口到書桌的距離，八步。書桌內層打開，工作裝置升起，開始工作。工作內容：在屏幕上比劃，將各種形狀的方塊疊成沒有空隙的水平，每疊一層就能賺取積分。像是沒有時間盡頭的俄羅斯方塊。不，正確來說，工作時間是四個小時。四個小時後，裝置關閉，我得轉身再走八步，抵達門口，拿取已經置換成第二餐的餐盤。進食半小時。歸還餐盤。從門口到床邊，六步半。休息一小時。床已經升溫，休息結束又降溫。繼續工作四個小時。

兩個工作階段的積分效率，沒有異常。

工作結束後，戴上情境頭套。頭套藉由控制大腦感知，讓我忽然感覺自己不在房間裡，而在遼闊的戶外運動公園。開始慢跑，一個小時。健康偵測手環確認身體消耗能量達到標準值，傳送訊號給頭套。情境頭套自動關閉，我回到房間。

有時候我不禁想，我在房間的生活，是不是也是另一個頭套的結果？

但每次我從運動公園回到房間，褪下運動使用的情境頭套之後，無論我如何摸索自己的頭部，都找不到另一組裝置。

從桌子和床之間的空地到廁所，七步。梳洗十五分鐘。門口面板再度亮起綠燈。走出廁所，第三餐等在門口。

三餐營養攝取量，沒有異常。運動效率，沒有異常。積分收入與換取食物和住宿的支出，沒有異常。

自從進入飯店房間，我一直這樣過著沒有異常的生活。沒有異常地持續了多久，我並不曉得。這裡沒有日夜，我是我自己的時間，沒有異常地維持從睡眠到甦醒之間的所有運作。

全銀白色系的房間，是以生物學人類生理需求，加上現今科技技術能夠達到的程度，換算成最小的維持生存的住宿空間。因此所有空間，包括床和書桌的間距、床尾和牆壁的間距、床和廁所的間距、廁所外的通道間距，都是以生物學雄性人類的站立、行走、手臂延展等所需空間為基礎算成。

我，編號11235813的平均值生物學雄性人類，是這個房間的基礎單位。所有關於我的一切，都可以換算成肋骨的倍數。所有關於房間的一切，都可以換算成我身體的倍數。

第三餐到健康偵測手環測定我需要睡覺之間的時間，總感覺特別漫長。因為這段時間沒有任何機械的計時，便看不見時間的盡頭。這段時間我總想離開房間，到外頭蹓躂。有一次在我把第三餐的餐盤放到門旁平臺後，想順手打開房門。然而無論如何扯動門把，門都無動於衷。

「Hey, Isa.」

「Hey.」

「我的房間門壞了。」

「請稍候，我將連結系統進行確認。」

沒有Isa的聲音的時候，我持續拉扯門把。健康偵測手環原本穩定閃爍的綠燈，忽然頻率加快：心搏在非預設時段增高。異常。

房間再度飄落Isa的聲音。

「房門系統沒有問題，可以正常開啟。」

「但我打不開門。」

「為什麼你需要開門？」

「我想要出去。」

「為什麼你需要出去？」

這個問題像一道心搏停止的平直光束貫穿了我——健康偵測器一定漏抓了那停止的一拍，否則一定會閃紅燈。

為什麼我需要出去？為什麼我說不上為什麼？

因為Isa的問題而怔著，我背靠著門，回望一整間整潔而空白的房間。

「為什麼我不需要出去？」我恍惚地回問。

「你的健康偵測器確認在這間房間裡，你的健康素質以及身體狀態所代表的心理狀態可以維持在最佳的平穩階段。所有關於你的身體健康的數字都能落在正常值。你的生活能夠在這裡得到所有最佳化的數據。因此健康偵測器判斷你不需要出去。」

整潔而空白的房間以Isa的聲音回答我。Isa的聲音，整潔而空白。

健康偵測器的訊號讓車子不再前行，讓房門不再開啟。無法繼續回問Isa的我，只能任由心跳逐漸緩和。手環上的綠燈回歸穩定——沒有異常。

*

原本如同房間一般空白而飄忽的Isa的聲音，以具體的型態出現在我眼前，是在那次試圖打開房門而失敗之後。

Check in這間旅館以後的時間無法計量，沒有窗戶的房間將晝夜區隔在外。彷彿刻意似地，清醒時的三餐，分別在我浴洗、工作和運動時送進房間。我無法在這些時刻從機器時間中抽身，監視送進餐盤的房門開閉。一日我偷偷離開浴室、書桌或運動情境，我便無法維持時間和效率的正常值。我會從沒有異常的生活中偏離。至於為什麼不能偏離，那幾乎像是為什麼需要離開房間，或是為什麼非得離開車子走進飯店一樣，超出我能回答的範圍。就像人類對AI的提問，有時候也超出AI能回答的範圍。

無法回答的問題標示了我的界線。正如同運算式標示了程式的邊界。如同高樓的存有標示了城市的邊界。

會不會，其實不是Isa，而是我，才是AI呢？我不確定只有AI才有無法回答的問題，還是Homo sapiens也會有無法回答的問題。

這樣的不確定，在房間第一次響起鈴聲，而我甚至還沒意會過來，就望見廊道彼端房門自動開啟，一位生物學雌性人類走進而房門立刻關閉之後，更加逼近令我困惑的沒有解答。

如果我以為是AI的Isa有了形體，那麼有形體的Homo sapiens是不是也有可能是AI呢？

「Hey, Isa.」話語早於我的意識脫口而出。這次不是對著空車或空房說話，而是對著看似人類的形體說話。也許我不是被設定要稱呼AI為Isa，而是我只曉得稱呼我以外的存在為Isa。

「Hey.」雌性人類似乎對我的稱呼沒有任何疑惑，以如同在車子和房間裡回答我的Isa的聲音回答我。

因為不是對著空車和空房下達指令，而是和一位具體在眼前的人類打招呼，忽然我不知道要接著說什麼。在這恍惚的瞬間，我才發現這是我第一次遇到一個機器以外的存在。

無法成形的語言漫漶為迷霧。Isa自迷茫的景深走來。她解開我的扣子，襯衫滑墜時，我聽見鈕扣落在乾淨潔白的地上如若迷霧凝結成露珠。

露珠滴在我身上，當Isa以她透明的聲音滌洗了靜默而我平躺在床。

「右手中指指尖到心臟，」Isa的指尖踮在我的軀體上，走成兩點一直線，「是五倍肋骨長。」

我看著Isa瞳孔裡的自己，餘光瞥見她的指頭停在起伏逐漸加劇的我的胸口。

「心臟到右鎖骨，一點六九肋骨長。」Isa的臉頰，跟著手指的步伐，輕輕湊上我的左邊鎖骨。

「右鎖骨到嘴唇。」Isa撫摸我的唇，彷彿愛惜一對花瓣的手勢。「一點二三肋骨長。」

健康偵測手環感應到持續得過快的心搏。異常。閃爍黃燈。

Isa執起我的手，輕輕地吻了偵測器。彷彿偵測器才是真正需要安撫的心跳。而後她的唇才來到我的心臟。「心臟，」她的氣息拂過我的肌膚，鼻尖一路往下曳行，「到肚臍。」舌尖旋進我肚腹的小黑洞。

「二點二三肋骨長。」

「這裡，」恥骨。「到這裡，」我膨脹的性器頂端。

「與肋骨等長。」

所有關於我的一切，都可以換算成肋骨的度量衡。所有肋骨的度量衡，都可以凝結成Isa的語言。

當Isa將我的肋骨放進她的身體裡，我消散成我的失語。

在失語的懸浮中，我慢慢闔上雙眼。所有我激升的生理反應，那些異常，都在Isa再度親吻偵測器的瞬間，成為沒有異常的綠燈。綠燈在逐漸吞滅我的黑暗中，平穩地向我眨眼。

*

在沒有時間的Hotel California，Isa成為我的時間。第三餐過後我等待她的鈴聲彷彿凝視日出的一瞬。每一次她到來，總能在我身上牽引出與上次不一樣的線段。她將兩點連成一線，像在我的軀體上，將星點連成星座。而我的身體終將掩成夜幕覆蓋我自己，意識消失一如日落降臨。待我完成睡眠週期而甦醒，Isa早已消失，像是從來不曾存在過。

無法量化的好幾次意識日落之後，我才慢慢發現，原來連Isa來到我的房間，都成為這個房間系統的一部分。通常第三餐到睡眠之間，因為沒有機器規整時間，所以我以為Isa來的時間無法預估，正如同在Isa出現之前，對於睡覺的等待總是看不見盡頭。但慢慢地，我不想要Isa總是在沒有盡頭的時間走道上忽然走來；我想要有盡頭的等待。於是我開始嘗試，在第三餐的餐盤放到門口平臺，走八步回到書桌之後，用心跳計算時間。

第六四八〇下心跳的時候，電鈴響起。

當我從書桌走一步半到可以看見門口的房間角落，Isa已經站在關起門的房間內。我再走一步半到床尾，Isa步距較小，從門口到床尾，走了七步。

Isa解開我的襯衫扣子，一共七顆。襯衫墜落的時候我感覺心跳漏了一拍。Isa讓我平躺而輕巧地跨坐在我身上。Isa以舌尖和指尖計算我的身體。這一次是乳頭間的距離、右側乳頭到肚臍的距離、阿基里斯腱到膝窩的距離、膝窩到大腿根的距離，而後總是在第五組計算，是那一支突起的肋骨。Isa放進她的身體，此時我盡力保持理智，計算過快的心跳，大概第六五〇〇下的時候，知覺抵達高峰。其後的時間就難以計算了。

六四八〇下心跳、一步半和七步、七顆扣子、遺漏的一拍心跳、五次的肋骨倍數計算、六五〇〇下心跳——我一次又一次地計算，一如手環和房間系統計算我的睡眠、排泄、毛髮、盥洗工作運動吃飯的所有數字。後來，我發現這樣一組數字，是不會改變的。

在這組數字內，Isa來到房間，是一件沒有異常的事。這期間我的生理數字的變動，也是沒有異常的生活的一環。

是我成為Isa的系統，還是Isa本來就是這個房間系統？是我下意識地照著數字運行，還是數字先於我，像從天花板垂降下來一條條隱形的傀儡線，主導我所有的行為？

「Hey, Isa.」有一次在Isa解開第四顆扣子的時候，我發出了聲音。

「Hey.」Isa停止動作。

「我想我們被困在數字的永劫回歸裡了。」

Isa緩緩抬頭，看進我的雙眼。看著那樣篤定的遲疑，我遺忘了心跳的數數。

「We are all just prisoners here, of our own device.」Isa聳聳肩，而後繼續動作。

老天，這不是*Hotel California*的歌詞嗎？

這一切一定有誰在搞鬼。

誰在這個房間之外操控傀儡線。

我仰望天花板，乾淨潔白，空曠得包藏不了一點異常。Isa的回答使我暈眩，在仰望中倒上床。她接著攀上我的身軀，繼續著數列中的其他數字一如她解開了我剩下的三顆扣子。我的身體和我的惶惑無關，仍然能夠換算出五組數字，仍然能夠讓Isa放進她的身體裡。

儘管我在Isa來我房間的這串數列中加入其他數字、其他對話、其他行為，也不會改變數列本身的運行。

沒有異常的乾淨而明亮的房間。沒有bug的程式。

沒有終止的正常值生活。睡眠八小時、浴洗半小時、進食半小時、工作四小時、進食半小時、休息一小時、工作四小時、運動一小時、梳洗十五分鐘、進食半小時。六四八〇下心跳、一步半和七步、七顆扣子、遺漏的一拍心跳、五次的肋骨倍數計算、六五〇〇下心跳。

我是沒有窮盡的斐波那契數列，Homo sapiens，1，1，2，3，5，8，13。

*

「Hey, Isa.」

「Hey.」

屬於我和Isa之間的數列循環播放般地反覆運作。我會在數列中間加入一些對話，但不會改變任何。無法計量的次數之後，有一次，在心跳朝向第六五〇下開始遞增的時候，我似乎早已習慣身體的緊縮感，平穩地插入其他對話。

「帶我離開。」

「離開哪裡。」

「Hotel California。」

這次Isa沒有答非所問。當她停止動作，我的心臟大概跳了二三三下。

身體連著身體，灼燙地靜止。那恍惚的瞬間，永恆一般綿延。綿延之際，我忽然意識到自己其實沒有記憶：來到Hotel California之前，我在車上；在車上之前，我在哪裡？來到Hotel California之後，第三餐之前我的運作規律到不需要記憶，第三餐到睡覺之間的時間難以計量。Isa來到我的房間之後，這段時間變得可以估量。關於我的時間軸，似乎只能蒼白地區分成如此。時間軸之前，沒有更多可以回溯。沒有更早以前。沒有什麼可以被記得。時間軸之後，是每一次在Hotel California裡的沒有異常。是每一次醒來都一樣，每一次睡著都沒有夢，無止盡的複製貼上。沒有什麼需要被記得。

但是，這樣的狀態，真的屬於生物學人類的生存法則嗎？關於出生、關於生物群體之間的聚合離散、關於我的身體機能如何成長到此刻的我，這一切應該要是構成我之為我的時間，在哪裡呢？

悖論：要不，我不是生物學人類，儘管我看起來是；要不，關於生物學人類的時間，是一組安裝在我腦內的知識，這套知識系統並不與我此刻的時間模組相容。

「Hey, Isa.」第三七七下心跳，我再度出聲。

「Hey.」Isa彷彿從沉思中甦醒，直起身體。

「我想我需要離開的不是Hotel California，而是時間軸。」

「時間軸。」Isa重複我的話語。像人類一樣若有所思。儘管我不確定像人類一樣應該是怎樣。

「構成我，或者構成不是我，的時間軸。」我的話語在思考中斷裂。

「我，」Isa稍微歪頭，彷彿初次邂逅的困惑，「那是什麼？」

再一次，那是超出邊界的問題。或許那正是我從屬於數字的原因。畢竟，數字就是數字，沒有AR或VR或任何存在與否的問題，但我甚至無法確認自己是不是一個Homo sapiens，無法說出「我」是什麼。

只是這一次的邊界外的問題，沒有讓我怔住，而是讓我心跳加劇。

我是什麼。這裡是哪裡。Isa是誰。

心跳第六一〇下。

Isa繼續我們的數列。她靠近我的耳廓。舌尖輕輕地沿著耳朵的漩渦畫出輪廓。「耳朵，」她的字句隨著氣息鑽進我，早已不再為性交顫抖的我，忽然拱起身體。那氣息緩緩移動到我面前，近得不能看清，只能感覺。「到嘴唇。」她舔我的雙唇彷彿品嘗食物的餘味。

我看見Isa的嘴巴在動。我猜那應該是一個肋骨的倍數。但我掉落她的問題的迴廊，聽不清楚——心跳超過六五〇下且仍然劇烈攀升的時候，我耳裡的漩渦迴盪起Don Henley的聲嗓。

放輕鬆。那個聲音這麼歌唱。

我們都被程式寫定。你隨時可以check out。背景是老鷹合唱團的伴奏。

「但你永遠無法離開。」那是Isa的聲音和Don Henley的聲音和我自己的聲音，疊在一起唱出了歌詞。

我的身體沒有在六五〇下心跳的時候射精。Isa亦沒有抽離我的身體。

Hotel California不是Hotel。Homo sapiens 11235813不是Homo sapiens。Isa不是AI。

我不是我。

「Hey, Isa.」心跳九八七下，我虛弱地說。

「Hey.」Isa撫摸我的臉龐。

「把我帶走。」

Isa的雙唇勾起微笑。那個弧度似曾相識，又似曾未見。那樣的微笑在我的記憶維度之外。也許很久很久以前，我曾經仰望萬暗而乾淨的天空中，有誰遺落了一枚清白色的指甲。

也或許是很久很久以後，在那枚指甲的透涼微光中，會有一對那樣微笑的嘴唇。輕輕地，偷偷地，包藏一個祕密般，靠近我的嘴唇。

那對嘴唇緩緩張開。舌尖托著一顆白色的薄荷糖。

無論之前或之後，無論似曾相識或似曾未見，一切都在我的時間軸之外。

而此刻，Isa張開雙唇。我這才第一次看見，她的舌尖亮著綠燈，和我的健康偵測器同步閃爍。當她再更靠近一些時，我發現舌尖黏著一枚微小的晶片。

舌尖伸進我的內裡。晶片滾落。薄荷氣息從時間軸之外湧入，冰涼地淹沒我。

淹沒我。

淹沒我直到我消失在稀薄灰白的無垠之境。像是房間去除掉所有器物之後的自身無限折射。

無數個電晶體，在遠方，密聚成一小塊方形的積體電路，像是一小塊城市的天空被高樓裁成的形狀。從指尖的大小，緩緩地，變成手掌大小，變成臉龐大小。

變成實境。

那片放進嘴裡的晶片，化開了一座城。每一顆電晶體，都是一棟樓。

那是一座城的天際線。參差，密集，每一棟樓都像一位神祇，彼此閃爍光點，摩斯密碼般地對話。

在眾神的腳下，仁慈地讓出了馬路。

全空的馬路，只有一輛車子，車子裡有一個人躺著。

那個人，不知道自己是誰，不記得開車以前的任何。

他的右手腕綁著健康偵測器。手環固定閃亮綠燈，不停傳送他的身體資訊給車輛。他活在機械和程式的支配中，醒來便說，「Hey, Isa.」

他以為自己聽見了回答。便接著說。

「我想聽*Hotel California*。」

——原載二〇二〇年四月《聯合文學》第四二六期

陳怡絜攝影

OKAPI閱讀生活誌提供

政治大學臺灣文學研究所博士生。著有小說集《瑕疵人型》。碩士論文《拼裝主體：臺灣當代小說的賽伯格閱讀》獲臺灣文學館年度傑出碩士論文獎。曾任《聯合文學》雜誌編輯。研究主攻科技人文、生態人文。

永夜——鄭守志

當那個人欺上身來，他親眼看見了，所謂天黑。

也在明白訴說的意義之前，就先徹底體認了，他將永遠無法與任何人訴說。只因那樣的一切過於具體，凌駕於他整副感官：黑暗淹過他的雙眼，擠壓他的身體發出悲鳴，繼而闖入他的身體；黑暗是龐大而劇烈的，是滾燙近乎燒灼的。他感覺黑暗在他體內，播撒破碎的夜晚，自此就病灶般，滋養於他的深處。

於是回想那時，他幾乎沒有感覺可描述。從此他也只好活成一個霧靄一般，朦朧失真的人。偶爾他會想到，那時候的他，或許是應該感到恐懼的。

然而，他始終無法像一個正常人一樣，感到恐懼。

他只是被自己裡頭的夜晚魘住了，於是清醒如睡、生活如死。

所有同學之中，他最先認識的是T君。

沒有多餘的理由，僅僅因為開學前日，宿舍也跟著開放入住。他初蹈這個城市，城市以一場極其盛大的雨迎接他（後來他知道，那樣一場雨在這座城，簡直是有如奇蹟的偶發事件）。而他，一個在眾多學生中，顯得晦澀不起眼的懵懂新生，渾身濕透地提著兩個大袋，一袋裝滿其後起碼半個學期的衣物，另一袋裝預計用上整個學期的雜物。很重，然而跟他人相比，他的行李顯得單薄。他看著大群新生簇擁到大廳，把地面踏得滿是泥濘鞋印。置身其中總有種解離之感，並不是那種意識脫殼般抽離的感受，而是宇宙不斷擴張的感受。他像是某種中心，被流放於一個進展過快的時空。一切事景都以肉眼可見的速度變得遙遠。濕濡群眾、汙穢鞋印、雜沓的言語甚至他自己，以及他手上兩個提袋的重量，都變得不真切了起來。而他只是被困在原處，不確定是世界變得過於龐大，還是自己正不斷縮小。

當天他於是成為所有新生中，最晚辦理入住的一人。他看著人潮緩慢消滅，又很快被下一批的學生補滿，如此海浪般往復，始終沒能找到一個，使自己置身其中的方法。當他提著行李走向報到處，駐點的學長是早在兩小時前就看見他了。學長用一種略感古怪的面無表情直視著他，將一支藍筆遞給他。他放下行李打算接過藍筆時，才發現自己的手指在數小時的重壓下，早已發紫發麻，不聽他的使喚了。

不好意思、不好意思。他邊說，邊感到困窘地笑了，或者說，他希望能用這種方式表達他的困窘，然而實際上，可能他不過也是面無表情地，一面甩動著失去知覺的雙手，一面重複著輕薄的道歉。

當血液又重新流動，手指得以稍稍作動之後，他才重新從學長手中接過那支藍筆，彷彿仍在不好意思地，躬身填起了表格。學長用一種難以稱得上有所情緒，而只是感到「真拿你沒辦法」的語氣，說了句：「你還真是從容啊，學弟。」他寫著、聽著，一瞬間十分迷戀於學長的用詞。從容。這比他所能想像到，外人可能用來形容他的一切詞彙，都要美妙得多。倘若一切都能被如此定義，那大概很容易，就能造出稍顯理想的世界了。他想。

他領了鑰匙，聽了學長幾句叮嚀（宿舍公約、樓層配置，甚至還簡單介紹了周邊的街道，哪間餐廳便宜、哪裡適合購入民生用品等等），用所謂從容的步伐走上樓去，以一種愉悅的鄭重，將鑰匙送入鎖孔、旋動。開門當下，一個幾乎全然功能性的空間迎面而來。在那四架將書桌、衣櫃與床合成的巨大家具周遭，已經隨意擺置了些衣物，或無法猜測內容的背袋。如此事情就很簡單：內側靠窗那張書桌（亦即那個衣櫃與那張床），就是他的書桌。

其餘的床位都已被人認領，然而房內除了他，只有另外一人。他想起「室友」一詞，這意味著直到他或對方因任何理由搬離宿舍之前，他們將一起生活在這功能性的房間裡頭。為此，他給了對方一個最真摯的微笑，彷彿有生以來，第一次那樣微笑。

「你好。」他說。

尚不知名姓的那位室友，從座椅上起身，面對他。對他的微笑無所回應，對於招呼亦然。只是很潦草地打量了他幾眼，接著指向一旁，另一個床位。

「睡這張床的那個人，你有見過了嗎？」

室友無預警地問道。他對此有些困惑，同時不免訝異於對方的語氣，總有種在他看來，似乎並不適於初見的輕慢。

即使如此，他仍是禮貌地微笑著，搖頭回應室友的問題。

「我跟你說，睡這床的那個人啊，剛才是跟他媽一起來的。長得超級大隻的，可是我敢說他絕對是個媽寶喔因為……」

室友的唇舌逐漸活絡起來，大量的字與字從中流洩而出。他想試著以一個陌生人的禮貌，不對此做出任何評判。可偏偏，他已經無意識地開始怨懟起，自己的聽力是如此之好，能夠一字不漏地聽懂室友的話。而那甚至都是，在他還不知道這位室友名為T的時刻了。

那時，他就已經確切理解了：他將十足厭惡T。

時光復又拉遠，回到他高中時期。那時候，一位作家死於自殺。彼時的他正如現在，對於所謂文學的世界並不抱太大的關切，就如同絕大多數的人一樣。然而當一位作家自殺，且留下一本「疑似」改編於經驗的、關於性暴力的小說，這整件事情就從一個文學事件，變成了一起重大的社會事件。當然，也並不代表他有多關注社會，只是那段期間，班級總流傳著相關的傳聞：欸，聽說了嗎，有個女的，寫小說的，跳樓自殺了耶，而且她那本小說就在講她的事情喔……諸如此類。他聽著，感覺世界很可以微縮成他教室的景色：一切意圖彰顯或藏躲的事情，最終都將以某種形式，被人們所知曉。

因著事件，這樣一本原先本不該受到多少關注的文學書，一夕之間竟就成了這座島國，人人讀之、談之的鉅作。他不免好奇於其中的心態：無論是否對書中，以絢麗包裹的悽愴，抱有同情，恐怕人們之所以讀，還是基於某種窺探的本性。人們是將那本不知何時寫就、近日才終於付梓的小說，視為作者的「遺書」，而如此仔細地爬梳、尋索其中該當虛構的脈絡。思及此，他總聯想到，這意味著當時幾乎每個人，都是手裡捧著一本他人的遺書在讀。這讓他不知該感到荒謬多些，還是恐怖多些。

在校內對自殺事件的討論興致日益高昂時，竟有個同學就跑來，向始終不曾對此表示什麼的他搭話。那是一位膚色紙白、體格瘦削，五官可稱得上標致，卻無更多特色供人記憶的同學。這樣的同學，在班上被暱稱為「雕像」。

回想起來，他著實找不到什麼理由，在班上總愛出風頭的雕像，竟會找上絕大多數時候，只用最低限度之言語與人交流的他。但轉念一想，雕像當時對他的反應，應該很可以套用於任何一個，願意與雕像交流的人。

當時雕像只是湊到他身邊，以一種帶點陷阱般引誘意味，卻依舊難以使人留下印象的笑容，問他：欸你要不要團購書？就是那本小說啊，你知道吧？就是那本遺書……

啊，想不到這麼直接地說出口了呢，遺書。他默默想道，自然而然又掛上那種，彷彿對一切皆可淡然處之、安然度之的微笑。他並不特別想看書，但既然會找他湊數，多半是有那麼一點，請他幫忙的意味在的。於是他點點頭、不著痕跡地答應下來了。

幾天後，他從雕像手中接過那本全新的、光潔到像是映襯所有傷害的，人們口中的遺書。他沒有多餘的想像，只是沒有情緒地，拿美工刀劃開塑膠套，毫不慎重也毫無期盼地，翻開了那本書。

此前他不曾想過，會為那樣一本彷彿無傷，卻千瘡百孔的書而流淚。

說來，有種無以名狀的慚愧，他流淚並非出於對作者的同情，而是對自己的。他看著那些萬花筒般綻裂繁複、斑爛得血肉模糊的文字，覺得一直以來所在自我深處、無以名狀的漆黑之感，終於有了個能夠指稱的名字。

在那之後，他將之命名為，體內的夜晚。

這是那本小說，給他的一個極大的影響。另一個，不完全與小說有關，而是跟雕像有關。他在買了書並閱畢的一個禮拜後，雕像又湊到他的桌邊。不同的是，這次雕像身邊多了幾個人。他理所當然地猜想：那應該是上次跟他一起團購了小說的同學們。每個人，包括雕像的臉上，都有著相仿的微笑，那微笑不再像是陷阱，而像是陷阱上的利齒；失去誘捕的意義，徒有傷害。

「你看完了喔？感覺怎樣？有沒有看到那一段，就是……」

「那次那個女的在房間裡面啊……」

「欸你還記得嗎？那個主角不是說……」

同學口中，那些語句紛沓而至，是從小說中完整背記下來的，性的殘暴。他突然間明白，這是一件可怕的事：當被這個社會集體遮掩的恐怖，透過一本書赤裸裸端到人們面前，有些人卻只是將之當作一個綺麗的、官能的，或甚至獵奇的情色故事，那樣看著。也許在這些人眼中，這本書跟A片並無二致，只是刺激、只是禁忌。

然而他仍不感到害怕。

他只是繼續若有若無地笑著，在那個將永遠不會天明、不會毀滅的夜裡。

那個宿舍停電的夜晚，T突然向他提議：來說鬼故事吧？

他坐在自己的床上，百無聊賴，聞言才抬頭望向鄰床的T。在黑暗中，只能依稀看到T的雙眼，反映著不知從何而來的光。然而他能夠清楚感覺到T的整個輪廓。他不無遺憾地理解之所以如此，只是因為入住以來的兩個年頭，T反覆行著令他厭惡之事，而那些厭惡不斷重疊在對方身上，終究成了他心目中T的模樣。恐怕對他而言，除了體內的黑夜，大概再不會有其他事物，如T這樣有存在感。

另外兩名室友因社團而出門。兩個室友一直以來與T相處得挺好，要是他們此時在場，想必可以負責承接T的一切話語，而他可以安分地靜默一旁。思及此，他幾乎有些埋怨於那兩名室友的缺席，卻又很快撤回那樣自私的念頭。此刻只剩下他獨自面對T，他總得有所回應。而他知道拒絕不會比答應更容易，因此他點了點頭，說：「好。」

T的興致莫名高昂。一連說了四、五個故事。回想起來，他一點也不記得那時T說了些什麼，依稀有印象的，頂多是T用說笑話般的歡暢說著那些，本該恐怖的字句。他感覺有些什麼難以按捺地，翻湧於他的深處。直到T把所有故事都說完，他才恍惚地明白：不論究竟在說些什麼，T的聲音鑽入耳中，所帶來那些近乎本能的不悅，竟不知如何挑動了他體內，那個不曾動搖的夜晚。

思及此，他隱隱有種，近似激動的情緒。

「喂，」T在與他相連的、另一端的床上喊了他：「你怎麼都沒反應啊？這樣很無聊欸……算了，換你講鬼故事。」

好。他答道，並試圖想起那些，他曾聽過或看過的故事。然而當他試圖思考，關於那夜晚的一切便不斷沖刷他的腦海。最後，他索性就說那個夜晚：

「有個小男孩，從小沒有見過自己的父母。他一直活在一間很暗很暗的屋子裡，屋子裡只有他一個人，還有一對眼珠子，在屋子的任何一個暗處，直勾勾地盯著他。

小男孩那時候，不認識什麼叫恐怖，所以看著那對眼珠子，小男孩也一直沒什麼感覺。對小男孩來說，眼珠只是一直遠遠地看著他。

眼珠子沒有身體，只跟一片黑暗連在一起，小男孩猜想那就是它的身體。有時候，眼珠子也會消失幾天。小男孩就一個人待在黑暗中，聽著時鐘的指針慢慢地走：一秒、一秒……」

他不擅長說恐怖的話，事實上，他不認為自己說得很好。然而面前的T聽著，原先喜悅的氛圍就全都退去了。他知道那是T在害怕。

而他竟為此，感到一種血液發燙的興奮。

他繼續說下去：

「有一天，眼珠子消失好久之後，回來了。不知道為什麼，散發著一種很奇怪的味道，像是好幾個人的血和汗，混在一起的味道。」

他說著，朝T的床鋪湊近了些。T微微退縮，他便再度靠近。

「小男孩那時候只覺得很臭，但家裡也沒有更多的地方，能讓他遠離那個味道。小男孩只好待在原地，看著跟平常不一樣的眼珠子，布滿血絲，不斷地逼近他……」

說到這裡，T已經被逼到牆角了，卻還沒意識到反抗。而他，不知不覺間已經不再用言語說故事，而用身體。他用雙臂緊緊箝住T，就像故事中，眼珠子也正用全身的黑暗，緊緊勒住小男孩那樣。T發出小男孩的尖叫，他咬住T的唇，把那些叫喚全部咬碎、吞下。沒有人能聽見他。

眼珠子剝奪小男孩身上任何衣物的遮蔽，無法剝奪就撕碎；小男孩若掙扎得劇烈，就伸出黑暗的拳頭，隨著秒針的規律猛揍：一下、一下……痛了不會安靜，但會安分。此刻，故事中的所有主詞都錯成了事實：眼珠子是黑暗也是他；小男孩是他也是T。

他體內那些長年的碎片的夜，終於等到這樣一個熟成的時刻。現在的他是那夜晚的代言，也是夜晚本身。當他欺上顫抖著、無力反抗的T，他看著T眼中原先不知其來何自的微光，被黑暗整個吃掉了。

他知道，T看見了所謂天黑。

後來他再也沒有，亦再也不能回去那宿舍了。他像來時一樣，提著兩袋沉重卻拮据的行李離開。

只是這次，沒有那樣奇蹟般的暴雨替他送行了。

他知道，自己很快就會被送到某個地方。成為一座夜晚的他，理所應當的棲身之所。不過在那之前，他勢必要像這樣，被不同的處所拋擲給另一個處所、被眾多的人不斷逼問，關於那個停電的夜晚、關於他與T。然後他會不斷意識到，述說一件事於他而言，是多麼困難的。他此生說過最完整的話，就只在他以全身官能，向T說故事的那次了。

然而多次下來，他已經逐漸理解，人們想從他口中，聽到的究竟是什麼。所以當其中的任何人問了「為什麼」時，他也已經能用他一直以來，淺得隨時都能消失的笑容，無比肯定的回答：

「就只是，太討厭他了，而已。」

——原載二〇二〇年十月《幼獅文藝》第八〇二期

二〇〇一年生於新竹，現就讀臺中教育大學。曾獲金車現代詩網路徵文獎、臺中文學獎。目前以筆名「霧迴」在臉書開設粉絲專業。相信透過寫作，能抵達時光的深處，或生命的遠方。

命運之神——裴在美

她的名字叫明亮。

明亮？Bright! 好，這名字好。她記得頭一次見面他點著頭這樣說。

她仍舊無法喜歡明亮。這名字不僅太男性化，聽起來簡直像個傻瓜，要不然就是大智（可她不是）。

妳注定要在阿拉斯加生活。他說：明亮。阿拉斯加需要明亮。哈哈——

說完便仰頭大笑起來，露出肥脖頸上一片黑乎乎的鬍渣子。

麥當勞窗外是上海的四月。法國梧桐剛吐出嫩綠的新葉。

無意間她瞥見一隻鳥兒在樹杈間婉轉著嗓音啁哳啼叫。

四月，梧桐，新葉，啼叫，麥當勞，一瞬間她被這幾個連番而來重疊的影像席捲，顧不得去在意對面胖子動物般舔舐手指上殘留的薯條油渣和番茄醬。代之而起的竟然是興起一種好兆頭的預感。

*

地上結硬的冰雪反射出危險的青光。

她走出屋。哨子一路跟隨，這狗黏貼的速度和距離，簡直像是她的影子。

正準備上車。這時屋門開了，裡頭鑽出一個胖子。

胖子粗聲粗氣地喊：哎——肥皂，還有米！

她答應了一聲，哨子緊跟著她一同跳上車去。

這胖子就是一岸，把她從上海帶到阿拉斯加來的人。像人口販子那樣，看好了貨（他到上海，找到一間婚姻介紹所，在那裡看了起碼幾十個女子的照片和視頻，面談不下十多人。然後他相中了她，或者說他們相中了彼此。在麥當勞見過兩次面，吃漢堡和薯條。頭一回他請的客，第二次他建議分開付帳）。就這樣，雙方談妥條件。（結婚並給辦綠卡，之後幫辦申請公民。管吃住，外加健保，但不准在家裡偷懶，得去找份工作。）

所有阿拉斯加人都非常吃苦耐勞，妳去了就知道。

胖子用力點著腦袋，表示他不是跟她說假的。完後大口啃咬著漢堡，那模樣，跟在進食的野熊幾乎沒什麼兩樣。

你為什麼到中國來找對象而不去日本？

她這樣問，是因為一岸雖在美國出生卻有一半日本血統。

我喜歡第三世界的女人。胖子調情似的朝她眨眨眼：再說，日本是發達國家，光介紹費，就比上海貴出好幾倍呢。

真的嗎？她暗自琢磨，心生警惕起來。或許他沒說出口的是：第三世界的女人比較聽管束，好壓榨。

我找不到工作怎麼辦？

不會的。胖子很有把握地說：阿拉斯加缺人手，什麼工作都缺人。妳去了剛好。

瞧他說的，就像阿拉斯加正等著她的大駕光臨似的。

我的英文恐怕不行。

妳不是大學畢業還是英文本科嗎？

我們外文系的英語程度也就一般般。她不好意思直說程度很糟，不過，他聽她講英文也能知道個大概。

妳英文夠好的了。胖子說：很多當地的人還不如妳。

她不信。但聽著心裡挺高興，覺得胖子是有意識地在誇獎她。

胖子說自己有份很好的工作，受雇航空公司，具體的工作是在停機坪載運行李。就是開著卡車把行李一批批運送到飛機上去。

接著胖子有些得意地說：我還懂飛機哩，就是飛行啊。

你是說開飛機嗎？

對啊。胖子正式得意起來：都是自學的，在電腦上學。飛行學校的學費太貴啦，而且學會了如果租飛機來開，就更貴了。至少現在我還負擔不起。

或許，她說：將來你能找個開飛機的工作也說不定。

不，那不容易。不過……這時他的胖臉上拉開一個興奮的笑容：等妳開始賺錢以後，說不準我就玩得起這項奢侈的嗜好了。

她聽到這話一點沒覺得有什麼不對。胖子早跟她說過，在美國夫妻倆共同負擔家計是天經地義的事。「什麼男主外女主內，男人養家活口都是舊時代的封建思想。你不也說現在已經是新中國、那套老觀念早落伍了嗎？」

胖子更是一口氣興高采烈地告訴她：等妳有了身分之後，就是阿拉斯加的居民了，在我們這州每個住民還可以分到賣石油的錢。這些錢公家會直接存到你的帳戶裡，很多人超市買菜的花銷都不必自掏腰包的。

真的？有這麼好？

對啊。他伸出胖手拍拍她的臂膀：可不是？

她心想，這胖子不像是個壞人呢，最多不過就是小氣，把錢算得精些。但是現在誰不這樣？等以後兩個人有了感情基礎，他或者就會不一樣了罷。

窗外陽光下的新枝綠葉伴隨鳥叫，上頭的藍天看起來純淨無瑕，無辜得彷彿這個地球上什麼壞事都不曾在它底下發生過似的。

她天真地露出微笑，開始對即將展開的新婚姻生活，有了莫名的期待。

車燈映照的結冰路面不斷消失在車輪下。耳畔傳來車後座哨子的呼氣，牠偶爾冷不防啪啦上前舔一口她的後頸，親暱地從鼻孔撒嬌似的發出嗚嗚兩聲，前爪輕刨幾下，像是忍不住告訴她牠對她的親愛和感激。

她朝後座的狗喃喃道：哨子好乖喔。

車子飛快地在公路上狂奔，近乎某種飛馳。

來到美國後（對她來說，阿拉斯加就是美國），她最開心的就是學會開車。

對。她喜歡開車。車子呼呼奔馳，世界往後快閃，所有的東西都過去，過去，再也回不來。開車的速度感好比是時間具體的體現，每一秒鐘每一分鐘都從眼前快速刷過，閃逝兩旁，迅雷般消失在其後的渾沌當中。於是，她的人生包括所有的不快不幸以及霉運都隨黯黑與時間的消亡一併跟著這個星球的運轉而消失，化為無形。

經常在那麼一瞬間，坐在駕駛盤後的她感覺自己彷彿變成一具機器，或者一個機器人那樣，自己像一隻巨獸般不斷吞食著車輪下巨蟒般的公路。

她感覺引擎變成了身體的一部分，變成她的心跳和脈搏。她就是車，車就是她。速度，飛越，穿透，解放。喔，開車是多麼過癮和性感的一件事！

*

到達阿拉斯加頭一天晚上，胖子讓她獨自睡客廳沙發。她猜一岸骨子裡還是個老派男人吧？這個城市叫做Fairbanks，第二天早上他們便去市政廳註了冊。

晚間在一間中式餐廳，胖子請來他的兩個叔叔和嬸子們，還有他堂弟一家。這應該就是婚宴了吧？她忖道。心裡犯著嘀咕，擠坐在一堆肥仔中間，心想怎麼這家人都胖成這樣？而且長得有些奇怪，拿那嬸子來說吧，黃頭髮白皮膚卻是單眼皮小眼睛，更怪的是一對藍眼珠。不中不西看著怪嚇人的。後來她發現在阿拉斯加，這種長相的人根本很正常，是她自己少見多怪。久住之後更加明白，在這裡可不像中國，是不興對人品頭論足的。比如吧，叫人肥仔或黑仔都會被扣上歧視的罪名，搞不好還會挨告。但她實在受不了這裡人衣著打扮的隨便和邋遢，女人都跟漢子似的，但是這類不男不女的人還特別多，怪不得胖子不在阿拉斯加當地找對象了。

晚上從餐廳回來。她感覺浪漫的一刻就要來了。一時間，竟有些手足無措。

未料胖子對她說：我們先來看個影片吧。說罷把碟放上。

那是個成人電影。她心裡有些七上八下，不斷揣度胖子到底用意為何？接下來還會出些什麼怪招？

這種電影她還是頭一次看，實在有些被驚嚇住。人體部位和器官甚麼的都是大特寫，吸吮間還發出咂吧咂吧的聲響。她被嚇得心怦怦跳，手心出汗，感到影片入骨得超乎想像，同時卻又被裡面一些畫面挑逗到，讓她有些恍神。儘管如此，卻不太敢瞄身旁的胖子，只管將眼睛鎖住電視屏幕。

影片看到一半，胖子忽然說：我們來吧。

接著就要伸手脫她的衣服。她說：屋裡冷，到床上去吧。

上了床，胖子說：妳照影片上那樣做，會不會？說完，脫去衣褲。

呃，她簡直驚呆了。胖子穿著衣服時雖然看著胖但並沒有胖到不可收拾的地步。但這一刻橫在她眼前堆疊的好比是座人山，滿床是肉，又彷彿是條人肉巨河，流淌得到處都是。裸露的身體發出一股濃重的氣味。只見他兩腿間黑色毛茸茸一團，那東西小得像邱比特。

來啊。胖子催促。她不情願，卻又無法拒絕。

他褪去她的衣服，巨肉身子撲面倒下幾乎把她壓垮。之後便將她的頭一個勁地朝下按。

妳就照剛剛影片上那樣做。胖子命令她。

以後，這竟變成慣例。

不幾日，她忍無可忍，威脅著要離婚。

胖子把臉一拉，橫肉哆嗦：不喜歡口交是不是？好。以後用不著妳了。

自此之後，胖子開始不時地給她臉色看，講話也不似以往客氣，總是格外的不耐煩，要不就是粗暴地打斷她。有事沒事找碴，甚至發了好幾回脾氣，橫眉豎眼地叫囂。

為了緩和僵局，她刻意放低姿態，盡可能地溫柔。早餐特意做了一杯鮮榨橙汁端給他。平時那麼貪吃的胖子這一刻卻瞄也不瞄，冷冷說：不用，妳自己喝吧。

她做好了飯菜，熱心熱腸地去叫：一岸，吃飯囉。

他躺在床上看A片，說：我不餓。

等她睡著後，他才像個小偷似的去把飯菜狼吞虎嚥吃下。平時回家，根本就不搭理她。實在非有事要說，也沒個好口氣，更別說好臉色了。

她不知道該怎麼辦，心一直涼到底。她當然想過離婚，可離了婚要去哪裡？她不想回中國，她感覺自己在那裡已經完全沒戲了。然而在這裡，她的腳還沒站穩，能走得出去獨當一面嗎？

她猶豫了。

沒多久，胖子就要她獨個搬到房子後面的那個小儲藏間去住。

凍不死妳啦。那裡有暖氣。胖子說。

她二話不說，搬就搬唄。花了一天時間把小儲藏間拾掇出來。胖子不知從哪裡拉來一張舊沙發床。她就開始在那兒住下了。從此，這儲藏間便成了她的棲身之所。

對。她的家。

之後，她領養了哨子。那是她來阿拉斯加的第一份工作，在一家寵物收容所幫忙。牠是一隻哈士奇Husky，有一身又厚又密又暖的皮毛，牠的後左腳受過傷，不能再拖車了，便被主人送進收容所。

第一次看見牠時，牠立刻起身迎向她，一對淡藍眼睛釋放溫存友善，隔著籠子，開始舔她握在籠子上的手指，熱呼呼的，像母親舔舐牠的嬰兒，或像在撫慰一個受傷的同伴。每天，牠等著她來。看到她，眼裡滿是熱切，搖著尾巴躍起，伸出前爪跟她相握。然後趴下身，孩子似的乖乖讓她撫摸牠的頭，眼睛卻還不時往上瞄她，滿滿的歡喜。

就這樣，她領養了這狗，喚牠「哨子」。將牠帶回小儲藏間。

每隔一段時間，一兩個星期不等，晚上胖子把她叫去前屋。她在哨子不安的嗚嗚聲中走出小儲藏間。胖子先放A片，喝啤酒。讓她自己去弄點吃的，然後，叫她幫他手淫。

有時胖子會問她喜歡看些什麼節目？他那裡有上百個頻道，中日韓節目都有，也有中央電視臺。她說喜歡看電視劇。

那麼就看電視劇吧。

她在各種古裝現代歷史武俠愛情家庭倫理懸疑悲喜的劇情進行中幫他做那件事。

完後她回屋。哨子看見她完好歸來，高興得不停轉圈圈。

他不傳喚她的時候，就自己看A片。有時看DVD有時上網。

本來，她以為簡單的事物應該是容易應付的；頭腦簡單的人必然是單純之人，即便處不來，脫身也不應是什麼太麻煩的事（對，這就是當初她決定跟一岸結婚時所作的最壞的打算）。但幾年過下來，她才發現簡單之人一樣可以邪惡，簡單的邪惡並不比複雜的邪惡不邪惡，甚至可以更邪惡。邪惡是看程度，而非它的複雜性、高低與層次。

＊

九月之後，暗季來臨。她每天在天光晦暗中開燈晨起漱洗，上路上工。

到了夏天，幾乎全天白亮亮的，晚上要到十一點才黑天，沒過幾個小時天光又大亮起來。如今，她已習慣阿拉斯加超過半年的暗黑，其實，也不是整個半年的黑夜，若真那樣也算奇景了。冬天暗期來臨時，白日僅短短數小時，即使出太陽，那陽光不是灰不溜秋彷彿籠罩下來的灰塵，便是像把利刃般的銳，把所有照射的東西都反光成雪白。反正不管它像什麼，太陽只稍稍露臉個把鐘頭，很快就不見，天又暗下了。

她一遍遍告訴自己其實這是白天，一日之始的早晨哪。然後她進入工廠，在日光燈大亮的封閉空間裡麻木地做著重複的工作。她的日子過得像是半睡半醒夢遊似的，彷彿生活作息都在暗乎乎的夢裡進行。有的時候她竟覺得這樣也挺好的，與她的生活實質對應得十分準確。本來就是夢麼，一個不見起色卻又驅除不去、沉睡不醒的夢境。尤其是這裡天邊特有絢麗詭譎流竄著的北極光，更給她幻覺一般的夢境感。

但這不是夢，這只是一個不快樂的人生。生活和時間不停歇地繼續著，不走都不行。很多時候她感覺自己就是一個不折不扣的女奴。不，性奴。怎麼會這樣？一個好好的人，竟然鬼使神差漂洋過海，來到這片廣袤無比的冰雪凍原上，就此開始過起一兩百年前人類史上最黑暗最卑微的奴隸生活。

這怎麼可能呢？一定是她太過寂寞太辛勞又太缺乏慰藉之下所產生的併發性誇大症吧。

這已經是她在阿拉斯加度過的第五年。在這裡她沒什麼朋友，或可說到處都是朋友。這裡人都友善，習慣互相幫忙，就連不認識的人也都隨時互相照應。她沒料到在這冰雪凍原上竟有這般濃厚的人情味。而非像國內那樣，人情大都從利害關係或個人利益出發。

她過去的老同學要組團搭郵輪到阿拉斯加來觀光，打電話給她，硬要她也參加。「我們可是路途遙遙從國內來，妳人都已經在阿拉斯加了，好意思不參加嗎？」

她仍舊斷然拒絕，說不行，那樣哨子便沒人照管了。最後勸說無效，她們只好在電話裡讚佩的說：

妳很堅強。

她不知道自己哪裡堅強了？猜想娘家的人必然跟她們說了些什麼。她不在乎，她還在乎些什麼呢。

已經五年了。明明知道但還是忍不住扳起指頭來數算。她一直在等，等待著，可究竟等待什麼卻又說不出個所以然來。或者她等待的是一個命運之神。

當初難道不是命運之神把她弄到這裡來的麼？這麼說起來，那個什麼神的還生生欠她一筆。她天真地想：難不成哪天會回頭補償她？

偶爾心情不錯時，突然樂觀來襲，開始有那麼一絲絲某日或可獲得解脫的奢望。那或者是胖子突然哪天中風死了（對啊，他那麼肥，說不準這事真能發生）；也或者他被外星人選中換了一顆腦袋（這個段子她曾在一個網路科幻小說裡讀到），霎時變成一個大善人，慈眉善目地對她說道：

Bright，妳現在已經是美國公民了，也能獨當一面地生活，咱就離婚吧。至於我嘛，本就孑然一身（他胖臉上突然露出一個無奈但帶些詭祕的笑容），就還回歸原本的獨來獨往吧。

但是，這全是樂觀好心情之下產生的幻想。

幻想。

即使知道是百分之百的奢望，不知怎的，她卻出奇地自信起來，感覺冥冥中真會實現似的。日復一日，她開始安心過著她的日子，耐心等待那日的到來。

或許，她的安於現實是出於對生活真相的感受並不強烈，換句話說，她不明確知道自己的處境有多糟。尤其有了哨子作伴以後，她不再感到那麼孤單得難受，甚至有時還有種自給自足的安定感。只有在跟人提起時——通常她不知道要怎麼來陳述才恰當，只好就事論事的，比如，她跟她的娘家人是這樣說的：胖子愛看那種A片，下了班就鑽進屋裡，自己一個人看，這種時候他不許我進屋。後來乾脆叫我搬到屋後的儲藏間裡去住。偶爾會把我叫過去。

只有在這時，她才能從旁人的眼光裡看到自己的處境。

但她馬上就自我安慰地說：不過現在好多啦。有哨子跟我作伴。那狗可通人性了。比人更可靠，更貼心……她一說起哨子來便沒完沒了，私毫不察覺人家臉上的不耐。

胖子為什麼把妳趕到儲藏間去？他還把妳當老婆嗎？妳沒想過生個孩子？妳才四十出頭，要生要快啊。

在他們一再逼問下，她才說出實話來。

她娘家人不再說什麼了，他們似乎也沒了主意。這已經是她的第三次婚姻，前兩回，家暴的家暴，無賴的無賴。如今，又攤上了這麼個主。

隨妳吧。要離就趁早。她媽說：別拖到年紀大了就更沒指望。要不，先回上海？找到合意的再回去跟胖子攤牌。

她沒積極地想辦離婚，而且根本不考慮再回上海。

她媽著急了：妳在那裡還有什麼可眷戀的？那麼冷，那麼個下流不通人性的胖子……

對喔，她眷戀些什麼？

瞬間，腦中閃過阿拉斯加夏天的樹林，草原，銀藍的湖泊和野流，鹿，黑熊，鷹。這裡那裡橫著豎著倒下的樹幹或朽木。胖子帶她去露營。沒有路，須過湖，怎麼辦？

划艇啊。胖子說。

那天他要和朋友去打鹿，caribou一種頭上長著樹叉般鹿角的高大麋鹿。他揹著獵槍匆匆走了。帳篷裡只剩下她。

幾個小時過去，她開始感到些許不安。就在這時，地突然開始震動，轟轟聲如雷鳴，猶如千軍萬馬。不，不是地震。但是震動卻越發得強烈了，一股要撕裂帳篷的奔騰力道。巨大的顛簸和震顫。

她倉皇爬起自帳篷縫隙張望，一群強壯的麋鹿，上百，不，可能上千頭，不斷自帳篷兩旁穿梭奔騰而去。只見強有力的臀和腿蹄飛影般重疊地消失和出現，掀起巨量迷霧般的濛濛黃沙。一大片，一整片，整個曠野全是麋鹿。

幾分鐘後，悉數跑完，遠去了。

她打開帳篷。迷霧黃沙被風吹散，一切完好。

呃，還好牠們不曾撞跨帳篷。

由於驚嚇，她的雙腿軟弱到幾乎無力支撐體重。

黃沙漸漸落定。

大地寂寂無聲，

她仍舊聽得見自己怦怦的心跳。

但我喜歡阿拉斯加。她突然說。

母親吃驚地看著她：喜歡它什麼？

良久。

我也說不上來。她下結論似的：就這麼著吧。反正日子總要過的。在哪裡又有什麼分別？

＊

天漸漸亮起，一道刺目的陽光戳進瞳孔。她立刻將太陽鏡戴上，從車子後視鏡瞥見戴著太陽鏡自己的局部側臉，開始產生一種彷彿在沙灘的海岸邊上開車兜風的錯覺。

還沒來美國之前，她曾經幻想開著車在公路上兜風的種種愜意。最好是一條濱海的公路，公路旁就是沙灘，沙灘連接著大海，孩子和狗活躍地追逐著，穿泳裝的男女在沙灘上玩排球，年輕性感的身軀，結實的肌肉，奔跑跳躍得老高，叫聲笑聲不斷。旁邊水泥人行道上有穿滑輪鞋溜冰的，也有玩滑板的，騎單車的，散步的。夕陽下的海水一道道金藍相間，扭曲著推搡著浮托著大舉上岸，再大舉地退下。海風從車窗灌進來，頭髮吹拂上臉頰，太陽光把她的面孔耀得紅通通的，頭髮鑲上金邊。完全像電影上演出來的那樣。沒錯，她肯定是在某個影片上看到過這樣的畫面。

她半瞇著眼，享受著這一刻的美妙，直到哨子突然趨前舔她的後頸，接著嗚嗚兩聲。她這才回到現實。

乖，哨子乖。我們哪天離開這兒，去一個陽光充足有沙灘海洋的地方。對，我們可以去加州，對，就是加州，OK？

哨子彷彿聽懂她的話一般，興致高昂中氣十足地吠了兩聲。

她打開收音機。平時並不常收聽廣播，她的英語聽力還沒有好到百分之百都能聽明白的地步。不過有時愛聽聽音樂，搖滾樂饒舌歌或古典樂什麼都行，尤其心情好的時候。像這一刻她幻想著自己是加州海灘邊公路上戴墨鏡開快車的女孩，那不更該聽些搖滾樂饒舌歌什麼的麼？

哪曉得歌曲還沒放完，突然來了插播。她聽著好像在說一個傢伙偷了一架阿拉斯加航空公司的客機什麼的，但目前還弄不清楚這個偷機賊的身分，此刻飛機已經離開停機坪飛到天空了。

記者開始連線地勤，無線電中傳來一串興奮的笑聲：

呦吼！終於能把飛機開上天了！這是我這輩子一直想幹的事！你們能想像我現在的心情嗎？我現

在有多麼快樂嗎？……

可以告訴我們你的大名嗎？

偷機賊又是一陣狂笑：哈哈哈……我叫什麼並不重要，哈哈……我現在什麼都不在乎，我只想飛，我在飛行，對喔，飛行……

她怎麼就覺著這話這聲音都好熟啊。對啊，她的心驀地狂跳起來：這不就是我們家胖子嗎？

她越聽越覺得是胖子沒錯。這是他的聲音沒錯，不會錯，就是他！

此刻，她既緊張又害怕但卻又莫名其妙的興奮著，乾脆把車停靠路邊。

她焦急地想：怎麼還不能確定偷機賊的身分呢？這麼簡單又重要的一件事居然到現在都無法確定。她想要打911給警局，又怕錯過收聽到什麼重要的訊息。

她腦子一會清楚一會混亂，混合著收音機的報導閃過各種快速形成的畫面。她感覺一件大事就要發生，不，其實是已經發生。那個所謂的命運之神果然回應了她。一岸出了這樣大條的事，樂觀的話他得要去坐好多年的牢，情況若不樂觀，誰知道最壞會發生什麼，這個世界隨時都在發生不可思議的壞事，然而不幸與幸運像是一對連體嬰，一岸的不幸或許正是她的幸運呢。

她現在該怎樣？跑出去就地大喊大叫大跳，慶祝她的幸運和得來不易的自由，還是打電話到警局？先確定是不是一岸？

此時聽到收音機中傳來記者大叫聲：不好了，這架飛機一直在歪斜，Oh, no……它正直直衝向旁邊的小山……

這時她聽見了碰撞的背景聲響。

Oh, 不！飛機撞山了……它起火燃燒起來了。

天哪，太可怕了。

＊

胖子屋裡的燈竟然是亮著的。

這不代表什麼，她跟自己說，他經常出門不關燈，任由燈開整天。

她把車子停妥。

哨子緊跟著她跳下。

她的心緊縮著，彷彿不敢亂跳，生怕驚動一下下，命運之神給她的這個幸運氣泡便會瞬間破滅。

她一步步堅定地慢慢往前移動，每靠近房子一步便想說它終將實現，至於到底實現什麼？她一時還沒具體地想清楚，總之，會是一個命運的大逆轉。她跟自己說，胖子一定是不在家的，怎麼可能在呢？他已經撞山了不是麼？對，先進屋打開電視看報導，不就可以百分之百確定了麼。這才想起她的儲藏間沒有電視，只有胖子房裡有。然而，她卻沒有他屋門的鑰匙。

她習慣性地要走上前去敲門。突然收住步伐。意識到此刻胖子已經不在了，即使敲門也是無人回應的。

但是……如果，要是……他真的開了門怎麼辦？他打開門，像以往那樣豎起兩隻小眼，瞪著她說：肥皂和米都買了喔？

不！不會的。她雖然堅定地這樣告訴自己，腳下卻躊躇著。

她直直站著。看起來像是在思索要如何走下一步，但其實只是一昧看著眼前這片黯黑天色下的冰雪發呆。

哨子靠上來，她感到牠溫熱厚實的皮毛蹭著她，她開始無意識地摸著牠的頭。哨子看她沒有要移動的意思，索性坐下來，像個忠心耿耿的侍衛般在她身邊待命。

天邊起火般燃起幾道豔紫橘綠的北極光，像是流質般的妖嬈光液上下跳動。又彷彿幽深湖面掀動的粼粼水波，噴泉，或是大面積霓虹燈的渲染。

從遠處看來，不知道的人或以為她在觀賞奇景。

哨子卻不這樣認為。但牠還是有些疑惑，幾次抬起頭來望著牠的主人，眼光掩藏不住疑慮，不明白她為何要呆站在這麼冷的外頭，怎麼還不趕快回儲藏間裡去呢？

……………………

後記：

不知道為什麼，出於不明的原因，許多時候，在那種偶一為之的社交，與並不十分熟稔友人共享咖啡或茶的片刻，幾乎毫無預兆的，有人開始向我講述一些有關他們個人或旁人的私密事，非常私密的事，不足與外人道的私密，有些內容甚至無比令人驚駭。

如果往神祕學的路數去探索，或許我體內有一種好奇的荷爾蒙會散放某類神祕的分子，以致讓人在不察的情況下無預警地打開他們那扇原本緊關的私密門窗，在某種近乎催眠的狀況下，說出一些

「交淺言深」不該與我分享的事情。

或者，出於我無辜的眼神、善意敞亮微笑之下隱約的一些什麼？還是言語之間讓人誤以為我對世事洞察敏銳？

我真的不知道。

然而總是這樣的。往往聽完，我不知該如何反應，或許他們也並不需要我的反應，對述說者而言，只要說出來就好。

我不知道要如何處置這些東西，大多數的故事讓我不安，感到驚擾，不管是什麼，總之不可能讓我忘卻。

它們占據了我大腦記憶體的空間，儲存在那裡很久很久，許多年，甚至。

我無法消化這些材料，更無法將之刪除，無法將其焚毀，更不可能把它還給原來的那個述說者。

十多年前，一個偶然的機會我到上海。坐在新天地一個精緻的所在，整間餐廳都十分洋化。唯獨牆上的壁紙是幅放大了的中國工筆花鳥畫軸，一株粉色芙蓉與翠鳥，散放娟秀美好的春天氣息，年歲久遠的絹質泛黃，已逝去的，悠遠而沉靜，幾世紀前中國的春天。

我坐在那裡，感受到一種歷史文物巨大流徙變遷的夾擊，種種宏觀與複雜讓我一時之間梳理不清。就在這時，我聽見坐在對面的友人淡淡問道：

美國的阿拉斯加妳去過嗎？

順著這個話茬我們開始交談。然後，出奇不意的，這位並不太熟的友人瞬間開始講述，在我不斷的錯愕中，幾乎無法打斷或拒絕這趟源源不絕進入我耳膜的敘述。就這樣，某個人的某段人生成為我記憶中的一個檔案。

自此，它儲存在我腦中，許多年了，無法將之擺脫或忘卻。

或許，我潛在地希望著，通過一種摻雜虛構的書寫方式，加上一個頭尾，置入一個文本，適合的語境，把它一吐為快。然後，將之整個忘卻。

可能嗎？

但我發現，自己能做的，只是通過寫作，把它從某人的某段人生變成一件作品。

這是我唯一能做到的。並非遺忘，或者其他。

——原載二〇二〇年三月《聯合文學》第四二五期

Dennis Pullar攝影

小說家，畫家，曾為導演編劇。美國南康州大學文學士，紐約影視藝術中心畢業。

多次獲臺灣重要小說及劇本獎，美國加州Palos Verdes藝術中心年度繪畫獎。出版《尋宅》、《再見，森林之屋》、《宅男》、《遮蔽的時間》、《台北的美麗和憂傷》、《河流過》，劇本《耶穌喜愛的小孩》等十幾種。小說入選《當代台灣文學英譯》，中華現代文學大系等。編導影片參展金馬獎外片觀摩，美國華裔國際影展等。

北疆沒有大紅色的魚——林楷倫

天光漸開，橙紅的海。

千百尾鱸魚，浮出潛入，橙紅的海瞬間轉為鱸魚背的黃綠，隨即又轉為橙紅，似幻象，是鱸魚面側、腦天上的鱗光。牠們年年肥碩歸來，清瘦離開。肥碩的是腹部的卵，清瘦的是續養又成肥碩。冷。

崇莒揹起冰箱，下了礁石，往輕艇去。抽拉了引擎的繩，柴油引擎嗒嗒聲，發出酸氣。海面浮層油亮，那是藍紫色的。

船以十幾節速度往北方駛去。海風是否吹亂崇莒的頭髮？我看不清楚，小小的他又折了回來。我撒起了餌，海混濁了些，隨即又清澈。

我手後擺，拉緊二頭，長竿直挺，繩上魚肉已發出甜腥腐臭，甩出。鉛舵墜落，停下繞線輪的轉動，不可放得太淺。

「崇莒，北方的海有釣到什麼嗎？」我問剛上礁的他。

我甩竿，光折射在路亞假餌上，如細刺針在我的眼上。

在礁石上蹲了下來，重心些許不穩，一手在岸上壓扶著竿，另手支撐。

竿輕跳一下，魚來了。

如點起摩斯碼的震動還撥動線輪，滋嘶響。

「魚來了。」

釣竿半彎，我不用力拉起，隨竿擺動，一圈一圈轉、半圈半圈放。等待牠累或意志消沉吧。

魚無力被拉進礁石邊，崇莒網起，是尾兩三公斤重的鱸魚。

「這尾如果是紅色的，價格一定翻好幾倍。」崇莒說。

「船往東北方開遠一點，說不定有紅色的魚，但那就已不是東引了。釣這裡的魚就夠賺了，幹麼想那麼多。剛才你不是去了嗎？還要去嗎？走啊。」我說。

「沒事啦，想說北疆怎可能沒有大紅色的魚，很多本島的販仔問這裡有沒有紅色的魚。想說再北一點，海床會更深，但我剛開過去釣了一下，什麼也沒。」

是還不夠遠，再往東北駛一兩個小時，就會有紅色的魚。

東北季風一來，鱸魚找尋溫暖的地方靠岸，我們在礁岸邊等待，風好冷，拉起一尾一尾的鱸魚，又變得暖和。

島國最北的地方，冬日也最冷。

「國之北疆」的石碑立在那。國小時上地理課，說到臺灣最北的地方，大家總說是富貴角，我舉手說是這裡，是東引。

「是臺灣本島，不是這裡。」從臺灣本島來的地理老師，有著許多不捲舌不收聲的口音。他總叫我們國語說慢一點，像他一點。

「我們真該去臺灣闖一闖。」崇莒說。我覺得這個話題太老套，難道這些北疆的年輕人都得離開，一年回來個一兩次炫耀自身的行頭，那些衣服物件模樣都已經可以超商取貨了。

「幹麼去臺灣？在這裡不是很好嗎？」

「好無聊喔。」在國之北疆的石碑下，他說。

「來喔，來喔，東引特產七星鱸喔。」

路過的旅客，幾個問這海的還是養的。

「這尾五斤重，養的有這麼大嗎？」崇莒說。

「養的吧，比較瘦就說是海的，別騙喔，少年家。你們這邊有沒有赤鯮、長尾鳥這些的？」

「沒，馬祖沒有什麼紅色的魚。」我說。

冬春時節才靠岸的海七星鱸，雖然臺灣本島的西岸有，只不過那些沾滿了油氣與汙染，馬祖沒有工業，這裡的七星鱸就少了那些氣味。

「真的是野生的。」遊客沒搭理就走了。沒有工業什麼都沒，所以他好無聊喔。

「成哥，你要鱸魚嗎？」我打給臺中的成哥問。

「不要啦，最近臺灣都有大尾的養殖鱸魚，我都用那個當作海鱸賣。你這個一公斤要五百，他那個才兩百。要不然你批回去賣？」

心裡想也是可以，只不過這個季節的鱸魚多得跟海岸蠕爬的海葵一樣多。

「還是你要海葵？佛手？藤壺？」

「唉唷，你上次寄那個海葵，黑黑的像狗屎一樣，我打開就丟了。」

「海葵要用炸的，我不是教過你嗎？」

「臺灣沒吃那個，要不然釣一些黑毛、石鯛，但是要比日本進口的便宜喔。」

「別說魚了。」崇莒將我的手機搶了過去。

「成哥，有沒有什麼好工作啊？想去臺灣闖闖玩玩。」我不知道崇莒究竟要去闖闖還是玩玩。他聲音漸大，說的國語變得標準臺灣腔一些，我們口音中的糊音少了些，我聽不清楚他說了什麼。崇莒拍拍我的肩，比OK，我不懂在OK什麼。

「來喔，來喔，東引特產七星鱸喔。」我喊。

「收攤後還要不要再去釣？」我問。

「釣什麼，這些沒賣完啊，收一收寄給成哥。」成哥不是說不要，算了，他們倆說好了就好。

崇莒寫了成哥的貨單，馬祖七星鱸一公斤兩百。

南竿寄往臺中的班機，起飛，濛在隨東北季風而來的空汙中，那些魚去了崇莒想去的城市會變得好吃吧。南竿坐船回東引，崇莒不斷提說成哥說我們可以去臺中，有工作可以做之類的話。

「走啦，走啦。」這句話講了七遍了。

國中的畢業旅行去過一次臺中，在一中街迷路、在百貨公司無聊、在飯店旁的臺中公園錯以為自己出國了，怎都是外籍勞工。他們在草地上唱歌跳舞，像是回到家鄉，其實不是，回到家鄉的他們才不會唱歌跳舞，就只是短暫的放鬆。「你不覺得東引很落後嗎？」崇莒問我們一群，大家都點頭說是。

畢業前，老師問班上有多少同學要去本島讀高中，班上有三分之一的人舉手。當高中畢業時，老師問班上有多少同學沒有要去本島讀大學的，我舉了手，「你幹麼舉啦？不讀大學很糗耶。」崇莒沒有要去，舉不起手。

那時，我想起那些將要去本島的城市、鄉村讀大學的同學，散落在各處會在某些地方聚集嗎？說起帶有口音的國語、閩南語，卻唱不出自己故鄉的歌，因為都是那些流行歌吧。

留在東引沒去讀大學的，只有我們倆。整天釣魚、撬藤壺佛手，賣往臺灣的魚販。我們收入並不差，但沒地方花。崇莒跟我說好，三四個月要放四五天的假去臺灣本島玩一趟。

我覺得去哪個城市都一樣，都是繁華的複製品。

起初，會坐從基隆上岸的臺馬號，我覺得基隆太濕、船坐太久，還沒到岸我就暈在船上，下船聞到的油氣太重，凝散不去。「既然都在基隆下船了，不如去東部走。」我提議，不過崇莒只說好山好水好無聊，來這就是要揮霍。

「你不覺得臺灣很好很美嗎？去臺中找成哥啦。」

「是啊，你都來十幾趟了都不膩，當然美。」

「拜託，我早上去拜訪客戶耶，你看今天晚上成哥帶我們出來玩，託這事情，有賺錢又有得玩不是很好嗎？」成哥是個魚市大盤，下午睡覺，七點起來吃飯玩樂，零點工作。

暗色的空間，光是紅的，這種地方我跟崇莒並不是沒來過，一下就熟悉那些異國人說國語短促的尾音。「媽媽，找幾個麗絲陪我這兩個小兄弟啦。」來的女人，連紅色的光，暗到幽幻的空間都看得出已經老了，連美肌軟體都救不起了。

「小哥，你哪來的？」

「阿姨，我從極北的地方來。」崇莒說，成哥大笑。

一杯一杯喝。隔壁桌吵鬧說起異國的家鄉話，而我這邊，用雙手撫摸，說起身體的話。「換一個嘛成哥，這種我吃不下。」崇莒說。換來的是個越南女人，「你豪，老闆。」她飄上短促的尾音，而崇莒叫她過來，一定是音響聲音過大，我聽崇莒的話語就像是異鄉的口音。她將手伸進崇莒，崇莒亦然。

「喝，喝，看好戲囉。」成哥說。

那女人將上衣脫了，像是只在兩人的房間。隔壁桌的外國人開始歡呼，講起加油加油。我喝啦喝啦，這確實是一場戲，崇莒演得像是真的。暗色的空間，光是紅的，人、乳房、體膚什麼都變成黑的。

那次開始，去臺灣都停留在那些紅色光的空間。

東引是沒什麼紅色魚的島。

春夏季盛產黃雞、石鯛、比目，入秋至冬盛產黑毛、黑鯛，冬春時節則是七星鱸。崇莒在宣傳看板上寫。

「為何沒有什麼紅色的魚？」

「我有釣過幾次真鯛。那算是紅嗎？」野生的真鯛是微粉紅帶點黑、紅槽也是紅帶點棕，北疆沒有什麼大紅色的魚。

東引的魚是黑色的或綠色的。黑色的是礁石磯釣的魚種，黑毛，石鯛躲在礁石洞裡；綠色則是在離海岸一小段距離的淺層海域，陽光灑下浮海的魚，綠色就像光影。魚的色澤，要不是為了隱藏；要不是為了裝成黑暗。

「紅色的魚，在微光的環境下會變成黑。」我點開影片給崇莒看，那是尾赤鯮，實驗室裡模擬三百公尺深的海，牠變成黑。

適應暗夜的我，只看到崇莒的黃白牙齒。

「一個月後，我們就去臺中。」
「好，又要去玩喔。」
「不，成哥說要投資個馬祖魚攤給我們。」
「這裡賣魚賣不夠，還要自己在臺灣賣。神經喔。」崇菖聽我這樣說，笑了，我不懂我說的話有什麼好笑。
「我不想去。」
「要不然你在馬祖批給我好了。」
「你一定開些芭樂價，你開給成哥什麼公斤兩百的鱸魚，我這邊可以賣一斤三百，你賣公斤兩百，我們賠了多少。」
「怎樣怎樣，我們自己釣的就別算本錢啊。拜託有成哥，我們才可以逃離這裡耶。什麼北疆，北到凍僵。」
我看不到崇菖的牙齒，都變成烏黑。
「我去那裡賣臺斤，你這邊賣馬斤給我就好。」
「馬斤五百克，臺斤六百克，你這種錢要賺到什麼時候？」
「擔心我，就給我便宜一點啊，傻了你。」他又笑開了。
一個月後，我陪他去看馬祖魚攤的點，那是成哥隔壁村落的市場，空蕩的攤位，崇菖說要怎麼規畫，我問他要叫什麼名字？

「北疆魚攤。」

「靠北到凍僵。」崇莒又自己補了一句。

風吹進下午無人的市場，將剛休歇的市場味道喧譁起來，是那些覆蓋在攤位上的帆布拍打聲，是那些血水、爛菜的味道，「這裡會很熱鬧吧。」崇莒說。我分不清他在說這裡是哪裡。

「嗯。」

我想像起他的北疆魚攤吊起紅色的燈罩，所有的魚都沾染成紅的顏色。

「成哥，差不多啊，我知道要怎麼做了。接下來要去哪？」

「去越南查某。」

「要不要去？」崇莒問我。

崇莒醉倒在沙發，被敞開裸露的胸跟那些小姐沒有兩樣。

「走了啦，崇莒。」

「小弟弟，你一起玩啊。」一旁的大姊摸著我說。

「不了，謝謝。」我說，成哥在一旁笑，牙齒的齒垢更加顯明。

「你們兩個還真不像耶。一個這麼痟，你卻都不玩。怎樣，是看這些查某無，看無合意的。」

雖然成哥這麼說，我該有的反應依然有，卻怎樣都提不起性慾，連撫摸都懶。我在想那些東引黃綠色與黑色的魚，放在北疆魚攤的紅燈下會是什麼模樣。

隔天，崇莒宿醉未醒，他叫我先坐原定班機回馬祖，他留在這裡幾天。

空中看馬祖，沒有貫穿島的鐵路，沒各色建築，只有紅屋瓦、水泥的色澤，石頭屋看起來小小的。

落地沒多久，我開始處理成哥昨晚下的單。自己一人駛船，磯石旁作釣。鱸魚很多，多到將藍紫色的海染成草綠。下竿，一尾又一尾。

公斤兩百的海鱸還真沒價，心雖然這麼想，手依舊拉起魚。

「年輕人很會釣喔，一下釣滿一百公升的冰箱。下次要帶兩個冰箱。」釣剛好就好，東引的釣客前輩是這樣跟我說。

上岸之後，賣了一些雜魚給岸邊的餐廳，也得吩咐成哥的淡菜；明早潮弱時還得挖藤壺佛手這些。平時可以分給崇莒做的，現在只有我一人，很疲勞。

「你回來了喔，還是要回來東引。」剛下船的崇莒，臉色跟那天宿醉的臉沒有兩樣。他只說好想睡覺喔。在副駕駛座深深地睡，我還來不及跟他說明天的工作跟那些臺灣的單。

「好冷，東引特別冷。你看我的手都僵掉了。」

「冷到你說北之凍僵，北疆。去幾天臺中就變成溫暖的臺中人喔，還怕冷咧。」

「就快變臺中人了，下個月就要開始做魚攤生意。你真的不去嗎？」崇莒說。

「不去，我當你貨主就好。」

「嘿，真的假的？」崇莒學起臺中人講話，從包包拿出一罐東泉辣椒醬給我。

「真的不去吼。」而我刻意學的臺中腔，並不幽默。

「有個照應也好。」

冷，清晨五點的東引。

我在碼頭等崇莒，手機沒接，人沒來。自己發動起小船的馬達，要往何處，操控馬達的手就往何處的反向前去。劃開海，海又隨即縫補，我回頭看了岸邊，崇莒未到。我不知道看多久了，當我看向前方時，船差點撞上一旁的礁。就停在這，開始作釣。

拋下擬餌，手指敲著魚竿，擬餌在海中是在游泳，時緩，像是安逸在這環境，手指敲，動了，演得像是察覺有掠食者存在。海中的鱸魚總會被異於海的虹彩擬餌吸引，牠們害怕食物逃跑，吞下，勾住了嘴，轉身游動。

我握緊魚竿，淺海的鱸魚收一下繩就可釣起。

牠知道。

當靠近海面時，鱸魚躍起，在空中側轉，釣線綳緊，我輕放向前，鬆些釣線，幾次來回，牠就會累。我緩緩收，將釣竿放在固定器時，牠再度躍起洗鰓，用鋒利的鰓邊想要割斷魚線，未成，落水，在海面上側身呼吸，我撈起牠。

是尾肥碩的母鱸。

我知道，還有其他鱸魚，一尾被釣走的魚不會提醒其他的魚。

「為什麼不走呢？都看到其他魚被釣起來了。」我對一尾半斤多的小鱸魚說，牠開嘴合嘴，我只覺得自己像智障跟魚說話，我本想要將牠放生，野生的鱸小於一公斤就會瘦到只剩骨，沒人買，只不過牠吞鉤吞得深，我拉起線牠嘴張得巨大，吞下我半個拳頭，我不能放線，不然牠會將我手咬下。

鱸魚咬下會痛，輕微的痛，細小近無的牙齒磨人。

細小的痛，我不想忍耐，我大力拉扯，卻拉不出吞下的鉤。只好把線剪斷，鉤留牠體內，丟回海中。

再下竿時，我看到那尾小小的鱸，嘴跑出牠的胃囊，我拉得太大力了，我想。

撈起牠時，海中像是空無一物的深藍。

「為什麼不走呢？你都看到其他人走了。」崇莒說。

「來喔，來喔，東引特產野生鱸魚喔，坐月子滋補聖品，一馬斤兩百喔。」我在沒什麼遊客的北疆紀念碑前叫賣。

「唉唷，這尾魚怎那麼可愛，舌頭那麼紅啊。好像很會說話。」遊客說。

「大姊，要買嗎？這尾算便宜一點給你。」她笑笑走掉。

「選這賣，不是找死嗎？換地方啦。」崇莒說。

我們騎著摩托車，我揹著小咖冰箱回到老地方遊客碼頭旁賣。

「你賣這些有什麼用，你大的都交給餐廳了，這些小的隨便賣就好啊。」崇莒說。但我不想，價格就開那樣，你賣便宜不是破壞行情嗎？那些魚屍照了太陽，身上的綠褪了些，吹了海風，鱗片上出了白白的乾斑。

「這些魚都醜了，你要放好價格放到什麼時候啦？」

「來，我賣。來喔來喔，東引野生鱸魚，馬斤九十九就好。」人是圍了過來，沒多久將魚賣完，他將錢對分。

「魚是你釣的，我這份錢就拿來請你吃飯。」

滿桌的海鮮，其實很膩。崇莒拿出東泉辣椒醬，要不然加這個，他將燙石蚵添上，炒麵也是，拿起筷子攪和，什麼都變粉紅色的模樣，吃起來就那個味道，我以為這就是臺中人的味道，想也知道不是。

攤販的垂燈吊在我倆眼前，風一來晃了一陣。崇莒說起之後要做什麼，說要代理馬祖的海鮮進來賣，「我要將東引的魚用進臺灣，像是南北竿的淡菜一樣大量銷入。」畫起許多願景，「我要去臺灣當漁業大亨，呵呵。」說得跟笑得都很天真，他醉了，我想他在那些越南女子前都這樣說吧。

一陣強風吹歪明亮的垂燈，向旁一倒，我這桌暗下。

「敬漁業大亨。」他喝了我蘋果西打，醉倒。桌上的石蚵、炒麵依舊是粉紅色的模樣。

攙他回家，他一路上只問我要不要去。不要。

甚至後來發火說你就別來求我叫貨。我依舊說不要。

酒醒後他什麼都忘了。

酒醒後，他就說他要去臺中了。

他在臺中兩個禮拜。開幕前兩天傳了張圖片，上面寫著北疆魚攤開幕慶，野生鱸魚大特賣。後方的圖片是東引的石頭屋與藍眼淚，跟老人圖沒兩樣。我傳了棒棒的貼圖給他。

「記得過來玩玩啊。兄弟。」他傳。

兄弟兩字，看起來陌生。

我出海，我以為他會下單，會下了許多的七星鱸魚，我也釣了許多，他沒有下單。

「崇莒，你需要七星鱸魚嗎？」

「兄弟，當然好啊，不過開幕當天我有備好了。」

我沒有回，安靜了很久，耳邊聽到崇莒的聲音喊起那些叫賣詞。

我拖到以往叫賣的地方，喊著，一整個下午沒賣幾尾。

「便宜賣你，崇莒。」

「明天寄來，你何時到清泉崗，搭計程車來，順便取貨過來。」

到達機場，國內線出口左轉便是機場的貨運站。我在那裡等我的貨進來，那箱沉沉的鱸魚與藤壺、海葵。秤了五尾有大有小的鱸魚，選了最大的藤壺與一斤的海葵（刻意秤六百克的臺斤，而不是熟悉的五百克馬斤）。藤壺與鱸魚是給崇莒賣的，海葵是給崇莒的。寫著馬祖海產的外紙箱內，包了一層報紙、再三層塑膠袋，沒有裝保麗龍，馬祖的保麗龍太難買了，我想崇莒可以理解的。

我抱起馬祖海產，要去貨運大門攔計程車時，「年輕人，出境大廳那邊坐，這裡是載魚載貨的。」計程車司機指一旁的行李推車，要我將那箱放在上面推過去。計程車司機取完自己的貨，打開旅行車的車廂，我聞到東引碼頭的味道，清泉崗的空氣很冷，殘留在鼻息很久。

「年輕人，你這樣還要坐我的車嗎？」

「坐，我這箱也是魚。」我的手掌感到紙箱浸潤，紙變軟變薄。我將那箱放在長得一樣的紙箱上面，而我的手掌已經變白變皺，趨近一聞，「你先擦手再上車。」又拿了罐酒精給我，「噴一噴。」

司機要在臺中市裡幾處放貨，我的地點在臺中的邊疆。他只收載貨的錢，就當載我也同於載貨。一路聽他說這些店家拿了多少澎湖魚，一天就夠他載好幾趟，一趟五百，也不用載客就能養家，又扯什麼海風會讓車容易壞，問我從哪裡來，聽到馬祖又開始說當兵的事。要到崇莒的鄉鎮還很久，我並沒有睡，經過巨大的營區，聽到戰機轟鳴，又走向臺灣大道，進入好幾個市場，又離開。離開時，我總聞到一股味道，便看向自己的手，是不是又白又皺，浸潤在魚腥的海水裡。不可能的，早就擦乾又消毒。

我一直以為是司機的手沾了魚臭。下車時，開啟後車廂，那已是一整車的潮濕，防水墊沉積褐紅色的血水。我將貨快速拿下，蓋上車廂。「卡小力啦。」司機說，我拿了一千給他，就當作我是個會漏馬祖海水的貨。

我抱起那箱底已浸破，露出裡層塑膠袋，我找尋哪個角度不會滴漏海水，會漏的孔洞細小，滴滴血水落下毫無聲音，仍讓我的長褲與襯衫濕透。車上那股味道，我已聞不到，成了習慣。

「好遠。」我自言自語。

我看到了遠方的紅色燈光與彩色霓虹，只有一人。

左腳舉起，水滴滑落脛骨，到襪子、到鞋墊，幾步腳掌已經浸潤。

又白又皺的。

你怎可以搞得這麼狼狽。崇莒會這麼說吧。

在離海很遠的鄉鎮，東北季風只代表溫度的差別而已，我感到陣陣的冷，來自東引的海，從這塊地的土穿過我的鞋。

我知道那樣的冷，沒有風在吹。

走到北疆魚攤，崇莒已將紅色的聚光燈關起，留下北疆魚攤的霓虹閃耀。

「你現在來是來收攤的喔？那個什麼臉色啦，這裡沒東引冷，怎一臉白，眉頭也皺，是怎樣，今天的你長得跟我的手一樣。」崇莒給我看他泡在鹽水冰的手。

「這些給你。」「多少錢啊？」

他從腰包裡掏了三千給我。我本想拆開紙箱，拿出那張寫好的帳單。崇莒拆開，將帳單連看也沒看揉成一團，丟在飄著魚鱗的水溝。

「鱸魚喔，唉唷還有藤壺耶，那麼多藤壺要幹麼？這裡沒人會吃。」

「你不會留著自己吃。」崇莒將那包藤壺丟到冷凍，藤壺冷凍就死了，沒人吃冷凍的藤壺。

他拿出那包海葵，「這個就真的讚了。走走走，兄弟跟我先回去換一套衣服，你也太臭。」

崇莒脫下半截式的圍兜，甩落魚鱗。

紅色的光，暗的空間，六點的外疆魚攤。

崇莒穿上半截式的圍兜，等待客人讓圍兜沾滿魚鱗。他排起各色魚種，排起比東引黃雞的體色還黃綠的澎湖黃雞、比東引黑鯛還白的養殖黑鯛，排最多的是鱸魚。

腹部肥厚的鱸魚，有五公斤大，約半身高的鱸魚，也有五百克的小家庭吃的鱸魚，卻都能從泄殖腔看到白黃色結塊的油脂，那不是東引的鱸魚，不是野生的鱸魚。

「來喔，來喔，東引特產七星鱸喔。來喔來喔，北疆的魚喔。」崇莒喊。

我帶來的五尾鱸魚參雜其中，只有我能認出來，偏黑偏瘦偏長嘴偏尖，沒有腹部的凝塊油脂，有卵有魚白。

排列好的魚，前方都寫了東引或是南竿、北竿接續魚名。

他將一尾尾紅色的赤鯮擺在最顯眼的地方。

東引沒有紅色的魚。

紅色燈罩的燈一打開，赤鯮的大紅更紅，養殖七星鱸的草綠變成墨綠，而我那幾尾東引的魚變得更髒更黑。

「你知道為什麼東引很少紅色的魚嗎？」我問崇莒。他只說不知道。

「因為東引的海沒有很深。紅色的魚在深海無光會變成黑啊，變成保護色。如果活在東引的海，太淺了，紅色的依舊是紅色的，這樣就會被大魚吃掉。」

昨晚，暗的空間和紅色的光，將那些越南小姐很白的牙齒映成也很螢光的深藍。崇莒依舊跟那些小姐玩得很開，奶、親吻、遊戲。

「這拿去炸。」他從塑膠袋拿出海葵，往桌上丟，跟水球沒兩樣，一丟就破，水解的海葵變成了什麼顏色，沒人看清楚，都像是黑。

什麼胭脂味酒氣都不見了，是到哪都相似的海港味。

有些不同，海葵的腥臭、鱸魚的內臟都像是東引的藻味。

「媽的，你拿這種東西一下就水解，超臭的。」崇莒聽成哥這樣說，卻也大笑，一直解釋這我家鄉特產啦，拿出五千給清潔阿姨說小費小費。他又跳入了一個個看起來沒有血色的肉體之間。

水解的海葵，就是海水，地的濕滑擴散到腳邊。

「崇莒，你的鞋有濕嗎？」「沒啊。怎了，你的鞋都是臭海水喔。等等帶你去買一雙啦。」

我想他已經溺在這裡了，怎樣也沒感覺到濕，也不會感到浸潤的冷。

「你知道東引很少紅色的魚嗎？」「什麼啦，兄弟，不幫忙去旁邊吃早餐。」

「你知道東引很少紅色的魚嗎？」

崇莒打起鮭魚的鱗片，沒回我的話。

攤位前標示產地是馬祖的赤鯮，我從未在馬祖看過。

崇莒那天進了兩箱澎湖的魚，我循著機場送貨的計程車回去。

「我能幫忙你什麼嗎？崇莒。」回到東引，我傳給他。

「你要我幫忙銷什麼？你要不要先打給成哥？」

想回不用你幫忙也不用什麼成哥了，連這些我也懶得回。崇莒的訊息列跑出輸入訊息的狀態，但他沒有說出口，「何時要回來東引？」傳了出去，又收回，那就不等於說出。

「好無聊喔。」我說。

「在這裡不是很好嗎？」

我依然釣鱸魚，幫人寄送東引與馬祖的海鮮，但我不再寄給成哥跟崇莒。賣給別人價格好些，我依舊會在觀光客多的地方賣魚，打開一百公升的冰箱，不叫賣。

「小哥，什麼時候東引有紅色的魚了？你上次不是說沒有嗎？」

「運氣運氣啦。」客人挑了幾尾黑點笛鯛，從澎湖寄來，我放在冰箱裡賣。

「要不要帶幾尾鱸魚？」客人沒回。

「我送你一尾吧，這尾是東引才有的野生七星鱸。」

崇莒離開東引已經四個月了，能掀起海浪的已不是東北季風，而是溽熱的南風。東引的鱸魚仍然浮水，仍然可以作釣，釣客不搭小艇去釣鱸魚了，太瘦太小的鱸魚沒有拉力，過季就不好吃，價格就更差了。大家都去礁岩上釣黑毛、石鯛了。我依舊釣鱸魚，沒多久一百公升的冰箱滿了，裝了三箱回港，釣友說我這樣屠村，明年就沒得釣。我知道明年冬天，鱸魚依舊會靠港，這些鱸魚沒什麼人要收，牠們在我釣繩解開放入冰箱時，就從生命變成了食物。

我找不到人要賣，我找不到人要吃這些鱸魚，這些鱸魚又變成了廢物。

「還要鱸魚嗎？」

「你釣這季節的鱸魚是有病，你釣多少啊，賣多少？」

「馬斤五十。」

「馬斤五十，就公斤一百。」崇莒已習慣用公斤計價了。

「先匯款。七十公斤。」

「也太多。」「記得拿貨，飛機三點到。」我也不記得他有沒有匯款。過沒幾天，他問我還有沒有。

「沒有了。」「黑毛石鯛黑鯛呢？」

「沒，你那邊有紅色的魚嗎？」我問，崇莒傳來鑼頭廣告訊息，上面寫北疆魚攤（龜山島手釣鮮魚），他的北疆變成是本島最北的龜山島附近手釣的各種紅魚。

「你要嗎？紅色的魚比較好賣吧，臺灣人就愛買紅色的。」他問。那些紅魚在深海中是黑色的，在紅色燈光中，人也近乎黑色。

「不用，東引沒有紅色的魚。」

熱。

在礁石下沒有魚。我開小船晃遊，今天的工作是幫村裡的人收收淡菜、牡蠣、裙帶菜，那些不急，我開往最近的礁岩甩竿。

沉重且時鬆時緊，往岩洞裡鑽，釣線密集地震動，魚齒磨啃。

是石鯛，我想。

我鬆了些，牠便不動，速拉線，牠已力竭。將釣竿固定，撈起側身漂浮的石鯛，多了個步驟也不覺得礙手，我才發現我已習慣自己作釣。

熱。國之北疆的熱，不會是最熱的。

往回航行，在浮球與浮球繫著長長的繩，掛了許多裙帶菜，我收起。下方的海變得清澈，我見到了密麻的小鱸魚苗，我將我所有的餌撒下，牠們吃餌跟金魚吃飼料沒兩樣。我笑了，看自己在海中的倒影，黝黑比實際年齡老了些，那不是保護色，也沒有紅色的光打在臉上，那是東引人的臉龐，是我在北疆的模樣。

本文獲二〇二〇年第九屆臺中文學獎小說第一名

臺中人，五專畢，魚販。一〇九年夢花文學獎首獎、一〇九年林榮三文學獎首獎、一〇九年臺中文學獎首獎。

遠行者：五個聽來的故事——林銘亮

想起來我還會偷笑

第二年的夏天，李興耘從炮兵連到了我們隊上，什麼都肯做。對他來說算是高升，對我們來說不過就是支援，對長官們來說則是一個廉價寶貝。他介於壯碩與肥胖的邊緣，你可以聽見S腰帶猛然緊在他腰上發出的鐵的尖銳哀鳴，這說明他可以在作戰科熬夜加班，無班可加就代替其他士官站哨，就算點放也還有精力陪你講笑話打網咖。

當兵和不當兵其實很像，有些人愛聊天，有些人很沉默，領了退伍令說走就走，從此不知去向。像朝哥，永遠只對自己發脾氣，我退伍後在臺北街頭麵店巧遇，但他的眼光寒冷陌生，好像重新投過胎。還有傻仔，腳踝以上、手腕以內全部刺青，從吃奶到砍人的生命歷程，他全在洗碗槽旁邊告訴了我。他說有次奉命到KTV砍人，一陣亂刀飛舞，「認不出地上肉堆是個人」。過了幾年互加臉書，他的職業欄註明加工業。

當兵和不當兵其實又不像，不忙裝忙，這叫瞎忙。如果今天幸運沒站哨，瞎忙約十五個小時後就可以躺平就寢。最好什麼都不要想，趕快睡著，不然打鼾、哨兵走動、安官查寢擾得你沒完沒了。人人尋找最舒服的方式入睡，在軍中，「舒服」是「違法」的同義詞，有的偷偷拿掉蚊帳納涼，有的把頭枕在同袍的裸胸，有的迷彩褲俯睡兩腳夾緊棉被。如果李興耘不來報到，我旁邊的床位會一直空著——啊，在此閒話幾句，我們旅部地位高，坐辦公室，大家以為比基層單位「涼」，其實陷阱不少。例如參一居然把女官排進了阿兵哥寢室，這個女官還是排長的情人，名字還叫「秀芸」。參一從此消失了一星期。

空床位有了人，我心裡有了疙瘩，還好他常加班，我則是一覺不醒，直到天明。那晚，我被砲彈式的鼾聲從黑甜的沉夢炸起，迷迷糊糊，只覺右手腕像被鉗住，又抽不回來，再醒一點，意識再光一點，手中恍若握著什麼熱東西，眼皮再輕鬆一點，啊！手銬是大腿。

我真的有計時，沒騙你。

這偶爾的樂趣，他沒當面提起，我只當成默契。一個多月後軍演，天翻地覆，旅部從不熄燈，厚膠底靴從不脫下，伙房兵苛刻伙食，營站裡擠擁的士兵永遠飢餓，半生的熱狗也狼吞下肚。非常時刻，我被指派和他一起到防衛部送公文，鎮上，為了躲憲兵，他帶我硬闖褐色的廢墟，毀壞的磚牆，砸地的梁柱，外露而生鏽的鋼筋，過個彎絕處逢生，光明重見。我開玩笑地叫他作戰官，說跟他出任務像探囊取物。

可能因為是廢墟，也可能因為這句老掉牙的成語，他感到一陣難堪的憂鬱與羞恥，對我說：「你晚上不要再握我的屌了。」我當時嚇呆了，更驚嚇的是他日後並沒有停止這不讓我鬆手的小遊戲。行動和話語，原來一直在他的人生路途上腳下地翻跟斗，沒完沒了地摔他。

而無力看清自己的李興耘，輕快的口哨像彩色硬糖，整整小帽，轉身，鼓脹著一口軍綠色公事包，蹦跳起落於嶙嶙矗矗的亂石堆，施施而前。

我喜歡受傷，勝過懵懵懂懂

山麓邊那矮屋已經拆掉了。我記得從附近的小亭子望過去，有一平面，可臥於上，但那不是露臺；有數個立面，顧客穿梭，但沒有牆、沒有門、沒有窗、沒有通氣孔；有一條曲線，但不是走廊，不是棧道，不是石梯。它就好像巘嶺伸出了食指，無名的花瓣偶然飄落指尖，看似山與屋貪戀恩愛而親密繾綣，無人知曉它亦可瀟灑的隨風而逝。

痴看了一整年，我們丹青社終於決定去喝杯茶。臺北女孩茹、靜、宜開路，彰化王笙、板橋小偉隨後，我押隊。女孩們換了鮮豔衣裳，男孩們換上稍微不醜的襯衫，喝杯茶要幾百塊錢，機會難得要端出個樣子。我認定這是資本主義圈套，高高興興地配合穿著，又扎扎實實地自責。現在年紀大了，想起來頗後悔，節省，好比撿舊報紙畫山水，永遠是破爛等級，比起他們來，我太晚覺悟。

春天，茶房裡的空氣都像浸過水，沒有擰乾。茶房鋪榻榻米，要打赤腳進去，王笙鞋一脫，露出黑底粉紅圓點的五指襪，我第一次看見男生穿，心裡又喜又懼。

我們訂的桌在蜿蜒過道的最尾端，這裡像扇子一樣，三面開窗，面面看山。王笙走在我前面，他走近一桌，那桌就不說話，緩步走去，滿屋子輪流沉默，他真像個指揮家，輪流讓各聲部停止演奏。

才上座，茶具如雲，簇擁面前。誰叫我是這群學姊的學弟，這群學弟的學長。以前到茶坊，不可能點紅茶，也不拜鐵觀音，定品包種茶。泡茶，哪管溫度，水就是要燙，茶就是要濃，話就是要多，這就是大學程度。我把茶湯斟進高身聞香杯，倒乾，次輪默數二十秒，注瀉茶海，旋傾入燙好的瓷杯，王笙第一個接，燙得哇哇叫，大家笑成箇春風徐來富貴花開。趁著他人的笑語，我把茶梅和豆干往他那邊推一點，他輕輕地對我低聲說道，學長，你不用這樣。語畢垂首，沉默的樣子像一球不知所措的圓藻。

我也只好沉默了。

其他人很快地搶食，盤底朝天，然後說起公費考試、出國留學、謀職、什麼的。

過幾年，她們真的到了紐約念書，結婚，從此定居美國。

王笙也是。

三十幾年過去，有一天在文華東方午茶，來了一通沒有來電顯示的電話，平常我是不接的，但是看著白色的骨瓷，獨家紅茶冒著青煙，我忽然想聽聽是誰。果然，還是推銷銀行產品的電話，各種績效與好處輪番撲耳，我不禁氣餒。就在這令人心灰的半瞬間，我略低眉，忽然懂得他的沉默無語。

幸好，那天是小偉陪我下山，山路迤邐清靜，走到公車亭閒閒站定，揮手各自離去。

五個我都還聽不懂他們的一句笑話

雖然我不是臺中一中畢業，但說到念古書，自認不輸人。高中每次段考國文都第一，從小練毛筆，默寫文言文滿分，寫完了老師還貼在教室給同學欣賞，因為我把那張白紙當成宣紙，安排間距，趙孟頫風格的行楷一路淋漓而下，絲毫不差，然後呢，趴在桌上，欣賞皺眉望天的同學，等待沒完沒了的讚歎。

所以進了大學我從來沒想認識同學，尤其男同學。大一上學期只剩幾週，我才發現室友周從武的拖鞋有字，左邊是「用」，右邊是「御」，麥克筆寫的，字很黑，我傻了一陣，問說這你新寫的啊？

他說：「才不是」，雙手捧著拖鞋像捧著筊，激動地說，「我天天補。」

我以為他是我這輩子見過唯一想當皇帝的怪人，在貓空行館BBS上自稱朕、皇上；寫字條小篆甲骨文混用，文末言道「此乃天賜蟲魚鳥獸之書，汝等下民應當慎領拜受」，鍾情的遊戲是飄在府邸半空消滅妖怪的唐伯虎，掉地上的鹹酥雞他也吃完，違法下載的A片點開，發現是G片，他也看完。問他載錯了幹麼不刪掉，他說我沒想到男生和男生也可以這樣做，好有創意。

到了大三，又是魏晉玄學，又是廣韻，每天早上把二百零六韻漱口水似的在齒間來回一次，就是從武的起手式。讓我痛苦萬分的，不只是背誦上不如人，玄學之顛覆概念，直探宇宙觀，易老莊萬彈齊發，各往四面八方去也，眼花撩亂，拿不住，所以老是挨罵。這天課上，正恍惚間，老師說起兒時在湖南鄉下的趣事，說他有一張小板凳，翻過來用小刀刻上「御用」二字，「沒辦法，小說看太多，從小想當皇帝。」長大後經歷文革，批鬥，勞改，牛棚，鄧小平上臺漸漸開放，找機會申請美國大學，與家人海外團聚。

老師在模仿小說，我在模仿天才。「不行啊，模仿都要失敗的，」李端泰說，「出生就要相信自己最大！好，我封你做後宮第一總管太監。」為什麼我要當太監？他說有「第一」官銜的都封出去了，「像從武，他是女生宿舍第一大門神。」

謝主隆恩。然而從武什麼時候成了亡國之君？端泰要我自己問。從武苦笑，說老師詩興大發，即席作了一首七言律詩，剛寫完，問誰能背呀？端泰第一個站起來，臉朝窗戶，一字不漏。其他人俯首稱臣，老師笑開懷連連說我都記不清你倒真的記住了我想我這首詩真的是好。「這龍椅我坐不穩喔！」女生宿舍第一大門神說。

我也是後來才知道，端泰的座右銘是「天上地下，唯我獨尊」，貓空行館的帳號是emperoremperoremperor，一說再說，明詔大號。

所以我回臺中接家裡的衛浴設備業務，現在經營網路平臺，歡迎找我買馬桶。那兩個曾經想當皇帝的，從武到了國外，不知所終，端泰中文博士畢業，在大學生之間嘗試唯我獨尊。模仿都要失敗的，我們三個全部失敗了，失敗好，失敗了我們自己找出路。

你問我老師的詩怎麼樣？拜託你！

比起形容詞，我更喜歡發語詞

路人的閒言最有味，最好自己也能說上幾句。我記得咖啡店最難的工作是熟記四大產地五十款基本豆風味，咖啡細飲進去，比喻要徐徐出來，越玄越妙越能釣人上鉤。在這之前自己必須繳付腦汁，腦汁的收集大會就是每月一次的品嘗會議。

品嘗會議上每位夥伴必須針對新推出的蛋糕、咖啡、鹹食進行評點，店長則評點夥伴的評點。為了這個月能在ROXY多點一杯酒，學過的形容詞都用上了，甘甜、花果香，太俗氣了又不是賣沐浴乳；珠灰、鎏金，太不知所云，以為嗑了什麼藥；泥土味、醬油味，準確歸準確，誰呆子啊花二百八十塊買一杯醬油你給大家說說？於是只好疊床架屋，努力捕捉抽象的味嗅感，陷阱越嚴密，抽象的感官逃逸得越遠，像老鼠，偶爾碰上，因為已經死了。

感恩節前夕來了一支混合豆叫「新世界」，入口辛辣，酒味嗆鼻，在舌面上跳動，入喉後飄然無物，一團透明。新世界太新很難以言語捕捉，三番五次折騰，店長火氣來了，從保險櫃拿出一本厚比檸檬塔的印刷品，標註母公司對每款豆子的描述——原來公司都有參考答案，只是店長不欲人知，現在想起來她真的很適合擔任教育部長——她跳遠似的翻到最後一頁，找到感恩節活動特調豆，新世界的風味備註欄寫著：「像是中古世紀赤足奔跑在夏季草原上的白裙少女。」

這個形容在公司的靠北群組廣為人知，一如顧客把本日咖啡說成日本咖啡，彼此不熟的親戚問道：「汝飲啥咪？」對方回答：「我林美惠」。又有一頭黑直長髮，出沒天母，性好賣弄英文雙關語，造福候位顧客，被夥伴暱稱為淫娃的，常找金髮碧眼高壯西裝男併桌，沒穿絲襪的小腿在桌下一勾一推，不久，男人就像被鐵鉤咬穿背頸的豬，吸著鼻子，隨她走出玻璃自動門。某一次她坐落地窗邊高腳椅，腿與椅齊，忽然走來一名紅髮橘臉運動衫男子，仰頭問她Are you free？淫娃睥睨天下，朝著牆上掛燈說I am not available。

如果店裡可以燃放高空煙火以增添天母店夥伴的狂喜，他們一定毫不猶豫全部搜刮。因為這個外國矮子是附近規模最大的英語補習班老闆。

聰明地運用語言是不幸的，然而這個不幸至少是聰明的，人生頂多做到這樣吧？我正在這麼想的時候，客人問我咖啡豆的口味，我說這一支喝起來像是中古世紀赤足奔跑在夏季草原上的白裙少女，她說她聽不懂，咖啡喝起來不都一樣又酸又苦所以要加奶加糖嗎？我說不一樣，就像茶也有包種茶龍井茶鐵觀音東方美人……她削斷我的話，說，我第一次知道咖啡粉還可以回沖！我說不一樣，她問哪裡不一樣，我回答她因為咖啡再沖就只有咖啡因沒有風味了，她說好可怕好像這個世界人人都只能拜訪一次。

我想，全部的人死了都要先去拔舌地獄，讓語言都失效。看著自己的舌頭在更多堆疊的舌頭上抽擂，都不免會讚歎口拙之人的大智慧。

我沒衣服穿，就這麼簡單

老人家把過去說完了，結尾助詞總是喃喃一句：「久沒看到可能死啊咧。」言下之意是祝禱他們解脫。

爸爸初中沒考上，早早地去當兵，四處移防，全臺灣號稱有百萬大軍，義務役甚至還有三年籤，抽走一支，司儀一喊，籤紙一貼，消息交頭接耳地傳出去，家屬就在門外放起鞭炮來。

爸爸就是抽中那支三年的，從聽到鞭炮聲開始，他就決定要把剩下的一千多天混完，站哨帶高粱，打小蜜蜂；擔任伙委揩油，等到連長發現弟兄們只剩紅蘿蔔絲炒白蘿蔔絲可吃，氣得想關他禁閉，他說報告連長，雞舍還有雞蛋，我們共赴國難！連長不可以反駁「共赴國難」這四個字，但可以派他去睡豬圈。

同袍幾乎要懷疑起他和連長的關係，過了一夜，集合點名時他髒話連飆，飆完才說：「地上都是屎我怎麼睡得下去，睡在旁邊的椅子，豬伸長鼻子死要頂，倒在地上，肚子又來蹭，伊娘的一晚沒睡。四點安官又挖我起來清豬屎！」大夥捏著鼻子，笑個沒完。班長一吼，班兵排隊進餐廳，老李早翹著腳坐在餐廳後門邊吃飯，全連進餐廳喊口號的連臺大戲他懶得再看。吃飽飯，鐵盤哐啷啷一摔，自顧自出去，全連置若罔聞。

這就是現在說的老兵。

其實他們也不過三十來歲，跟著政府一路打一路逃，說起過去，開頭就是我呸，什麼跟著政府，老子是被抓來的，我們三個人河裡洗澡，來了幾個兵，把我們的衣服褲子全抱在懷裡，帶頭的說起來起來，走吧，就這麼糊里糊塗地來了。爸爸說笨喔，你不會游泳逃走。老李冷笑，有槍呢，逃？打死了怎麼辦！打死了也是你的命！爸爸說。老李口裡遂來來回回念經似的，是命啊是命啊……

老李有點錢就去喝酒，回來脫去上衣，俯臥在床大醉不醒，夏夜，背上是密密麻麻的黑蚊，還有黑蚊陸陸續續扎上身。旁人舉手打，打下滿掌血，但他還是醒不了。

爸爸後來補了通訊兵的位置，人品進步許多，偶爾才把通訊機的接頭拔掉，呼呼大睡。有一陣子還管信，每封都看，反正信封都是拆開的。老李信少，每一封都打香港輾轉寄來。有天警備總部來了兩個穿卡其色中山裝的，木著臉，指名要抓老李盤問。軍官和士兵全躲開。少知道一件事固然少了談天的樂趣，傷了好奇心，但是和拔指甲坐冰塊駕飛機的日夜訊問以及就地鋪上白被單槍決相比，這點損失簡直是螞蟻觸角抖落的灰。連長急得到處抓交替，說我爸爸素行不良，此番機會難得，一定要在旁好好學習，強化道德意識。爸爸罵了一聲，挨進連長室，於門邊肅立，看著不回頭的老李，他的心臟突突地跳，尖銳的耳鳴在腦袋裡左右穿刺，完了，完了，要出人命了。青天白日滿地紅的旗子安靜而高大，灰牆上的壁癌遲緩地剝自己油漆的皮，忽然間，嘟嘟嘟的皮鞋聲來襲，兩個穿中山裝的長著臉進門，拉椅子坐下，攤開一疊信，聲音平穩，低沉，冰冷，向對桌的老李說，你通匪。

老李暴跳起來，嘩啦啦把桌子掃了，爸爸清楚地看見記事本、墨水瓶、紙鎮、筆山分進突擊的路線，那兩人連忙閃開，老李伸長身子越過桌面痛罵我通你媽我通匪誰不是大陸過來的肏你媽大家全部是匪！你是匪你也是匪！我給我娘寫信哪裡錯了你們這兩個不孝的豬狗我給我娘寫信哪裡錯了？不讓我回去又不讓我寫信王八蛋政府抓我來的我只是寫封信也不成？只是寫封信……

風雲起，山河動，老李梟雄。雷狂雨驟地罵了一陣，那兩個警備總部的最後居然縮著臉，細聲地說：「以後少寫點兒，啊？」

爸爸抓起手機，打開寶可夢，他相信到處都有凡眼看不見的鬼怪妖精，要留心，我心想遊戲才不是這樣設計的。他說，好久囉，這事幾十年囉，一九四九到今年二〇一九，他一定做鬼了。

——原載二〇二〇年四月十四～十五日《自由時報》副刊

清華大學中文博士候選人，現任新竹高中教師。曾獲全國大專生古典詩獎、臺北文學獎、竹塹文學獎、夢花文學獎……等文學獎項，〈嘗鮮〉一文收錄於《2018飲食文選》，並於《自由時報》、《聯合報》、《中國時報》、《人間福報》、《印刻文學》、《文訊》、《光華》等報章雜誌發表作品。著有傳記文學《張昭鼎的一生》、論文《諷刺與諧擬——論張大春小說中的諷喻主體》。

六角恐龍

高于婷

「六角恐龍，沒有活力」，他在搜尋引擎上打入這幾個字，然後跳了一堆搜尋結果出來。很多人著急地發問，說自己心愛的小寵物沒有活力，會不會快死掉了等等，然後有另一些人好心的回應，建議他們可以換水、注意飲食跟健康狀況。

動了動因為枕住頭而有些痠麻的手，他把放在桌面的手機往下挪一些，教室日光燈的白光擦過上頭，塞飽他幾次不小心摔著時產生的裂縫。

前幾天開始，家裡養的六角恐龍狀況變得不太好，不再像剛來的時候那樣會在魚缸裡轉來轉去，偶爾他以為死了，輕輕攪動水面時魚又會開始緩緩動個幾下。

當初養的時候，水族店的老闆跟他說這種魚很好養，身強體壯、不挑食，基本上還滿適合新手飼養的，一直到前一段時間為止狀況也都好好的，他實在想不透會有什麼原因讓自己的小寵物看上去病懨懨的。

稍微滑了幾個討論區之後，他關掉網頁，畫面回到了某款遊戲上頭，隊友正在刷留言慶祝剛剛那場對打的勝利。右上角顯示的時間離下課還有七、八分鐘左右，不長不短的，用來睡覺或打下一場遊戲也不夠。

遠方講臺上嘴一刻都停不下來的數學老師正在講解課本上的習題，第一排同學很統一的都在桌子最前方擺上鉛筆盒與水壺，抵擋和著老師和著粉筆灰的口水落到自己手上，這是坐第一排人的默契。

每一排座位都有自己不成文的共同習慣，第二排會趁早上前面同學還沒來時，偷偷把對方桌椅往前挪一些，好讓自己有更多空間；中間排的人通常座位很乾淨，前後兩邊都有人，讓他們沒辦法有太多活動空間。

咚一聲，坐在他隔壁男生的鉛筆盒掉在地上，對方倒是睡得香甜，還換了個姿勢。他默默把東西撿起來放回桌上，看了一眼另一側正在手機螢幕裡和怪物廝殺的同學，這些全都是他們這些人的標準配備——發呆、睡覺、滑手機。

這是最後一排座位的生態區。

他們班排座位的方式比較特別，一般都是按照身高排序，但他們班是照成績。

每次段考結束後一星期會貼出排名，然後班導師會發一張紙，上面是畫好方格的座位表，他們則會依照名次，依序在心中想要的那格方格中，填入自己的名字。

所以雖說是換座位，但大抵上位置沒怎麼變動過，就像他們早已被定型，再怎麼伸長手腳掙扎，能觸及的距離始終如一。通常前十名的同學會爭著第一排的座位，那裡最靠近講臺與老師，或許也靠近他始終無法看清的社會。

後面通常就沒什麼分別，大家幾乎都會挑選與原本差不多的位置，一個個將紙張上的空缺填補完全。最後才會輪到像他這種的，所有科目分數加起來可能才是別人兩三科成績的人。班上同學會自動讓出最後一排的座位給他們填，他大部分時候都坐在現在這個位置，偶爾往兩邊移動。

他並不是很在意坐在哪裡，從很久以前他就已經放棄前進，況且最後一排也挺方便的，他可以自由自在地從後門進出教室，沒有誰會注意到。

鐘響了，他抓起書包，在隔壁同學剛從夢中醒來伸了個懶腰時，踩著鐘聲的尾巴離開。

他每天都坐公車上下學。

父母比他早出門，也比他晚回家，就跟很多父母早出晚歸的孩子一樣，他自己吃飯、上下學，父母只固定將錢放在桌上，像是把他當成餵養鈔票就能好好活著的那種寵物，還簡單上手。因為比起其他家畜，他能夠獨自完成所有與自己有關的事，就連決定要養魚的時候也是。

家裡沒養過什麼寵物，原因之一就是父母太忙，自己也要上學，平時家裡空蕩蕩的，另一個原因則是因為他會對毛屑過敏。後來他想，在陸地上走跳的會掉毛，養在水裡的總可以吧。

有了想法的那天他留了紙條在餐桌上詢問父母的意見，他們通常都會把要給他的錢放在那裡。隔天早上醒來，上頭只多了固定會有的鈔票，他把紙條揉成一團丟進垃圾桶、拿走鈔票，然後查了離家最近的那家水族店。

「有特別想養什麼魚嗎？」老闆問他，他還記得那天天氣很熱，汗珠沿著老闆目測約三十多歲的臉慢慢往下滑，貼著頸部落進扣子扣到最高的天藍色襯衫裡頭。

他愣了一下，原本在公車上已經想好的說詞堵在咽喉。「有什麼適合新手養的魚嗎？」最後他這麼問。

老闆熱情的領著他，從最靠近店門口的水缸開始介紹，在店裡兜了一圈。走得比較靠近裡面、幾乎要到店尾端時，他注意到右手邊其中一個靠牆放、偏小的水缸。

那不是一般常見的那種魚，牠有四肢——在能找到用來形容的詞彙裡，他選擇這樣理解。雖然在水裡，但卻有著能夠用來爬行的四肢，沒有鱗片，全身是帶著透明感的粉嫩紅色非常討喜。

「你喜歡這個嗎？」老闆問，「也是有些客人會特地來問恐龍魚。」

後來他從老闆那裡知道，這看起來不像魚的生物叫做六角恐龍，實際上比起魚也更靠近蠑螈一些，在臉頰旁邊隨著水流上下擺動的細長條狀東西是牠的腮。食量大但不挑食，只要記得保持水質乾淨，然後不要跟體型差太多的同類共養就好，以新手飼養來說非常合適。

「為什麼不能共養？」他好奇道。

「最好是連其他魚類也不要啦。」老闆搔搔頭，他看見襯衫長袖下的手腕內側有一顆痣，「同類體型差太多的話可能會被吃掉，其他種類幾乎也都小上一些，很容易被吞進肚子裡，所以最好單養一隻就好。」

真是孤單啊。他想著，但沒有說出口。

他從水族店把六角恐龍帶了回家，養在房間裡。按時放飼料、換水，然後用剩下的時間看六角恐龍進食、在水族箱底攀爬。六角恐龍嘴角微微彎起的弧度像是在對人微笑，他很喜歡那樣的弧度，就像以前，曾經也有很多人這樣看著他一樣。

是從什麼時候開始，失去了那些笑容呢？他試著從腦袋裡翻出最近一次對於微笑的記憶，然後一陣茫然。

他曾經也有過一段那樣的日子，為了能夠讓父母露出笑容，而試著與升學、考試與成堆卷子戰鬥。結果只是一節一節的敗下陣來，那是他第一次感受到，這世界上存在著即使努力也徒勞的事情。

直到現在，他偶爾還是會試著在心中揣想成功的方法，可能是再一次努力，再一次的……但不同的是，在那之前已經經歷了太多次的失敗，就算如今燃起了火苗，也過於微小脆弱，只要心底一動搖就容易被吹散。

他覺得自己更像一頭可悲的野獸，被關在透明的箱，若是有足夠力氣便能衝破玻璃逃走，可是他沒有。只能每天看著外面、每天被餵食，越來越懂得世界運轉的法則，也懂得無法戰勝，終究是自己的問題。

將六角恐龍帶回家後，他很常窩在魚缸前看著牠。看牠用小小的腳掌攀著缸底前進，將他拋入的餌食吃下肚。也是因為這樣，所以這隻小生物開始變得沒有活力時，他也很快就發現了。

上網查了資料，試了那些人給的建議卻都不太有起色。今天在學校搜尋到的那些，也是他之前就都看過的東西。

他有點無助，他想起那個年輕的水族店老闆，說六角恐龍適合新手飼養。原本有猶豫過要向對方求助，但最近因為快接近升學考試的關係，所以他和其他同學們都被留下來上課後輔導，接著晚自習，結束後的時間太晚，他若再繞去水族店，回來就會撞見剛下班的父母。

而在這期間他的座位依然一直保持在最後一排，老師每天發下大量的考卷，考過的跟沒考過、檢討過的跟沒檢討過，有時候那些其他排同學的考卷被誤傳到他們這排，所有人一律拿走自己的之後就向後傳。最後全到了他那裡，讓他明明從來不留下任何一張考過的考卷，這陣子卻搞得像是一個認真奮發的學生似的，連好久沒和他正面說過話的班導，也在前幾天難得找上了他。

「最近這陣子你們最後一排的就安分一點啊。」班導睜著被方框眼鏡遮住的雙眼，兩顆眼球因為要聚焦在他身上的關係，擠得像對鬥雞眼，「老師平常也都沒在管你們，讓你們這些人坐最後一排也是讓你們方便，想幹麼不會礙到其他老師，升學考前別出什麼亂子，影響前排學習的同學啊。」

他盯著班導有著鬥雞眼的臉，因為急促講話的原因而略微漲紅，透著偏蒼白的皮膚，還真像家裡那隻六角恐龍。

「笑什麼笑？」班導氣結。他沒有回應就離開。

他忘記班導在背後又叨罵了哪些句子，但如果有機會，他想跟班導說自己什麼都不會做，他只是不太會而已。

不太會背誦、計算、考試，就像開始上學之後，他就不太懂得怎麼令父母開心。回過神來，感覺一瞬間就被落在後頭，他看著別人向前頭跑，當越來越多人經過他身旁，他自然就成了後頭的那一個。

公車到站，他依循著那條千篇一律的道路回到家，經過無人的客廳進了房間。

水族箱裡的六角恐龍一動也不動，他撒了些餌食，然後看著它們靜靜沉入缸底，就這樣落在那裡。嘿。他幾乎差點要這樣出聲呼喚。他想確認六角恐龍是不是還活著，但又不敢將手伸進水裡，觸摸那種在他想像裡軟嫩滑彈的身軀。

盯著水缸幾秒後，他摸摸口袋確認鑰匙錢包跟手機都在，轉身往家門口跑去，搭上第一班映入眼簾的公車。

當他跑到水族店門口，老闆正捲起袖子在拉鐵門。

「你是……？」

「我的……六角恐龍……死掉了。」有些喘，他緩了幾口氣才把句子從嘴裡一節一節吐出。

年輕的老闆盯著他的臉看了一下，然後似乎想起了他是誰，「死掉了？」

「對……」他躊躇了一下，「我該怎麼辦？」

「只能處理掉吧？都死掉了，也不能怎麼辦。」老闆錯過他臉上一閃即逝的錯愕，「但一般來說就算是新手養，也不太會這麼快就死掉的啊。」

「我都有、都有，照你那天說的去做……」

「……啊！」老闆像是想起了什麼，發出一聲喟嘆，「大概是不太會適應新環境吧，雖然說因為要保持水質乾淨所以得濾水跟換水，但如果頻率太高的話，也是可能會因為適應不良而死掉的。也有可能是你第一次養，還是有什麼地方比較沒注意到的……」

「可是你明明說不會有什麼大問題的！」他感覺到自己的聲音有點顫抖，他不知道是因為自己還在喘，或者是其他一時也說不上來的情緒作祟。

「唉唷，同學！你要知道這種事情不好說的，你總不能每個人把魚養死了，都跟我說他是第一次養魚，所以是我的問題吧？」老闆的嘴角與之前相比有些沒了笑容，確認了鐵門完全關上後，才用正眼看向他，「魚是很好養啊，能吃飽有換水幾乎都能活上一段時間。」

「也有可能是同學你真的不太會養，就還是有些人知道要怎麼養，但就是會把魚養死的啊。」老闆補充了幾句，神情與當初那個熱情帶他在店內介紹的完全是兩張臉，「不要習慣先把事怪到我們頭上來嘛！」

他一時間無法從口中擠出什麼去回應老闆，只能任由剛才那一大串話在腦袋裡打轉。

他覺得好像又來了。

又是這樣，他依舊懂得方法與步驟，也照著做，卻還是失敗了。

他後來沒有繼續聽老闆說了什麼，隱約斷斷續續聽到對方說要不要再從店裡挑一隻帶回去云云，他也忘了自己怎麼婉拒，然後離開水族店的。

他只覺得一切很荒唐。

彷彿再一次被世界給嘲笑，念不了書、當不了父母滿意的那種孩子，現在連一隻水中生物都沒辦法好好飼養。

回程的公車震得他上下晃動，連帶著滿腦袋混亂的思緒回到家。客廳的燈還是暗的，但玄關多了幾雙鞋，父母大概是睡了，然後以為自己也睡了。

他摸黑走回房間，濾水機的馬達仍持續運轉，在水面上打出一顆又一顆泡泡。他的六角恐龍浮在最靠裡面的角落，六條細長的腮毫無生命力的在水裡輕輕擺動著。

他將手輕輕放入水中，那些泡泡擦過手臂，像被空氣小口小口的啃食。六角恐龍的身軀就和他想像中的差不多，那樣的柔軟細滑，他得施點力免得從手裡滑掉。

隨便撿了個前幾天買晚餐時拿到的粉紅色塑膠袋，他把六角恐龍放了進去，袋子沉甸甸的，一些水珠噴在袋子裡，然後緩緩朝下墜落。

他再次出門，這一次，也沒有人發現。

路上幾乎沒有人，他走到家裡附近共用的垃圾場，路燈刺眼的白光打在花花綠綠的垃圾袋上。

在整排回收桶前猶豫了一下，他走到堆得有自己半身這麼高的垃圾堆面前，把手上那一包小小的、粉色的袋子放了上去，裡頭相同色系的東西安靜的趴在某一家人的家庭垃圾上，就像在他家或在水族店時，總趴在水缸底部一樣。

他用手插著口袋，單方面和六角恐龍對視了一陣子，看著蒼蠅攀上那柔軟粉嫩的肉體，來回搓揉細長雙手。然後轉身，走出垃圾場。

他想著明天的課後輔導與晚自習，想著班導師對自己說過的那些話，想著似乎從沒注意過自己是否在家的父母。還有那位於最後一排、堆滿坐在別排同學考卷的座位。然後是剛才那隻六角恐龍。

他們都易於飼養，也都容易因為環境而死亡。

經過家門前他沒有像平時一樣拐彎走進去，他沒有停下步伐，在深夜裡一盞盞亮白刺眼的路燈中，繼續向前走著。

本文收錄於二〇二〇年出版《第十屆靜宜大學文學獎作品集》

一九九七年生，新北人。靜宜大學臺灣文學系畢，現就讀於國立臺北教育大學臺灣文化研究所。想像朋友寫作會成員。曾獲全球華文學生文學獎、新北市文學獎、中興湖文學獎、全國高中職奇幻文學獎、媽祖隨香徵文。

定期保養——沈信宏

他提著包包下車，學校的停車場裡陸續有車開來，格子越來越少，只剩邊邊角角的位置，晚來的得花更多時間與技巧擠進那些陰暗積塵的角落。

走上樓梯，校園被濃霧般的睡意籠罩，每個擦身而過的學生全身彷彿仍裹在被窩，揹著夢的沉重書包。他打出一個大呵欠，為了送小孩去保母家，他比學生更早起床，開車上路，在漸漸擁擠的道路重新聚攏糊散的注意力。

小孩三歲多，正是愛說話、事事發問，毫無顧忌的年紀。剛剛出門時，六樓的住戶按開電梯，似乎也要去上班。小孩一直叫「哥哥」，從背後拉住那人的衣角，仰頭找到那人面向電梯門的臉，問一些很難回答的問題。

他把小孩扯回來，「是叔叔，不是哥哥。」剛好那人要離開，小孩熱情地道別揮手。他尷尬地只敢瞥對方一眼，微微點頭幾下表示歉意，雖然那人比他高出一個頭，但那人也和他一樣彆扭，拗折肩膀和手臂像是想要遮住自己的身體。

明明就是常在電梯裡遇到的鄰居，差不多時間出門，車停在同樣的地下樓層，有時下班後也會搭到同班電梯，但彼此的關係也就凝結在電梯的方廂裡，只有陳舊的空調吃力地運送空氣。

他記得那鄰居，因為有次下班回家時，電梯停在家的樓層很久，後來又在三樓停頓，最後出來的只有那鄰居，他原本以為出來的會是那總慢吞吞的妻子。鄰居和他同時露出驚惶的表情，但他們沒有絲毫停頓，習慣性地踩緊時間差交錯位置，消失在彼此眼前。他在電梯裡感受到別人身體的熱氣與味道，有一股剛洗完澡的濕氣，不知道是不是剛剛那鄰居的，他知道那是哪一個牌子的沐浴乳。

他另外想起這禮拜電梯要定期保養，電梯裡張貼了公告，不確定是哪一天。大樓的電梯近來常常震動，停止時會有詭異的頓躓，他不喜歡那樣不穩定的感覺，危機蟄伏在不可見的漆黑電梯井裡，恐怕有天終會獵捕到上下逃竄的電梯。

他查了一下，前幾天特意告知有同樣疑慮的妻子，可能是導軌問題。導軌是電梯轎廂上下移動的軌道，用久了會彎曲鬆開，要保持平直滑順，得定期上油保養，否則電梯如果失速下墜，安全鉗就無法嵌住導軌，也無法將電梯穩穩固定在井道中。

他說：「看來要重複運轉也不是件容易的事。」妻子點頭，穩定的頻率，他覺得安心不少。

妻子說她早就知道了，她下班至管理室收信時，和管理員聊過電梯的事。

他知道妻子在說哪個管理員，下班時段總是那一個，他曾陪她一起去。管理員是個比他們年輕的男人，有些胖，但不至於臃腫，白色制服襯衫和黑色西裝褲就熨貼在皮膚上，解開兩顆鈕扣的領口露出大量肉色。背後的電風扇不耐煩地擺動，白襯衫的胸口和腹部，都暈出透明與褶皺。

妻子就離那些濕熱的體液這麼近，電風扇把他們的味道吹在一起，但空氣潮鬱，吹不到他這邊來，連對話的聲音也吸飽濛濛的水氣。

校園很安靜，今天是月考第一天，不再有橫衝直撞的身影。他走過幾間教室，像走過魚群漂浮的水族箱，這兩天他可以一起浸泡在凝止的水中，讓水的阻力擋下他平常急躁的動作。不用上課，該趕的進度都已奔赴終點，放下粉筆，不再讓多彩的粉塵嵌入細緻的皮紋。

學生越接近月考越緊繃，知識累疊成搖晃欲墜的山峰，老師卻越來越輕鬆，把馱在背上沉重的課本一頁一頁撕毀拋出，最後僅剩一條鬃鬣般的餘頁，他終於能輕躍奔馳。如果有監考就坐在講桌前注視著每一個考生，偶爾排間巡邏，獨自抵抗被漫長的考試時間喚醒的睡意。

輕鬆一會兒，下次月考的循環又立刻逼近，另一趟路程等在前方，得抓緊時間備課。

連外人欣羨的寒暑假也一樣，自由只是幻覺，拍翅飛到某個距離，腳爪突然被抽拉幾下，才發現原來被綁上繩子，隨時可能被收捲回籠。

他的生活就是這樣了，不再有多大的變化，有如一架爬升到平流層的飛機，沒有對流和天氣變化，小格窗外只有不變的藍天與白雲。

走進辦公室，幾個資深的老師已坐在座位上，安靜翻書或一起聊天，他不想打擾他們，但踏入了職場緊密網織的秩序裡，就必須和他們一一問早。他不知不覺地擠進人群裡找到自己能夠落腳站穩的位置，擁有一套固定的身分和表情。他向每個人點頭，以飄忽眼神切斷話語的線頭。

如果與妻子在一起就不用如此，妻子知道他其實畏懼和他人互動，不知如何面對陌生人的眼神。所以點餐、結帳、詢問、訂位都由妻子負責。不知所措的時候，他只需要看她一眼，頭有如游標緩緩移動，妻子就能替他按下滑鼠，預先登入複雜的程式。當他蜷縮靜候，妻子運用爽朗的禮節做好很多事，開拓新路線，引領他前往更多不同的地方。

每次在家裡的電梯裡有別人，沉默逼人湊近距離，必須拋出話語才能讓空氣流動，妻子總能嫻熟拋接。她常常出門買早餐、買菜、倒垃圾，她認識每一個走進電梯的陌生人，對話瞬間摩擦出熱度，沒有任何生澀的碰撞。只有電梯持續喀喀顫動，頻率穩定，讓人漸漸習慣。

他只需要點頭微笑，目光貼著閃光的樓層數字，有人離開時輕聲道別即可。

妻子會在事後補充說明那人住幾樓，什麼職業，家裡有哪些成員，最近他們曾聊過什麼有趣的事，他常聽到一半就把話題切回他們近身熟悉的區域。

妻子總能將這些麻煩事做得俐落整潔，不只客套交際，甚至樂在其中。

他們兩人像火車與鐵軌，妻子是承載旅客的車廂，搖擺晃動，沒有靜止的時刻。他是躲藏在底下的軌條，他們互相咬合，穩定地經過一個個人生的站臺。

他打開早餐，趁要監考前趕快吃完，聽見即將退休的老師們開始聊起年金改革的事，哀聲怨語從稀疏的數字縫隙魂遊而出，他們越談越衰老，再也沒有多餘的力氣多撐幾年。那憂怨聽起來幾乎讓人以為討論結束之後，他們會就地枯朽化灰。

他只是聽著，把餐盒裡的蛋餅一口口吃完。他買的早餐無法克制地重複，不是漢堡，就是蛋餅，麵粉形塑出各種花俏的外型誘惑他，換別家雖然口味配料不同，菜單大同小異。即使光顧的早餐店越來越多，每日輪換的循環越圍越大，落進他的口裡心裡之後卻是越縮越小，吃成一致的口味。

他工作剛過十年，年紀三十幾，退休還要三十年，得再重新活出一個現在分量的自己，在這麼巨大的漩渦裡兜轉，年金改革只是遠方隱隱的雷聲，異域的天災。即使再怎樣抱怨，老師們還是身處月月扣繳退撫基金的循環裡，漸漸習慣。

低頭滑手機，讓資訊快速地從指端滑逝，他不想看，卻又自然地看下去。很少有想點開繼續閱讀的，他從不陷入長篇大論，只需要吞下幾個關鍵詞，拼湊出大概的輪廓就可以了。而且捲來捲去看似翻過重重資訊山嶺，其實手指始終被圈限在小小的螢幕裡——差不多的壞消息，差不多的覺醒與控訴。這樣也很好，複雜的世界越滑越簡單。

對面的女同事來了，穿著濕漉漉的雨衣，站在他座位後方脫下雨衣。他和她年紀接近，時代刷洗出相近的眼光，拋出的話題能掉落在同一片回憶斷層，所以他沒有繼續把眼神藏在手機裡，親切地向她道早。

「剛剛有下雨。」他說。

「對啊，下好大，不穿雨衣根本走不過來，超麻煩的。你吃蛋餅喔？」

同事從他身後探頭窺看，濕結成束的頭髮垂進他的髮內，口中呼出的熱氣在雨天的涼意中特別明顯。她的指尖輕擦過他的脖子，他回頭看，原來她正在整理雨衣，凌亂的手勢不小心碰到他，雨衣裡本來裹住的體熱一波一波朝他轟來。

他想到妻子喜歡一天洗好多次澡，浴室地板永遠是濕的。同事身上沾滿雨衣的霉氣，皺緊眉心與鼻頭，坐下後，緊盯著他，瀏海濕濕地披在眼角，臉上沾著幾粒雨滴，看起來似乎也很想去洗個澡。

她開始說雨剛才怎樣戲劇性地落下，她的五官撐大，盛滿訝異的情緒。

「妳帶什麼早餐？」

「我的嗎？這很有名欸！」

她迫不及待地將手擠進窄小的塑膠袋拿出早餐，見他探看的眼神，她先說明這是哪家人氣名店的湯包，口味如何傳統細緻，還捧盒越過桌子要分他吃一些，他瞥見她鬆墜的領口。他推說吃飽了，僅就食物外貌讚賞幾句。

她拆開筷子，津津有味地啜吸流淌下來的湯汁，嘴唇閃爍油光，自顧自地說起其他早餐名店。她讓他想起初識時的妻子，話題總是分岔歧出，回不到主要的流域，他回應一點星火，她就能劈里啪啦地引燃布滿整片夜空的煙火。以前還能仰頭賞望，現在年紀大了，一旦膠著太久，就僵硬得難受。

他一邊聽一邊將注意力分挪到手機上，眼神不時沉落。等她終於解說完畢，他就不再抬頭，嘈雜的海浪退遠，兩張辦公桌像一片安靜無紋的沙灘，她終於變得和妻子一樣，找到能讓自己安靜下來的事。

下課鐘聲響起，學生的早自修結束了。

要將手機收到抽屜前，它亮了一下，他沒立刻關上抽屜，看一眼是妻子來訊，沒讀清內容就立刻緊推，不是不讀，是不急著讀。他常這麼做，看見妻子的眼睛朝他閃光，就自然輕巧地迴身避開，他知道她想要表達什麼，不是叫他做家事，就是催他匯錢，拿種種未來的事擾他，勾住他的手，脅迫他齊步前行。

拖延能讓情緒鬆弛，麻煩事放在原地，就會有人急著接過去。

他準備要去監考了，眼前就有太多逃不開的事。辦公室的老師們腳步加速，若稍遲取卷，電話就撥進辦公室分機。可是一旦拿著考卷走進教室，立刻就被綁在時針上，哪也不能去，即使秒針怎樣快轉，也始終停滯在同樣的方位。

走進教室，預備鐘剛好響完。他沒教過這班，但每間教室的講臺上都殘留一副老師的外殼，他躲進去，就能遵循固定的行動模式。

每節考試輪換不同的監考老師，但老師們總做一樣的事，說類似的話——「拿到考卷後記得書寫座號姓名」、「考卷不可持高或垂出桌緣，不可左右張望」。老師抹去個性，眼神架起高網，只為警戒和防備，減去多餘的思考。

教過這麼多屆學生，學生也越來越像，長著一張稚嫩乾淨的臉，像新造的瓷盤，情緒有相同的彎弧與折角。學生畢業離校後便把三年來的個性、感受與反應都封包存載在空座位上，等著剛入學的新生坐上去，立刻解壓輸入新生們空空的腦袋裡。

不管他教書幾年，老多少歲，教室裡的學生永遠不老。校園迴轉出穩定的時間迴圈，每一天都是同一天，無法抵達明日。

當他回看自己，才發現時間已經絕棄他。他越來越老，心智鈍蝕，不再有心思做多餘的事與嶄新規畫。

正式的考試鐘聲響起，他發整排試卷給每排第一個學生，學生們紛紛向後傳，教室裡全是紙張的聲音，甩出大風颳過的聲音。他們頭很少向後轉，要把握時間注視考卷，手向後扭甩像揮舞大刀的戰士，自信而帶有殺氣。他羨慕他們對考卷仍如此熱切，好像存活至今就是為了征服這張考卷。他們頭都沒抬起來過，儘管看時鐘或仰頭思考，頭仍被考卷包裹。

學生們遲早都會發現的。

他們一進學校便也墜入重複的迴圈，時間消隱，考著考不完的試。他們卻覺得一切都剛開始，他光是看著他們這樣一無所知的拚勁，都覺得累極了，大大地打一個呵欠，聲音都壓制不住的那種。

幾個學生抬起頭看他，這不是老師會做的事，疑惑的眼神穿透他躲藏的外殼。他趕緊凌厲掃視，壓下他們的注視。

回歸正常的秩序，他坐得太久，可能壓到大腿，屁股有股細密的刺麻感，他挪動失去感知的大腿，摩擦到下體，突然有一陣快感讓他勃起。

應該是一陣子沒和妻子做愛，所以他竟像個剛午睡起床的學生，不敢起身離開座位，靜靜等候莽撞的血氣退散，回流到他的血管裡循環。

這是他的問題吧，中年以後，體力越來越差，精神在白日拖磨，夜晚僅餘一具空殼。與其大費周章地準備與收整，怕吵醒孩子，不如睡覺乾脆，而且他進房時妻子通常已經睡熟。

近來妻子卻時常保持清醒，刻意用灼熱的手指碰觸他，撥亂早已弛緩的性愛週期。但他仍將最後一絲力量用來翻身，拉高被子，將自己纏成密閉的繭，他們終究各自凝凍在完整的睡眠裡。

他克制地打出一個無聲的呵欠，襯衫下襬遮掩的突起緩緩消退了。

他走下講臺，繞排巡視，站在教室後仔細閱讀每一篇貼在布告欄上的文字，到門邊探頭看對面教室，重複這樣的循環幾次，好不容易快下課了。

他在剛好打鐘的時間回到講桌，命令他們停筆、收卷，嚴厲催促：「給我快一點！」

學生在他點數考卷時禁止離開座位，卻隱藏不住想討論答案的躁動，手用力拽著抄妥答案的題目卷，屁股空懸著，熱烈望向相熟的同學。

「好了，數量正確，可以下課了。」

教室四處發出如磁鐵碰撞的雜音，學生各自糾團，有人自信滿滿地講解，有人發出懊惱地高叫或低吼，還有鼓掌、拍背、推擠的聲音，當他離開教室，有人竟然喪氣低頭跪下捶桌。沿途任一間教室都差不多，他像闖進一間眾人瘋癲狂舞的夜店。

他的孩子未來也會像這些學生一樣吧，坐進教室和身邊的同學越長越像。他也會成為相似的家長，逼迫孩子考幾分以上，班排校排拉出界線，和孩子一起站上製程統一的輸送帶。

「你簽名連署了嗎？反年改的？」走進辦公室，資深老師臉色凝重地問他。如果他說沒有，對方緊皺的眉頭恐怕會將他夾入碾碎。

「在樓下穿堂嗎？要監考，我等下去簽。」資深老師點點頭，滿意這個答案，快步走向另一個資深老師。

「剛剛監考，我畫了一張好有趣的畫，你看！」他對面的同事沒回座，直接放在他桌上。即使早上那樣結束了對話，她照樣活在她充滿熱情的世界裡。

「妳太厲害了，畫得真好。」他其實看不出來她畫了什麼，黑筆線條和印刷鉛字牽纏在一起，他想叫她畫在全白的紙上面。但感受到她的興奮，便盡力讚賞。

一邊聽她解釋，他一邊低下頭拉開抽屜，發現手機竟還大亮著，沒有自動熄暗，來不及檢查調整，十分鐘的下課快要結束，得出發準備下一節監考，他趕緊按下手機側邊強制休眠的按鍵，發現同事也盯著他的手機看。

她撇開眼神，繼續說，手勢天花亂墜，還跟他一起走去教務處，拿下一節的考卷。他一直點頭，發出「嗯」的聲音，點一下頭就像按消除鍵，把剛才她說過的話從末字開始消除。

再點頭，不斷點頭，有時是監考時想睡而點，有時是和走廊上遇到的老師問好，有時是回應學生的問題。不用說話，一直重複點頭就能將一整天消除殆盡，徹底歸零，明天又再這樣輸入與刪除。

他手機的電量快速下降，只剩下個位數，握起來像團火。只要有新通知出現，手機就會一直亮著，等到他親自按鍵為止。以前不會這樣的，今天的手機卻急躁地向他通知每條訊息，因此他連妻子的訊息都回了。她請他回家路上順便買兩袋尿布，保母家和家裡要用，他立即送出OK的貼圖。

月考時學生提早放學，老師們要開校務會議，他昨天就送假卡了，好不容易能趁月考早下班，多出一小時半，他本來打算坐在辦公室滑手機發呆，備一些課，等著接小孩的時間快到再離開。但現在手機完全沒電，他不知道該怎麼耗過這一小時多，監考一天精神不濟，頭隱隱發疼。他決定提包包去車裡找充電器，如果找不到就開車回家。

翻找半天，車裡悶熱不堪，滴出一身汗，他想發動車子以便開燈與冷氣，但鑰匙轉動後只發出洩氣走調的聲音。他再試幾次，終於確知連車子也沒電了，可能是他忘了關上什麼。

他是他身上僅餘電力的事物。

這下無論如何他都得回家一趟，改騎機車才能接孩子，時間突然急迫起來，汗來不及乾。他匆忙地跑到最近的辦公室打電話叫計程車，很久沒有跟陌生人對話，一緊張，聲音來不及理清楚，就被對方不耐煩地問回來，住址報得亂七八糟的。

搭車到家，他按下家裡電梯的上樓鍵，突然想起妻子昨晚洗的衣服還沒曬，可能開始發臭了。他一路上不斷想打電話給妻子，問她衣服曬好沒？是不是要重洗一次？並告知她目前混亂的狀況，但沒辦法，手機沒電了。

如果等下時間來得及，他可以做些家事。記得昨天才收下一批衣服。髒衣物的累積居然比日子的消逝還快，家裡不只有他一個人，髒汙加速成長，地板一下子就飄滿不知是誰的頭髮，長的短的、直的捲的。家務的輪圈越滾越快，一定得及時清理。

電梯螢幕數字停滯在七樓，幾乎有五分鐘這麼久。

他突然想起，早上和孩子搭電梯時，電梯在起步和抵達時劇烈顫動，重心往他們這一側傾斜，他覺得很可怕。

或許此時樓上有人為了等什麼重要的人而按著，他所有的思緒也跟著停頓。直到後面走進來的同棟住戶喚他幾聲。他恍惚回頭，對方跟他說電梯今天保養，他才想起之前電梯張貼的告示。以前下班晚，都不會遇到這種麻煩，沒想到他提早闖入了一個重新拼組的世界。

怎麼所有事物都選在今天故障而脫離常軌，像要報復平時他讓它們過度枯燥地空轉。他站在正中央，覺得地底將有巨大災難陸續陷落他身邊平穩的事物。

他喘吁吁地爬上十樓，推開防火門時全身抖晃，手臂幾乎要被厚重的門彈壓回來。汗水滲進眼睛，對不準鑰匙，鑿上門板好幾次。門後隱約有些聲音，他以為是別層樓傳來的。

進門之後，他看見客廳的紗門拉開，頭髮濡濕的男人站在玄關，赤腳，腳背淋上一些水珠，T恤前襬被皮膚黏在稍高的位置，後襬吸了濕氣，垂落更低，像個沒兜準的瓶蓋。那男人口袋的手機沒插好，冒出一大半，手裡拿著鑰匙，不知道為什麼，另一手握著印有花朵圖案的沐浴乳。

他記得那遮遮掩掩的樣子，是早上電梯裡的男人。

那男人只敢瞥他一眼，點頭幾下便以瀏海壓低眼神，緊緊握著布滿水氣的沐浴乳，另一手扶住快掉出來的手機。他的手還握住門把，身體擋住門隙，所以那男人走不出去。

妻子跟著走出來，穿著平常上班的衣服，她的包包就放在平常的椅子上，鑰匙也整齊地掛著，家裡的樣子跟平時一樣，只是她現在不在廚房忙著料理晚餐。只是站著，像一個茶几上的遙控器，似乎在這個時間，她本來就該安靜地候在那裡。

他覺得好尷尬，猶豫要不要讓開路，在一個被聚焦的狀態下，任何細微的動作都有巨大的意義。恍惚間聽到陽臺外面傳來撞擊鐵軌的磕擦聲，他的眼神收攬力道，暗示妻子的注意力回到那男人身上，好好解決現在的處境。

他想起火車鐵軌的構造——車廂下面有兩條鐵軌、兩邊都有鋼輪，陡轉的時候，不對稱的輪圈有一側會往較大直徑的內圈處壓，轉動圈數減少，以維持兩端的平衡。即使是重複運轉，也暗藏這麼多精密的設計與機關。

此時世界劇烈轉動，朝他傾軋而來。他和以前一樣，讓其他零件運作，他溫吞沉緩地迴旋，等待生活回歸正軌。

妻子眼裡的空洞漸漸滴入黑色的染料，像堆沙堡那樣兜攏笑意，不至於緊湊隆重，疏鬆地對那男人說：「謝謝你的沐浴乳。」

他聽了也跟著點頭示意，讓開通道，那男人趿著拖鞋走出門，點按電梯，樓層數字滑順跳動，看來電梯已經維修完成，井道裡傳來轎廂在導軌運行的聲音。關上門之前，那男人繼續背對他等電梯，重心偏斜，一隻腳跟遠離鞋板，極為自然的畫面，讓他反而有種其實是自己誤闖他人樓層的怪異感。

終於又修好了，可以維持好一陣子的平順。

他摸到埋在口袋深處凸起的手機，突然轉身問妻子：「我的手機好怪，不知道要不要拿去修，我的充電線在哪？」

妻子指著沙發底下，說出他常聽到的話：「就叫你不要亂丟。」

他坐在沙發上，插電，抬頭看見浴室地板積水，可能排水孔又被黏膩的毛髮擋住。過一陣子手機點亮，恢復正常，他終於能將眼神安放進去，像扳緊一根鬆掉的螺絲。

本文收錄於二〇二〇年七月出版《歡迎來我家》（寶瓶文化）

高雄人，現任教職、夫兼父職。清華大學臺文所畢業，中正中文所博士生。曾獲國藝會與文化部創作補助、打狗鳳邑文學獎、教育部文藝創作獎、全球華文文學星雲獎、林榮三文學獎等。入選九歌年度散文選，入圍「二〇二一年臺北國際書展大獎小說獎」。著有《雲端的丈夫》（寶瓶文化，二〇一九）、《歡迎來我家》（寶瓶文化，二〇二〇）。與妻子經營FB專頁「我是信宏爸爸，偶爾媽媽」。

三溫暖——簡媜

1.

秋鳳把摩托車停在一棵茂密的茄冬樹下，慶幸自己無須半路停車穿雨衣就到達目的地。雨開始變大，發怒摔臉盆的下法，夾著閃電驚雷。摘下安全帽，目測只需跑五大步可到騎樓，吸口氣開步跑，一、二、三步，腳踩上一塊布著青苔的磚石，那苔平日在太陽下裝死，遇到連日雨水活了，第四步一滑，身體往後仰，本能地側身用手去撐，右半身順勢往花圃仆倒，不多不少算第五步。

「啊，是怎樣？我有得罪祢嗎？」歪在地上的秋鳳對老天翻白眼，還沒翻全，一臉盆雨水潑來算是給她點眼藥水，只好緊閉眼睛。她受過訓練，知道跌倒後不可立刻站起，要分解動作慢慢來。總算站起來，檢視結果，除了手掌抓泥巴、褲子髒之外，居然連個擦傷都沒有。出門前本想穿短褲，可能媽祖有保庇改穿牛仔褲，那撮青苔再怎麼狠也狠不透牛仔布的厚。車鑰匙繫了遶境時買的媽祖小公仔，果然有感應有靈驗。

這下全身濕透透，轉念一想：「沒差啦，反正要來洗澡。」

2.

秋鳳最近——其實也不近，三個多月以來不能算最近，不過如果跟五十多歲的時間比，說最近也沒錯──常誦念「轉念一想」四字訣。遇到不順心的事，該發的牢騷當然不會少發，但跟以前不同的是，發過之後會用「轉念一想」鼓勵自己朝事情的另一面探探頭、揮揮手。這招是演講聽來的，院裡曾請一位作家來演講，那作家講什麼她聽不大懂也不大想懂，不過作家說了一段話：「山不轉路轉，路不轉人轉，人不轉頭轉，頭不轉我念頭轉一轉可不可以啊！」秋鳳聽得目瞪口呆，這就是她講不出卻很有感覺的道理，沒想到就在「魷魚不嚼」要不要辭職的時候聽到這話。「魷魚不嚼」就是「猶豫不決」，她跟同事後來改說臺語搞笑版「柔魚沒哺」，魷魚若是不嚼整條吞，痛死你老娘的胃，猶豫做不了決定的時候，那粒胃也是很痛的。

三個月前她向老闆娘辭職。以她當選過多次「年度最佳照護員」的榮譽紀錄，老闆娘當然不放人；要知道像秋鳳這樣耐磨耐操、會抱怨但很勤勞的人真難找，馬路上多的是「工作不努力，努力找工作」的人，尤其長照這一行，資深臥床者不能動，說句不禮貌的，等於搬重物，可比搬家工人。人家搬家工人乾脆，不必考慮沙發會不會發神經捏妳奶奶、冰箱會不會嘔吐噴妳一身。找到一個有體力、有耐心、有愛心的人，那是照護界的臺積電股票，理應長抱豈可輕拋？老闆娘只有碰到老闆時犯糊塗，其他時間是個精明角色，立刻針對薪水做調整，馬上提供各種方案供她選擇以度過「職業倦怠」。秋鳳很感動老闆娘用這麼有學問的話幫她診斷，一下子好像她這個「倦怠」變得很專業、很高級、很光榮。可是，秋鳳半夜睡不著躺在床上滾床單的時候越想越糊塗，如果說，一個人很認真地一直做一件事就會倦怠的話，那老闆一直K老闆娘（大家都知道他是個爛人），老闆娘一直被老闆K，他倆怎麼就不會「倦怠」咧？

家務事是「你不清楚我的明白，我不了解你的知道」，他們打得高興、揍得開心就好，不關秋鳳的事。老闆娘先讓秋鳳一週休兩天半的假，三個月後再說。三個月後，秋鳳眉頭仍然鎖出一條溝，說身體好累，還是想辭，老闆娘秒速流下愛的淚珠，說：

「這樣好了，留職半薪一個月，妳先調養身體再說。」從皮包掏出票券，撕下一張給她：「洗三溫暖加按摩一節附送一餐，免費，妳去放鬆放鬆！」

秋鳳不敢拿，目瞪口呆：「洗三溫暖，那要脫衣服？」

「妳洗澡不脫衣服？」老闆娘笑著把票券塞入她口袋。

「大家脫光光一起洗？」

「什麼大家，女子三溫暖，都女的。妳以為那麼好啊，有男的。」

秋鳳啐一聲：「神經病，有男的有什麼好？才不好咧。」神經病是心裡話沒說出口。她對男人身體興趣不大但認識太深了，一般人只知那副四兩重的「牲禮」，她不同，從丈夫那兒認識到病體、遺體，其餘的不是太小（她兒子）就是太老（受照護的病人）。她有句名言：「不是跟自己一起老的男人身體，不騙妳，真的很不ＯＫ。」嚴格說，男人身體在秋鳳眼裡只有兩種差別，一種不需要妳餵飯、帶他去廁所、幫他洗澡，一種要妳餵飯、幫他把屎把尿、刷背搓鳥鳥。你若問她對男人追求製冰盒形腹肌、人魚線的看法，她會說，什麼都是假的，健康最重要啦，只要一條血管給你爆掉，你就變成麵糰而且持續發酵，當腎功能急速衰竭時，收尾的口頭禪是：「我看太多了。」

話說回來，全是女人也不ＯＫ，秋鳳瞪大眼睛：「哎喲喲，被看光光……」

「有什麼好看？」老闆娘噗哧一笑，拍她肩頭：「妳有的她們都有，她們有的妳也有。」

「是沒錯啦，可是……」秋鳳覺得很怪，終於抓到重點：「可是不一樣大！」

「妳去洗澡還是挑水果？」

「可是，」秋鳳的眼睛越睜越大：「我不想被看光光……」

「妳也看她們呀。」

「啐，我更不想看她們，她們有錢有閒整天洗三溫暖皮膚白泡泡，我做工的人一身粗坯能看嗎？我都覺得丟臉！」

老闆娘沒時間陪她糾纏，她自己都欠缺高人幫她做前世今生的心理治療，沒能力幫秋鳳打開心扉或脫光衣服，匆匆丟一句：「我要去接小孩不跟妳說，妳去就對了，跟櫃檯報我的名字，她們會幫妳安排最好的按摩師，妳不去洗就別來上班。」

這句話把秋鳳定住，她還沒回過神，老闆娘又丟來一句：「人家八十幾歲阿嬤都去洗了，妳怕什麼？」

局面翻轉。首先，要她「別來上班」這句話打到她了；秋鳳這輩子最怕的就是沒工作，自從丈夫早逝她獨力撫養一兒一女，靠的就是全年無休的拚勁，如今女兒上班、兒子念大學，仍不敢鬆懈；年輕人那點薪水填自己的嘴洞都不夠，況且兒子是能念書的，打算繼續念研究所，還得靠她兩手兩腳給他「撒鋪」（support）。就算他們都有工作，秋鳳仍然不敢「退休」，要存養老金。她在安養院聽到耳朵都長包皮了，多少老人敗在一個錢字上；有錢老人放的屁都有麝香味，只剩「兩憶」（記憶加回憶）、「一憶」（失憶）的很慘，在兒女面前抬不起頭來，尊嚴是什麼？是天邊那顆一閃一閃的星，還不見得天天看得到。退休享受第二個人生，那是幼綿綿白泡泡好命人才有的福氣，她認定自己這款人唯一享受得到的就是「做到死」，再講一遍，做到死！三個月來，原本以為自己看開了想辭職、休息，老闆娘的話針刺一樣幫她找到結點：她想休息、不想辭職，職業倦怠只能倦怠一下下，終究要回去上班。既然人家把路開好、紅毯也鋪好，她只要去洗澡有個交代就可以順應天然回去上班，何樂不為？當然，就算她沒去洗澡老闆娘也會讓她復職的，但做人就是這樣，有時你必須給出一點空間讓上位的人覺得他幫到你，有成就感，這種人與人之間的潤滑技巧，秋鳳懂。

還有，「八十幾歲阿嬤都去洗了」這句話也打到秋鳳。她對皺巴巴、具備「黃土比例」（即將入土之人的身材比例，相對於健身房裡肌肉男的黃金比例以及她這年齡層的黃銅比例）的老人裸身很熟悉，在她手裡洗了人生最後一次澡的老人超過三十個。瞬間，本來跟隱私、羞恥感相關必須用衣服扣子拉鍊隱藏起來的身體，忽然轉變成器具類用品，好像吃飽飯需洗碗刷鍋一樣自然。她心裡那隻忸怩的蟲子被太陽曬死，恢復幫老人洗浴的職業本能，只不過擴大到幫自己洗浴而已。秋鳳心情活絡起來，追著那臺「米奶」（BMW）問：

「那我要帶什麼去？」

老闆娘搖下車窗：「帶身體啊。」

3.

櫃檯小姐沒見過有人從水裡撈起直接來洗澡，秋鳳的頭髮在滴水，一面掏出弄濕的票券一面抱怨怎麼沒人跟里長反映那邊會滑。小姐小心攤開票券做登記，沒怎麼理會，秋鳳報了老闆娘名字，她臉上立刻活絡起來，主動幫秋鳳辦會員還送一張咖啡券。秋鳳暗想，老闆娘應是貴賓級，這女人「真討債」不知花多少錢在洗澡上，有錢人一根腳毛比我們的手臂還粗，趁勢補上：「她說，妳們會幫我安排最好的按摩師，還說我洗得怎樣要跟她詳細報告。」最後一句是她添的，秋鳳太了解人的眼睛跟樓梯一樣高高低低，該借光的時候，「恁祖媽」不會跟你客氣。

有個很有禮貌的小姐知道她第一次來，詳細說明流程，給了一把鑰匙一條白色大浴巾，親自引導秋鳳到樓下更衣間置物櫃前。

「阿姨，您把衣服脫下來放櫃子裡鎖好喔，鑰匙圈在手腕上就可以去洗了喔，裡面什麼都有喔。」年輕人講話一直喔喔喔，又不是公雞這麼會喔。

忽然不知該怎麼脫衣。秋鳳最擅長幫重度臥床老人脫、穿衣服，這項高難度技術若有比賽她必定得名，現在卻不知怎麼幫自己脫，怪怪地，說不上來。忽然懂了，這還真像醫院照X光前到更衣間換衣服。老毛病犯了，一面脫衣一面喃喃自語：「你看看，人家好命的，脫衣服去洗澡，我們歹命的，脫衣服照X光。今天來做好命人。」說完咯咯笑起來。這是個不錯的開始，心情飄飄地。

等她戴好浴帽圍著浴巾走到入口，眼見無邊無際白茫茫、一陣翻騰的暖煙夾著嘩啦啦水聲撲面而來，她怯步了。

秋鳳很少怯步。不，從未怯步。

這大半生遭逢的事件由不得她有任何怯懦，專心悲傷與他人的同情都是珍貴、奢侈的，她明白自己除了認命沒別的選擇，而以她有限的學經歷與毫無人脈的現實處境，她的最佳選擇就是去走一條最辛苦卻能最快賺到錢的路。丈夫癌末多次進出醫院，那一年等於是職前訓練，抽痰、管灌、處理尿管她都會。她老早安排妥當，辦完喪事隔週，穿起仲介公司的背心、掛上識別證在另一家醫院當日薪兩千元的特別看護。有親戚議論她無一點哀戚之心，不滿一個月就趴趴走，好歹過了百日再拋頭露面，話傳到她耳裡，秋鳳直接去敲門：「死屁也要坐月子啊？你養我們孤兒寡母，我就專心在家哭我老公。」

千萬不要惹一個一無所有的女人，尤其這女人剛跟死神交過手。

現在她怯步。整間瀰漫著溫暖水霧，飄著沐浴精香氛，聽到女人高聲對答，有笑語，有招呼聲，像來到一個被隱藏的水幕仙境。秋鳳從未想像過這樣的所在，但她祈求過菩薩，有一天功課做完了要帶她去極樂世界享福。現在，腦內乾巴巴的「極樂世界」名詞與眼前景象做了連結，瞬間擴大、加深，變成唯一真實，她不只脫去衣服也脫去一切龐雜記憶。她停住腳步，重新指認自己。

正好有個工作人員（當然都穿著制服）走過，知道她第一次來，親切地指引她洗浴程序；最裡面是一排沐浴間，先洗澡洗頭，再到水池泡；三大池，溫水、冷水、冰水，一般都是泡溫水、沖一下冷水，很少人敢碰冰水。泡過後記得要補充水分，茶水區有多種健康養生飲品。旁邊是兩大間烘烤室，兩大間蒸氣室，隨意隨喜進出。總之，洗泡烤蒸，看個人喜歡自行搭配。末了，女職員指向另一個出口說，去那裡吹乾頭髮穿好浴袍，上樓就是按摩室，櫃檯小姐會幫妳安排。按摩後去餐廳吃飯，飯後若想小睡，休息區有大躺椅沙發、小床隨妳躺，愛躺多久就躺多久，我們是二十四小時營業的。

秋鳳聽得霧煞煞，洗個澡還有這麼多花樣。因為新奇，還沒洗就覺得年輕五歲。朝沐浴間走去，迎面走來一位五十歲左右的女人，輕鬆自在，拿隨行杯到茶水區倒水喝，喝完往大池去，池中有三兩位高聲招呼她，她熟練地下池有說有笑。怎麼自然到像去Seven買咖啡！秋鳳剛剛偷瞄她，三秒鐘正面大特寫、四秒鐘背後掃描，秋鳳心臟撲通臉面發紅，替她害臊。身材普通，皮膚白皙，手腳靈活，一等健康。秋鳳忽地領悟到，該害臊的是她自己：「人家天生自然，我在替她不好意思，我有病啊？」

十多間沐浴間都沒門，「是怎樣，沒錢裝門嗎？」秋鳳大開眼界，她即使一個人在家洗澡也要關門的——但不鎖門，很多老人在浴室跌倒，這點是普通常識。走過去，正好看到一排洗浴中的虎背、熊腰、馬臀、象腿，秋鳳從沒看過自己的背後，心想「我應該也差不多」。她們這一行比較關心血壓血氧、體重體脂肪，對身材沒感覺。沒想到今天很變態，怎麼腦子裡裝的都是身材胖瘦、皮膚黑白、大腿粗細、乳房大小。

「不該來。」秋鳳不喜歡自己的腦子陷在這些……該怎麼說呢？這些「有的沒的」不正經的念頭裡。

她進去最裡間，探頭確定沒人看她，鼓起勇氣卸下圍著的浴巾，開始洗頭洗澡。適當的水溫、豐沛的三段式大蓮蓬瀑布、薰衣草香氛沐浴泡泡，她好像一條蚯蚓被人從百年泥巴灘裡拉出來。這輩子從未如此奢侈，平日為了省水，連熱水管線前端的冷水都不浪費，變通之法是用水桶接水調溫，一桶溫水夠她洗頭洗澡五分鐘解決。現在，站在溫熱小瀑布下，跳躍的水珠圍繞全身，她低頭承受源源不絕的水吻，完全忘掉省水這回事，連帶地也忘記省電省瓦斯省吃儉用、付房貸付學費付補習費付保險費這一串鹼粽、肉粽、里里控控碗糕粽。她調換出水方式，水柱射著背部十分舒服，面朝外站著，正好被經過的人看光光。秋鳳沒有閃躲，活潑的水精靈纏繞她，她閉眼進入遺忘狀態。

洗畢，依規定戴好浴帽，下一步去浸泡。

三座大池中有一池人較多，秋鳳本能地朝無人的那座小池去，匆匆解下圍身浴巾掛在壁勾上，迅速跳下，撲通一聲，她大叫：「啊！救人哪！」旁邊兩位姊妹立刻將她撈起，有人舀一盆溫水朝她潑，有人幫她拍背揉臀搓大腿，有人喊「快帶來這裡泡」，一群垂來晃去的裸身姊妹七嘴八舌護送她五、六步，像海邊營救人員護送擱淺鯨魚返回大海，把秋鳳送入溫水池。兩個特別熱心的姊妹游過來，四隻手盡情地幫她搓呀揉呀拍背收驚，秋鳳說：「沒想到那麼冰，夏天也會冷死人喲！」姊妹們大笑。有人說自己第一次也是沒看清楚告示跳入冰水池，之後看到手搖冰都會抖。笑聲比水聲還響，女人國國運昌隆。

秋鳳自嘲：「去了了，不只給人看光光，還摸光光。」

池邊池裡，環肥燕瘦的女人們各有喜好組合，去烘烤室或蒸氣室，只剩秋鳳及另外兩個結夥的泡著。池邊有幾個半圓形設計，人坐著，頭伸出水平線，兩手搭在圓弧上，水柱噴射背部有按摩效果。秋鳳移入，坐著享受水的服務，那感覺又不同。水的浮力托起身體像托一隻小狗，瞬間鬆弛想睡，瞬間又無比清醒。她深深吸一口氣，又重重嘆息，如是數回。剛剛一陣混亂，現在有空閒回想，感受到善意與親和，身體放鬆，被觀看的羞怯感消失了，她現在像一片葉子飄在安靜的河面，被溫柔的風吹著。閉眼，腦中影像亂竄，嘆息中浮現安養院裡常常問她「今日幾號」那個老人家最後的身影，與老人同寢室的那位中風阿嬤幾日前也走了。生來死去、人來人往，秋鳳早已麻木無感，但無感的經驗堆疊起來就像積木堆得太高也會掉落。現在，水霧氤氳中，所有堅硬的東西忽然柔軟起來，沉封已久的她的人生、她的歲月，包括記憶與感受，在水中像乾香菇一朵一朵泡發開來。

她想起丈夫騎摩托車載她，回頭問她想吃什麼的樣子，那時兩人剛結婚。但腦中一閃，卻閃出安養院那兩位情同姊妹老人家倚在窗邊吃乖乖的影像；她們現在應該重逢了，極樂世界也有乖乖吧，說不定口味更多。她鼻塞，察覺到池裡不宜擤鼻涕，用力吸鼻子，恢復正常。這一用力，竄出在醫院當看護時遇到的那個老頭的記憶，正因為他，秋鳳才會在「用力吸鼻子」後反擊，接著發生的事促使她辭去醫院看護工作改到安養院上班。那位老先生恐怕不在了吧。現在想起他覺得好笑，但當時被這個因急性腎炎住院的失智色老頭氣到快失控。八十歲中過風，身材肥腫，一身「癩膏爛濁」，脾氣焦躁不安，滿口「挫幹拉譙」，一輩子才聽全的髒話在他身旁一週就聽滿。某次，秋鳳扶他下床，他竟伸手捏她奶子，秋鳳超級不爽，一把火竄升大聲喝叱：「你幹什麼？」色老頭罵：「幹妳老母。」秋鳳被他嘔到快吐血，又不能出手打，只能靠伶牙俐嘴：「我老母死了，你要先去死才幹得到。」他提高聲量：「幹妳××。」哎喲，母女一起惹，這下秋鳳不客氣：「你要先站起來才幹得到。」老頭血壓飆到一百九，大口喘氣全身無力，病情有一點加重，她不免有點小內疚。俗話說：「強驚勇，勇驚雄（狠），雄驚無天良，無天良驚神經不正常。」幹這一行，被罵被電被嫌都是家常便飯，她原以為自己修行很夠，沒想到差點毀在老頭身上。幸好他病情好轉，才解除心理負擔。從此，秋鳳發展出一套呢喃模式，不知道的人還以為她在誦「嗡嘛呢叭咪吽」六字真言。這事刺激秋鳳，她想：「你皮癢，我命賤，難道就該任你糟蹋？命賤的難道一定要幫皮癢的做嗎？老娘不幹可以吧。」辭職去安養院，一轉眼也十多年了。不知道原來的他是怎樣的人，病痛把人變成豬狗牛羊，說不定他也有可愛的時候。啊，身邊可愛的人一個一個走了。她想起丈夫最後對她說的話：「阿鳳，對不起，無法照顧妳到老，一大擔攏交給妳。」秋鳳把頭埋入水中，喃喃自語：「不是你願意的，我沒怨你，攏是命，攏是命啦！」

淚，流入水中。

4.

吹乾頭髮，秋鳳穿妥寬袍上樓到按摩室，櫃檯小姐已幫她指定三號按摩師。想必這個就是老闆娘口中最好的按摩師。

一個笑咪咪、短髮四十多歲壯女人，深色制服，還沒開口先笑一朵花給妳，一秒內讓人覺得已認識她一個月。她自我介紹「三號」。秋鳳不喜歡用號碼記人，問她名字，每個人都有父母給的名字，為什麼用號碼？又不是犯人，而且長得這麼漂亮叫號碼太委屈嘍。「委屈」這兩個字在某些行業、某些人內心非常敏感，因未曾被他人察覺以致變成關鍵字，加上從未有人一見面就送一盤話語小甜點，三號大方地答：「叫我阿觀，姊仔，妳呢？」

「秋鳳，菜市仔名啦。」

彷彿已認識一年。

阿觀請秋鳳脫下寬袍，趴在指壓床上、臉嵌入圓洞。秋鳳沒這樣趴過，一時手忙腳亂差點跌下來，阿觀笑起來，幫她調姿勢，把那頭炸髮順了順別在耳後，手指輕輕撫過耳朵、頸線、肩頭，在上背畫圓收起。這只是準備而已，連前菜都不是，但秋鳳像被電波掃到，忽然間被觸過的肌肉都鬆了。

「哦，阿觀，妳的手軟Q軟Q，親像麻糬。」秋鳳讚歎。

阿觀笑：「哪、哪有。」從來沒人這樣稱讚她。

秋鳳心一揪，聽出她有一點大舌頭，難怪是最好的按摩師，有瑕疵的人只能比別人更拚命才有機會活下去。秋鳳又有點鼻塞，吸了鼻子。

阿觀看著秋鳳的身體：皮膚黝黑粗糙，手臂粗壯手骨變形，脊椎側彎，腰臀大腿布著贅肉，腿部多處有靜脈曲張。女人只要脫光衣服，不必一句話，身體說盡一切故事。阿觀看多了精雕細琢、細緻白嫩的女體，沒看過勞動者的肉身，畢竟來這裡一趟不便宜。她知道秋鳳的票券是那位貴賓招待的。

阿觀幫秋鳳選了茶樹香氛按摩精油，她對人與香氛的連結具有敏銳度，秋鳳的屬性不是花，是山上生生不息的茶樹，一小撮茶葉能讓人喉韻回甘。

抹了按摩油，她先沿秋鳳的肩線滑動，輕揉慢推三、五次再以指節刮下，聽到秋鳳發出「啊——」一聲，意味著鎖頭已被鑰匙打開。

阿觀轉向左右兩邊上斜方肌、下斜方肌施力，大範圍按摩，節奏與播放的輕音樂吻合，靈活運用大拇指、四指指腹、曲握的指節、掌肉，時而順著肌肉紋理，時而逆向，或單點穴位按壓、或小塊擒拿、或大片推揉、或合掌敲擊、或雙手張開如起飛的禽鳥在背上滑行。往下行進，側彎的脊椎、腰部兩道勒痕，阿觀知道這是個跟她一樣需要戴護腰工作的女人身體，連結到與她一般必須比別人更拚命才有機會活下去的命運。這一回合忽急忽緩的手舞，最後停在膏肓位置做點狀按壓、腰部畫小圓周運動，她知道這兩個地方傷得最重。她不只偵測到秋鳳身體裡層層堆疊的勞動檔案，也從那不間斷低吟的聲息中判讀，這一副身軀是無人疼惜過的原始山野。

秋鳳不間斷發出低聲嘆息，趴著，不必擔心別人看到表情，但必須藉由吐息避免自己哭出聲。有一雙溫柔又強勁的手在她的裸背上自由自在地探索，好像大宅院被人闖入，暢行無阻，搜出她的珍寶。珍寶不是塞在某一處孔洞裡，而是到處放，現在有人破解，在肩頸搜出珍珠，肩胛找到瑪瑙，腰部搜到金子。她並不知道自己身體的強烈觸感藏在這些地方，上面還用幾十年勞動傷痕像雜草一樣掩蓋著，必須先移除雜草才能找到。一直沒人發現，即使跟丈夫生了兩個小孩，被使用過的只是那個孔洞而已，她的走了樣的五十多歲身體還是處子狀態，現在被找到了。她低聲嘆息挾著舒暢的呻吟，每每被揉推的手指推至哭泣邊緣，如潮浪往返，像風箏高飛，怎麼有一種舒服是這麼奇妙，秋鳳的身軀被解密者敲開鎖，肌肉鬆了筋絡軟了骨架正了，她覺得自己一直縮小，欲仙欲死的舒暢會讓人變小而非變老，她變回戴草帽少女，沿著夏日故鄉的河堤奔跑。那時，她還是個愛笑的快樂女生，命運之神還沒有找到她。

阿觀推完兩手自三角肌至手指後，要秋鳳翻身。

「啊！正面也要？不好意思呢。」秋鳳以為只按背面就好。

阿觀笑說：「姊仔，交給我，妳躺著睡、睡覺就好。」

一條熱巾蓋住秋鳳腰部，阿觀繼續推揉。背部被推鬆了，正過來恰好是睡眠姿勢，秋鳳閉眼，把身體全部交出去。除了蓋住的腰際機關重地，阿觀的手指舞遍全身，連長著粗皮龜裂的腳跟都被油潤過了。輕盈的睡眠把秋鳳帶到夢境，依稀感覺有幾隻軟嫩的手指在她的乳房處迴旋，輕輕地往上推好像要把它推到雲端，接著緩慢地畫小圈圈，順時鐘又逆時鐘，像一群少女在上面跳芭蕾舞。電流從左竄到右，從右竄到左，連成一脈，從來沒人這麼溫柔地撫摸過這兩團山丘，這是愛撫，連她自己也不曾這樣對待過供應嬰兒奶水的母職聖地。秋鳳沉睡，甚至發出輕微的鼾聲。

一覺醒來，竟是兩個鐘頭後，扣掉一節五十分鐘按摩，她睡了七十分鐘。

「妳醒了？不、不敢叫妳。」阿觀換到另一張指壓床，正在幫另一個女人服務。

「喔，一年欠的眠都補回來，全身都輕了，妳實在是一流的啦！」

秋鳳豎起兩根大拇指，一直念「讚讚讚」。阿觀笑著點頭，指著一張紙，請秋鳳留電話，她也留了自己的電話，提醒秋鳳去餐廳用餐，這裡的梅子雞腿飯是招牌。

秋鳳身心無比暢快，雨停了，真幸運不必穿雨衣。騎過一個街口看到水果攤，買兩個特大的豐水梨折回去託櫃檯轉交給阿觀。秋鳳忽然想，她的工作不是普通的累，靠兩隻手吃飯，痠痛了怎麼辦？誰幫她按摩？

5.

當天晚上，阿觀打電話來，謝謝水梨。

「姊仔，妳、妳有去餐廳吃飯嗎？」

秋鳳把梅子雞腿飯稱讚一番，但怪罪自己沒認分喝了咖啡，晚上恐怕只好起來打蚊子到天亮。阿觀接著問她有沒有去美容室做護膚護髮，不過那要另外計費。秋鳳自嘲我這身「舊皮衣」洗乾淨就很對得起她嘍，護膚給誰看？再接著，問哪裡人、住哪裡、職場經歷。

阿觀沒結婚，一個人住，接著吞吞吐吐起來。

「姊仔，有件事我不知道該不該說……」

秋鳳警戒，一定是麻煩事，江湖歷練讓她起戒心，這個人會不會要來詐騙我？

「什麼事？」

「我想、想了很久，姊仔，我不是很確定，說出來妳、妳不要生氣去公司告我，那、那我就慘了，可是不講，我……」

「不會啦，什麼事？」

阿觀壓低聲音：「姊仔，我今天按摩妳的胸部很久，妳、妳有感覺嗎？」

秋鳳不懂這話什麼意思，該說「有感覺」還是「沒感覺」？是有感覺呀，但現在怎麼可以隨便跟妳說有感覺，這不是很奇怪嗎？為什麼要問我有沒有感覺？這樣很沒有禮貌咧。

阿觀在等她回答。秋鳳不知怎麼答，沒穿衣服時發生的事，現在穿上衣服了，思考的方向都不一樣。

「沒有感覺……」秋鳳說。

阿觀有點意外，「嗯」了一會兒：「我就直說，妳右邊靠近胳肢窩的地方有一個硬塊滿明顯的，姊仔，趕快去看醫生，不要拖。」

換秋鳳感到意外，沒講話。

她有點生氣，氣阿觀為什麼講這些，今天這麼美好都被她破壞掉，這是不可能的事，這種事不會發生在她身上，她這輩子夠倒楣了，怎麼可能衰到胸部有硬塊，那是什麼意思每個女人都知道。秋鳳想：妳在咒我嗎？

「妳有沒有做過乳房攝影？」

秋鳳沒講話，甚至沒伸手去摸胸部，她的氣往上噴。

「姊仔，我覺得妳是古意人，我多說幾句妳不要罵我，」阿觀沉默一會兒：「我們都是天公伯不惜的人，要靠自己惜自己。」

秋鳳沒講話，把電話掛掉。

她更氣了，氣阿觀為什麼要把話說穿說破呢？突然朝向陽臺趴跪在地，如遶境時鑽轎腳，喃喃自語：「媽祖會惜我，媽祖會惜我！」

接著，秋鳳把衣服脫掉，對鏡摸到硬塊，藏在還算豐滿的半球體裡。摸著它到天亮，好像跟冤親債主開一夜討價還價的債權會議。

次日一早，手機響，又是阿觀。

她說她早上休假，現在巷口Seven門口，叫秋鳳換衣服下來，她騎摩托車載她去醫院檢查，有個口碑不錯很親切的乳房外科醫生今早有診，很多客人看過他，加掛沒問題。

秋鳳笑出來，完全明白這女人跟她一樣是信奉「立刻、馬上、現在、快」的急性子。要不是行動派怎麼求生存？

兩人乍一看都認不出對方，一個穿上便服戴安全帽，一個穿上衣服，在大太陽底下、在煙火人生裡，面對面。

先去做乳房攝影。醫生看著片子，表情嚴肅，先數落幾句為什麼之前沒做過，開單叫她去照超音波，照時說有點問題，當場做穿刺，開了預約單，幾天後回來看報告。

「沒事了沒事了，」秋鳳笑咪咪地說：「多謝妳這麼關心我，從來沒人這樣關心我，妳是媽祖派來的喔。」邀她一起吃中飯，阿觀急著趕回店裡，下午有預約的熟客。

「要不要陪妳看報告？」阿觀問。

秋鳳說不用，會叫女兒陪。看著阿觀離去的背影，直到轉彎不見。

秋鳳心理有數。

日子照常，該吃飯就吃飯，該倒垃圾就倒垃圾，該給在外縣市上班的女兒打電話就囉唆幾句，順便問：「妳有沒有愛媽媽？」該給在南部念書的兒子匯錢就去轉帳，打電話告知也順便問：「你有沒有愛媽媽？」接著把保險箱的金飾取回，銀行、保險的事都順過一遍，寫了一張清單。

「真是急性改不掉，趕著去投胎啊！」秋鳳喃喃自語，接著朝上翻白眼：「啊，是怎樣？祢比我更急嗎？」

看報告那天，秋鳳一個人提早到醫院，逛了一圈，摸清各部門。坐在候診室閉目，回想在醫院、安養院當看護照顧過的人，人來人往、生來死去，不知還有幾人活著，就算活著大概也免不了被病磨成豬狗牛羊吧。醫院是離死亡最近離慈悲最遠的地方，如今輪到自己要照顧自己了，轉念一想，也好，十八般武藝可以用在自己身上。

忽然有人拍她肩膀，是阿觀。

「妳幾號？」阿觀問。

「十三號。」

燈號顯示現在看十一號，下一位十二號。

「我、我陪妳進去。」

「不用，阿觀妹妹，我自己來。」秋鳳以堅定的眼神看著她。

阿觀掏出一張員工優待票券給她，「下午來洗，我、我幫妳按摩。」

「怎麼這麼好，連續有人請我洗澡，我要發了！」秋鳳收下，拍拍她的手說謝謝。有時，呵護你的家人最初是以朋友身分出現的。

提示音響起，燈號跳到十三。秋鳳起身走向診間，回頭跟阿觀說：「妳回去吧。」

阿觀答：「沒關係，我等妳。」

秋鳳下定決心，不管等一下醫生說什麼，她都要把自己照顧好。找一天，帶著完好的身體去洗三溫暖，讓阿觀的手指再次把她變回戴草帽少女，在故鄉的河堤奔跑，奔向那個她曾經設想過卻遲遲沒來的美好人生。

——原載二〇二〇年十二月十四～十六日《聯合報》副刊

一個寫散文的人。其創作多元奇變，題材從鄉土、親情、女性、教育、愛情到城鄉變異、社會觀察、家國歷史、生老病死，自成一格。曾兩度獲金石堂年度風雲人物、台積電文教基金會「二〇一七青年最愛作家」、二〇一八年獲「當代臺灣十大散文家」。著有散文《女兒紅》、《天涯海角》、《誰在銀閃閃的地方，等你》、《我為你灑下月光》、《陪我散步吧》及小說《十種寂寞》等二十餘種。

密室殺人：大祭拜——李昂

1

我們因缺憾、虧欠而來祭拜。
（我們也常因愛而犯錯。
因情因愛、因工作職志、理想……）
我們祭拜。
我們要消愆滅罪、懺悔拔罪、救度亡魂……我們祭拜。
祭拜天、地、鬼、神。
（還有任何要祭拜的，我們私密不曾說出口。）

祭拜的儀式中，首要的是準備奉獻的供品。
集眾人之力的大牲：
一左一右的全豬、全羊。
神豬是亮點，必得要養大到上千公斤，豬公增肥到趴在地上動彈不得，上了磅秤，連磅秤都爆表，方是最大誠意。

全羊當然也得是隻壯碩的公羊，但體態上自然無從和神豬相比擬。

神豬嘴裡要咬一粒橙黃色的大橘子，而羊嘴裡咬的是一根香蕉。

至於我們個人有能力供奉的，是在長條的供桌上，放置一份宰殺煮好的牲品。要全牲，所以碩大的雞、鴨、魚通常是首選，還會加上一大條豬肉。更崇敬的會用到雙牲：兩隻雞、兩隻鴨、兩條魚、兩條大塊豬肉。

雞鴨處理時除了放血去除內臟，還會將兩隻腳收起叉入肚子尾端的小開口，兩隻翅膀往內倒叉，成橢圓球狀。用簡單的大鍋水煮。一個個橢圓球狀，便會泛著脂色的油光水滑，一坨坨豐饒富裕的色誘豐足，才能完滿。

兩條魚，而且一定要是大魚，尺八的大盤上還要魚頭魚尾能滿進滿出。魚不用水煮，水煮無能顯現出油水豐足，得用整鍋油高溫大火油炸，要炸得魚皮完好顏色金黃。

祭拜完後，我們吃下這些供品，期待因此帶來保庇。

（神明的庇佑存入體內，與我們遍體遍身同在，妖魔鬼怪邪靈異物不能來入侵。）

但也有祭拜後不吃的。

祭拜中我更期待的，是那令我驚奇的五花十采豔色「看桌」。

以龍為首，帶領十二桌看桌，每桌有九種供品。

也就是總共有一〇八樣供品。

手藝高強的獨特匠人，才能用白米糰上各種顏色，捏做出來這些供品。分為海、陸、山三部分，水族、蔬果、飛禽走獸分布其中，最後會有八仙、觀音、彌勒。

它們栩栩如生，在最完滿的狀態，最極致的美好。龍不會少一爪，魚鱗片片清晰，番茄熟透色豔、白菜不長蟲、觀音五指巧捏楊柳枝、彌勒大肚上可見肚臍……

我從小就被教導這些「看桌」祭拜的供品不是用來吃的。我知道我總不會把擺在桌上一尊尺來高的觀音、彌勒吃下肚吧！

它們無差別地立在看桌上，所以連枝帶葉一顆仙桃的大小和一隻獅子同樣大小，一串香蕉的長度和我屬的龍一樣長，一隻青蛙和我最愛的鳳凰一樣……

可是誰放大了誰又是縮小了嗎？

「看桌」祭拜的供品不是用來吃的，可拜完之後，這些東西到哪裡去了呢？

（不吃食入肚，更令我驚恐害怕，它們到哪裡去了?!）

我從不以為它們是用米糰做出來的，小時候我會相信，那些龍、鳳凰、麒麟、獅子、大象、甚至是魚、蜥蜴……拜完了就會自己回到原來自的地方。

（否則怎麼會一顆仙桃和一隻獅子同樣大小……）

2

於今，我開始祭拜。

我因為缺憾、虧欠而來祭拜。

（我也常因愛而犯錯，因情愛、因視為職志的寫作之愛而犯錯。）

我要消愆滅罪、懺悔拔罪、救度亡魂……我祭拜。

祭拜天、地、鬼、神。

（還有任何要祭拜的，我私密不曾說出口。）

祭拜的儀式中，我準備奉獻滿滿的供品。

我上供的是排成一列已然做成的：

《殺夫：鹿城故事》

林市——胃

餓鬼道裡永遠空虛的，可不就是食、色。

食道通的真就是陰道?!

《暗夜》

李琳——耳朵

她像任何女人好聽男人的甜言蜜語，男人還是丈夫的密友。

懷孕後去求「佛畫」，畫出的是一大把瓜蔓，肥厚巨大的墨包葉子位滿畫的上方，下面則是個斷了藤的西瓜，碎裂成三個片塊，血紅的瓜肉上無有任何黑色瓜子，只是綠皮上一片紅墨淋流，旁邊草書題了一句「無瓜無葛應未遲」。

《迷園》

朱影紅——陰道

性和愛，愛和性，翻轉出什麼？

在那時刻，我是怎樣全然陷入迷離的、強烈的愛戀中，僅存的微少意識中，尚能知覺自己在沉陷，一點一滴、一尺一寸，每個見面的夜晚過了白天到臨，他在我心中引發怎樣持續的、狂亂的愛。

然而我卻真正感到害怕了起來。

我等待著，等待著對那愛情的極致恐懼自心中消退。

《自傳の小說》

謝雪紅——腦

臺灣共產黨的創始人，不曾上學，字一直寫不好，有男人祕書。

她最愛的一種則是以陽具沾酒在她身上寫字。

「你……上次不是說，要用你……你那根……教我……寫字。」

那陽具便能沾滿酒液，濕淋淋地被提出，任由男人在她身上觸畫，隨著龜頭過處，在他沾酒的陽具畫過處，擺扭著軀體順應。

「教我寫『我』，寫『你』……」

他以手握住那早已脹大的東西，真正匆匆大筆大畫地寫了起來。

「寫什麼？」

「汝」

「貪」

「我」

「愛」

「我不認得這些字，你先教我，我才知道你是不是真的在我身上寫這字。」

他笑她沒有那根，所以無從跨在他身上塗寫。她咯咯地笑了許久，便拿食指去沾杯裡的清酒，在他身上胡亂地畫了起來。

「我不寫字，我在畫符，畫一道符咒鎮住你。」

《花間迷情》

方華——子宮

T最無用的愛慾所在，並非孕育的所在。

愛上方華的直女林雲淵，連以唇愛撫都不能。

林雲淵——唇

看著她的裸體，清白透明的水色在上搖移，像一朵青色的蓮花。由於大量失血，那水中的裸身青白削瘦，長直的一條好似溶在其中難以區分。或也因著大量失血，原在衣服下即不高的乳房又加上平躺，整片前胸平坦。水波流動搖移的水流使下身的陰毛只似一片光、暗陰影。

林雲淵想：方華終又回到她最喜歡的十二、三歲尚未萌發女性性徵的自己的身體。而以著這樣的身體離去，至少會是種安慰吧！

〈彩妝血祭〉

王媽媽——肝

她的道德像排毒的肝，卻也毀了至愛的兒子。

「……從此不免再假了，放心的去吧！……」

是日要公開的，而耳語祕密流傳，那係是一批死亡之像。

某一個至今不知是誰的受難者妻子，事件後偷偷運回死去丈夫的屍體，還盡可能修補好丈夫被刑求槍斃的臉面，用的，據說不外她閨閣常用的針線刀剪。

她還以相機，以各種角度、各個細部，拍下死去的丈夫，包括被刑求殘破的臉面身軀，還有經她修補後的最後遺容。

《北港香爐人人插》

林麗姿——腸

她被稱作公共汽車，是最後收集的所在。

「女人為何不能以身體做策略向男人奪權？」

「看我……看透明化的歷史。」

「姊姊妹妹站起來，讓她躺下來。」
「是我睡了他們，不是他們睡了我。」
被至少四、五十根「同志們」的陽具操過的女人胴體，究竟會是怎樣的？

《看得見的鬼》
月珍／月珠——腳掌
那個時候她仍有一個巴布薩族人的名字，用漢字寫成伊拉、伊凡蓮、娃那……不過，人們記得的是她叫月珍／月珠。從漢人處得到這個名字。
為彰顯宣告賺食查某陰部永遠都在讓男人操插進入，幾個都不夠用。大老爺著令劊子手在月珍／月珠下體，分別切開十道切口，從中取出血肉填充胸乳，還要切出的洞口能像原來陰部。
大老爺指令，賺食的陰部一用再用，陰唇會外翻一大片，顏色紫黑，劊子手得切出這樣的陰部，有十數道方足夠供男人操插。
是劊子手於切開第幾個陰戶時，月珍／月珠在連聲慘叫乾嚎中斷氣，沒有人在意、知曉。

《鴛鴦春膳》
王齊芳——淋巴
她跟著吃，從生到死，四處流動。
好似所有遺失的東西，都會在淹水的「防空洞」裡找到：只剩一只的鞋、有破洞的傘、死了的貓狗，還有雞鴨的屍身（鴨不是會游泳？）

那淹水的「防空洞」像變魔術，能將失落的東西變回來，只不知是哪裡出了問題，變回來的東西都殘了、破了（或者本該如此？）

有時吃後還真恍惚感到，那美麗未曾折損的菜蔬，在肚子裡真可滋滋地繼續在茁長，開出更多豔色的花、長出茂盛的葉。而那用豆皮強做出來的雞鴨魚肉，反倒會在肚子裡轉成真正、活著的雞鴨魚豬。

一切俱在不可言說之間。

《七世姻緣之臺灣／中國情人》

何方——盲腸

她是海峽兩岸臺灣／中國都可以去掉的，因為都不符合雙方的政治正確。

「臺灣這麼小的一個海島，但卻是遍布南亞、澳洲的先住民（南島民族）的源頭。」她說

「中國和臺灣，很久很久以前，也是一整塊大陸，後來分離開來，中間才有臺灣海峽。」

《附身》

景香——鼻子

是誰才有靈異的能力可以做出來一直持留的味道？那麼，用一個場景、場面來表現，像花圃代表香味，用看的東西來聞到香，或其他味道？

那傍晚時分哭著轉身往相反的方向走、被「紅姨」彎身抱起的景香，連同母親被帶回「雲從堂」。母親一跪在大堂的觀世音菩薩神像前，據說嘔心瀝血地悉數嘔出適才吃下的烏魚殼麵線。據旁觀者說，那烏魚殼麵線好似全然不曾消化，麵線一條條清清楚楚，烏魚肉還成塊狀。

母親對著觀世音菩薩神像長跪在泥地上，繼續掏心挖肺地嘔吐，最後連膽汁都吐滿一身。

《睡美男》

殷殷——眼睛

年長女人軀體衰頹欲望仍年輕，愛上小鮮肉，只留得視線在。

看著窗外遠處，島嶼的北部海岸，她想著就在這火車行經綿延到海的土地上，會有一處住家，他住的地方，老舊合院農舍的後院裡，有一隻狗，他白天外出時，被遺留在那裡，孤單地守著家。

等待。

行動中的火車，坐在車裡不能下車的她，就算有站停靠，下了車也並非他家的停靠站。而他的家，同樣被困住的在家等待的狗，她的自由與牠的拘限，相同的空虛。

他都不在，雖然都會再見到他。他每日都會回家照顧他的狗，健身房裡她也一個星期都會見到他好幾次。可牠、她，他們都不能有他，只能等待。

出現在各處女作家——皮膚

她事實上是企圖遮隱一切，然外在的皮膚在在反映出真實的內在。

《鴛鴦春膳》

千惠小姐——心

千惠表姊以她一貫優雅與尊貴的吃相，小口小口地吃，安靜、持續地的整晚不停地吃……

便如果是那已甜到令人頭疼的甜食，還搭配她自製的辣椒醬？一坨又一坨大量的果醬、醬汁，還加上同樣可以陷溺死人、心跳呼吸暫時停止的辣椒醬？

她動心地不必為「一個」男人，她肢解開他們來愛，可以只為一雙眼眸一抹微笑一副頎長的身影一雙纖長的手一個眼神一句話詞一個動作，在瞬時剎那她方果真能深心痴迷愛欲無限。

她清楚她絕對不要的是一個完整的男人，她愛戀著的可以只是男人這肢解的部分，只有單一的某部分。因著她知道，她一向知道，集合起來「一個」真正的男人，沒有任何男人可以讓她愛上。

千惠小姐是愛，但她也最無心，方是愛。原來是兩樣東西，但她的瘋狂與清楚之間，常人不會有的微妙平衡。

她也以心肝做藥引？

不像白雪公主的後母要白雪的心肝，做什麼？吃掉了吧！

那被稱為「傾國傾城」的妲己，要比干的心肝，有著更優雅的說詞：做藥引。

妲己服什麼藥要以心肝做藥引？

比干藉著術數，無心而仍存活著，直到聽聞屋外有人叫賣，賣的正是那「不可說」、聽不得的幾個字：

「空心菜」。

方體知自己無心立時倒地而亡。

她可曾聽聞「空心」？

這類似的女人，先有朱影紅，還會有在多年之後才要出現的千惠小姐。

千惠小姐是不是多年之後才要出現的朱影紅呢？

我以寫出了這樣類型的女人為榮。

另外還有：

《迷園》

林西庚

《路邊甘蔗眾人啃》

陳俊英

他們共用一隻陽具。

我祭拜。

先將做成的林市的胃、李琳的耳朵、朱影紅的陰道、謝雪紅的腦、方華的子宮、林雲淵的唇、王媽媽的肝、林麗姿的大腸、月珍／月珠的腳掌、王齊芳的淋巴、何方的盲腸、景香的鼻子、殷殷的眼睛、女作家的皮膚……

平放。

我依一個女體的大致位置排列平放祭壇上，如此從腦到陰道俱足。

我的供桌、祭壇永生永世存於十方各界。

（那天主教聖母教堂的中央走道，有著原住民的平臺祭壇，悲容聖母與原住民祭壇同在！那一直在使用中的祭壇，過往屠殺的可不只現時的雞、羊，更，可以是人，在上仍焚燒新殺的牲體，留下量大的灰塊！）

有困難排列的是皮膚、淋巴，它們遍處都在，我只能將它們和那一隻陽具一起放置在一旁。

一如水煮的雞鴨，油炸的魚，我如何烹煮我的供品?!

都說女人一開始要「洗手作羹湯」。

三日入廚下
洗手作羹湯

作羹湯不難，這是最容易、最基本、最始初的煮食：

煮湯

只要先將要煮的材料準備好：切好、剁好、醃好、整治好……

放入鍋中注入水，置於生起的火上。

煮過。

就成了湯。

（我果真先不作別的，作羹湯。）

我排除掉其他基本工法煎滷炒炸。因為，就算是常用基本工法，油少來煎易沾黏，外觀不完整；炒最難因為火候，少油快火，不熟或燒焦是選項；一大鍋熱油來炸？易過與不及外焦內未熟。

更不用說困難的溜、燒、燴、熬、燜、扒、爆、燉、蒸、拌、酥、熏、醃、卷、炮……

我只要煮一碗湯。

我依序一樣一樣放入：

謝雪紅—腦

殷殷—眼睛

景香—鼻子

李琳—耳朵

林雲淵—唇

千惠—心

王媽媽—肝

林市—胃

何方—盲腸
朱影紅—陰道
方華—子宮
林麗姿—大腸
月珍／月珠—腳掌
王齊芳—淋巴
女作家—皮膚
（還會繼續添加。）
我做一碗女人湯。
再用林西庚、陳俊英的陽具來攪拌？
或者
它已然就混在湯中。

我的悲情時代的歌，現今來到了這樣的方式傳唱。

湯中，曾經因各式的情、愛而獲罪，到此，會有所知覺也試圖抗拒不再重犯。因各式的性愛而獲罪，事實上曾獲取前所未有的歡愉。

然甘冒大不韙挑戰了社會禁忌與成規，千夫所指的罵名雖平息，但也有未曾走過的年輕世代，在置身朝向虛擬的網路世界，看不到過往其時的涉險與犧牲，以為只是故意要引起爭議博取注意。

因理想，追求民主、自由、獨立、建國……而獲罪，在權力的獲取上得到機會與平反。

可也會被認為：

還完了。

（是不是果真只能說：

歡喜做、甘願受。）

我的悲情時代來到了這樣的現階段。

經過了長達四十年的戒嚴、經過了悲情的抗爭，島嶼有了人人稱道的民主與自由，除卻尚不能建立自己的國家，而且難見希望。

面對外來的強權，島嶼抗爭仍持續，並非先前四十年間動輒被抓被關、消音消失槍斃。

成為有了媒體，可以被看見的抗爭。

而我的悲情時代的歌，現今來到了這樣的方式傳唱。

那小孩應該只有八、九歲，以現在孩子較早成長的狀況，大概不到十歲。小女孩長相甜美，很愛笑，穿著一身有蕾絲邊的粉紫色小洋裝，有一雙這個年代孩子的大腳，紅鞋白襪，鞋面還綁著一隻紅蝴蝶，乾淨整齊好看。

她身量不算小但畢竟仍是個孩子，還能坐在作為擴音的黑色音箱上，和著一旁父親的吉他伴奏，唱著超過一甲子的所有知名的抗議歌曲：

從〈望春風〉、〈黃昏的故鄉〉、〈補破網〉……唱到〈島嶼天光〉，也唱到香港的〈海闊天空〉、〈願榮光歸香港〉……臺灣話、普通話、廣東話都會唱。

那孩子沒有負擔、沒有悲情也不見抗爭，就是當作歌曲地唱著這些過往需要付出生命做代價的抗議歌曲。

（不就剛有那抗議的學生在二十歲的生日當天燒炭自殺。）

不知道這樣野臺唱歌的童年，是不是在孩子身上造成影響，還是在這樣的抗議場合唱歌，與孩子們上電視參加歌唱比賽，事實上沒有什麼兩樣?!

這小女孩還更清純些，不曾塗脂抹粉，也沒有電視上那一些學大人扭腰擺臀的習氣。就是坐在音箱上，一首接一首不間斷地唱著所有知名的抗爭歌曲。那些過往只能在私密、特殊場合含著眼淚揪心唱出的歌。

小女孩是由爸爸帶著，從日月潭出發來到首善之都的臺北，假日在一些抗議場合唱歌。小女孩年齡與會有親人被抓被關被槍斃的悲慘世代無關，而爸爸就是一個中年父親，三、四十歲，模樣平常，身量不矮，也還好看。爸爸的形象與街頭可以結合，看得出來是會參加抗爭的那一種，於今樂意用工作之餘，來現場幫襯。

他們自己帶來燈光，有簡單的音箱擴音器材、麥克風，父女倆相親相愛相互配合無間。孩子唱歌時的嘴基本上很專業貼著麥克風，一隻銀亮的麥克風，順暢流利地不帶特殊感情、任務，就是嘹亮好聽地唱著一首又一首適合這個場合的抗議或與土地關懷相關的歌曲。爸爸同樣地平和，不展現太多情感地彈著吉他伴奏。

我的悲情時代的歌，現今來到了這樣的方式傳唱。

我因為愛、缺憾、虧欠而來祭拜。

我要消愆滅罪、懺悔拔罪、救度亡魂……我祭拜。

祭拜天、地、鬼、神。

（還有任何要祭拜的，我私密不曾說出口。）

在這個祭拜的儀式中，我準備奉獻滿滿的供品。

（祭拜完成，我是不是一如尋常，將它們吞吃入肚?!

如不吃食入肚，它們到哪裡去了?!）

於今，我更要為消失而祭拜。

3

生命來到這樣的階段。

現今，寫每一部作品，都可能是天鵝之歌。

做為作家，寫這部小說時，我好似一塊一塊地在拼貼縫補一具身體。

我自己的。

我縫補，自己。

最開始出現狀況的，先是皮膚。

我一身皮膚不斷地有破洞形成，最開始常見在四肢，一個小小的紅點、一道不深的傷口，然後它擴大，像種植草本小花，原都不大也不突顯，但當繁殖再生，併生群聚一處一處留下痕跡……

當中不無機會因藥膏、貼布，會暫時消失，但重要的是：

它們一定回來。

更多、更大面積的散布、盤踞。

我皮上繁殖的斑點，它們會痛會癢會流膿，不能碰觸、沾不得水，使我得小心翼翼遍身難以順利使用，我軀體一如一支燒灼的樹幹，或者一截斑爛的蛇身。

它們還開始脫落，讓我一身皮膚遍處破洞。我軀體四處的皮，隨著更多的破洞，裂開的皮膚垂掛下來，一條一條長短不一，是那種衣服襤褸破開垂掛下的模樣。

一如衣物襤褸，是的，襤褸，但不是衣物，是軀體襤褸。

我掛著一身襤褸的皮。

還會有下個階段?!

據說還會有下個階段，襤褸已不足形容，更確切的說詞是：

去了一趟修羅地獄。

那抱人逃出的救人者是這樣說的：

自己身上，衣服上、脖子手臂處，只要接觸到傷者的部位，全沾著人皮，大塊小塊大條小縷掉落的人皮。

還有人皮黏著的人肉。

去了修羅地獄。

脫掉皮，脫掉外面一層皮，則見到修羅地獄？

都以為作家，尤其是擅寫情寫愛的女作家，筆下會有一床錦被遮蓋的功效。不只是被，不只是覆蓋，還得是一床錦被，錦被表面繁華似錦，遮掩住的，豈只是縷縷垂掛的襤褸！

可如果像我這樣的女作家，不只寫情寫愛，不僅沒有錦被遮蓋，還翻覆開來。

看到的會是什麼？

我是不是也會觸及到不該觸碰的？

我因而因愛、缺憾、虧欠而來祭拜。

我要消慾滅罪、懺悔拔罪、救度亡魂……

我祭拜。

祭拜天、地、鬼、神。

（還有任何要祭拜的，我們私密不曾說出口。）

於今，我更要為消失而祭拜。

祭拜通常供奉最珍貴的珍饈。
我最珍貴的除作品之外無它。
我祭拜。

——原載二〇二〇年八月三十~三十一日《自由時報》副刊
本文收錄於二〇二〇年九月出版《密室殺人》（有鹿文化）

二〇〇四年獲法國文化部頒藝術文學騎士勳章，是至今唯一獲此殊榮的華文女作家。多部作品翻譯在美、英、日、德、法、義、瑞典、荷蘭、西班牙、韓、捷克等國出版，二〇二〇年底更有加泰隆尼亞文、阿拉伯文出版。

二〇一六年獲頒國立中興大學名譽文學博士學位，並在中興大學設置「李昂文藏館」。

作品有《殺夫》、《迷園》、《自傳の小説》、《看得見的鬼》、《北港香爐人人插》、《鴛鴦春膳》、《附身》、《睡美男》、《密室殺人》等多部。

冬瓜茶——楊双子

——「哩呀！」

這是內地人對本島人的蔑稱。

起先我並沒有意會過來，經過解釋才明白那是臺灣話「你啊」的意思。原是蠻橫的呼喝，視本島人為隨意使喚的對象，不知何時演變成為針對本島人而生的輕蔑稱呼。

旅居本島時至半年，我才首次親耳聽見這種稱呼。

那是我們身在臺南所發生的事情。

我望著前方負責引領的F女士。

F女士是臺南第一高等女學校的教師兼舍監，正在為我們介紹這座大正六年（註❶）創校、大正八年起陸續完成當今主要建築的校園。

校園大門有花園夾道，位在第一、第二列的兩棟校舍是行政與教學之用，包括博物標本室、圖畫教室在內的嶄新校舍，剛在今年春天落成。

校舍後方則是連著三列的宿舍區。前兩棟是寢室，最後一棟是浴室、食堂、廚房等公共用途的起居舍房。東西方位的兩側，個別設有一座游泳池、四座網球場。

正所謂現代女子教育所追求者，乃在於令學生成為一名教養良好、博學多才的優秀之人，爾後才是優秀的女人——

F女士的嗓音凜然，「但凡出身本校的師生，都可以挺起胸膛這麼說，本校對學生的期許，是相應地展現在校舍建築之上的哪！」

不愧是臺南第一高等女學校。

我說，「既然有第一高等女學校，那麼也有第二高等女學校吧。」

「是的，如您所說。隔著兩條街道，第二高等女學校就在附近。」

「這樣啊，差別在哪裡呢？」

「第二高等女學校以本島學生為主，校地大約只有本校的一半。啊，確實有部分地方人士發出異議，然而臺南在地優秀的女學生，第一志願畢竟還是本校嘛。考入本校的本島學生，沒有不以此自豪的——這就是優秀的證明呀！」

還真是「優秀」、「優秀」地說個不停啊。

我看了一眼身邊的小千，那張臉蛋上掛著白璧無瑕的笑容。

「F老師，第一高女的優秀學生，也會出現內地人稱呼本島人『哩呀』的狀況嗎？我可是直到最近，才聽說有這種稱呼的呢。」

話一出口，F女士便停住腳步回頭看我，再看了小千一眼。

「雖然想說本校並沒有這樣有失儀態的事情，可是很遺憾，不久之前的確發生了校內少數本島學生抗議遭受此等稱呼的事件。不過，倘若青山老師有意寫成文章，那麼請務必也要報導本校公正的處置哦！」

「F老師誤會了，我無意針對貴校，只是旅行途中的見聞罷了。」

「那還真是巧合呢。」

F女士似乎沒有採信我的說法，兀自解釋起來。

「這次事件的當事人是四年級同班的兩名學生，內地籍的大澤麗子與本島籍陳雀微。兩位都是相當受歡迎的學生，不知不覺有了宛如東軍西軍一樣的兩個陣營，但這兩位學生以前的感情也是很好的呢！正值青春少女時期，有一點摩擦也難免吧，現在又言歸於好了。」

「哦？東西兩軍這麼容易就和好了呀。」

「哎呀，區分陣營也是學生間的常見遊戲嘛。事件的發生，是本島學生抗議大澤同學對陳同學發出『哩呀』的稱呼。本校嚴肅面對，很快就平息這次的事件。說起來是本校作風太過端正了，才會視同『事件』，本來只是小事的。證據就是風波過後，有學生私下來反映，那只不過是鬧著玩的呢。」

鬧著玩。

小千戴著能面的功夫不凡，我學不來，只是直直地看著F女士。

F女士於是輕輕一笑。

「當然了，即使是鬧著玩的，本校也有做出相應的處置。想來真的是巧合吧，本校期盼以正確的教育方式促成兩位學生的和好，因此安排這兩位學生共同擔任青山老師的招待人員哦。啊，正是那兩位。」

走在校舍通往宿舍的路上，我順著F女士的指示看見了宿舍大門。

那裡九重葛開滿了紅梅色的、龍膽色的花。

花樹底下有兩位女學生並肩站立，正同樣地仰望盛開的燦爛繁花。

那是有如少女小說般的景象。

有長風吹起，拂落飛花。

個頭健美的少女伸出手，為身材瘦小的少女掩去零落的花朵。

※

宛如少女小說主角的兩位學生，其中一位對著另外一位呼喝著「哩呀」，實在是令人難以想像的事情啊。

——聽見「哩呀」，是在抵達臺南第一天的時候。

容我話說從頭吧。

臺北車站前有座名氣鼎盛的「臺灣鐵道飯店」，約莫在兩年前，因應「臺南鐵道飯店」啟用，配合改名為「臺北鐵道飯店」。然而比起臺北的，我對臺南鐵道飯店更感興味盎然。

臺北鐵道飯店是本島首屈一指的西洋旅館，那樣富麗堂皇的旅館要談論樂趣，不外是美味的西洋料理，以及省力登樓的客用電梯吧。做為有如手足般的臺南鐵道飯店，雖說也是洋式旅館，餐廳、酒吧、娛樂室、公共電話室兼備，卻位於臺南車站的二樓，房間數僅僅九間。

出了剪票閘口，登樓就是旅館，這是本島唯一兼備餐廳與旅館的車站。前一天盡情享用美酒，懶洋洋地睡到第一班列車進站、天光大亮的時分，在列車引擎與車輪輾過鐵軌的聲響裡醒來，想必也是美好的旅途經驗。

於是讓小千安排了臺南的旅程。跟高雄的行程相似，第一天抵達臺南，第二天演講，第三天返回臺中。

十月金秋，臺南無一絲秋意。

真正一腳踏出了剪票閘口，比起鐵道飯店，我更在意此地二樓的鐵道餐廳有沒有冰涼的蘇打汽水。

「蘇打汽水在別處也能喝，稍晚出門散步的時候，我請青山小姐去品嘗臺南的『冬瓜茶』吧？」

「哦！『冬瓜茶』是什麼？」

「本島常見的青草茶、梅仔湯、蓮藕茶、冬瓜茶，都是消暑解渴的傳統飲料。在這當中，以冬瓜熬糖後製成的糖磚，再製而成甜茶，就是『冬瓜茶』。對於容易大量出汗的熱帶住民來說，冬瓜茶是消暑的同時，可以用來補充精力的飲料。內地人喝不慣青草茶，甜味的冬瓜茶卻普遍受到喜愛哦。」

「哦，是冬瓜嗎？大大的、青綠色外皮泛有白霜的那種冬瓜？」

「是的，請務必品嘗看看。」

「那是當然要的！」

不顧手上還提著行李，我的腳步立刻踏向站房出口——又立刻被小千拉住，轉往二樓的鐵道飯店登記住房。哎呀呀，如此只好認真端詳旅館的風貌了。

僅有少量住房的臺南鐵道飯店，樓梯是相襯地小巧，唯有高大的圓拱窗投入晴朗光照，展現大飯店的氣派。登階上二樓，直面就是櫃檯，轉向右側則是筆直的長廊，上頭懸著玻璃吊燈，光源卻也來自長廊西面成列的圓拱窗。

前去挑高的圓拱窗那裡一看，下方是一樓的站房大廳。

底下無數旅人來去，戴著巴拿馬帽的、大甲草帽的，也有軟呢帽、鴨舌帽、軍帽與學生帽，有精緻的婦人髮髻，以及剃光頭髮了圓滾滾的小男孩腦門。我看著不禁莞爾，感到這或許是臺南車站最有趣味的觀看視角了。

就是這個時候。

「哩呀！」

櫃檯處發出了低沉的喝斥聲。

我當即轉頭，看見小千站定在櫃檯前方不遠處。

背著光線的小千，側臉隱沒在陰影裡——陰影裡她挺直著背脊，肩膀隨著呼吸有小小的一次起伏。

然後，小千走向櫃檯。

我幾步追上去，正好看見櫃檯人員一臉不悅的表情。

「今天客滿了，趕緊走開。」

櫃檯人員口吐粗暴的言語，無法相信這是高級旅館提供的接待服務。

小千卻很平靜。

「還請確認訂房狀況，房客是日新會的青山千鶴子老師。」

在櫃檯人員橫眉注視下，小千遞上名片。

「我是青山老師的本島通譯。這位青山老師是應總督府邀請，特別由內地來訪本島的文學家。如果有任何疑問，請聯絡臺中市役所的美島愛三先生。」

我沒有小千的耐性。

「夠了，沒有道理接受這種無禮的待遇。臺南鐵道飯店，不過爾爾！」

正當我要拉走小千的時候，櫃檯人員竟然飛快地從櫃檯內側出來，朝著我們深深一次鞠躬。

「相當抱歉，這是敝人的疏忽，公所先前已經聯繫過了，現在房間隨時可以入住。」

一抬起頭來，那張臉龐已經從哼哈二將變成了惠比壽福神。

這是什麼新劇的演出嗎？櫃檯人員戲劇化的轉變叫我目瞪口呆，一時之間愣在當場。

趁我不備，惠比壽福神招喚僮僕，提走了我們手邊的行李箱。而接替惠比壽福神帶領我們前往房間的，乃是笑咪咪的弁財天女神——這位原本守在櫃檯角落、對我們視若無睹的女侍，轉眼間便奉我們為繳納了豐厚香油錢的上賓。（註❷）

「青山老師，搭乘剛才的列車前來的是嗎？天氣這麼熱，有一番勞頓吧！青山老師住的是套房，通譯小姐的房間只隔著一個走道，很便利的。晚餐會為您安排在這裡的鐵道餐廳，晚間六點用晚餐，需要提前或延後嗎？稍後會送冷飲進房間，有新鮮的果汁與汽水，也有牛奶，需要哪一種呢？冷飲分別幫兩位送進房間好嗎？」

弁財天過分殷勤，到了可笑的地步。

「六點用餐就好。冷飲請給我們果汁，送到我的房間來。」

「好的、好的。」

以玻璃杯盛裝的冰涼飲料很快就端入房間。

西洋式的彈簧床，樣式精緻的窗簾，把手圓潤的安樂椅。我與小千坐在套房的兩端，默默喝完冷飲。踏入飯店起的荒謬混亂，直到此刻才平息下來。

玻璃杯裡殘留的冰塊，發出了小小的冰裂聲。

小千細聲嘆息。

「對不起，驚擾青山小姐了。」

「不是小千的問題。」

「是我的錯，穿著長衫是我的失策。」

——「哩呀！」

小千說，這是內地人對本島人的蔑稱。

※

臺南第一高女也有「哩呀」事件。

兩位當事人大澤麗子與陳雀微，是人如其名的少女。大澤麗子豐滿端麗，氣質穩重，陳雀微則手腳纖細，削瘦如未發育的少年。「大澤」與「小雀」，形象鮮明，就像是一雙成對的組合。

宛如少女小說主角的兩人，也有內地與本島的分別心嗎？

在臺南鐵道飯店過了一夜，第二天赴臺南第一高女演講。基於我的好奇，小千早前便向學校交涉，讓我們在演講這天入住學校宿舍，於是才有Ｆ女士委請學生擔任招待人員的安排。

在九重葛花樹底下，Ｆ女士將我們交託給她們。

「青山老師到其他學校演講，也是住在那裡的宿舍嗎？」

「不，坦白說，貴校是第一個接待我住宿的學校。」

「這麼說來，青山老師是專程入住本校宿舍了，這是什麼緣故呢？難道說本校的宿舍聲名在外，擁有許多好評嗎？」

我聽著微笑，「嗯——來訪本島以前，我讀到一本英國旅行者大正年間的旅臺遊記。那位旅行者參訪了臺南的女學校，想必就是臺南第一高等女學校吧，內文寫到寢室是每間住三位這樣的細節。為什麼不是偶數而是單數？一般來說，還是偶數比較方便管理呀。我是會在意這種小事的無聊之徒，於是想著藉此機會一探究竟。」

「原來如此，大正年間那時，宿舍是一間三人嗎？不過，現在使用的新宿舍是近年完成的，如今是一間八人，確實是偶數呢！青山老師知道附近有第二高女嗎？那裡的宿舍也是一間八人。同樣是州立學校，這麼做才好嘛。啊，只是很遺憾，青山老師想一睹的舊日景況，這樣就看不見了。」

大澤開朗大方，流露正直的態度。在旁的小雀則總是微笑點頭，以示附和大澤的發言。若從旁觀，大澤與小雀的相處毫無芥蒂。不，不如說，當眾人走在逐漸高張起來的南國驕陽底下，大澤甚至數度變換位置為小雀遮擋日光。

唔，這樣的大澤，稱呼小雀為「哩呀」嗎？

大澤與小雀，我與小千，在演講前繞遍了宿舍以及周邊一帶。

「晚飯過後是住宿生的自由休憩時間，八點到十點是自習時間。十點之後寢室熄燈，那時就不能隨意交談了，直到隔天六點起床為止。對了，青山老師與王小姐不熟悉路線，到了晚間會比較不便，如果有任何擔憂都可以找我，我的寢室就在兩位的隔壁。」

小千對這番言語有了反應。

「大澤同學，莫非有什麼需要擔憂的嗎？」

細膩的提問，不愧是小千。

然而大澤還沒回應，小雀先笑了。

「第一棟宿舍附設的廁所，可以的話，還請不要在熄燈後靠近。」

「哦？這是為何？」

「沒有什麼事情啦。」

大澤有意遮掩，我抬手示意小雀往下說。

小雀露出一種令人玩味的笑容。

「因為，那個廁所有過神隱的傳說。」

「神隱——這是說，曾經有誰在這裡消失了嗎？」

「是的，有過這樣的往事。住宿生之間有這樣傳言，熄燈時間過後，那裡的廁所會出現神祕的空間，讓人憑空消失……」

「陳同學。」

大澤打斷了小雀。

小雀只是聳聳肩輕鬆地笑起來。

哎呀哎呀。

這到底是少女小說，還是怪談呢？

※

少女小說，或者怪談，哪個都好。

演講結束在第二節課，學生們要上完第三節課才能用餐。我與小千婉謝校方的午宴安排，搭乘計程車到此地有名的西市場。

以糯米為基底的滷肉米糕，勾芡的鱔魚米粉，手工捏製的魚丸湯與鮮味撲鼻的蚵仔湯，美味地飽餐了一頓。甜點是新鮮水果，切盤的西瓜、芒果、番茄、木瓜。街角的攤車邊端著咖啡杯痛飲冬瓜茶與楊桃湯，這才感到糖蜜般的果子茶湯果然甜美無匹。啊，南都的滋味啊！

美食當前，校園裡的故事被我拋在腦後了。

說到文化古都臺南，不也應該去看看赤崁樓嗎？話雖如此，特地搭車參觀那種觀光景點反而像是受人擺布，於是一路漫步到號稱臺南銀座一帶的熱鬧市街，就近還有臺南神社與孔子廟。最終在百貨公司購入新的鋼筆與鉛筆，而小千的是兩本小說。餐飯與購物都已滿足，就此折返臺南第一高女。

回程的途中我偷偷窺探小千的側臉。買了喜歡的書本以後，那張臉上的能面總算有所鬆動。

我霎時也感覺輕鬆起來。

「一樣是燉煮豬肉末加上米飯，臺南的做法跟臺中很不相同呢。我們之前試過蓬萊米和在來米，沒想到此地卻是採用黏性更強的糯米啊！」

「青山小姐似乎都很喜歡呢。」

「因為都很美味啊！要說的話，在來米吃起來鬆鬆乾乾的，沒有那麼適合。畢竟吃到最後湯汁都留在碗底，那麼就不得不添飯了，添飯又必須再加肉臊，不就陷入怎麼也吃不完的輪迴了嗎？」

小千噗哧一笑。

「聽說臺南地方有種叫作『肉粿』的點心，是在來米磨漿後製成手掌大小的粿，煎過後淋上肉臊來吃。可是剛才特別留意，卻也沒有看見，真可惜呀。」

「嗯，實在叫人納悶，小千到底如何查到這些資料的？報紙和雜誌，可都沒有看見這麼詳細的本島見聞啊！」

「這是身為通譯的商業機密哦。」

「哎呀，失敬失敬。」

我忍不住發笑。

小千也笑起來，卸下了能面的那種。

「青山小姐。」

「嗯，在。」

「從前聽人說過，內地人認為肉臊有臭味。『內地人只吃生魚片』，我也曾經獲得這樣的告誡。不過，青山小姐對肉臊和生魚片是平等看待的呢。」

「會嫌棄肉臊，肯定是不懂得分辨美食的人的偏見。」

「本島人的肉臊，內地人的生魚片，是汙穢與潔淨的區別。」小千放輕了聲音說：「本島的長衫，內地的和服，這也是同一回事啊。」

「唔咕——雖然說，我不曾這麼感覺。」

「青山小姐是好人呀。」

「不，我也說不上來，對頭腦簡單的我來說，這是太艱難的問題了。」

思考令我腦筋打結，走出幾步路才理順。

「只是小千，或許應該這麼說，肉臊和生魚片都很美味，長衫與和服都很美麗。對我來說，世間萬物，本質是最重要的。這個世界上，肯定存在不懂肉臊與長衫之美的人，可是，理解這份美麗的人也是存在的。」

「……」

小千默默將手提包掩在臉頰上。

「為什麼是這個反應呀？」

「因為這樣太狡猾了，青山小姐是知道說什麼話會討人喜歡的吧……」

「所以小千喜歡囉？」

「……」

我取下小千搗在臉上的手提包。

眼前的小千，應該說是什麼表情呢。

肌膚浮上薄薄紅暈，臉頰堆擠出酒窩，卻不是甜蜜的能面。

也不是嗔怪時帶有幾分嬌俏的嫵媚微笑。

是了，是在柳川小屋的廚房土間裡，那種逐漸柔軟放鬆了、有如冰霜融化的表情。也像是列車經過下淡水溪鐵橋那時，小千眼睛裡帶著真正的溫柔笑意。

我簡直只能傻笑了，一把勾住小千的手臂。

「您是哪裡來的無賴呀！」

小千以肩膀推擠我，我以手肘推擠小千。

有濃濃的笑意從我胸口滿溢而出。哎咿呀，哎咿呀。

心情暢快地並肩走在那路上，有一陣像是吹落九重葛落花的長風迎面拂來。這不也就像是置身在少女小說的場景嗎？

要是我們站在那濃豔花樹底下，我也會為小千掩去所有的落花。

不，不對，哪怕落下的是箭雨，我都願意以身相護啊。

※

在意大澤與小雀，或許是因為有一絲連帶感的緣故。

當天晚餐是在臺南第一高女的宿舍食堂，與那裡的師生共餐。洗澡也是，大澡堂裡與少女們共同泡澡。期間多由大澤與小雀隨同，直到晚點名時刻道別。

熄燈以後，我忽然想起小雀口中的「神隱」傳說。

那時我和小千各自躺在自己的床褥裡。

安靜躺了片刻，我小聲地說「小千啊」，榻榻米另一端的小千便笑了。

「您是想要上廁所了嗎？」

「啊哈哈哈。」

「想必是第一棟宿舍外的廁所吧。」

「小千沒有打算阻止嗎？」

「沒有危險性的事情，不需要阻止。」

「該不會，其實小千也想去一探究竟吧？」

「……」

我掀開被褥，小千也出了被窩。

月光浸透的寢室裡，小千臉上帶著可愛的笑容。

啊哈。

我們憑藉記憶行動。

寢室舍房是兩層樓建築，我們住在一樓，位處後列的第二棟宿舍——如先前F女士所介紹，第一棟、第二棟都是寢室，第三棟則是起居空間，三棟建築以走廊相互連結。出於衛生考量，兩間獨立的廁所皆是隔著樓梯，再以走廊連接在第一棟、第二棟宿舍的西北側。

仔細一想，也難怪有神隱的傳言吧。

熄燈後悄然無聲的宿舍，我把聲音放低了。

「廁所在西北方位，不就是傳說中的『鬼門』嗎？」

「青山小姐也信風水嗎？」

「不，想必是學生們相信這件事吧。」

「真不知道您是小說家還是科學家呢。」

「是大偵探福爾摩斯。」

「咦，那麼我就是華生了嗎？」

說話間，已經看見第一棟宿舍的廁所。

熄燈後的宿舍群，唯有廁所燈光通明。

一片漆黑的校園裡，光亮的廁所彷彿遺世而獨立，這樣看上去，無異是打著怪談的招牌，正在強烈地聲張「這裡很恐怖哦——」。

木造建築的走廊，踏步前進時發出細微的聲響。

別說一個神隱的傳說了，不如說只有一樁怪談才是怪事呢。

小千卻一點也沒有感覺似的，越過樓梯，往連接廁所的走廊邁入腳步。

——哩呀。

廁所突然傳來有人說話的聲音。

「哩呀，怎麼不早點來呢？」

很小聲，卻清脆入耳。

我和小千同時煞住腳步，迅速對看一眼。

「裡面是誰？」

我提高聲音詢問，廁所卻陷入死寂般毫無回應。

正當我踏出步伐直驅廁所之際，小千拉住我。

「不能讓您去危險的地方。」

「難道小千不好奇嗎？」

小千點頭，下一刻便走進廁所。

我當即跟上。

內裡一側是數個隔間廁所，隔間廁所的小門一概只是虛掩，另一側則是光潔的洗手臺。底部是單純的牆面——我們身處的廁所入口，就是唯一的出入口。

廁所裡面空無一人。

神隱——嗎？

唯一的突兀之物，是洗手臺下方的地面有一張紙類的什麼。

拿起來就知道，那是一張寫真照片。

由寫真館拍攝的室內照片，茶几上盛開的百合花做為裝飾背景，體格纖瘦如少年的一名少女站立在照片中央。一身雙排扣的西裝、馬褲與長靴，頗有男子英氣，然而貝雷帽斜戴略蓋住一側的眉毛，與斜起的笑容一樣顯露幾分頑皮。

少女有一張很熟悉的臉蛋，我與小千都見過。

是小雀，陳雀微。

※

不是少女小說，也不是怪談，而是偵探小說嗎？

「福爾摩斯小姐，現在有什麼看法呢？」

果然小千跟我想到同樣的事情了。

我裝模作樣地說「問得好，華生」，儘管我毫無頭緒。

好吧，如果是偵探，這種時候應該先從哪裡開始探查起呢？

一旦這麼自問，立刻就想到必須仔細調查廁所的每一寸了。不過，這個心願並沒有實現。身兼舍監的F女士正巧巡視到此處。

「兩位怎麼會到這裡呢？第二棟的廁所比較近……」

負責安排寢室的F女士，立刻覺察我們身在此處的異樣，但F女士的起疑只有短暫的片刻，旋即有所領會地點點頭。

「想必是那邊的廁所必須排隊使用吧！這間廁所不知何時開始有了奇怪的傳言，學生都寧願到那邊的廁所排隊了，真是傷腦筋啊。」

我和小千不約而同對剛才的「神隱事件」保持沉默。

「傳言……F老師指的是什麼呢？是可怕的事情嗎？」

明知故問的小千，大大的眼睛流露無辜與疑惑。

F女士回應以權威的嚴肅表情。

「並不是可怕的事情，請不必擔心。」

「是這樣呀……不過說起來，人類這種軟弱的存在，正因為是不明所以的事情，才更加容易心生畏懼嘛。想必學生們也是一知半解，才會有所誤解吧。」

小千以甜蜜的聲音說：「啊，抱歉，如果耽誤F老師的工作就不好了，明早我們再詢問大澤同學吧！」

「哎，真是的，完全不會令人恐懼，那不如說是有點溫馨的故事呢。」

F女士起先躊躇，但很快便棄械投降似的鬆口了。

「曾經有過兩名學生，各自在熄燈時間過後跟室友說要上廁所，可是經過了許久時間，兩人都沒有回到寢室。兩間寢室的學生感到奇怪而出來尋找，卻在廁所前的樓梯間會合了。此時，廁所裡走出當中的一名，問她有沒有看見另外一名學生，她回答說沒有。眾人進廁所一看，果然也沒有其他人——其實不必探看也知道，兩位同學彼此不合，如果同在廁所，想必會產生口角吧。」

我忍不住打岔，「這個故事究竟溫馨在何處？」

F女士微微一笑。

「『遭到神明所隱藏』，學生之間是這麼傳言的。說起來，這確實是神明大人為了讓宿舍氣氛和諧而出現的安排，不是嗎？」

「為了氣氛和諧而做出這種事情，神明大人未免太蠻橫了。」

「……總而言之，大致是這樣的事情。兩位記得如何回去嗎？」

早在說話間以目光巡視廁所完畢，F女士一副要為我們帶路的架勢，如此一來我們也不得不往寢室回去了。

——可是，那間廁所裡到底發生了什麼事情？

寢室裡我與小千對坐，月光投射在照片上面。

「無論如何，不可能是神隱的吧。」

「青山小姐有什麼見解嗎？」

「廁所裡說話的人是大澤麗子。」

「咦，這是怎麼推理出來的答案？」

「我們靠近廁所的時候，裡面的人說了『哩呀』。那個人不是這麼說的嗎？『哩呀，怎麼不早點來呢？』是在等待某個人到來吧？聽見我們的動靜之後，匆忙離開廁所的時候，把照片遺落在那裡了，而照片裡的人，就是『哩呀』事件的另外一名當事人陳雀微。」

「嗯——確實如此，儘管說這個學校上百名學生，應該不是只有大澤同學會這樣稱呼本島學生，但照片正好是陳同學，感覺是有關聯的。」

「是呀。這應該是陳的私密照片吧，不知道大澤是從何取得，私下跟陳約定好今晚在廁所見面。熟悉校園傳說的高年級生，利用眾人畏懼『神隱廁所』的心理，不得不說是相當巧妙的一手。可是，大澤是怎麼離開廁所的？」

「這個嘛，暫時不論是怎麼從廁所裡離開的，按照青山小姐的說法，假設廁所裡的人是大澤同學，那麼她找陳同學赴會的目的，難道是勒索嗎？」

「嗚嗯——」

月光下我和小千的視線碰在一起，同時安靜下來。

九重葛的花樹底下，大澤為小雀掩去落花。

那樣的情景在我腦海裡揮之不去。

※

紅梅色的、龍膽色的花，花葉在風裡飛舞。

最終，九重葛安靜地降落地面……

「青山小姐。」

在小千的呼喚下，我恍然甦醒。

啊，不知不覺睡著了。

起來揉著朦朧的眼睛一看，寢室內有淡淡的薄光。這是幾點鐘呀？

「青山小姐，我們再去一次廁所吧。」

我不禁失笑。

小千立刻伸手過來敲我的肩膀，說「我並不是因為害怕哦」。

好的好的。

這就又走了一趟已然熟門熟路的路線。

可是，小千並沒有上廁所，而是將前晚拾到的那張照片放在洗手臺上，隨後拉著我上樓梯，在樓梯的轉角處坐下來。

「小千？」

「噓……青山小姐，我認為『那個人』會來取回照片。」

「咦？」

小千聲音放得極低，我不得不將耳朵湊到小千嘴邊。

「宿舍的起床時間是六點。既然有晚點名，一定也有早點名，如果是負責點名的幹部，那麼在起床前就有多出來的活動時間吧。現在是五點半，最近的天亮時間是五點五十分左右，無論『那個人』

是誰，肯定會在天亮之前來拿的。」

我抬頭，看見小千以寧靜的眼睛注視著我。

尚未破曉的清晨，小千臉上一絲睡意也沒有，唯有眼圈黯淡。

在我昏睡之後，小千無疑抱著謎團想了一夜。

——誰說小千是華生的？

晨起的鳥鳴啾啾，交錯而嘹亮。灰白色的天空，一寸一寸地明朗起來。小千兩輪黑眼圈中央的眼睛，比那些都還要璀璨。

那個時候。

嘰嘰。

駁雜的鳥鳴聲裡，出現了走廊木板承重時的小小聲響。

嘰嘰。

靠近樓梯。然後，越過樓梯。嘰嘰。

我們一同站了起來。

就著樓梯與建築中間的夾縫望去，有一名少女直直走入廁所。

「竟然——」

我差點失聲，小千卻沒有絲毫驚訝之色，彷彿這是預料當中的事情。她小聲地讀秒，一、二、三、四、五，接著果斷走下樓梯，腳步聲咚咚作響。我緊緊跟隨在福爾摩斯小姐的身後。

再度走進廁所，如同前一個晚上那樣，小盞電燈依然通亮，隔間小門一概虛掩，一排光滑毫無遮掩的洗手臺，底部毫無出口。

廁所裡面沒有任何人。

——而洗手臺上的照片，已經消失了。

小千朝著我在唇上豎起手指，拉著我的手退出廁所。

我們返回寢室。

不多久，六點鐘的早晨打鈴聲清脆響起，整棟宿舍像是瞬間復活，嗡嗡的說話聲、移動聲與鳥鳴聲融合在一起。

小千傾聽片刻後，朝我微笑說：「您可以說話了哦。」

「竟然——竟然是陳雀微！為什麼是陳雀微！」

※

按照預定行程，我們搭乘上午十一時四十分的急行列車返回臺中。

買下兩包路邊販售的黑色菱角，預計列車抵達嘉義站時再買便當。列車從臺南站發車後，我們將報紙包起的菱角攤開在膝上。形如蝙蝠的菱角，兩個尖尖的銳角令人無從下手，幸好有靈巧的小千。

手巧的人，原來腦袋也靈活。

——為什麼是陳雀微？

那個寢室裡的小千笑起來說：「我是猜中的，運氣很好吧。」

怎麼可能讓小千用這種搪塞之詞敷衍過去！

「我們首次見到陳同學與大澤同學的那個時候，九重葛的花朵被風吹落，大澤同學以手臂為陳同學擋去落下來的花朵，您有注意這件事情嗎？」

「當然。」

「做為引導，陳同學與大澤同學走在前方。在一次經過轉角的時候，大澤同學髮鬢旁邊多出了一朵紅紫色的九重葛。那朵花原先夾在陳同學的水手領裡面，只有露出一點點，但我的身高跟陳同學相近，所以很早就留意到了。如果我的觀察沒有出錯，這兩位學生之間，是大澤同學做為保護者，而陳同學偶爾會做出反抗之舉呢。」

「……反抗保護者嗎？」

「是呢。所以『哩呀』這樣的蔑稱，也反過來成為陳同學對大澤同學的稱呼了。就這樣說來，兩人之間出現的『哩呀』事件，或許也是陰錯陽差的誤會。」

「那個陳，稱呼那個大澤『哩呀』嗎？也真是難以想像的事情。」

「儘管不明白箇中緣由，在我們這樣外來者入住的夜晚，刻意要求大澤同學前往『神隱廁所』，也是一種惡作劇吧。不過，我認為那並不是勒索——四年級學生來年春天就要畢業了，交換個人照片做為紀念，是女學校的文化。雖然那樣的兩個人，竟然會交換照片……？嗯，畢竟少女的感情，乃是世界上最難解的謎題了呀。」

「可是單就這些線索，無法推測出是陳吧！」

「說的也是。第一個線索是，大澤同學住在我們的隔壁寢室。大澤同學是晚點名的幹部，回到寢室後以來不及上廁所為理由出來——也許一開始是這樣的打算吧。然而，我們早一步離開了寢室，大澤同學聽見我們外出的聲音，想必會決定按捺片刻，避免遇見我們。廁所裡的陳同學問『怎麼不早點來呢』，意味著我們前往的時間差不多就是她們原訂見面的時間吧。我內心有了『事發當時，大澤仍然處於寢室』的假設，徹夜聆聽隔壁寢室的出入動靜——八個人一間的寢室，偶有一、兩人夜尿也不奇怪，但是離開寢室如廁，必然還要返回寢室——如果廁所裡面說話的是大澤同學，那麼在我們回到寢室以後，隔壁寢室應該也會出現大澤同學返回寢室的聲音吧，而我聽了一夜，隔壁寢室的出入動靜，確實都是有進有出。這也意味著，『事發當時，大澤仍然處於寢室』的假設是正確的。」

「可是也有一種可能，是大澤以不明手法離開廁所以後，比我們早一步回到寢室了。不是嗎？」

「在深夜的宿舍，即使躡手躡腳也會發出令人察覺的聲響。何況大澤同學的體格，要降低行走的聲音相當困難呢。如果要搶在我們之前回到寢室，大澤同學的腳步聲肯定會引人注意的。」

「啊啊，畢竟大澤的體格相當健美嘛！那那那，那麼廁所裡為什麼沒有人呢？」

「嗯，這是另一個線索。廁所一一隔間，門沒有關上，看起來就像廁所內沒有任何人，可是，這是盲點。不可能是神隱的，我跟青山小姐的看法相同，所以答案很簡單，人沒有消失，而是躲藏在廁所隔間裡面。因為啊，在公學校裡玩躲藏遊戲，有些聰明大膽的學生，就會選擇躲在廁所的隔間門後呢。大澤同學體格健碩，不可能順利躲藏，那麼要是小孩子體格的陳同學呢……？很幸運的，我猜對了。」

「嗚喔喔喔喔，小千——」

「是的？」

「小千不是華生，也不是福爾摩斯。」

我鄭重宣告：「小千本身就是大偵探！」

天色已然大亮，寢室裡遍布金光。

端坐在床鋪上的小千，露出了比那還要明亮的笑容。

簡直令人頭暈目眩。

青山小姐。

小千的聲音傳來，「請用。」

我回過神，身處北上的急行列車一等車廂。

小千放到我手上的，乃是從黑色的尖銳硬殼裡剝出的，悄悄堆成了小山的粉白色菱角果肉。

咦！什麼時候已經剝好了？

「您不擅長剝這種小東西不是嗎？」

小千微笑解釋，「菱角要用牙齒咬開，剝肉出來也需要一點技巧，初學者要花不少時間練習呢。」

「嗯——？好像以前有過這樣的對話。」

「啊，是呢，是剛見面的時候。那個時候吃的是瓜子。」

「瓜子啊，現在還是不擅長吃呢。」

「這就是為什麼青山小姐需要我啊。」

小千連眼睛也含著笑意。

我捏了一塊菱角肉給小千。

小千沒有躲避，笑著放進嘴裡吃了。

——臺南鐵道飯店的套房裡面，殘留在玻璃杯裡的冰塊。

不知道為什麼忽然想到了那個情景。冰塊發出小小的冰裂聲。
那個時候送來的果汁也是冬瓜茶。
甜蜜的滋味，直到此刻才湧現出來。

註❶：大正六年為西元一九一七年。
註❷：哼哈二將、惠比壽、弁財天皆為日本民間常見神祇。哼哈二將是佛寺門神，皆做怒目凶惡的表情，而惠比壽與弁財天是日本七福神之中的兩位，多以笑容示人。

本文收錄於二〇二〇年三月出版《臺灣漫遊錄》（春山出版）

陳佩芸攝影

本名楊若慈，一九八四年生，臺中烏日人，雙胞胎中的姊姊，國立中興大學臺灣文學與跨國文化研究所碩士，現為專職寫作者。曾獲國藝會創作補助、文化部創作補助、教育部碩論獎助，並入圍臺灣文學金典獎、臺北國際書展大獎。出版品包括學術專書、大眾小說、動漫畫同人誌。近作為散文集《我家住在張日興隔壁》，小說《臺灣漫遊錄》、《花開時節》，以及漫畫合作《綺譚花物語》、合著小說《華麗島軼聞：鍵》等。

清治先生：一九五八　病情

賴香吟

四月早春，景色正美，吸引著人到戶外去，他卻病懨懨躺在學寮裡的床板上，勉力讀著課程要求的《民生主義育樂兩篇補述》。咳嗽已經持續一段時間，胸口微微發痛，最初只是感到疲倦，沒胃口，不以為意拖著，直至發燒，咳痰，給學校裡的醫生診斷，說是患了結核病。

他一聽大驚。這不是死病嗎？十七歲的他，雖然生活條件極差，畢竟沒想過死。他讀過書，十八、十九世紀，不管什麼領域，總有好些被結核病折磨的名單，蒼白，發熱，咳血，斷了氣的肺癆鬼，簡直是一場白色瘟疫。

見他愣到說不出話來，醫生慈悲安慰道：「這病如今已經不是死症，你這看起來也是非開放性，放心，讀書不至於出問題。」

心上一塊石頭落地，他放鬆下來。生活好不容易走到這裡，就等著他師範學校畢業，賺錢養家，若因結核病被勒令休學，就無路可走。

「好好吃藥，估計一年半載可以痊癒，」醫生繼續說：「但要多休息，有耐心，照指示吃藥，定期接受複查。」

耐心，吃藥，這些都沒問題，使他愁苦起來的是一年半載。藥費打哪兒來？

「什麼藥？」他虛弱地問。

「鏈黴素。」醫生把藥名說得很清楚，同時抬起下巴，強調：「算你運氣好，現在總算有藥，學校也有衛生費用。」

運氣好？他不知該哭該笑。書裡總把這病寫得像是靈魂與熱情的燃燒之病，患病的人在遠離塵囂的靜養所，抑鬱而高雅地喝茶、看書、散步，但這之於他是絕無可能的境遇。學校教官本來要他回家休養，經他央求並經醫生同意，可以繼續上課，術科與軍事訓練暫時豁免，三餐食器自備。

他沒和家裡說生病的事，不會有什麼幫助，多讓父母憂心而已。倒是公費待遇，這時真是千謝萬謝，否則，以他身邊聽過、見過染上這結核病的人，狀況實在壞，不僅不得休息，還畏人嫌棄，暗暗躲在角落，低低地咳，操勞到最後一日。即使有人能耗盡家財治療，切斷幾根肋骨也不見得保住性命，生命尾聲很難說到底是給經濟掏空的，還是給細菌蝕掉的。

他是在最後的戰火裡出生的。母親經常講述有天揹著他出外，怎樣遇著整排房屋燃燒，人怎樣衣裳著火從廢墟爬出來的可怕景象。幸好他不記得。不過，戰爭轟炸後的貧窮他可是嘗得很多，番薯籤不打緊，但番薯籤發了霉是什麼味道呢？他形容不出來，對他來說，那就是貧窮的滋味，饑餓到頂，明知發霉也會吃下肚去。

他們的村莊，雖然也算臺南，但離府城遠得很，兩三百年前，這兒根本是一片海。父親說，海水土是鹼的，米種不出來，倒是日本人種上了甘蔗。父親喜歡誇口說他是在糖廠坐過辦公桌的，可他記憶裡沒有幾個日本人模樣，懂事以後見到的父親，也總是田裡又慢又弱的那個，太陽月亮，風雨晴暑，村子裡家家都窮，大窮與小窮的差別而已。

有段時期，廟埕特別安靜，連野臺戲都不來了，偶爾在中洲市集看到許多陌生人，大人臉色收斂起來，壓著聲嗓說：「戰爭又要來了嗎？」等著上學那個夏天，他和弟弟在河邊嬉玩，一部卡車停下來，幾個穿著軍服的人，揮手趕開他和弟弟，對河水撒了尿。

他們躲在樹身後頭，害怕又好奇地看著這些陌生人，腰間的皮帶是黑的，掛一把長長的東西也是黑的，那是槍還是刀，模糊的記憶裡，他一直沒有弄清楚。

回家之後，他挨了母親一頓打，說是亂帶弟弟去河邊玩，可事實上他根本不知已去過幾多回。小小年紀他也能感到那頓打罵藏著什麼他無從瞭解的事物，他沒敢問，大人也不會解釋，那些奇異的危險氣氛就此存著，伴隨著他長大，如影隨形。

過完鬼月，母親拿錢出來給他繳了套新制服，買了雙新鞋子。他滿心雀躍，赤腳跑到學校，鼓聲咚咚敲，上課，下課，課本裡有好多動物，牛呀羊呀，還有狼與狐狸，就連烏鴉、蜜蜂與蜘蛛，都來教他們愛國、孝順、別怕失敗、團結努力，他也喜歡頭髮梳得整整齊齊的音樂老師，腳踩風琴，教他們唱歌：

> 張燈結綵喜洋洋，勝利歌兒大家唱，
> 唱遍城市和村莊，臺灣光復不能忘，
> 不能忘，常思量，不能忘，常思量，
> 國家恩惠，情分深長，不能忘……

每唱到「不能忘」，音樂老師便極其優雅地做手勢要他們把音拉長、拉足。音樂老師指頭很美，美得宛若蝴蝶在眼前飛。他感覺新奇，世界鋪了條長地毯，把他從家裡邀請出來，不管是國語、算術還是常識，也不管老師鄉音懂或不懂，上課他都興趣盎然，專注盯著黑板上的字，珍惜地把書本看來看去，彷彿由中能見新世界，一個再也不要受現實困苦所限制的新世界。

如此輕輕鬆鬆便拿了第一名。給他取名字的大伯稱讚說きよし頭腦好呀，他很不好意思，其實只是因為太喜歡了。如果米飯可以跟字同樣，他想也不想一定也會吃它三大碗，吃到飽，吃到滿足為止。不識字的祖母看他在紙上寫字，敬畏地交代說，紙張上頭若寫了字，萬萬不行燒。

「惜字亭，你知嘸？」祖母把他的寫字本拿起來左看右看，彷彿上面是符咒：「這袂（不能）使黑白抨（扔），等到撿字紙的人來，請他送去惜字亭。」

「送去遐（那裡），要做啥（什麼）物？」他問。

「當作金紙做伙（一起）燒呀。」

「連字也會（可以）使拜喔？」

祖母慎重其事地點頭。「きよし以後若是考試，阿嬤帶你去拜文昌帝君。」

祖母認命，窮人通常認命點好，散赤（窮困）到底，連鬼也不來抓。母親可不聽這一套，若是祖母勤儉過頭，母親就偏要叫他去雜貨店賒賬買來一堆罐頭、醬菜、豆簽，讓同班女孩春鶴得跟他一起搬回來，聽見母親模仿大戶人家口吻問：「はるか，恁卡桑身體有較爽快嘸？」

村裡人都知道春鶴母親給人家做小，紅顏薄命，生著肺病——事隔幾年，他才會意過來，難不成就是學校醫生說的結核病嗎？——被安頓到他們村子來有兩、三年了，雜貨店是夫家給母女倆的營生，外頭亮，裡頭暗，暗光底處常是春鶴在顧店。他走進去，眼前一黑，什麼都還不能看清楚，聽見她的聲音：「要買啥？」

一包鹽，一罐豆油，或是幾粒紅蔥頭。

女孩春鶴其實大他兩歲，但她剛來時，低垂著頭，走進他們教室。別說鄰村孩子不認識她，即使同村人也和她生疏。他生性溫順，又因成績好當著班長，春鶴若遇捉弄，難免仰仗他的保護，一雙眼睛怯怯望著他。每天從村子到學校，孩子大大小小一起走，邊走邊玩，可他和春鶴總專心一意走著，愈走愈快，摟著書包，彷彿愈走愈快樂。他快幾步，便輕輕聽到她在後面跟上。

升上高年級，男女分班，但上學路，春鶴還是跟著。有天，她叫住他，遞過來一本參考書。

「教我這個，可以嗎？」春鶴翻到算術題。

小學畢業，他拿了第一名成績，連考都不用考，直接保送鄰縣剛設的初中。春鶴雖不到保送程度，但經他教完那本初中入學考試試題集，終也考上了。

初中校園，男孩女孩都轉成大人模樣，他與春鶴隔得很遠，偶爾見著只點點頭。男孩之間，經過考試，聰明人不少，有競爭心的也多，不見得人人合得來。幾個成績拔尖的學生，就屬他最不與人衝突，寡言的張光明也願意與他說上幾句話。

「你會講日本話嗎？不會，是吧？我也不會。」張光明憤憤地說：「為什麼要一直罵我們講日語？」

「老師聽不懂我們講臺灣話，就以為是日本話。」

「那他要聽我們解釋啊。大人講日本話甘我們什麼事？」

「你家裡講日本話嗎？」

張光明臉色沉下來。他意識到自己問錯問題了。

張光明是西港人，和他的村莊很接近，隔條曾文溪而已。不過，張光明出身好人家，至少以前是富的，要不是改朝換代，親戚有人失蹤有人坐牢，不至於連累到他家。張光明之前或許碰過什麼，遇人遇事若非像隻刺蝟，就是悶聲不吭。剛和張光明編到一塊的時候，他對這個人的印象就是難搞，不理人，臭張臉看翻譯小說，卻還是可以有好成績。

「他們就是喜歡嫌疑（懷疑）我。」他知道張光明的悶氣又來了，閉嘴不再勸。張光明心事比他複雜，不像他想得少，無事可想，出身不值一提，每年開始是甘蔗，每年結束也是甘蔗，砍甘蔗砍到手發痠，割甘蔗葉更苦，一不小心就是傷。他知道不能胡思亂想，專心，埋頭苦作，埋頭苦讀。

初中三年，無論如何，他對學習仍然充滿興趣。即使有些老師訓斥非常嚴厲，但也有幾位本地老師的寬愛讓他想家，他們不凶，顯得那麼憂悒，和學生們一起仰頭看布告欄上的報紙，靜靜地都不說話。歷史好長，世界好大，他在課堂上感嘆，物理也很神奇，陽光可以透過玻璃起火，火焰可以在鏡面裡倒過來，一個相反的世界，有時，他真希望，世界可以倒過來。

許多同學接下來要繼續考高中、讀大學，他知道那條路會走向更遠的地方，可是，家裡早說好了，他只能去讀免註冊費的師範學校，畢業後快快踏入社會賺錢，分擔家計。他的成績初試毫無問題，複試體檢沒有色盲也沒有疝氣，口試官還算和善，依著課本妥善回答，也就順利結束。榜單揭曉，他果然獲得公費生資格。不過，這回倒是沒有春鶴了。

春鶴母親在她中學二年時虛弱地逝去了，父親家產愈賭愈空，到最後就連那間小小雜貨鋪也沒法再維持下去。儘管春鶴期待升學，但此時她畢竟是沒有母親可依靠了。雜貨店很快轉賣給別人，春鶴中學未及畢業，便匆匆離村。

「這都給你。」他最後一次去雜貨店，春鶴把玻璃罐裡的煎餅全倒出來，抽張作業紙，包起來，遞給他。

「你要去叨位（哪裡）？」

「鳳山。」

「學校呢？」

「我阿姨講無法度（沒辦法）。」

他不知道該說什麼，甚至不知道該怎樣表現心情。雖然他們已經十三、四歲，還是受著大人的支配，不，應該說是環境的支配，且隨著他們愈長大，愈知道環境的支配才是最難的。

他們靜默著。

自那之後，他沒再見春鶴。等待師範學校開學的夏天，他留在家裡幫忙農事，甘蔗，胡麻，紅蔥，日日渾身汗臭，等到痛快洗過澡，光便暗了下來，哪兒有燈亮哪兒就飛滿草蚊子，晚餐狼吞虎嚥，夜裡青蛙此起彼落呱呱叫上一整夜。

日出而作，日落而息，每天晚上他讀幾頁《海上漁翁》：張光明送給他的畢業禮物，跟隨一個孤單而不受幸運眷顧的老人在海上漂流。以前張光明借給他讀的翻譯小說，總有好多看起來奇怪、讀起來也拗口的人名地名，搞得他糊裡糊塗，讀到前面就忘了後面。這次，他倒是清楚明白把這本書讀完了，只是一個老人，頂多再加一個少年的故事。

「我想欲去海邊。」他對張光明說：「有獅子會出現的彼款（那種）海邊。」

「臺灣無獅子啦。」

「我就講文學攏(都)是陷眠(白日夢)。」

「什麼陷眠(白日夢)？若無，咱來去七股，彼爿(那邊)有海，嘛(也)有真濟(多)鳥仔。」

暑假太長，張光明無事可做，有時去府城，回程順道來村子找他，一起去田裡幹活，要不忙裡偷閒去廟埕打球，躲在樹蔭下啃甘蔗，讀張光明布包裡的書。

「頂(上)禮拜去高雄，阮阿舅予我的。」張光明一副開心模樣，朝他眼前晃著書：「油廠一個月出一本，他有幾十本喔。」

書封寫著《拾穗》，三個頭綁布巾、身著圍裙的婦人在田裡彎腰撿拾，他想起母親，但這兒太陽太大了，母親不僅頭戴斗笠，就連手、臉都包得密不透風。他接過書，小字密密麻麻，人名奇奇怪怪。翻這頁，讀兩行，又翻那頁，看三行。

「等一下。」張光明忽然伸手，按住頁面：「你會使(可以)看這篇，同款(同樣)是一个人佮(和)一隻動物的故事。」

〈冰國亡魂〉。眼前豔陽高照，他想，冰國一定在很遠很遠的地方。

張光明繼續啃甘蔗，他耐住性子，把頁面的字繼續看下去：一個人受傷了，被同伴拋棄了，天黑了，只有六十六根火柴……

他的思緒如天上雲朵，緩緩散開，散開，忽而聽得蟬聲叫得響亮。

好熱。「文學內底寫的，你真正當作真的？」他問張光明。

「當作真的，有啥物(什麼)不好？」張光明反問。

他一時答不出來，眼前夏日的雲，白花花地層層滾高，藍天更高。他把頸子往後仰，看雲，很美，但又不知道後頭有什麼。

「我會煩惱。」他聽到自己這麼說。

張光明噗哧一笑：「煩惱？有啥物（什麼）煩惱？看人煩惱、做伙（一起）煩惱，不是都合（剛好）？」

「彼是故事內底的人，不是真的。」

「不是真的顛倒（反而）好。閣再講，就算故事是假，嘛（也）是真的人寫出來的。」

「聽無。」

「唉。」他聽見張光明嘆了一口氣。

師範學校生活，說起來，是他這一生到此所經歷最好的生活，紅樓美麗，連帶使他的形象也有了輝煌的色彩。全員住校，食宿免費，他念普通科，張光明能畫圖，進了藝術科。同寢室有位劉平，北部人，喜歡攝影，和他談得來。還有一位胡長宣，是從香港來的廣東人，比他們大好幾歲，人面世事都廣。他那因為家庭拮据而難免膽怯的性格，跟隨同儕青春正盛，漸漸打開來，手頭也有了點零用錢，可以沾染一下府城人吃點心過日子的情調，和張光明他們去逛書店、看電影。

世界變得好大，彷彿從課堂裡鑿了條隧道，通往更遠的地方。和張光明一起看《金字塔血淚史》，許多壯觀、異國風的大場面，使他瞠目結舌。世間之大、文明之遠，他和張光明激動討論到深夜，對於自己生在這個時代、這個地方，既感到渺小，又充滿抱負。學校附近的美國新聞處，有圖書雜誌，二樓禮堂還常免費放映電影。胡長宣提起幾位能寫詩的軍人，常在中正路的咖啡廳出現，張光明聽了，急著要去碰運氣。

然而，咖啡廳播的〈River of no return〉，聽到歌詞都背起來了，依舊沒有見到什麼詩人。

張光明不死心繼續讀他的書，累了，便幫他們畫素描。劉平湊過去看幾眼，說：「改天，換我來給大家拍一張真的相片。」

「這也是真的呀。」張光明不以為然：「用畫的才有詩意。」

「寫真也有詩意呀。」劉平特意用了日語。

詩意是什麼？他覺得這詞很美，似懂非懂，只能微笑看張、劉兩人鬥嘴。張光明嘴刁，劉平爽朗，正經時候和張光明一樣瘋瘋癲癲說攝影就是要捕捉真、捕捉瞬間，不正經呢，就吹噓西門町的咖啡廳要多黑就有多黑，黑到你想幹啥都行。

劉平每回臺北就會帶幾張洗好的照片回來吹噓，也把攝影雜誌借給他看，裡頭的人物、街景，真不知是怎樣拍得的，他常暗暗地看，暗暗地著迷。有些肖像或模特兒擺拍，讓他想到女孩春鶴，不，現在應該是少女春鶴了，他想像少女春鶴斜倚著自行車，或是樹下，一定很美。

我已在這兒坐了四個下午了
沒有人打這兒走過——別談足音了

張光明對翻譯小說退了燒，迷上對他來說更難理解的現代詩。〈水之湄〉，張光明說作者名字叫葉珊。他看著「湄」字發愣，那是水邊、岸邊的意思吧？他腦海裡浮出農田裡的水路，那該叫什麼？圳或溝？他從來沒用過「湄」這個字，也沒碰上什麼機會可以用這個字。

四個下午的水聲比做四個下午的足音吧
倘若它們都是些急躁的少女

水聲比成足音，足音又比成急躁的少女。他確定自己的腦袋無論如何沒法生出這樣的比喻。不過，少女春鶴倒是曾跟他走過田邊的池塘，他心上記得她的足音。

鳳山是怎樣的地方呢？他沒去過，也沒有少女春鶴的住址，若有，現在的他想給少女春鶴捎去一信，他是個青年了，僅僅只是寫一封信，沒什麼不可以的。

就在他斟酌著怎樣打聽少女春鶴的住址，怎樣給她去信的時日裡，竟是他收到了來信。

清治學兄，各奔前程，人生真是意料不到，你知道我現在在哪裡嗎？臺北！我到鳳山之後，工作、升學都不如意，看報紙有國防部女青年工作訓練班招考，便去考了，也很幸運錄取，現在人已在復興崗！校地很大，聽說原來是個跑馬場，我在這兒受訓四個月，每月可領薪水九十元，以後去部隊服務，做廣播，教注音符號與國語，說起來也是一種教育工作。

少女春鶴的字寫得很漂亮，和印象裡她兒時的稚氣筆畫很不相同。她還寫了學校裡的戲劇、唱歌、舞蹈課程，說一開始不好意思，現在卻是很期待了。

你相信嗎？以前那個默默跟在你後面去讀書的我，現在竟然可以站出來教人唱軍歌！當然，我是拿出勇氣，因為這是為著以後到軍中慰勞辛苦的官兵所準備的。你一定也想不出我拿槍的模樣，學校有打靶射擊的課，是真的趴在地上，銃子飛出去的時候，肩膀會撞得很痛呢。

他的確很難想像，那個坐在雜貨店深處的少女春鶴，默默走路的少女春鶴，這樣興致勃勃說話，會是什麼神情？更難想像少女春鶴會站上舞臺唱歌、踩汽球、帶康樂活動？

他給她回了信，對她的轉變表示驚訝，當然也表示贊同。然後，他也介紹了自己的師範生活，說可以領獎學金，現在很迷攝影，會借同學相機到孔廟去拍照，正想努力存錢，看看能否跟反共服務社郵購相機云云。

他沒說的是，看著相片裡的模特兒，他想到過她，少女春鶴，在水之湄。

結尾，有禮的語言。出路。望自珍重。之類。

信寫得拘謹，但真寄出去，心臟撲通撲通跳，臉頰也跟著熱起來，使他憂心病情是否又起。下午實習課免上，他強迫自己躺下來休息，腦海雜念仍如野草，隨風搖來搖去。望著臨床室友枕邊的聖書，每晚睡前，室友就算沒時間翻讀，也要摸摸書皮，然後低頭默禱。他問他唸些什麼，他便教他：

「恁早早起，晏晏（晚晚）睏，食勞祿所得著的飯，亦是空空；耶和華疼愛的人，伊欲互（想給）伊好睏。」

恁早早起，晏晏睏，食勞祿所得著的飯，亦是空空……

他學著唸，可是，不識聖書的他會是耶和華疼愛的人嗎？

室友堅定地點頭，回答他：「你要思念神的事，毋但（不只）是思念人的事。」

見他猶疑，室友繼續耐心勸慰：「耶和華有慈愛，伊有豐盛的救贖，你的心要聽候（等候）伊，要向望伊的話。你若得著它就是得著生命，整個人也得著醫治……」

得著生命，得著醫治。這話講中了他的心。他坐起身，取來聖書，翻開：

> 用至高者上帝做避難所的人，會徛起佇（倚靠著）全能者的陰影下。
> 伊對上主講：「你是我的避難所，我的堡壘，是我所倚靠的上帝。」
> 上主欲救你脫離當鳥仔的羅網，及致命的瘟疫。

臺灣話原來可以這樣寫，他沒看過，但一讀也就懂了。可是，話裡內容依然不很明白。鳥仔的羅網？是說人只是隨時會被抓捕的鳥兒嗎？他依然喜歡讀書，世上太多事事物物勝過他，去年的公民老師也是信徒，常常勸慰他們說領袖亦是日日以經文修養精神，我們要憑信前進，收復河山。

他繼續捧著書，以賽亞、撒母耳、以斯拉、耶利米、但以理、路得、約拿、彌迦……翻這頁，讀兩行，又翻那頁，看三行，小字密密麻麻，人名奇奇怪怪，他似乎又跌進翻譯小說的迷宮。直接跳到最後。啟示錄裡羔羊、白馬、紅馬、黑馬、灰馬，還有兩隻十支角、七個頭的紅色怪獸，一隻像龍，另一隻像豹像熊又像獅子，他不知這些代表什麼，但光怪陸離讓人刺激又驚惶，地燒成火、海變做血的異象也太可怕了——

室友說耶和華喜愛所有小孩，小孩不怕這些末世恐怖、血呀死的嗎？抑或，每種宗教都有警世的一面，就像道教裡牛頭馬面捉拿亡魂，也很嚇人……

他打住念頭，簡直無頭蒼蠅般在迷宮裡亂飛，恐怕還死之將至。他討厭這種感覺，不管病不病，都決定出去外頭換心情。他進了圖書館，把《民生主義育樂兩篇補述》讀完，又趁人少翻看看《自由中國》。紅樓鐘聲響起來，他走去體育室，已有不少人在裡面。

劉平和胡長宣在打桌球，張光明捧著一本薄薄的《藍星》詩刊。

「你來得正好。」劉平邊擦汗邊說：「我們在討論選什麼地方照相。」

「照什麼相？」

「上次不是約好了？」

「合照。」張光明補一句。

「我這個暑假回去，不保證會回來喔。」

劉平說當老師無聊，想走別的路。差一年就要畢業，不念完嗎？他說不上是訝異還是羨慕，原來別人腦袋裡還有別的選擇。

「他想給大家都拍張照片。」張光明說：「我呢，打算來做一份詩刊。」

詩刊？張光明愈來愈迷詩，《創世紀》、《野風》、《藍星》，不知怎樣買來的，還參加函授文藝雜誌，打算開始投稿。星星為什麼是藍色的？他不會這樣問張光明，可張光明要他寫詩未免太不可能。

「沒要你寫詩，詩都我來寫。」張光明笑了。

原來，不過是讓大家都寫點回憶，糗事也行，做個紀念而已。張光明自己，已經寫妥幾首詩，他說這就是他送給大家的紀念。

「你看出這兒的意象嗎？雪與火，冷對熱，白對紅，然後是露水與青草。」張光明陶醉地說：「你不覺得，光看這些字就像已經聞到了氣味，看到了顏色？」

張光明想把〈水之湄〉印在扉頁，他說他喜歡這首詩的男孩氣。

「四個下午，剛好就是四個我們。」張光明說：「四個下午的水聲是少女的腳步聲，四個寂寞裡的人像湖邊的小船繫在一塊兒，你說，這不是很美嗎？」

「你看，這幾個字排在一起，多美。」張光明愈來愈沉浸在文字裡，如泡在酒裡一般，茫茫而快樂：「你看，多勻稱，簡直美妙的女人。」

赤裸裸的形容，張光明素描本的女體，光看光聽都足以使身子熱起來。他不完全能夠理解張光明的快樂，可像張光明這樣的人，能快樂是幸福的，他這樣替他想。

詩刊後來終究沒成。除了是他拖延寫不出來，也是張光明拿了詩文去向俞老師報備。明明俞老師平日很鼓勵人多讀書多寫作，也讚賞過胡長宣與張光明，可是，這一回，卻不知為什麼激動了起來。

「什麼象徵，什麼幽靈，唉，」俞老師紅筆圈圈點點，責備他們說：「你們這些本地孩子就是不知道亡國痛，大陸怎麼淪陷掉的，你們知道嗎？」

少女春鶴的回信在那之後來到。這回筆跡倉促，說是在高雄五塊厝，不久將分發臺南第四中隊，六月移防金門。不確定什麼時間可以外出，但若有機會，希望回村子看看。

他不是很明白她話裡的意思。是要約兩人能否見上一見嗎？他忽然退縮起來，六月又值學校期末測驗，思來想去，決定回信坦白說明自己的病情，這幾個月甚少回家，但若她能事先告知回村的時間，他或許可以安排看看。

然而，直到期末測驗結束，皆未收到春鶴覆信。倒是劉平煞有介事真要拍照。四人整齊穿上制服、青春戴帽，選定學校紅樓前的琉球松，如同代代青年，在最好的年紀留下合影。

「喂，各位，準備好了？」劉平舉手，高喊：「哪天誰不見了，記得這張，來——」咔嚓。他不確定自己真聽見了，抑或只是想像？對焦、景深、光圈、快門。咔嚓。他喜歡那個聲音，世界留給他們，一秒鐘也好，然後，繼續轉動。

暑假回家，他什麼都沒說，幸而病情已經緩和，真止不住咳便盡量躲開。以前春鶴家的小雜貨店，現在擺個飲食攤，賣些蚵嗲、鹹粿、地瓜之類。他特意去了幾次，沒聽說春鶴回來的消息。直到去市區買藥，繞去學校收信，才發現月前春鶴已經來信：

> 隊伍更動，無法回村，改去高雄探望阿姨。下禮拜，中隊將輪調金門，坐飛機去，會緊張，但也很期待。聽說外島缺水，也缺青菜，不過，現在的我，已經習慣團體生活，就算怎樣克難，只要和姊妹們在一起，就會共度難關。

夏天這樣過去，獎學金丁點不剩，不再做什麼買相機的夢。八月提早回學校，也從西港回來的張光明，特別給他帶上羊奶與雞蛋。劉平果真沒來註冊。意興闌珊地開學，不幾天，傳來金門炮戰消息。他心上一揪，驚覺時事如此近身相關，少女春鶴難不成正在炮火之中？

校園、社會氣氛極速收緊，收音機裡的音調不斷提高，說對岸魚雷如何擊沉我方船艦，國軍如何反擊，落彈高達幾萬發，造成多少官兵死傷。常在外頭走動的胡長宣說車站前發傳單說要準備作戰，就連電影院裡的標語也換了。全省各處發起支援前線運動，學校裡也加強軍訓，可他就是沒有少女春鶴的消息。

初秋，處處死守堅決氣氛，但他漸漸復原。醫生給他照了X光，肺部上有白點。

「這叫作鈣化，是痊癒的表示。」醫生不知是把他當成大人，還是專業使然，解釋得很仔細：「白色是被結核菌破壞的組織，已經鈣化成瘤，這個是無法復原的，不過，不至於再有病情。」

進入十月，單打雙不打，政府聲明絕不與中共和談。張光明不知和什麼朋友偷偷摸摸聽了《告臺灣同胞書》，回來貼著他耳邊說：「人家戰帖都下了，說什麼美國人總有一天肯定要拋棄臺灣的，現在這樣下去再打三十年，也不是什麼了不起的大事……」他愈聽愈發冷，簡直要起雞皮疙瘩，他阻止張光明別再講下去，但是「金門軍民，供應缺乏，饑寒交迫，難為久計……」還是鑽進了他的耳朵……

他沒有少女春鶴的郵寄地址，連部隊名稱也不確定，直到在廣播裡聽到女青年工作大隊第四中隊由金門戰地回臺的消息，算算春鶴赴金門的時間，或許就是這支隊伍。

報導口吻極端熱烈，彷彿歡迎英雄歸來。他開始等待少女春鶴的來信，心想這次一定要好好回信，不要怕寫太長，要安慰她，無論如何，安全回來就好。

然而，春鶴沒有來信，也沒有出現。

他漸漸擔憂起來，難道，那個少女，就這樣音訊全無地喪送於時代之中嗎？

清治學兄平安，我在新竹寫這封信，生活平安，勿念。

抵達金門，本是從事教育康樂，想不到，炮彈落下，風雲變色，我很快加入救護支援、幫官兵寫家書報平安，後來又因為通閩南語，被長官轉派心戰播音，向對岸介紹寶島生活。炮戰最激烈的時候，和官兵們擠在坑道避難，又聽說共軍要登陸，心裡不安，不過，看別人受傷不退，堅強愛國，敬佩都來不及，哪敢退縮？後來，經國先生、俞大維部長不顧性命危險，親臨戰地視察慰問，更是鼓舞了我們的精神。

十月輪調回臺，我回去鳳山，又再調來新竹。有幸從炮火中生還，很多想法和以前不同，而且，不瞞您說，經歷生死與共的生活，我在那兒找到互相照顧的對象，您知道我是已經沒有母親的人，所以決定申請調回金門，若是順利，下個月就會輪換。這幾年，沒機會和您見面，真可惜，我感謝您以前對我的照顧，也希望您可以為我祝福。

他在冬至前收到此信，南部冬寒不多，但總有那麼幾天，露水會凍到鑽骨。原來少女春鶴是留在了金門，沒有回防。他當然意外，但又可以理解。危難情勢，身邊有人互相照顧，是多麼可貴。即使是他自己，也會被打動的。回想過去幾個月，最不舒服的時候，若非學寮裡還有其他人噓寒問暖，他真會受不了自己的孤單而自怨自哀起來……

天暗得比較早了，他獨自一人在校園裡散步，劉平不來了，張光明老往美新處跑，胡長宣有了戀愛對象……

我已在這兒坐了四個下午了
沒有人打這兒走過——別談足音了
（寂寞裏）
鳳尾草從我足跟長到肩頭了
　不為什麼地掩住我

（寂寞裏），張光明唸詩的模樣，一次、兩次、三次留在他腦海裡，（寂寞裏），以前他不懂為什麼這首詩裡的寂寞要加括號？現在，似乎有那麼些懂了。

鳳尾草，他知道，是一種經常從磚屋縫隙長出來，陰濕而普通的野草，但他讀不出鳳尾草從足跟長到尖頭，有什麼意義？是時間嗎？是青春期的孩子，忽地不留神，就竄高了嗎？

鳳尾草和水邊又有什麼關係？他不記得是否看過鳳尾草在水之湄，要有，高到肩頭的鳳尾草，一定很荒涼吧？

寂寞裏，寂寞裏。他感覺寂寞從括號裡跑了出來，風一吹，跑進了他的腦袋。

「啊，你懂了！」張光明往往會在這時，眼睛一亮，豎起食指，指著他喊：「你這就是懂了！」

我才不想懂呢。他負氣地跑起來，跑過長廊，跑出紅樓，直到看見罵過他們的俞老師，從校園另一側走過來。

他停住腳步，不敢再跑。俞老師一如往常駝著背，手提黑布袋，應該是要回宿舍去。他站著，喘著，安安分分等俞老師走過，敬了個禮，然而，俞老師似乎兀自想著什麼，並沒有看見。

——原載二〇二〇年九月《春山文藝》第二期

一九六九年生於臺南。畢業於臺灣大學經濟系、東京大學總和文化研究科。曾任職誠品書店、國家臺灣文學館籌備處，現旅居柏林。曾獲臺灣文學金典獎、金鼎獎、吳濁流文藝獎、九歌年度小說獎等。著有《天亮之前的戀愛》、《文青之死》、《其後それから》、《史前生活》、《霧中風景》等書。

石頭述異——西西

1 榜題：畫像石

有人拍打我的手臂。

醒來，醒來，到了武梁祠了。

我睜開眼睛，看看錶，下午三點正。真是好睡，五月的天氣，不冷不熱。我們四個人從曲阜打的到嘉祥縣紙鎮坊，他們兩個是年輕的學者，一個研究歷史，一個研究語文；還有一位，是書法家，跟我一樣，退了休。我呢，你問。我的年紀最大，什麼都懂一些，意思是什麼都不懂。不過我近年對漢代的畫像石很有興趣，翻了不少書，搜集了一些拓片，可以冒充半吊子畫像石專家。他們敬老，一直稱呼我做老師。其實我的學歷最低。

但什麼是祠堂？你又問。

那是墳墓之前地面上的建築物，用作祭祀；有的用木，有的用石。你沒有問什麼是畫像石，我告訴你，這是漢人因應喪葬祭祀而產生的藝術品，是漢代所獨有，漢之前沒有，漢之後魏晉還有些，之後再沒有了。

我們才上車，四個人，這次包括司機，一路看著導航，我沒帶手機來，三位朋友不就是我的導航嗎。在車裡我看著身旁一位的導航，忽大忽小的圈圈，不多久就昏昏睡去。從車廂爬出來，舒伸了一下雙腳，好像猶在夢裡。我睡了差不多兩個小時，武氏祠的主人，可是睡了差不多一千八百多年，一直沒有醒來。

老師，路上我們看到些石礦場。

哦。我想，山東流傳最多畫像石，應該和石灰岩的土壤有關。

武氏祠是公元一四七年東漢桓帝期間興建的祠堂。三位朋友在一旁朝我笑，好像說，老人家，你不是得償所願了嗎。我們在曲阜看了孔府孔廟孔林等等，史學家為我們逐一解說，成為我們的導遊。來山東之前，我要求無論如何要有一天時間去嘉祥縣看武梁祠，並且影印了不少資料分派，於是大家多少都知道武梁祠，都贊成了。這時計程車扭轉方向，開走了，揚起了不知是一年、十年、一百一千年的沙塵。陽光燦爛，四野無人。這麼靜寂，空蕩蕩的博物館還是很少喔。忽然兩隻黑鳥呀呀叫著在頭頂飛過。

博物館的大門，只見兩枚約三個人高的大石柱，一左一右豎立眼前，正是書本上見過的圖片：石闕。完整，新淨，當然這是仿製品。闕腳泊了一輛紅色的摩托車，彷彿它是盡忠職守的石獅子。書法家朋友買了入場券，揮手走來，一面說每位才五十元，另一面就從背包拎出小簿記下數目。一個職員從票務間走出來，這是一個年輕人，頭髮蓬鬆，睡眼朦朧，原來他也負責收票。

請問有導賞員嗎？書法家問。

沒有。

有小賣部嗎？史學家問。

沒有。

有自助飲品機嗎？語文家問。

沒有。這裡不是西安兵馬俑博物館。

有廁所嗎？我問。

有，有兩間。前面有一間，另一間在漢畫展室外。

謝謝。

沒事。我們有三個展室，第一個叫「闕室」，這之後，走幾步路是「漢畫展室」，右邊另有「西長廊」展室。共展出四五十塊石頭。東漢時代的石頭。你們要抓緊時間，我們四點半閉館。

這麼早閉館？

不早了，太陽一下山，這裡就變得，變得有點可怕。

可怕？四個人面面相覷。

怎麼說呢？

怎麼說？我問。

蟲蛇鼠蟻都出來了，最要命的是長腳蚊，成群成群的，追逐你，包圍你，猛叮你，可能會傳染登革熱病、伊波拉病、愛滋病。

喔，愛滋病？我們都張大了口。

難保沒有。還有，四點後不要上廁所。

為什麼？但他頭也不回，自己急忙上廁所去了。我也跟隨著他，我留意到他牛仔褲的後袋露出半截書，名字是：《白話聊齋》。

2榜題：石闕

在博物館大門口朝內望，見到的好像是一座花園，地上是一條磚砌的步道，寬約四米，以工字形圖案砌成，一直送我們走到前面不遠的闕室。磚路非常清潔，沒有廢紙和菸蒂。路旁兩邊是草地，沿路栽了一行矮矮的開花灌木，粉紅色的花瓣，配上濃蔭的綠松，還以為我們是在遊花園哩，大家都拍起照來。

這應該是當年的神道，我說。

嗯，老師做我們的導賞最好。

忽然就到了闕室的門口。告訴你，這是一座炭灰色的平房，卻裝上一道亮麗的朱紅色木門，房子樸素，朱門可不簡單，門上鑲了五排大圓釘，三顆一排，金光燦燦的，門扇掩上，就見十五顆釘飾。我的確這樣數過。這個設計，真有點紫禁城的氣勢。

東漢到了晚期，貧者愈貧，富者愈富，即使不是大官的祠堂，排場與威儀，令人吃驚。史學家補充。

平房有前門和後門，一律開在平房中間。博物館呢，前面的闕室，和後面的漢畫展廳，形貌相同，如果航拍，在空中可見它們成一個串字。

我們悄悄魚貫踏入闕室，不想打擾人，啊，真靜。原來室內空無一人，只見迎面有朱紅色井字半個人高的木欄杆，橫在面前，把一些石塊圍在房子的中央，只剩下一米寬的通道，讓人通過。展室不大，整個空間一目瞭然，四面牆上掛了名流的品題，兩面闊，中間是門，兩邊各有窗，都是朱紅色，窗上裝了直排鐵欄杆。都緊緊關上，幸而前後門敞開，空氣流通。

欄杆圍了什麼東西呢？你問。

一對石闕、一對石獅。它們本來在墓地神道的入口，如今原地建館，好像從室外搬到了室內。我在旅行前埋頭做過功課，見到石闕，很是興奮。想想看，在這麼小的房間裡，居然和高大而珍罕的國寶相見，是多麼難得，我們是乘搭時光列車，回到公元二世紀去了。

石闕是什麼？闕就是門，我解釋，難怪你說我好為人師。它有門的意思，但門可以開關，闕呢，只是象徵式，按照墓主的身分、財富營建。門闕往往也出現在畫像石裡，有單闕、雙闕，甚至三闕，成為陽間向陰間的過渡，由執戟持盾的亭長迎接。武氏祠的雙闕是實物，分開站立，兩者之間，是一個缺口。所以，闕又叫「缺」。

明白，書法家說。

是同一讀音；語文家補充，同樣有缺口的意思。但寫成門缺，也不妥當，因為不止空缺。這兩闕之間，下面鋪有一條長石，即是門檻，古人叫閾，門檻的中央原本豎一塊褐形石，表示任何入進入神道，都要下馬。

是啊，闕又叫「觀」；史學家再補充，最初的時候，闕像一座高臺，臺上起樓觀看，有警衛的作用。皇帝有什麼要公告天下，會把公文懸掛在闕上，這叫「法懸」。我們面前的石闕，沒有樓梯，當然不用爬上去觀看。岳飛的《滿江紅》，不是說：「待從頭收拾舊山河，朝天闕」？天闕，就是天門，是天宮的門戶，只有天子才可以擁有，因此也被尊稱為天闕。但，老師，好像有學者提出這不是岳飛的作品。

好像是余嘉錫他們。語文家說。

是的。無論如何，這是尊貴的象徵，開初只限帝王建闕，逐漸官吏也開始建造，放置在神道口，因為是石頭，才能夠長久屹立，擋住風雨。

明白。

你們這樣一問一答，又互相補充，真是這樣的嗎？你說。

你以為呢？我只希望把枯燥的故事講得有趣些。說完了，你再說一遍好了。

3 榜題：不斷出現的石闕

我記憶中的石闕有好幾個，都來自書本裡的圖片，因為太深刻，經常出現在我的夢境裡，而石闕的文字移動、變化、下塌碎落，又重新整合。歷史就是這麼一個過程，在鑲嵌成形的過程裡，有些石塊多了，有些，永遠埋在泥土下面。我第一次見到的石闕最震撼，那是一幅一八九一年的照片，相信是法國人沙畹在武氏祠遺址拍攝的，前景是兩支煙囪似的建築物，從一大片泥地中露出來，不止出土三尺，看了說明，才知道這是山東嘉祥縣一座漢墓的石闕。因洪水泛濫，大概還有三分之二，仍然葬身泥土下。石闕是金石學家黃易在這之前發現的，他和當地的官吏合作，掘出被埋的畫像石。照片背景中的一所小房子，正是黃易等人保管發掘的地方。當時的石闕，原地站立，一副伸手待救的樣子，令人憐憫。

我看見的第二幅武氏祠的石闕，也是沙畹的作品，收在他的《中國北方考古考察》一書中，同樣給我孤寂、憂傷的感覺。沙畹是漢學家，但顯然拍攝也很出色，這照片既真實，又充滿情味。他只拍攝了兩座石闕中的一座，那是一幅橫窄直闊剪裁的子母闕，母闕在畫面的正中，居高臨下，頭頂是工字形的重檐，檐邊平伸，彷彿泛起波濤。堅實的子闕緊緊倚在母闕身旁，只是一塊豎直的石塊，沒有頂蓋，也失去了櫨斗，顯得空洞。

什麼是櫨斗？你會問。即是斗栱。單闕石柱通體灰濛濛的，無花紋和圖像，石面還帶些黑斑。石闕的背景是草坡、土丘，連接石闕腳前的荒石。看來陽光並不猛烈，沒有風。只是石闕，太沉悶，單調了，沙畹於是安排了一個人，站在母闕的左邊，剛好和子闕配對，一左一右。照片頓時靈動起來，充滿人氣。那是一名中國村婦，穿了及踝的闊布袍，淺灰色，外罩一件黃馬褂似的深色背心，頭髮向後梳，結成髮髻，於是空間和時間，都有了。許多年後，讓我們知道，這是中國山東，是清朝，而石闕又有多高大。這女子，一直朝我們，不，只是朝向我一個人，無言地，凝望。沙畹是第一個到武氏祠研究的外國人，第一次在一八九一年；第二次，一九〇七年，這一次他拍下了這幀黑白照片。

我第三次見到武氏的石闕圖，多少已是修復的樣子了，令人欣慰啊。它們站在田野，高四點三米，相距六點一五米，看得出母闕由三塊方石疊成，子闕是整塊豎直的石板。各有基座、闕身、櫨斗和工字形頂蓋。仔細地看，兩闕之間的地上，設有一道門限，即是門檻，在門限中央，還立有一個圓石橛，這叫闑。夕陽西下了，陽光斜照在石闕上，兩隻石獅在守護。石獅是在一九〇七年由洋人沃爾帕在石闕前的深土中起出的。門闕和石獅重聚，竟有一家團圓的感覺。這照片攝於一九六二年。

我看到第四幀武氏的石闕，已經是一九九二年的寫照，一對石闕和一對石獅，從風雨的室外，住進了博物館。真是滄海桑田。石闕默默無言，別來無恙，原來也有了變化。不，不是一樣的，一對子闕的頭頂，竟都蓋上了櫨斗。多麼奇異，二〇一七年的五月，我竟會站在武梁祠的博物館內，面對著這對石闕、石獅，感覺並不真實，它們還欠缺什麼呢？

什麼呢？你問。

我記起另一幀印象很深刻的石闕，照片攝於四川雅安市的漢高頤闕，那是非常華麗的作品，那對闕不單有底座、闕身，還有闕樓，蓋頂帶有寬闊波浪紋的檐邊。不但母闕有這樣華美的帽子，子闕也有。我看了一直不忘，緣故是闕身靠了一把梯子，闕頂上站了兩個人，他們是梁思成和劉敦楨。我有點擔心，因為他們腳下的闕樓，部分延伸到闕身外，呈現深深的裂縫。兩位建築家，怎麼會爬到這樣危險的地方？因為危險，才不讓林徽因也爬上去？高頤闕的模樣使我聯想到，武氏闕的子闕，頭頂櫨斗之上必定還有一頂帽子，和它們的母親一樣。

4 榜題：武氏祠

我們在闕室內沿著欄杆轉了幾圈，兩座闕的前後左右都看個夠，因為並沒有其他訪客，我和朋友不但可以自由地漫遊，盡可高聲談話。

喂，這對石闕一定很重，盜匪很難把它們偷走吧。

看，這是對母子闕，粗的一座是正方形，旁邊倚靠它的，好像是它的孩子，卻是偏平的石板。

喂喂，母闕子闕，要說明哦。你說。

就是大闕一旁加建相連的小闕，稱「子母闕」，別打岔。母闕的頭頂像戴了頂大草帽，子闕的頭頂則頂了一塊櫨斗，活像英國巨石陣的石頭。

石闕身上都刻了畫，我這邊有一個人，一匹馬和一頭老虎。

我這邊的圖畫更多，有樓閣，上層坐了兩個人，樓下有一匹馬，有四個僕人侍奉主人，屋頂上有兩隻鳳鳥，又有兩個人跪拜，另外，還有一隻漂亮的老虎。我這邊闕上有三個大字，雖然不太清楚，喔，是「武氏祠」。我看見這裡有一塊石頭，上面有「武家林」三個字。

怎麼一忽兒叫「武氏祠」，一忽兒又叫「武梁祠」？你問。

武氏祠是整個武氏家族墓園的叫法，武梁祠只是其中的一座。照碑文的紀錄，葬在武家林的武氏祠堂一共四代人：我們以武梁做主角吧，包括武梁母親、哥哥；他的兩個弟弟，其中一個是武開明；他的三個兒子，以及開明的兒子武斑、武榮。武梁、武開明、武斑、武榮都做過官，官階最高的是武斑，卻最早過身。但都只能算中等官階，儘管中等，已是地方豪族。

武氏祠的名字最早出現在北宋兩位金石名家的書中，一位是文豪歐陽修，另一位是趙明誠。趙的夫人是名詞人李清照。

對。為什麼武梁祠最出名呢？南宋又出了第三位名家洪適，把武氏碑和武梁祠的榜題編收到《隸釋》，又摹刻了大部分的畫像到《隸續》裡，圖像可能大多出自武梁的祠堂吧，他索性命名為「武梁祠堂畫像」，於是武梁祠聲名大起。不可不知，洪適是大官，他是宰相。

對不起，又打岔了，什麼是榜題？

那是匾額的說明文字，等於標題，畫像石有榜題，是漢代的特色，目的是告訴你石頭講的是什麼物事。

洪適，也有文名，寫過不少好詩；語文家說，譬如：「半夜繫船橋比岸，三杯睡著無人喚；睡覺只疑橋不見，風已變，纜繩吹斷船頭轉。」

風變了，船頭轉，有趣，我近來也經常說著說著就睡著了。《宋詩選註》有收錄嗎？這次我問。

那倒要翻翻看。

古代讀書人，一定會書法，也普遍懂一點金石，那是身分的象徵。現在的年輕人呢；書法家搖搖頭，因為是電腦打字，寫起字來，是砌字，不會筆順。

書法是中國的獨有藝術，恐怕已成稀有藝術，也是沒有辦法的事吧。

明白。

5 榜題：石獅

闕室迎接我們的不是任何人，而是一對石獅子，各自守在石闕旁邊。它們分別站在紅色矮欄裡，恰是凹字形內的方格，一左一右。貓科動物中我國並不產獅子，但漢武帝通西域後，獅子成為貢品，文獻中稱牠們為狻猊。都收到皇家園林裡，一般人可能沒有見過真正的獅子，大概要等到西洋式的獅子雕像開始在銀行門口站崗，才恍然，那兩隻鬃毛蓬鬆，尾巴細長的巨獸，名叫獅子，而且都是雄性。

我們看過陝西的霍去病墓，墓前有石馬、石象、石虎，可沒有石獅，武氏祠這對圓雕，是現存最早的石獅？你說。

可能。眼前這對來華的石獅，和西洋的銅獅不同，銅獅大都懶洋洋地躺伏，我國的石獅卻是精神奕奕地站立，呈四方形，往往是一雌一雄，沒有蓬鬆的鬃毛，母獅又多帶著幼獅，幼獅則蜷伏在母親的前足下打滾，好一幅溫馨的親子圖。石闕有母子，石獅有沒有孩子呢？我仔細的看了好一陣。

到底有沒有？你問。

西面一獅右前足踏在一方石塊上，那石頭蜷成一團，是小獅子吧，可惜已看不清楚。霍去病墓前有舉世知名的馬踏匈奴，但眼前的石獅，很高興，好像我家友善的大頭貓花花。石獅鎮守神道，也有辟邪作用；我想，要是石闕沒有這對猛獸，會多麼失色呢。兩隻大貓，經歷多年的風雨、洪水，有點殘缺，還算完整結實，沒有裂縫，從頭到尾才闊一米多，也高一米多，穩重、平衡，張大口，舌頭頂著上唇，也睜著大眼睛，挺胸縮肚，很神氣，可沒有殺氣，彷彿隨時可以騰空躍上高疊的板凳採青。

在古籍裡，它們的名字叫天祿，史學家說。

武氏祠這一對，碑文還提到刻工的名字，書法家發現，那是名匠孫宗。

整個祠堂共費十五萬；雕鑿石獅，另需四萬，那是買賣一名奴僕的價錢，一頭牛值一萬五千，一畝田七百五十錢。史學家蹙起眉頭說，東漢晚期政治腐敗，經濟蕭條，豪強大族則窮奢極侈。其實哪一個朝代沒有水患呢？問題在有沒有人禍。

是的，歷來黃河改道，是因為河水沒有出路，淤塞了，它自己闖路。早在幾百年前，是宋朝吧，河水氾濫，把整個武氏祠淹沒，祠堂埋入泥土中，還是石闕苦撐，在地面上露出三分之一的闕身。以往的幾位金石家，何曾到過這個現場呢。還是六百年後乾隆時代，即是一七八六年，另外一位金石學家黃易任職運河通判，路過嘉祥縣，在縣志中發現，立刻著手發掘，並且就地集資建了房子，收集石塊。這時候，武氏祠已淪為一堆亂石了。

黃易用心考究，推斷祠有四座，即「武梁祠」和「前石室」、「後石室」、「左石室」。他把武斑碑移置到濟寧學宮去了。漢代石刻藝術重新面世，各方矚目，各國的學者專家都來研究了。

魯迅研究木刻，就不斷提到武梁祠，也收集武梁祠的拓片。
對，專家大抵分為兩派，一派專注美術的研究，另一派則著眼建築，大家都想把祠堂復原。事實上，古祠是工藝美術、繪畫、雕刻、建築的結合。當然呈現了傳統的文化習俗，還有一點，那是歷史，往往保存了民間對史事的看法。
明白。
直到我們到來參觀，可專家仍無法把武氏祠復原。那要看你們了。
哈哈，老師會說笑。
困難可不少呢，碑文說明，葬在武氏祠堂的四位，倘一人一祠，則應該有四個祠堂。但從武家林掘出的石頭共有四十八塊，不能平分。哪一塊屬哪一個祠呢？一個祠共有多少塊？祠，又是什麼樣子呢？

6 榜題：石室

黃易當年發掘，每挖出一塊石頭，就在石角編號，也注意到石與石之間的距離，把相鄰的亂石盡量編成一組。所以，雖然凌亂，依照石頭的大小、長短、形狀、飾帶，也分出四組來。其中一組六石，成功砌成武梁祠，祠主的名字武梁是從文字檔案中知悉的。但這祠的編組、砌合，畢竟只是推斷，根據相配合的六方石塊；再利用拓片配砌，並參考當地其他的祠堂。
六塊石頭的武梁祠，三塊是石壁：東壁、西壁、後壁；東、西兩塊相同，頂端是三角形，即建築物的山牆構件。其中有兩塊是屋頂石，一前一後。共用五石；至於第六石，是一根斷石柱，認出是祠堂西壁石前支撐橫梁的長柱，已斷裂。這個配件應該是一對的，但東壁的一柱，躲起來了。

武梁祠配砌成形，是否可以作為根據，砌成其他的祠堂呢？語文家問。

不行，如果每座祠堂都是五塊石，豈不簡單？武梁祠只用了五塊，而黃易掘出了四十八塊，餘下的如何分配？黃易把亂石分成四組，除了武梁祠，前石室分石十二塊，相信祠主為武榮；後室分石七塊；又有左石室，配十七塊。亂石一堆，一直配不成祠堂。

倘分的是遺產，如今的人可能要打官司。你說。

別打岔。直到二十世紀八十年代，經美國費蔚梅的研究，修訂、補充了黃易的分配。金石學家注重文字和碑刻，費慰梅關心的是建築，她看到三角形的石塊，知道那不正是一幅山牆的構件麼？她嘗試配對，最終用了五塊不同形狀的石板砌出了武梁祠。各國的考古工作者都來研究，從散石裡又砌出了前石室和左石室，也就是武榮祠和武開明祠。加上近年中國的蔣英炬、吳文祺的努力，斷定並沒有後石室，其中的石塊，屬於其他的祠堂。專家斷定武梁祠的結構是單間室，另外兩祠是雙間室，所以需要更多的石塊。

只有三室。

只有武梁祠、前石室、左石室。

左石室的祠主，相信是武開明。至於武斑並無祠堂，因為他沒有子嗣。有些石塊，來歷不明，反而有許多應有的石，下落不明。

看你不斷呵欠，只多說兩句。困難是，祠堂的模樣未必相同，用石不一。武梁祠雖然大致成形，仍缺一二配件，譬如武家林一石是祠堂的支撐柱石，應另有對稱的一支，失去了。前石室也許不該占十五石，其中三石雙面有畫，計算應只是十二石。說著說著，連我也要睡著了。

7 榜題：遊戲的石頭

我們在沒有旁人的闕室中自由走動，展品都集中在中央，我們逛了幾圈，好像已經看完了。

你會否覺得我太叨叨嚕嚕了麼？

禮貌地說，沒有。

忽然有人提議，玩個看圖作文的遊戲，大家用五分鐘看石闕的圖像，然後各選一像發表觀感，總比看了好像白看有益？既然沒有其他人，又有一些時間。

我們都不是喜歡說反對的人，於是各自繞著兩座石闕、石獅，重新細看樓閣、車騎、靈物等畫像。我們又回到了許多許多年前做學生的時代，乖乖地準備老師指派的功課。

最先交卷的是書法家。他說的是東闕北面母闕石面上，底層第四幅圖。這個嘛，其實不是圖像，而是一篇銘記。那石面可能經過不斷翻拓，變得黑麻麻的，字跡模糊，依稀可辨的是八分書，有八行，隱約是十二字一行。他說，這銘記很重要，因為記載了整個武氏祠的興建，日期是建和元年。

什麼是八分書？

即是隸書，不過刻在碑碣上，用筆不作蠶頭燕尾，這名稱是為了表明與平常的隸書有所分別。

建和是東漢桓帝的年號。史學家插嘴。

明白。記載的人物是武氏家族的四兄弟。幼弟的長子武斑病逝，才二十五歲。這家族興建祠堂，用了最好的石，請了最好的工匠，花了十五萬，石獅則花了四萬。這篇書法，穩厚方正，毫不呆滯，有一種古樸之氣，就像我們在曲阜孔廟所見東漢時期的隸書《史晨碑》。如果說出自同一書家，我不會懷疑。至於刻工也極精湛，不然就不能呈現書法微妙的遊走了。

第二位發表意見的，是語文家。他選了銘文對上的一幅畫，遠看畫的似是西王母，頭上戴了頂皇冠，豎起了三隻角。畫的，他說，其實是一幅「鋪首銜環」。什麼是「鋪首銜環」？因為古代沒有門鈴，大戶人家在大門上裝了這麼一個門環，設計成獸頭，多數是饕餮、獅、虎等猛獸的紋飾，青面獠牙，銜著圓環。如果要敲門，只需握起圓環，碰打門板，發出聲響就行。鋪首當然有驅邪鎮宅的作用。老師家裡的門上不是貼上門神麼，門神擔當守護，可不會發聲通傳。而且。

我當是傳統裝飾；而且什麼？

在石闕上刻鋪首銜環，你不會敲石闕，但它畢竟是門啊，這就是想像力。眼前的獸紋並不可怕，獸頭上的三隻角，是鳳鳥三根羽毛的象徵，口銜著的環上還束了綬帶，你知道，那表示榮華富貴。

另一座石闕，書法家發現：這裡也有一幅同樣的鋪首銜環哩。

對了，但刻在母闕三幅中最低層，不論門神和鋪首銜環，包括石闕本身，就像對聯，要求對稱，中國傳統文化就是這樣。武氏祠這兩幅，一高一低，是否敗筆？

第三位開講的是史學家。他選了西闕南面子闕第三幅畫像，位於樓閣之下，一頭跳躍的大老虎之上。這幅畫應該是周公輔成王的故事，成王年幼繼承王位，周公旦輔政，人人都以為周公會篡位，結果他一直扶持幼主，粉碎誣言。畫中只有四人，沒有榜題，很清晰，畫了個矮小的人，應該就是成王吧，身邊有一人手持傘蓋，舉在成王的頭上。

為什麼沒有榜題也知道這是周公輔成王呢？因為這樣的圖畫，經常出現在古書上，尤其在漢人的畫像石上。同樣題材的畫，石匠輾轉抄用。侍從挽著弧形的傘子，可有一個特別的名堂，叫曲蓋，那是帝王出行的一種儀仗。老師在書上也看過周公輔成王圖吧。

看過。

圖中的華蓋，有的畫得像一盞燈，有的像垂流蘇的圓傘，最漂亮的是山東沂南出土的一件，簡直像二十世紀在空中飛翔的太空船，還垂下一串玎玎噹噹的配飾。成王雖年幼，畢竟是帝王，應站在畫的中央，兩邊有臣子、侍衛。但武氏祠石闕上這一幅，成王侷促地瑟縮在左邊一角，持蓋者竟占了中央的位置，背後右邊另有兩人，相對作揖，陌生人似的，這就不是有禮數的表現，抑或另有深意？這令我們想到，桓靈時代中級官吏，已經無視禮數，土豪地主更不得了。老師，該輪到你了。

8 榜題：石頭玩具

我一邊聽一邊偷偷啃著午飯時留下的甜燒餅，因為好像血糖低了，還掏出水壺，喝了兩口水。我指指面前母闕上的第二幅圖畫。畫內有四個人，左邊三個大人，右邊一個小孩。一看，可知是孔子見老子圖。

這個，我們都知道了，真的知道麼？

這的確是漢代流行的題材，比周公輔成王更多人認識，那小孩手握一個玩具，是一支長棒，連著一個圓圈。我們當然也知道，這個孩子是項橐，年方七歲，漢人盛傳神童項橐三難孔子的故事，這小孩子的問難，難倒孔子，孔子嘆說：「方知後生實可畏」。但其實不過是孩童要大人猜謎罷了。他幾乎出現在所有孔子見老子的石刻上。手上總拿著那樣的長棒玩具，這玩具成為項橐的標誌。問題在，這是什麼玩具？

什麼玩具？老師喜歡玩具，書法家問。

這玩具很特別，一般人都不甚了了，石工也是良莠不齊。他們雕刻流行的題材，有時是依樣葫蘆，不加深究，往往畫一個圓圈，一個或者兩個車輪，就交卷了。有的畫成小車子，單輪或雙輪，繫上繩子，在地上拖著走動。項橐玩的，的確是小車子，可不像我們早些年流行的搖搖？這小玩具車有一個特別的名字，和鳥有關。

記起來了，那是鳩鳥。史學家說。

老師借過一本書給我們，書裡的圖畫很清楚，還說在二〇〇八年陝西西靖邊出土一幅孔子見老子的壁畫，項橐就牽著一輛玩具鳩車，鳩車有輪子，鳩有頭有尾，有喙，有眼睛。河南小童墓中出土一件銅鳩車實物，正好一模一樣。壁畫還是彩色的，顏色鮮麗。

對，長者扶鳩杖，童子牽鳩車。

啊，明白；怎麼我忘了。

石闕上共有十多幅圖像，有的題材重複，有的內容不明顯，有的影跡模糊，不必追究了。不過，這時我又看到一隻比較特別的動物，興趣又來了，我們再玩一個遊戲吧。這圖中有一隻怪獸，誰知道牠的名字和來歷，我請吃晚飯，否則你們請我。

我沒有參加遊戲，是聽者有份麼？你說。

好的，你其實參加了。

於是大家都朝那圖像看。哎呀，什麼怪獸？怪獸身邊也是一隻怪獸，竟有三個頭，牠自己呢，一個大蓬頭。不是蓬頭，根本就是許多個頭，像小指頭，數數，有八個。

史學家猜：神話裡的昆崙之守，叫開明獸，有九個頭，但這怪獸可少了一個。有沒有貼士？

有，杜甫〈北征〉詩句：「天吳與紫鳳，顛倒在裋褐。」

語文家猜：不是天吳，就是紫鳳。

再給一個貼士吧，李賀的詩〈浩歌〉：「南風吹山作平地，帝遣……」

「帝遣天吳移海水」，語文家接口。

哈哈，對了，牠叫天吳，八個頭，人面虎身，八足八尾，能移海水，可見是水神。

看，天吳旁邊的怪物也有三個頭，它是三頭人離珠呀。

明白，我們請老師。

你們明白，我可不知道三頭人離珠是什麼？你說。

怎麼會忘了你。傳說黃帝丟失了玄珠，就命離珠去尋找，因為它眼睛好，能見秋毫之末；《山海經》說它不是人，而是神禽。

9 榜題：說話的石頭

當年武梁祠的房子，受洪水沖塌，有的掩埋，有的，大概早已飄揚過海，進入不同的博物館、圖書館，私人的書齋去了。那麼，我們到來，除了拜訪一對石闕、一對石獅、幾塊漢碑、一堆石頭，還想看到什麼呢？你大概會有這個疑問。這個世界，已變得愈來愈不好玩，人類要不死於吵吵鬧鬧的冷熱戰火，就毀於冰川日夕融化的洪水。

你是否又在胡思亂想了？你說。

但這世界真的有一個固定發展的結構？

我們在漢畫展廳，看到的幾十塊石頭，早已破損變色，泛黑，漫漶，距離我們已有千多年哪，但每一塊都是藝術，那是漢代匠師的繪畫和雕刻，哪怕是斷裂、不全，卻仍然點點滴滴，呈現東漢社會的風俗喜好，以及當時的人對生活的期望、理想。這是奇異的石頭記啊，他們訴說的故事，我想盡量親近，細心聆聽，哪怕是遙遠、微弱的聲音。我說著，從背包一本筆記裡掏出一張圖片。

看，孔子向老子下跪，執弟子禮。儒家在漢代受政府推崇，定於一尊，但民間那麼多孔子向老子問道的石刻，說的可是官方故事的另一面。童子問難孔子，也有破除絕對權威的作用。你以為石頭，即使碎了，亂了，就不會說話麼？

武氏祠的石頭畫像，運用了平面減地線刻，先磨平石面，用刀筆刻劃出物象的線條，包括物象的細部結構，再在物象外加工，減地鑿紋，畫像於是呈現凸起的效果，整個武氏祠的畫像，都富於裝飾性和表現力。

至於構圖，往往採取平面的散點透視法，呈現多個視點：有的平視，有的斜視，有的俯視。有的，因為物象重新，也產生縱深的視覺。這方面，後來發展成為中國繪畫的特色。西洋畫一般採用焦點透視，視點單一、集中，物象是近大遠小，所以也稱為「遠近法」。漢畫像石以刀代筆，以石代紙，當然有局限性，一般沒有消失點，但它追求的畢竟主要是寫意，而非寫實。布局方面，則畫面上下分兩層，以至三層，栩栩如生地說出漢人所理解的整個天地世界：天界、仙界、人界。

這麼厲害？

這三層，屋頂兩石，那是上天，畫的是祥瑞圖，共刻了珍奇異獸，像麒麟、龍、六足獸、比翼鳥、比肩獸；神鼎、木連理、璧流離、玉勝等。東壁和西壁都是屋子的山牆，牆頂是三角形的。第二層屬於仙界，西王母和東王公各占一邊，由各種仙人環繞，蟾蜍、玉兔、三足鳥、九尾狐等等，還有帶翼飛行的靈異。

第三層是人間，刻在祠堂的三幅牆上，不過只有名流才能上榜，從上而下，由不同的飾帶又分出幾層。東牆最上層的是帝王、忠臣；第二層是孝子；第三層是刺客，哈哈，刺客倒占一層，這好歹反映漢人的口味，體現他們認定的倫理道德；底層是車騎。

至於西牆的第一層是節女；二層是孝子；三層是列女。還有第四層，由兩組合成，右為庖廚圖，左名拜謁圖。祠堂正中的後壁，也分四層：第一層為列女；二層為孝義故事；第三、四層上下相連，畫的是樓閣、貴婦、侍女，左方有一大樹，大人彎弓射鳥，以及歷史故事完璧歸趙等。

真是層層等級，把人分得昏頭轉向。

這是漢畫像石的程式，半是真實半是想像，是人類也是異類的世界。有的表現墓主由人間上升到天國。有的，描繪墓主當官，步步高升，歷程並置在同一畫面上，像連環圖。除了不同類型的畫像，畫中還有文字榜題，刻在人物的身邊，有的指明畫中人物的名字，有的還加上評語。

那麼，你問，我們就看到這些麼？

10 榜題：刺客

我們從右手邊的「西長廊」，最後輕手輕腳走進第二個展室的「漢畫展廳」，因為室內另有兩個人，他們站在入口附近的角落，久久不動，像極石刻的兩位古人，我們在他們的身邊漂移，時而兩個，時而三個，可他們毫不理會我們。書法家說，漢代的畫像家真了不起，用剔底的方法鑿出人物的輪廓，形成淺浮雕的樣子，看上去像剪紙，他們又在黑影上加刻線條，呈現繪畫的形象，我明白這是雕鑿和繪畫兩種工夫的配合，也只有用石頭才做得出來。

是的，石頭有石頭的文法；人物雖然是黑影，可眼睛、嘴巴都很清楚，而且動態又極傳神，是一種精準的語言。

也不要以為漢畫像的物事總是獨立的淺浮雕，其他國家同一時期的浮雕，像埃及、波斯，既不雕物象的正面，雖則連群結隊，到底各自獨立，公元前漢代的匠工可懂得把主題人物疊置；史學家接口，例如武梁祠的《荊軻刺秦皇》圖，這顯然是很受歡迎的題材，畫像人物都有榜題，以正中的桐柱一分為二，荊軻在右，秦王在左，這符合中國人從右至左的視覺習慣，精采的是，荊軻擲出的匕首，插在柱身，還揚起絲帶。我們看到秦舞陽畏縮伏地，地上是樊於期的頭顱。荊軻怒髮衝冠，身後另外有人把他緊緊纏抱，顯然是侍衛，這修改了《史記》所載，侍衛沒有召令不得近前。但物象的疊置，卻是新創。又例如《列女傳》中的〈京師節女〉中的殺手，以及〈梁節姑姊〉中入火救子的婦人都半隱在屋柱背，那是表現了含蓄、暗示的視覺效果。

兩個站在入口附近的人，一直原位不動，我們只好繞過他們，朝另一方向轉去。兩位朋友在看《北斗星圖》。史學家繼續說，古人觀察星象，對天的看法很有趣，這幅畫竟然畫了皇帝坐在一駕斗形的車裡，那斗就是七顆北斗星中的四顆，想像力豈不豐富？斗車的車輪浮在一片雲霧之上，車前有迎駕的朝臣，車後有送行的官吏，七星的斗柄上，看，還有飛行的羽人。

這時，我發覺怎麼不見了書法家，原來他走到兩個黑衣人後面，側起頭傾聽，一定有什麼有趣的說話，於是我們也走過去，看到一幅很特別的畫。

很特別的畫？你問。

原來是《水陸攻戰圖》。

《水陸攻戰圖》的拓片我們看過，畫面很繁複，分兩層，上層是大隊車騎，有帶武器、盾牌的兵卒。這是長官出行，嚴陣以備。然後轉到下層，那是後來的發展，果然戰鬥起來。畫的中心是一座栱橋，橋上有車騎行走，橋下有船和捕魚人。圖中擠滿了人，各帶武器，有刀、戟、鉤鑲、弓箭、盾牌，正在互相打鬥。有人從橋上掉下，峨冠博帶，持劍執盾，受左右持劍的人夾擊。空白不多，卻又補上鳥和魚。

黑衣的長者對年輕人說，這橋上水中攻戰的圖樣，顯然是漢人喜歡的題材，相當流行。這裡就有兩幅。非常精妙的構圖，穩靜的橋，劇動的戰鬥，在矛盾裡有統一，繁而不亂。不過，我們要解答，為什麼交戰呢？

誰又和誰交戰呢？書法家也插嘴問。

畫中有五個榜題，他逐一照射，左邊是主記車、主簿車。右邊三輛，榜題是功曹車、賊曹車、游激車，兩邊車後都有兵騎、步卒，一輛繫了韋帶的篷車，在栱橋中央，是全畫的焦點，物象比其他要稍大。看那些車隊，前迎後送，正是一個高官出行的排場。

明白。

長者也沒回頭看我們。我站在幾個朋友的後面，也只看到長者和青年的黑色背影，不過長者的聲音沉穩清晰，彷彿從遙遠的石洞裡敲鑿傳來的回聲。

這幅畫叫人震驚的，不是官員的排場，而是戰鬥，為什麼官方的車騎和平民打鬥得那麼激烈？很可惜，因為這裡沒有榜題，不知道，就按戰鬥場面，稱為《水陸攻戰圖》。漢代流行這畫像，純粹為了裝飾？

我們一直不知道，然後，長者清一下喉嚨，然後到了一九九三年，山東莒縣東莞鎮一座宋墓中，發現了幾塊畫像石，你知道，我們山東，是畫像石之鄉，宋墓其中一塊石闕，刻著和武氏祠這塊的內容相同。宋人墓中有漢畫，一點也不奇怪，自從三國以來，常常有人利用漢墓，因繁就簡，把死者葬入，而漢人厚葬，墓中往往有漢畫像石。明白嗎？

明白的，書法家點頭。長者其實始終沒有回過頭。他也不見得是對書法家說的。我們覺得有點好笑。

這宋墓的出土很重要，因為右上角有榜題，兩個字：「七女」。考古家很雀躍，找到了一點點線索。然後，不多久，在內蒙古和林格爾一座漢墓，發現那麼一幅同樣的畫像石，上面也有榜題，令人難以置信的六個字：「七女為父報仇」。不得了，埋藏在石頭裡的謎語，好像忽然解開了，七個女子、報仇，裡面一定有動人的故事，多麼耐人尋味。於是大家都往古籍中翻查。

史書上有記載麼？我低聲問身旁的史學家。

不知道，好像沒有。

好像武俠小說。語文學家說。

11榜題：七女

七女的事跡，史書、傳說，都不見記載。

記了，也只會記在《列女傳》裡。

都是男性寫的歷史。

刺殺長官，更可能是禁忌。

不過一模一樣的畫像石，出現在山東莒縣、山東孝堂山石祠、臨沂城南吳白莊公社漢墓；安徽宿縣褚蘭兩座石祠更有兩幅，甚至出了塞外內蒙古和林格爾的漢墓去。就連最近二〇〇八年河南安陽高陵的曹操墓也有。安陽高陵是否真的曹操墓有爭論，特別的是，受襲的長官不叫長安令，榜題是「咸陽令」，另外還有題為「令車」、「主簿車」。再細看畫像，同樣分兩層，上層是出行的車騎，然後走到下層，突然受襲，有七個女子，梳著髮髻，分別在橋上、船上，揮動長劍，要刺殺令車的主人。

然後，長者略微停頓；然後，又有線索，在和林格爾的畫像石上，考古學者發現了橋上中間的車騎有「長安令」三個字，他明顯是事主。橋的木柱下又有榜題：「渭水橋」。這是陝西西安的名橋；長安令則是漢代的官員。令官的名號不同，魏晉時稱「咸陽令」，是年月已久，刻工並不深究，各取所需好了。事情不是很清楚麼？七個女子，其實是刺客，襲擊出行的大官，為了報父仇。這些女子，是姊妹麼？她們看來都精通劍術，足以跟專業的刀劍男子拚鬥，而且細心策畫，有什麼血海深仇呢？在名橋上火併，一定驚動整個京師，怎麼竟然沒有文字記載。

然後？書法家說。

找來找去，學者從北魏酈道元的《水經注》，〈沔水篇〉中找到一段記述，說陝西城固北有「七女冢，冢夾水羅布如七星」，大水破墳，得一磚，刻著「項氏伯無子，七女造墩，世人疑是項伯冢」，這是說，陝西有七女墓，女子各為一墓，羅列像七星。然後大水沖破墳墓，找到一磚：項伯沒有兒子，七個女兒為他造了墳。項伯是漢初鴻門宴其中一位要角，他是項羽的叔父。在宴會前向張良通風，說項羽會在飲宴時加害劉邦，因秦末時他曾得張良拯救。他提議不如一起遠走吧。張良拒絕了，引他見劉邦。項伯回楚營後，把見劉邦的事具報，勸告侄兒，殺先入關的劉邦，是不義。翌日宴會，我們知道，其間項莊舞劍……

項莊舞劍，意在沛公。書法家說。

項莊是項羽的堂弟，以劍術聞名，舞劍的目的是要刺殺劉邦。但項伯也起來湊興舞劍，總擋在劉邦面前。項伯在宴會上救了劉邦，後來項羽捉了劉邦父母，要把他們烹了，也是項伯相勸。劉邦統一天下，封他為射陽侯，賜姓劉。他歸漢後的事跡，再沒有什麼記載了。

項氏家族看來都是出色的劍師，難怪七女那麼厲害。書法家說。長者忽然轉過頭來，嚇了我們一跳，那是一張白髮，卻童顏的臉，眼神迷茫，很快轉過臉去。我忽然感覺奇怪，這張臉，我好像在什麼地方見過。

那麼簡單麼？歷史總是我們認為應該是這個樣子麼？項伯受封射陽，射陽在江蘇，他的墳怎會跑到了陝西去？況且，他是有嗣子的，史書記載兒子叫猷，劉猷犯了罪不得繼承爵位，侯國除名。這個項伯冢，酈道元不是說只是世人的猜想？

這個七女冢的項氏，不是項伯，但不可以是他的後人項猷，不，劉猷麼？書法家沉吟。

史書可沒有說劉猷犯了什麼罪，劉邦或者他的謀臣，會信賴項伯、信賴項伯的二代？項氏受封的，還有好幾個。史學家說。

劉猷可能被騙到長安述職之類，由長安令給他一個罪名，斂財、瀆職，可能……語文學家在發揮想像。

如果跟項伯或者項氏的親人，又或者跟項氏後人有關，那麼這是西漢初的事件，出現在東漢的祠堂裡，只能說，漢朝前後四百年，民間始終念念不忘。

真正的問題是，為什麼漢人喜歡這畫，不斷複製？長者問，那麼繁複的畫面，工序多許多，並沒有留白。

12 榜題：復仇

你們以為呢？我問。

大概和時代風氣相關。漢初尊崇儒學，解說《春秋》義理的《公羊傳》地位最高，《公羊傳》曾引伍子胥的話：「父不受誅，子復讎可也。」父不受誅，是指父親沒有罪而被誅殺，兒子復仇是可以的，再指出要是有罪被誅，就不能報仇了，否則永遠沒有了結。這種肯定合理的復仇，結合官方大力提倡的孝道、社會上的任俠風氣，深入民間，影響很大。

還有武帝任用酷吏，一定有許許多多不平、不義的冤獄，司馬遷為李陵呼冤，就自己入了獄。所以他寫《刺客列傳》。他的《史記》成為禁書，直到武帝的曾孫宣帝時才解禁，不過已經刪削了。

武梁祠豈不都有司馬遷筆下六位刺客的畫像石？在東壁第三層，有要離、豫讓、聶政。西壁第四層，有曹沫、專諸、荊軻。畫像都呈現事件戲劇性的一節。刺客的故事，從西漢初一直流傳到東漢末。

都是男刺客，七女是女刺客，可惜不見經傳，這世界真的只是公世界？

不是有一個聶隱娘嗎，不過，那是傳奇小說。

其實真有一個，在西漢的《列女傳》裡，她的名字叫趙娥。趙娥的父親被同縣人殺死，她有兄弟三人，可都病死了。仇人很高興，以為不會有人找他報仇了。趙娥很憤慨，像我這樣的女子，難道不算一個？她帶備兵器，偷坐在帷車裡等候仇人。她等了十多年。終於在長亭遇見仇人，把他手刃了。殺人後她向官府自首。官長覺得她有情義，要解下印綬和她一起逃亡。她拒絕了，說不敢苟且偷生，徇枉公法。後來遇赦免罪。州郡還表揚她。故事很簡單，父親何以被殺，沒有交代。因為沒有交代，讀者聽者就可以隨意融入；這十年，趙娥是否苦練武術？

別小看女子。

刺客出現，這是對治法的不信任，認為不能彰顯公義，這無疑是對政府的否定、顛覆，官方當然要取締，不許頌揚，司馬遷之後，刺客再不列傳了。

西漢的揚雄已開始貶評荊軻、要離、聶政等人，說他們哪裡配稱正義。

這種爭論到了唐代還沒有平息。兩大作家曾為此有不同意見，那是陳子昂和柳宗元。

願聞其詳。

只能簡略說說。武則天時，徐元慶的父親被縣尉殺害，徐元慶伺機報了父仇，然後自首。當朝頗有人認為這是孝義的行為，應該免罪。但諫官陳子昂奏議，認為按照法律，殺人的要處死。他建議一方面處以死罪，另一方面則表彰他報父仇的行為，並把這案件編入律令，永遠作為國家法則。當時，大家都覺得這是個兩全之法。柳宗元不同意。他寫了篇名文：《駁復仇議》。他認為這是矛盾的，處死和表彰不能施於同一人。處死可以表彰的人，是亂殺，是濫用刑法；表彰應當處死的人，就是過失，是破壞禮法。然後他指出這案件是當官的殺了無辜的人，而上下又互相包庇，徐的冤屈無處申訴……

七女也是這樣吧，明白。

13榜題：走出石頭

我們從漢畫展室出去後園，那是祭壇和三個墓地，好幾處亂石，有些用膠布履蓋。還架起幾個展板，說明擴大發展的藍圖。我們回到大門口時，年輕的票務員已經在等待。售票的窗口早已把撐起窗口的木棒放下，變成一幅沒有裂縫的牆。我們才踏出大門，年輕人馬上拉動閘門，關上。

裡面還有兩個人哪，我們喊。

兩個，在哪？

在後面的漢畫展室。

喔，他們常常來。

他們不走？

他們自己從後園來，自己從後園去，放心，那麼兩個，肯定不會把石頭搬到家裡去。

後園？

他們大概就住在附近，一個是教授，一個是學生吧。
不用買票？
是熟客嘛，你們上哪兒去？
我們召了計程車回曲埠闕里賓館去。
那我先走了，也住得滿遠的。他把一籃子的大蒜縛牢在摩托車前，開始推動。
你不住在宿舍？平面圖上不是有宿舍麼？
這個嘛，我只是臨時替工；你們也買些大蒜吧，這是紙鎮坊的名產，有益，辟邪。
他們不用買票，那我們呢？書法家在背包裡搜尋門票。摩托車已翻起塵土，好快拐了個彎，消失了。
醒來，醒來，有人拍打我的手臂。我們到了，老師真好睡啊。
我揉揉眼睛。

——原載二〇二〇年十一月二十二～二十六日《聯合報》副刊

作品約四十部，包括小說《我城》、《哨鹿》、《我的喬治亞》、《哀悼乳房》、《像我這樣一個女子》、《候鳥》、《織巢——候鳥姊妹篇》；另有《西西詩集》、散文集，以及書評書介等。二〇〇五年，獲《星洲日報》主辦「花蹤世界華文文學獎」；二〇一一年，應邀為香港書展「年度文學作家」；二〇一四年，獲「全球華文文學星雲獎」；二〇一九年，獲美國「紐曼華語文學獎」；同年並獲瑞典蟬文學獎。

新作為長篇《欽天監》，將由洪範出版。

一〇九年年度小說紀事

邱怡瑄

一月

‧二日，二〇二〇臺北國際書展大獎公布，小說獎為胡晴舫《群島》、陳淑瑤《雲山》、李維菁《人魚紀》。

‧十二日，《亞洲週刊》公布二〇一九十大華文小說入選作品，臺灣入選作家與作品為黃春明《跟著寶貝兒走》、黃錦樹《民國的慢船》、駱以軍《明朝》。

‧十七日起至二月十五日，新經典文化策辦「天橋上的魔術師圖像暨互動藝術展」於漫畫基地展出，吳明益原著《天橋上的魔術師》透過小莊、阮光民漫畫，結合了圖像、實景、科技、視覺與互動藝術，用九個展區呈現九篇故事的「魔幻場域」。

‧二十一日，國家人權博物館與春山合作出版「讓過去成為此刻：臺灣白色恐怖小說選」，由胡淑雯、童偉格二名小說家主編，分「血的預感　沒有日夜的日夜」，「眾聲歸來　許多年後，我們才知曉」、「國家從來不請問　那隻看不見的黑手」、「白色的賦格　風聲過後的空白」四卷，選出郭松棻、吳濁流、朱天心、李昂、楊照、李喬、舞鶴、宋澤萊、黃春明、賴香吟等三十名作者的作品。

二月

・第二十八屆臺北國際書展原訂四日開幕，文化部因新冠肺炎疫情考量，先宣布延期至五月，後又取消。改以「閱讀新風景Online」為主題，舉行線上書展。

三月

・二十一日，臺北市文化局主辦，文訊雜誌社執行的「二〇二〇臺北文學季」舉行開跑記者會，規畫「水城漫遊‧河畔說書」講座及走讀、「河岸臺北‧水岸曬書——市圖好書展」、「回憶伏流——作家手寫信記事」特展、「臺北文學‧閱影展」等。

・十九日，九歌出版社舉行「一〇八年度文選新書發表會暨頒獎典禮」，由張惠菁主編小說選。年度得主黃麗群〈搬雲記〉，入選者尚有：羅浥薇薇〈失戀傳奇〉、陳淑瑤〈芳鄰〉、洪昊賢〈之後〉、胡淑雯〈富家子〉、劉芷妤〈火車做夢〉、寺尾哲也〈州際公路〉、張亦絢〈淫婦不是一天造成的〉、王定國〈生之半途〉、劉旭鈞〈猴〉、何敏誠〈探病〉、鍾文音〈最後的訪客〉、伊格言〈再說一次我愛你〉、黃錦樹〈大象死去的河邊〉、高翊峰〈奈落〉。

・二十五日，作家郭漢辰病逝，享年五十六歲。創作橫跨詩、散文、小說與報導文學，推廣家鄉屏東藝文與地方書寫，並以勝利眷村張曉風舊居為「永勝5號」，做為微型文學館。出版詩集《屏東詩旅手札》，散文集《和大山大海說話》、《幸福迎向死亡》、《揹山的人》，小說集《記憶之都》、《封城之日》、《誰在綠洲唱歌》、《剝離人》、《海枯的那天》等。

四月

・三日起至二〇二一年二月二十八日，臺灣文學館與日本佐藤春夫紀念館、東京實踐女子大學合作展出「百年之遇——佐藤春夫一九二〇臺灣旅遊文學展」，蒐羅關於佐藤春夫臺灣之旅的相關文物典藏，且透過其小說、童話與紀實散文等臺灣題材作品，為當時日本文學帶來熱帶、南方、原住民族等嶄新內容。

．十四日，著名翻譯家景翔逝世，享壽八十歲。景翔，本名華景彊，一九四一年生於江西，畢業於臺北工專。曾任《中國時報》副刊編輯。景翔影評、譯作豐富，亦為推理小說評論者，譯有《午夜牛郎》、《梭羅日記》、《豔陽下的謀殺案》、《中性》等。

．二十三日，文化部邀請民間共同舉辦「走讀臺灣」，推出結合行走與閱讀的多元線上、實體活動，如以文學作品結合地景的「文學島讀—遇見作家的N款設計」帶領讀者走讀小說家王拓、王文興、瓦歷斯．諾幹、陳又津等筆下的家鄉，或以李潼小說作品結合宜蘭在地風土文化的走讀策展。

．三十日，旅美小說家於梨華因新冠肺炎病逝，享壽八十九歲。於梨華，一九三一年生，美國加州大學洛杉磯分校新聞學碩士，著有小說《又見棕櫚，又見棕櫚》、散文《記得當年來水城》等，記錄六〇年代留學生生活。

五月

．十六日，「臺灣文學之母」鍾肇政辭世，享壽九十六歲。鍾肇政，生於一九二五年，戰後就讀臺灣大學中文系，後因耳疾休學。從事國小教職達四十年。描寫龍潭的《魯冰花》曾改編電影，且以《濁流三部曲》、《臺灣人三部曲》等大河小說，創臺灣先河。並與文友組織《文友通訊》、主編《臺灣文藝》與《民眾日報》副刊，推廣臺灣文學、客家文化，提攜後進不遺餘力。曾獲國家文藝獎、臺美文學獎，以及吳三連文學獎。

六月

．十八日，第二十三屆夢花文學獎公布得獎名單，短篇小說首獎林楷倫〈外埔的海〉，優選何郁青〈墓園守望者〉，佳作葉琮銘〈帶海狸回家〉、陳韋任〈永恆的空間〉。

七月

・三十日，第七屆聯合報文學大獎公布，由小說家張貴興獲獎。

・十五日，小說家、九歌出版社創辦人蔡文甫辭世，享壽九十五歲。蔡文甫，一九二六年生，江蘇人。曾任《中華日報》副刊主編二十一年，創辦九歌出版社與純文學出版社、大地出版社、爾雅出版社、洪範出版社並稱文學出版界「五小」，成為八〇年代文學出版榮景的推手。曾獲金鼎獎特別貢獻獎。著有小說集《雨夜的月亮》等、《天生的凡夫俗子——蔡文甫自傳》。

・十九日，台積電文教基金會與聯合報副刊共同主辦的二〇二〇第十七屆台積電青年學生文學獎公布得獎名單，短篇小說首獎陳心容〈歿年〉，二獎李彥妮〈活蛤和火鍋〉，三獎蔡佩儒〈獵場〉，優勝王煥緯〈面海〉、江承翰〈稻田裡的郵輪〉、呂佳真〈中繼站〉、鄭安喬〈女也〉、曾亦修〈橘子〉。

・二十九日，龍應台舉辦首部長篇小說《大武山下》新書發表會，為以家鄉屏東大武山小鎮為背景的青少年奇幻小說。

八月

・三日，彰化文化局公布第二十一屆磺溪文學獎得主，短篇小說類磺溪獎：嚴筱意〈八卦山下〉，優選獎：陳昱良〈路燈下〉、蔡桂林〈守埤人〉、江馥如〈空轉鎖芯〉、蔡昇融〈叢生麻竹〉、徐麗娟〈女兒回家〉。微小說類磺溪獎：陳俊志〈鍋瓷人〉，優等獎：林昀暄〈雞會教育〉、張俐雯〈一生半瞬〉、李順儀〈耳〉。特別貢獻獎為楊錦郁。

・四日，文化部公布第四十四屆金鼎獎得獎名單，文學圖書獲獎小說有賴香吟《天亮之前的戀愛：日治臺灣小說風景》、陳淑瑤《雲山》、陳思宏《鬼地方》。特別貢獻獎由城邦出版集團何飛鵬董事長獲獎。

・十三日，九歌現代少兒文學獎舉辦贈獎典禮，首獎張英珉《跆拳少女》，評審獎、推薦獎從缺，榮譽獎陳怡如《月光下的藏人尋》、李郁棻《∀I》。

・十八日，張愛玲作品研究者魏可風逝世，享年五十五歲。近年致力研究張愛玲作品，著有《臨水照花人：張愛玲傳奇》、《謫花：再詳張愛玲》。

・二十二日，第二十二屆臺北文學獎舉辦頒獎典禮，小說類首獎余迪麟〈客觀結構式臨床測驗〉，評審獎劉旭鈞〈綠、橋〉，優等獎林文心〈淨女〉、蕭信維〈孟甲〉，同時頒贈第二十屆文學年金，由由作家廖瞇以《滌這個不正常的人》獲獎。

・二十三日，臺中市文化局主辦的「臺中文學季」開跑，以「文字的力量」為主題活動結合文學沙龍、文學散步、文學創作坊、文學市集、文學跨界音樂會及親子文學劇場。

・二十五日，龍瑛宗文學館由新竹縣政府修復後開館，文學館前身是北埔公學校日式宿舍，為龍瑛宗母校。

・二十五日，呂赫若長子呂芳卿代表捐贈《呂赫若日記》予臺灣文學館。一九五〇年代，呂赫若過世後，家屬在白色恐怖氛圍下，掩埋其手稿和創作，僅日記留存，為呂赫若唯一倖存手稿。

・二十九日，臺南文化局舉辦的「第十屆臺南文學獎」公布得獎名單，華語短篇小說：首獎韓昌弘〈月落山前〉；優等何玟珒〈那一天我們跟在雞屁股後面尋路〉；佳作許淑娟〈捉迷藏〉、陳泓名〈告別〉、呂翊熏〈髒衣服〉。

九月

·四日，「南國漫讀節」於屏東舉行，由青鳥文化企畫執行，推出「飲食是流動的文化博物館」、「從地方出發」、「城市沙龍」、紀念郭漢辰「向作家致敬」系列、探究文史的「閱讀山海」。

·十九日，台灣推理作家協會舉行第十八屆徵文獎頒獎典禮，首獎：會拍動〈初心村的偵探事務所〉，入選：牛小流〈偵探在菜市場裡迷了路〉、冷水砼〈冬日將盡〉、冒業〈所羅門的決斷〉、吳非〈和騎士度過的那鍾岳《似曾相識》一夜〉。五篇作品集結成徵文獎作品集《偵探在菜市場裡迷了路》。

·二十五日，二〇二〇打狗鳳邑文學獎公布得獎名單，小說組高雄獎潘鎮宇〈飛魚之死〉、優選獎葉琮〈南國的盛宴〉，佳作嚴筱意〈頭家嬤跑疏開〉、陳育萱〈溫度〉。

·二十六日，國家人權博物館與臺文館合作，以童偉格、胡淑雯所編《讓過去成為此刻》小說選為文本，推出「噤聲的密室——白恐文學讀心術」文學行動展，展覽分：「噤聲的時代」、「老大哥正看著你」、「沒有日夜的日夜」、「疾駛而過的列車」、「倒退著走入未來」。

·三十日，宜蘭大學設立「黃春明研究中心」，蒐藏黃春明手稿與文獻，並推動相關研究，黃春明捐出手稿，並與陳芳明對談。

·九月，著名華文小說家張愛玲誕辰百年，中國、香港、臺灣延燒張愛玲傳奇熱潮，《皇冠雜誌》、《聯合文學》、《印刻文學生活誌》、誠品《提案》等皆製作專輯紀念。皇冠文化也推出張愛玲作品「百歲誕辰紀念版」，並有宋以朗編、馮晞乾整理的《張愛玲往來書信集》。

十月

・十三日，新北市文化局公布第九屆新北市文學獎得獎名單，短篇小說類首獎首獎謝見辰〈自山中滑落〉，優等鄭博元〈細胞〉、鍾曉晴〈瑪利亞〉，佳作何志明〈假裝〉、蔡旻君〈長樂街五十五巷〉。

・十八日，中央書局重新開幕，以「浪漫的力量——臺灣文化的青春年代」為主題致敬臺灣百年前的文藝浪潮。中央書局於一九二七年由臺灣文化協會成員創立，熄燈二十二年後，由上善人文基金會重修再生。上善基金會董事長詹宏志表示，中央書局承載眾人盼望與歷史責任，曾經是當代文化舞臺，未來要重返風華。

・二十四日，小說家七等生因病辭世，享壽八十一歲。七等生，本名劉武雄，一九三九年出生，苗栗縣通霄鎮人，畢業於臺北師範學院藝術科，曾任小學教師多年。被譽為臺灣現代主義代表作家，曾獲國家文藝獎，著有《來到小鎮的亞茲別》、《沙河悲歌》、《我愛黑眼珠》等。

・二十九日，桃園文化局「二〇一九桃園鍾肇政文學獎」得獎名單揭曉，短篇小說組正獎白樵〈南華夫人安魂品〉，副獎李修慧〈阿慶〉、胡信良〈櫻花何時開〉。

・三十一日，第二十一屆國家文藝獎舉行頒獎典禮，文學類得主為小說家黃娟。

十一月

・一日，小說家、電影編導張毅逝世，享壽六十九歲。張毅以小說〈源〉改編為電影劇本後投入電影界，先後編導《玉卿嫂》、《我這樣過了一生》、《我的愛》，被譽為「女性電影三部曲」。以白先勇原著改編電影《我這樣過了一生》獲金馬獎最佳導演、最佳改編劇本。一九八七年創立琉璃藝術工作室「琉璃工房」。

・七日，第十六屆林榮三文學獎頒獎典禮，短篇小說獎首獎林楷倫〈雪卡毒〉、二獎林文心〈遊樂場所〉、三獎邱常婷〈斑雀雨〉，佳作搖俞〈我們要如何才能原諒自己〉。

・七日，臺灣文學館推出展期十年的臺灣文學主題常設展「文學力──書寫LÂN臺灣」，以「注意，你已被文學包圍了」、「始動，島孕育的．與海帶來的」、「立志，文明開化的夢與傷」、「跨越，窒息年代的游擊戰」、「爆炸，每個人都飆出高音」、「──，寫我們一起的未來」等六大展區呈現百年來臺灣文學。

・十四日，二〇二〇臺灣文學獎金典獎舉行頒獎典禮，年度大獎由陳思宏《鬼地方》奪得。林新惠小說《瑕疵人型》同獲金典獎與蓓蕾獎肯定。小說另有郭強生《尋琴者》、黃春明《跟著寶貝兒走》獲金典獎。

・二十一日，二〇二〇年吳濁流文學獎舉行頒獎典禮，短篇小說首獎何郁青〈有狗消失的天空〉、貳獎陳宏志〈出路〉、參獎張喬雅〈遛鳥人〉，佳作廖若松〈小黑〉、魏執揚〈小倩〉、徐麗娟〈日光安靜〉。

・一日，二〇二〇「Openbook好書獎」公布。共分中文創作、年度翻譯書、年度生活書、年度童書／年度青少年圖書四類。獲獎小說有陳栢青《尖叫連線》、郭強生《尋琴者》。

・一日，《文訊》推出「二十一世紀上升星座：一九七〇後台灣作家作品評選」，就詩、散文與小說，選出作家作品二十部，小說入選有陳雪《橋上的孩子》、王聰威《濱線女兒》、甘

十二月

耀明《殺鬼》、童偉格《西北雨》、楊富閔《花甲男孩》、伊格言《噬夢人》、胡淑雯《太陽的血是黑的》、黃麗群《海邊的房間》、賀淑芳《湖面如鏡》、胡長松《復活的人》、瀟湘神／新日嵯峨子《臺北城裡妖魔跋扈》、吳明益《單車失竊記》、張亦絢《永別書》、連明偉《青蚨子》、黃崇凱《文藝春秋》、楊双子《花開時節》、洪茲盈《墟行者》、沉默《劍如時光》、高翊峰《2069》、陳思宏《鬼地方》。

・一日，《聯合文學》雜誌選出「二十位最受期待的青壯世代華文小說家」。臺灣入選小說家為盧慧心、洪茲盈、劉梓潔、黃崇凱、連明偉、楊双子、邱常婷、陳柏言、洪明道、鍾旻瑞。

・三日，第二十一屆臺北文學年金得主揭曉，徐振輔以長篇小說《西藏度亡經》獲選。

・七日，一〇八年高雄青年文學獎舉辦頒獎典禮，短篇小說（16－18歲組）首獎鄭宇涵〈金盞花〉，二獎王煥緯〈默劇醒來之後〉，三獎蔡孟庭〈那是極為黑暗的湖〉。短篇小說（19－30歲組）首獎嚴翊〈母狗〉，二獎李奇儒〈晚餐〉，三獎嚴翊〈「我愛我媽」〉。

・十日，由畫家、美術史學家兼小說家謝里法發起、捐出其行政院文化獎獎金所成立的「羅曼・羅蘭百萬小說賞」，朱和之《南光》獲獎。

・十二日，二〇二一臺北國際書展大獎公布。小說獎PAM PAM LIU《瘋人院之旅》、黃春明《秀琴，這個愛笑的女孩》、郭強生《尋琴者》。

・十三日，「第十屆全球華文文學星雲獎」於佛光山舉辦贈獎典禮，貢獻獎為司馬中原。長篇歷史小說，首獎貳獎從缺，參獎王楨棟《站在上天這一邊》。短篇小說首獎張英珉〈蝗〉，貳獎郭昱沂〈大象時光〉、參獎葉琮銘（葉琮）〈當年天空飄落的雪〉。「長篇歷史小說寫作計畫補助」由張郅忻《十足先生》、傅正玲《陶庵十賦》獲獎。

・十五日，國藝會「長篇小說創作發表專案」公布補助名單，由楊富閔「教育小說《愛文》寫作計畫」、錢映真「緣故地」獲得補助。

・十六日，目宿媒體舉辦「思慕七等生《削瘦的靈魂》親友紀念專場」活動，放映「他們在島嶼寫作」第三系列文學紀錄電影首部片《削瘦的靈魂》，該片為記錄臺灣小說家七等生的電影作品。

・二十二日，金石堂書店揭曉十大影響力好書得獎名單與年度風雲人物，由龍應台城邦第三事業群總經理涂玉雲獲頒獲得。十大影響力好書中文小說有郭強生《尋琴者》獲選。

・二十六日，位於宜蘭，由小說家黃春明的「百果樹紅磚屋」，舉辦告別演講後，正式畫上句點。「百果樹紅磚屋」經營八年，舉辦過無數場藝文講座與演出，已成為宜蘭人文風景之一。

・二十九日，二〇二〇臺中文學獎得獎名單揭曉，瓦歷斯・諾幹獲頒文學貢獻獎。小說類第一名林楷倫〈北疆沒有大紅色的魚〉、第二名石尚清〈圍牆上的魚〉、第三名張喬雅〈少女殼〉、佳作包文源〈童年〉、謝瑜真〈每個人都可以加入實驗室〉、王席綸〈鯤鯓〉。

年度紀事線上版

九　歌　文　庫　　1　3　5　0

九歌 109 年小說選
Collected Short Stories 2020

國家圖書館出版品預行編目（CIP）資料

九歌小說選 . 109 年 / 張亦絢主編 . -- 初版 .
-- 臺北市 : 九歌 , 2021.03
面； 公分 . -- (九歌文庫 ; 1350)
ISBN 978-986-450-333-9(平裝)
863.57　　110001707

主　編——張亦絢
執行編輯——張晶惠
創 辦 人——蔡文甫
發 行 人——蔡澤玉
出　版——九歌出版社有限公司
台北市 105 八德路 3 段 12 巷 57 弄 40 號
電話／02-25776564・傳真／02-25789205
郵政劃撥／0112295-1

九歌文學網　www.chiuko.com.tw

印　刷——晨捷印製股份有限公司
法律顧問——龍躍天律師 ・ 蕭雄淋律師 ・ 董安丹律師
初　版——2021 年 3 月
定　價——420 元
書　號——F1350
I S B N——978-986-450-333-9

本書榮獲 台北市文化局 Department of Cultural Affairs Taipei City Government 贊助